Éric de l'Estoile

COMPLOT V1

16, avenue des Quatre Cantons
76000 Rouen
Tél. 02 35 89 78 00
www.editionsdesfalaises.fr

Éric de l'Estoile

COMPLOT V1

ÉDITIONS
DES
FALAISES

Les personnages de ce roman sont tous imaginaires
et toute ressemblance avec la réalité serait purement fortuite.

À Isabelle

Prologue

6 avril 1944

Il n'a jamais envisagé de tuer un de ses compatriotes. Mais là, les limites de sa patience étaient atteintes.

Cela fait deux jours qu'il se morfond à Rouen pour prendre en main son chargement, qu'il multiplie les démarches pour continuer sa mission, et voilà qu'un misérable Übersturmführer s'entête à faire du zèle. La rivalité entre les officiers SS et ceux de la Wehrmacht ne date pas d'hier, mais avec l'occupation des zones gagnées pendant la guerre, elle prend des proportions considérables.

Les officiers SS sont plus que de simples conquérants. Ils se considèrent comme les rois du monde. Le puissant Reich est leur patrie et leur patrie est aussi étendue que la folie meurtrière de leur Führer. Ils en viennent souvent à considérer le reste du monde comme du bétail à soumettre.

Alors, quand une huile de la Wehrmacht, aristocrate de surcroît, plus habituée aux salons de châteaux et aux réunions d'état-major vient marcher dans leur fief, les SS n'apprécient pas. L'Übersturmführer Sigmund Gabel est en train de le provoquer par simple sadisme.

— Que vient donc faire un colonel de l'état-major dans notre belle région ? insiste l'officier avec des sous-entendus menaçants.

— Ordre direct du quartier général du Führer. Je viens faire une tournée d'inspection de nos troupes en Normandie. Ne me dites pas que vous ne savez pas lire, l'ordre de mission est dans votre main droite depuis deux jours.

L'officier nazi agite le bout de papier avec un regard

mauvais. Il contemple avec envie la vareuse luxueuse que son interlocuteur porte sur les épaules, l'uniforme kaki impeccable, les nombreuses décorations. Il ne peut pas en dire autant.

Dans cette région, il pleut sans discontinuer depuis près de trois mois. Les routes et les champs sont gorgés d'eau, la boue lourde et poisseuse règne en maîtresse absolue. Par la fenêtre, il entend les bourrasques de vent et la pluie marteler sans relâche les carreaux de la Kommandantur, rue du Donjon, à Rouen, près de la gare. Ce crachin incessant s'infiltre partout. Les uniformes noirs ne sèchent plus, ils deviennent difficiles à repasser. La boue s'incruste dans les bottes, rend le cuir mou et auréolé. Les manteaux alourdis perdent leur forme et leur panache. Dans cet enfer humide, la superbe des nazis en prend un grand coup au moral. Cela les rend plutôt mauvais, surtout face à un colonel de salon fraîchement débarqué de Berlin.

— On ne vous a pas vu souvent, reprend le fonctionnaire d'une voix méprisante. Le terrain vous manquerait-il ? Ou notre Führer a-t-il jugé bon de faire sortir ses officiers de leurs salons dorés ? Auriez-vous peur que la guerre se termine sans vous ? Ce serait dommage, n'est-ce pas ?

L'élégant officier de la Wehrmacht ne daigne pas répondre. Il n'y a que deux façons de traiter avec ces fanatiques. Par l'ignorance et par la sagesse. Leur arrogance n'a d'égale que leur cruauté et leurs méfaits sont la honte de l'armée. Ils bafouent toutes les règles que l'honneur d'un officier se doit de défendre.

Sigmund Gabel inspecte de nouveau l'ausweis. L'ordre lui paraît étrange et incongru.

Cet officier d'état-major n'a plus mis les pieds en dehors de la grande Allemagne depuis 1941 et voilà que le Führer l'envoie en Normandie inspecter les troupes. En soi, cela n'a rien de particulier. Sauf qu'il doit récupérer trois camions arrivés de Mauthausen ! Ils sont au centre de triage de Sotteville depuis deux jours.

Il sait que la situation du Reich n'est plus ce qu'elle était et que des bruits courent sur un prochain débarquement des forces alliées dans le Nord de la France. Comment ne pas trouver cela suspect quand l'ordre de mission stipule qu'il prendra personnellement un des trois camions pour effectuer une livraison sur le site militaire secret de Hénouville, à côté de Duclair, alors que les deux autres doivent repartir sur Saint-Omer ?

La frustration de L'Übersturmführer est à la hauteur des spéculations les plus folles qui circulent dans les rangs de l'armée nazie sur les armes secrètes que le Führer promet de mettre en œuvre pour gagner définitivement la guerre.

Le colonel interrompt le cours de ses pensées :

— Quelque chose ne va pas ?

Le fonctionnaire émet un ricanement sinistre :

— Rien de particulier, Herr Oberst, je m'interrogeais, c'est tout...

— Écoutez, Übersturmführer Gabel, reprend le colonel d'une voix contrôlée, cela fait deux jours que j'attends votre validation pour récupérer ce camion. Je trouve que la plaisanterie a assez duré ! Si vous mettez en doute ces documents, je vous demanderais d'appeler tout de suite l'état-major à Berlin !

— Je l'ai déjà fait, Herr Oberst, réplique sèchement l'officier en fixant son interlocuteur. Mais j'attends toujours une réponse.

— Je vois. Vous êtes curieux de savoir ce qu'il y a dans ce camion, n'est-ce pas ? Je le devine à votre air frustré. Un peu de patience, Herr Übersturmführer. Vous ne tarderez pas à le savoir. Mais plus vous me retardez, plus vous risquez de le payer cher. Vous savez très bien que le Führer n'aime pas que l'on discute ses ordres. Maintenant, je peux aussi l'appeler sur sa ligne directe dans sa résidence de Berchtesgaden. Vous pourrez lui expliquer pourquoi vous refusez de collaborer. Je suis persuadé qu'il appréciera.

Gabel applique le tampon du Reich avec rage, vaincu et effrayé devant une telle menace. La parole d'un obscur Übersturmführer aura peu de poids devant celle d'un colonel de l'état-major, héros de la première guerre. Il lui tend le document :

— Tenez, Herr Oberst, voilà votre ausweis.

— Merci Herr Übersturmführer.

Le colonel récupère son précieux document, salue à la militaire et abandonne le fonctionnaire à sa méditation. Le temps est devenu une denrée rare. Deux jours de perdus à cause de ce petit nazillon arrogant. Pas étonnant que le Reich se porte aussi mal. Dire qu'il est aux mains de voyous est un doux euphémisme. Ces officiers SS n'ont aucune morale.

Il quitte rapidement la sinistre Kommandantur sous une pluie battante et s'engouffre dans le véhicule qui l'attend. D'un geste autoritaire, il indique à son chauffeur qu'il peut y aller.

La ville de Rouen est dans un état pitoyable. Comme le reste du grand rêve nazi. Les multiples bombardements ont pulvérisé les maisons de chaque côté de la berge du fleuve, et la somptueuse cathédrale, miraculeusement intacte, règne sur un océan de décombres fumants.

En cette fin d'après-midi lugubre, les rares habitants errent comme des âmes en peine dans les gravats à la recherche d'un rat ou d'un chien pouvant améliorer leur ordinaire. Devant les rares boutiques ouvertes, les files d'attente sont interminables. Des femmes en guenilles attendent depuis l'aube avec leurs tickets de rationnement pour espérer récupérer un peu de nourriture. Des enfants dépenaillés jouent à la guerre parmi les ruines, indifférents aux patrouilles ennemies.

Il détourne les yeux. Depuis Berlin, ce spectacle de désolation le poursuit comme un cauchemar. La grande Europe rêvée par le Führer n'est qu'un immense champ de ruines. Pire, son propre pays est écrasé sous les bombardements de plus en plus meurtriers des forces alliées.

Il traverse la Seine sur un pont de fortune bâti à la hâte par les soldats du génie. Il franchit quatre barrages successifs et atteint finalement la grande gare de triage de Sotteville, soigneusement gardée par une troupe de SS aux abois. Un autre Übersturmführer chargé de la sécurité l'accueille comme s'il était le dernier des voleurs, un pistolet-mitrailleur Schmeisser braqué sur sa poitrine.

— Heil Hitler ! Herr Oberst ! Vous avez vos papiers ?

— Bien sûr, les voici.

L'officier les ausculte sous la pluie avec sa torche, comme s'il s'agissait de son propre testament et lui rend avec une indicible indifférence. Il ne paraît pas avoir plus de préjugés négatifs sur les officiers de la Wehrmacht que sur n'importe qui. Il lui donne ses documents et lui fait signer la prise en charge avant de tendre le bras.

— Votre camion et son matériel se situent à l'extrémité du quai numéro 13. Les deux autres sont sous bonne garde avant leur départ pour Saint-Omer. Vos ordres ont été exécutés à la lettre.

— Je vous remercie, Herr Übersturmführer. Pourriez-vous m'indiquer la route d'Hénouville ? Je dois rejoindre l'état-major du 61e Corps.

— Les gars de la colonne SandKuhler ? L'officier réfléchit un instant. Ils ne sont plus sur Hénouville, Herr Oberst, mais à Yvetot. La 3/674 s'est fixée près de Duclair, après avoir séjourné à Bacqueville. Il n'y a rien sur Hénouville, à part une troupe du génie qui fait dans le béton.

— Et comment puis-je m'y rendre ?

— À Hénouville ? Vous traversez le fleuve et vous suivez les quais sur votre gauche vers Duclair. Méfiez-vous. La résistance est plutôt vive dans ce secteur. En une semaine, ils ont eu plus de cinq attentats. Comme ici ! Sept voies ferrées dynamitées, deux attaques à la grenade, trois locomotives sabotées.

— Merci de ces renseignements. Je vais en tenir compte. C'est important pour mon rapport.

— Bonne soirée, Herr Oberst. Ne tardez pas. La nuit tombe vite avec ce temps pourri. Les résistants en profitent. Satané temps. Je ne comprendrai jamais comment on peut supporter cette humidité quotidienne, achève-t-il en réajustant sa casquette détrempée.

— Les Normands se sont adaptés à ce climat. Ils sont

très attachés à leur terre. D'où venez-vous, Herr Übersturmführer ?

— De Leipzig, Herr Oberst. Je suis né dans les trains, la ferraille et la fumée des usines.

— Je comprends mieux votre réflexion. Si cela devait vous arriver, si votre propre ville était envahie, quelle serait votre réaction ?

Le colonel salue en terminant sa phrase et se détourne sans attendre de réponse. Il n'en a pas besoin. Depuis toutes ces années au service de l'armée allemande, il a appris à reconnaître la valeur d'un soldat. Cet homme serait un farouche résistant. Rien à voir avec son homologue véreux de la Kommandantur.

L'officier SS cesse ses confidences. Il indique le quai numéro treize de la main avant de retourner au chaud dans son baraquement. La sentinelle trempée qui lève la barrière et dégage la herse ne lui accorde même pas un regard.

Son camion est au bout, près de l'enceinte grillagée, abandonné dans un terrain vague, sans lumière. Il monte rapidement à l'arrière. Le camion est plein à craquer. Les caisses sont toutes là, indemnes et inviolées. Il soupire de soulagement, réajuste la bâche et donne congé au chauffeur qui le fixe d'un air sceptique. La limousine disparaît dans la pénombre ruisselante.

Il grimpe dans la cabine, observe un instant le tableau de bord, met le contact. À part quelques aménagements, ces camions ne diffèrent guère de ceux qu'il conduisait à Berlin, même s'il doit admettre qu'il n'est plus aussi jeune qu'avant.

La boîte de vitesse grince plusieurs fois avant qu'il ne trouve la marche arrière. Sous les faisceaux de ses phares, les quais lugubres lui retournent une soudaine et redoutable solitude, cette solitude sournoise et terrifiante qui l'envahissait dans les tranchées, quelques minutes avant l'assaut.

Surtout à Verdun. Un moment d'une violence inoubliable. Tout comme se lever et charger sous la mitraille en emmenant vers la mort des milliers d'inconnus. Réprimant un frisson de peur, il engage son camion sur un chemin bourbeux qui le ramène à la sortie de la gare de triage. Plus de vingt ans après, la souffrance est toujours aussi intense. Il n'y a que la mort qui pourra effacer le souvenir de ces instants terribles.

Heureusement pour lui, le mauvais temps ne semble pas prêt à battre en retraite. Les bourrasques de pluie balaient sans relâche son pare-brise dont il essaie sans succès de chasser la buée. L'Übersturmführer émerge de sa cabane réconfortante et vient vérifier une seconde fois ses papiers, sans toutefois lui adresser la parole.

Ses pensées doivent le ramener à Leipzig et sa remarque a semé le trouble dans son esprit. Depuis combien de temps cet homme n'a-t-il pas revu sa famille ? Sait-il encore s'ils sont toujours vivants ?

D'un geste autoritaire, il ordonne de lever la barrière et le salue d'un vague signe de la main, indiquant qu'il est fou de sortir seul par un temps pareil.

Le colonel s'engage sur la route sans un regard dans le rétroviseur, persuadé que le jeune officier fixe ses feux arrière et s'interroge. Une brève accalmie lui permet de retrouver le pont de fortune et de le traverser, non sans avoir à montrer plusieurs fois son ausweis signé par Gabel. Mais l'humidité, les manteaux lourds et l'atmosphère pesante font autant de miracle que son bout de papier.

Il se retrouve seul sur une route déserte en pleine forêt. Même en pleins phares, il a du mal à apprécier les distances. Il conduit prudemment, davantage préoccupé par les nombreux nids de poules et ravines dangereuses que par la présence éventuelle de gibier. L'expérience de nombreuses chasses fastueuses en Bavière lui a appris que les bêtes n'aiment pas plus l'eau que les humains.

À l'amorce d'une descente, simplement signalée par un panneau effacé aux trois quarts, il ralentit encore son allure et ne dépasse pas les vingt kilomètres à l'heure. Ce serait trop bête de rater un virage et de tomber dans un ravin avec sa précieuse cargaison. Ce n'est vraiment pas le moment. Après tout le mal qu'il s'est donné pour arriver ici.

Que d'heures d'angoisses et d'attentes, que d'incertitudes ! Jamais un soldat de métier comme lui, héritier de la veille aristocratie prussienne, n'aurait songé à entreprendre une telle mission.

Il réprime un tremblement. Ce n'est pas le moment. Il enfile deux virages serrés et débouche dans un petit village sans lumière. La route s'élargit à peine, mais elle devient toute droite. Sans les voir, il devine qu'il a rejoint les abords du fleuve. Il paraît que la route est superbe au printemps. Mais avec ce fichu temps, il ne voit rien. On lui a pourtant affirmé qu'elle était aussi belle que dans son Land natal.

Une bouffée de tristesse l'envahit. Fichue guerre, qui éloigne autant les hommes de chez eux. Déjà deux conflits meurtriers ! Bientôt il n'y aura plus personne. Il faut que cela cesse. Le nouveau siècle est déjà trop profondément marqué. Il arrive sur ses cinquante ans, et il aura passé près de huit ans sur les champs de bataille.

Il accélère, bénissant Dieu de ne rencontrer personne. Aucun véhicule français, aucune patrouille allemande. Sa vision s'améliore légèrement. Bientôt, les contreforts de calcaire viennent à nouveau obscurcir sa route. À l'arrivée sur Duclair, il frôle même la paroi rocheuse que la route a entaillée. Une fois encore, la chance semble être avec lui quand la barrière se lève automatiquement à son arrivée. Le soldat n'a même pas esquissé l'ombre d'un salut. Il doit considérer que seul un fou peut s'aventurer aussi loin dans ce coin perdu. Sur sa gauche, le fleuve noir réduit l'horizon à un chapelet de nuages bas.

Une fois le village de Duclair franchi, la route devient de plus en plus mauvaise. Dans la campagne, aucune lumière ne vient percer l'obscurité. Après une brève accalmie, la pluie redouble d'intensité à l'approche de la centrale électrique sur laquelle veille la compagnie 3/674. Le barrage installé sur la route qui mène à cet endroit stratégique est un véritable modèle du genre. Autour des piques antichars, des blocs de béton régulent la circulation et obligent les véhicules à rouler au pas. Trois rangées de herses barbelées permettent de filtrer les passants et évitent les débordements intempestifs. Protégé par un mur de sacs, un nid de mitrailleuse surveille les alentours proches, tandis que les deux Panzers dissimulés en retrait contrôlent les abords de la crête et du fleuve.

Ici, ses compatriotes se moquent des intempéries, et son ausweis est ausculté à la loupe. La question ne fuse cependant pas. Que fait donc un éminent colonel de la Wehrmacht dans ce trou à rats ? Après la centrale, et après la prochaine ville, qui s'appelle le Trait, il n'y a plus de compagnies allemandes avant Lillebonne ou Yvetot. Il est un peu tard pour s'aventurer seul en territoire ennemi.

Mais un colonel n'a pas à justifier de ses déplacements. Surtout lorsqu'il montre son ordre de mission signé du Führer en personne. Les soldats de la Wehrmacht sont plus dociles que ces vauriens de SS. Le sous-officier engoncé dans sa parka trempée lui fait simplement remarquer qu'il a raté le premier embranchement qui le mène à Hénouville. Mais il n'a pas besoin de faire demi-tour. Un peu plus haut, dans le village, il trouvera une route sur sa droite qui remonte sur le plateau, vers le village de Sainte-Marguerite. De là, il pourra redescendre directement sur Hénouville. Il lui souhaite un bon voyage et ouvre la barrière de barbelés tout en agitant sa lampe pour faire signe de le laisser passer.

Le colonel respire. Tout se déroule comme prévu. Il s'engage dans le village endormi.

Soudain, une silhouette se dresse devant lui, arme au poing. Il pousse un hurlement et freine brutalement pour ne pas l'écraser. Le camion dérape sur la chaussée et vient s'immobiliser sur le bas-côté. Le temps de retrouver son sang-froid, il descend pour voir s'il n'a blessé personne. Avec stupeur, il se retrouve face à un pistolet-mitrailleur Schmeisser. Le visage du Feldwebel est rubicond sous la lampe. Ses yeux exorbités le fixent avec difficulté.

Le sous-officier de la Feldgendarmerie est ivre mort. Le colonel ne l'impressionne pas. D'un geste brutal, il le pousse vers l'habitation la plus proche, qui porte encore la pancarte « Mairie » sous l'immense drapeau rouge et noir.

À l'intérieur, un poêle à bois dégage une chaleur vive qui fait fumer les habits. Le Feldwebel contourne le comptoir sans un mot, son arme toujours braquée contre l'intrus. Le colonel décide d'être patient, surtout dans l'état où se trouve son interlocuteur. Une bouteille de calva vide traîne par terre. Il sort ses documents pour les montrer, mais cela le fait éclater de rire. Les murs jaunes délavés et sales lui renvoient un écho sinistre. Étonné par le comportement du soldat, le colonel tente de l'impressionner par son grade, mais cela se révèle vain. Il est trop enivré. Pourtant, quand il ouvre la bouche, le colonel se fige avec effroi. Contrairement aux apparences, l'homme semble être en pleine possession de ses moyens :

— Alors, Herr Oberst, on s'est perdu ? Vous avez raté deux fois la route d'Hénouville, là où vous êtes censé vous rendre ! Curieux, n'est-ce pas ?

— Le temps n'est pas fameux. Vous devriez vous en apercevoir, rétorque le colonel, brutalement sur la défensive. J'ai simplement raté le carrefour.

— Quelle idée de vouloir se rendre en pleine campagne par un temps pareil ! Et seul en plus, sans escorte. Tss… Tss… Ce n'est pas très prudent, Herr Oberst.

— Tels sont les ordres du Führer, réplique-t-il en s'efforçant de rester calme. Jetez donc un œil sur ces documents avant de raconter des bêtises.

Le Schmeisser ne quitte pas sa poitrine pendant qu'il s'empare des papiers. Il les parcourt avec un mépris non dissimulé.

— Le coin n'est pas sûr, Herr Oberst. Je vous suggère de passer la nuit ici et de repartir demain avec une escorte. Au-delà de ce village, c'est la forêt pendant des kilomètres. Je le répète, ce n'est pas prudent.

— Depuis quand un sous-officier se permet-il de mettre en doute les ordres de ses supérieurs, s'écrie le colonel, outré. Vous savez ce qu'il peut vous en coûter ! Vous êtes complètement saoul ! Rendez-moi ces papiers et allez cuver tranquillement avant que je ne vous fasse mettre aux arrêts !

Le Feldwebel ne répond pas. Il se contente d'un rictus amer et d'un rot énorme. Néanmoins, son pistolet-mitrailleur ne bouge d'un pouce. Cela devient évident. Il ne le croit pas. S'armant de courage, le colonel reprend :

— Écoutez-moi, Feldwebel. J'accepte de passer l'éponge sur votre insubordination si vous me rendez ces documents immédiatement et que vous cessez de me menacer.

— Allez vous faire voir, hurle son interlocuteur. Pas tant que vous n'aurez pas avoué ce que vous avez dans votre camion !

Le colonel reste pétrifié sur place.

— Qu'est-ce que cela signifie ?

— Mon ami, l'Übersturmführer Sigmund Gabel m'a prévenu par radio, ricane le Feldwebel d'une voix grinçante. Il m'a dit, mon pote, si ce colonel de pacotille arrive jusqu'à toi, c'est qu'il nous cache quelque chose ! Arrête-le et garde-le au chaud en m'attendant. Vous voyez, Herr Oberst, vous vous êtes trompé deux fois de route ! Et ça, ce n'est pas normal…

Le colonel devient blanc comme un linge. Ce satané Übersturmführer ne le lâchera donc pas !

— Je vous ordonne de me rendre mes papiers, tonne-t-il avec véhémence. Ou vous allez savoir ce qu'il en coûte de discuter les ordres du Führer !

— Cause toujours, l'ancêtre, je suis vert de peur… La première Guerre, c'est à cause de gens comme toi qu'on l'a perdue.

Le colonel n'a pas le temps de répondre. Derrière le Feldwebel, une porte s'ouvre. Un Feldgendarme, tout aussi éméché, surgit, sa tunique débraillée, une bouteille de calva à la main.

— Qu'est-ce que tu as à brailler ? éructe-t-il d'une voix pâteuse. On commençait tout juste à s'amuser !

Ses yeux vitreux, sadiques et injectés de sang, dévisagent avec animosité le colonel de la Wehrmacht.

— Qui c'est celui-là ? Le clown qui obscurcit le cerveau de Gabel ? Il est venu jusqu'ici ?

Le colonel devient blême. Par la porte ouverte, trois autres Feldgendarmes en manches de chemise rigolent devant le spectacle d'une jeune fille ligotée sur un lit de fortune. La pauvre est bâillonnée, les pieds et les mains liés aux barreaux. Sa jupe est déchirée, et son corsage ouvert sur ses seins. Elle ne doit pas avoir plus de seize ans. Elle se débat mollement, assommée par les multiples coups qui marquent son corps. Ses yeux révulsés en disent long sur son calvaire. Le sang du colonel ne fait qu'un tour.

Avant que ses deux interlocuteurs ne comprennent, il tire son revolver de son étui et les abat avec rage. Puis il franchit d'un bond le comptoir et se rue dans la pièce. Surpris, les trois Feldgendarmes se précipitent sur leurs armes. Il descend le premier d'une balle en plein front, blesse mortellement le second au cou et touche le troisième en plein cœur au moment ou il appuie sur la détente de son pistolet-mitrailleur. Le Feldgendarme s'écroule.

Le colonel s'approche, indifférent cette fois à l'idée d'avoir tué ses propres compatriotes. Le second gît au sol, les mains crispées sur son cou, tentant d'arrêter le flot de sang. Sans hésitation, il l'achève d'une balle dans la tête.

Ensuite seulement, il détache la jeune fille. Elle se recroqueville sur le lit, cachant sa nudité derrière ses bras tremblants, abasourdie. Elle fixe avec horreur ses bourreaux dans leur mare de sang. Ses yeux effrayés se posent sur la silhouette de son sauveur sans comprendre. Elle ne réagit pas tout de suite quand il lui ôte son bâillon.

— Ne craignez rien, mademoiselle, dit-il d'une voix rassurante en français, une langue qu'il maîtrise parfaitement. Ces ignobles individus ne vous feront plus aucun mal. Mais il ne faut pas rester là. Le reste de l'escadron ne va pas tarder.

Il enlève sa luxueuse vareuse encore humide et la passe autour de ses épaules. Elle refoule l'habit.

— Allez-vous en, crie-t-elle d'une voix hystérique.

— Je ne vous ferai aucun mal, mademoiselle, continue-t-il doucement. Vous ne pouvez pas partir comme cela.

Elle se laisse convaincre par ses paroles, trop heureuse

de se blottir dans la chaleur du manteau, mais encore choquée par la présence de cet officier allemand aux étranges manières. Il replace son Mauser dans son étui de cuir et écarte les bras pour lui montrer qu'elle n'a plus rien à craindre.

— Pourquoi avez-vous fait cela ? balbutie-t-elle.

— Ces monstres méritaient de mourir. Ils n'avaient pas le droit …

— Mais, vous êtes Allemand… ?

— Je suis avant tout un homme d'honneur, mademoiselle, un homme avec des principes, des traditions. Dépêchez-vous ! Ils seront bientôt à nos trousses !

Elle repousse la vareuse une nouvelle fois.

— Je ne veux pas de votre manteau, insiste-t-elle en tremblant, comme pour se sortir d'un mauvais rêve.

En souriant, il le repose sur elle, comme un père bordant sa fille. Elle est jeune, blonde, et si jolie malgré sa lèvre inférieure fendue. Pour toute réponse, il lui montre son uniforme, troué de deux balles sur le flanc droit.

— Gardez-le, mademoiselle, là où je vais, je n'en ai plus besoin.

— Vous êtes blessé ?

— C'est sans importance. Il faut partir. Oubliez-moi ! Vous ne m'avez jamais vu…

Elle referme le manteau sur son corps meurtri, contourne les cadavres avachis, son regard fixé sur celui du colonel. Elle passe lentement devant lui avec méfiance, sort de la pièce et se précipite vers la porte extérieure. Le cadavre du Feldwebel gît sur le côté.

Elle interrompt son geste, se retourne lentement. Dans ses yeux clairs et limpides brille une lueur d'une incroyable vivacité. Il reconnaît ce regard. Elle a la même force de caractère que L'Übersturmführer de la gare. C'est une véritable combattante. Une fille de la Résistance.

— Que vouliez-vous en venant ici ? demande-t-elle. J'ai entendu qu'ils parlaient de Hénouville. Est-ce vraiment ce que vous cherchiez ? Vous alliez à la base secrète que vos compatriotes sont en train de construire ?

— Pas tout à fait, mademoiselle…

Ces paroles résonnent curieusement dans sa tête. Son uniforme kaki devient marron sous la tâche de sang qui prend de l'ampleur.

— Mais alors… ?

Comme il ne répond pas et qu'il continue à la fixer, à l'implorer presque, elle se décide soudain :

— Que Dieu ait pitié de vous… Et merci ! Jamais je n'oublierai que je vous dois la vie. Je ne peux rien faire pour vous. Je suis désolée, je ne peux pas…

Elle s'enfuit dans la nuit sans se retourner. Il hoche tristement la tête en frissonnant. La nuit est soudain glaciale. Sa main est rouge de sang. Il sort à son tour de la Feldgendarmerie et rejoint son camion en se tenant le ventre. Maudit Feldgendarme ! Quelle ironie ! Même ivre, cet imbécile a eu le temps de lui tirer deux balles dans le corps avant de mourir. Dire qu'il était si près du but !

Comment un peuple qui se dit supérieur peut-il laisser de tels chiens en liberté ! Il en frémit de honte. Sa détermination n'en est que plus forte. Il est temps de mettre un terme à toute cette horreur.

Il remet péniblement le contact et repart sèchement. Dans quelques minutes, le reste de l'unité sera sur les lieux. Il ne doit pas traîner dans le coin. La forêt l'engloutit sans qu'il ne s'en rende vraiment compte. La douleur devient plus forte, plus lancinante. De grosses gouttes de sueur coulent sur son front.

La pluie n'a pas diminué un seul instant. Transis de froid, il a du mal à conserver une trajectoire correcte. Juste le temps d'apercevoir la route sur sa droite, il attrape l'embranchement de Rançon, traverse le village sans lumière. Ses phares accrochent la vieille église et le cimetière comme un phare au milieu de la nuit. Avec l'impression que la vallée se referme sur lui. Il n'a pas encore trouvé la route qui mène vers le plateau, vers Yvetot. Des coulées de boues dévalent la route qui serpente de plus en plus.

Soudain, un grand virage à gauche, puis à droite. La route devient un misérable chemin de terre ; la forêt l'encercle ; il a sûrement raté la route. Il tente de faire demi-tour, mais son corps refuse de lui obéir : il ne peut plus tourner le volant. Il continue droit devant lui. Ses forces l'abandonnent. Avec une lassitude de plus en plus prononcée, il songe à sa famille, à sa mission. Dire qu'il aurait pu changer le cours de la guerre !

De part et d'autres, les arbres l'agressent. Il s'enfonce dans l'obscurité éternelle. La pluie fouette son pare-brise. Il n'a d'autre choix que d'aller au bout du chemin. Avec un peu de chance, il récupérera la bonne route où il trouvera un panneau indicateur. Des branches giflent la bâche de son camion.

Un dernier virage à droite, pratiquement invisible. Il s'y engouffre.

La pluie a cessé de tomber. Tout est silencieux. Il ne comprend pas, mais sa blessure est devenue trop douloureuse pour qu'il se soucie d'autre chose. Elle paralyse son cerveau et son corps. L'avant de son camion croche contre un rocher, le ralentissant encore. L'obscurité est complète, comme assourdie. Bizarre, il n'y a plus d'arbres non plus. Puis ses phares éclairent un mur de calcaire. Il bute fortement dedans et s'effondre sur le volant. Le silence est étrange, très étrange…

Dans ses derniers instants, il perçoit le bruit d'une avalanche derrière lui, mais la mort le cueille avant qu'il ne comprenne.

Extraits des dossiers du serveur informatique du ministère de l'Intérieur, des Collectivités Territoriales et de l'Outre-Mer (RGMI) :

Type de dossiers : renseignements généraux.
Classification dossiers : très secret, secret défense.
Niveau d'accès : code cinq, avec accord impératif du ministre de l'Intérieur.
Consultation : diffusion interdite, lecture seule, pas d'impression.

Dossier 18/RGF/453 :
« ...**de Fontvieille, Alexis.**
Citoyen français, (voir fiche d'identité), né en Algérie, de Grégoire de Fontvieille et de Marie Duchêne.
Industriel fortuné, propriétaire d'un groupe international crée par son grand-père, travaille dans l'agro-alimentaire et la culture biologique, (voir rapport 55/OFR/43 de la Brigade financière sur la holding : Fontvieille S.A., détentrice des capitaux du groupe.)
Activités diversifiées dans les bio-technologies.
Homme discret, humaniste, grand mécène de la Croix-Rouge Internationale, défenseur des droits des enfants.
Homme influent ayant de nombreux appuis politiques et militaires, dont le ministre des Affaires étrangères, et le général commandant le CERPEM (Centre de relations publiques de l'état-major).
Ancien officier de l'armée française et agent de la DGSE, membre de la CTCIP (Cellule technique de coordination internationale de la Police) des Balkans.
Aurait plusieurs fois profité de cette situation professionnelle pour faire fortune. Liens non prouvés avec les mafias d'Europe de l'Est.
Considéré comme tueur professionnel, suspecté dans plusieurs meurtres non élucidés (voir rapport sur l'enquête de l'Ordre du Temple du renouveau, dossier TDR 34/DDHH/9 du procureur de la république de Paris).
Spécialiste des arts martiaux et pilote d'hélicoptère chevronné.
Individu très dangereux, violent, à tendance schizophrénique.
Aurait créé un groupe de protection et de défense pour surveiller ses intérêts personnels et économiques : une milice personnelle composée d'hommes et de femmes dévoués se reconnaissant sous l'appellation Commando des Ours.

Organisation paramilitaire illégale impliquée dans plusieurs faits d'armes, mais jamais reconnus, faute de preuves. Pas de traces. Surnommé : Matg'uen par ses coéquipiers. (L'Ours, le chef de clan). »

Dossier 27/DGP/754

« ...**Martinot, Stéphanie,** (voir fiche d'identité).

Institutrice à l'école primaire à Saint-Valery-en-Caux (Normandie, Seine-Maritime), fille de Rémi Martinot et de Marthe Levasseur.

Plus connue sous le nom de sa mère, Stéphanie Levasseur.

Adepte des arts martiaux japonais (aïkido et karaté), se présentant souvent comme sous-officier de l'armée française.

Présumée agent de sécurité auprès de l'industriel Alexis de Fontvieille (voir dossier 18/RGF/453) et actuelle leader de cette organisation paramilitaire nommée Les Ours. Individu à la personnalité très marquée, d'un self control ayant fait sa réputation de tueuse professionnelle. Connue pour n'avoir aucune pitié.

Aurait été formée dans les camps militaires en Israël et en Serbie.

Surveillance conseillée par la DST... »

Dossier 98/DOL/630

« ...**Martin, Fabienne** (voir fiche d'identité).

Lieutenant de police judiciaire au SRPJ de Rouen, Seine-Maritime, rattachée à la Brigade antiterroriste.

Une des premières femmes admises au GIPN, groupement d'intervention de la police nationale, lauréate de l'École nationale de police après un engagement de cinq ans dans le peloton de gendarmerie de haute montagne (PGHM).

A exigé son affectation à Rouen malgré les recommandations de son chef de brigade pour une meilleure promotion. Officier de grande valeur.

Présumée membre de l'organisation secrète des Ours de l'industriel Alexis de Fontvieille (voir dossier 18/RGF/453). Profiterait de sa position au SRPJ comme agent de renseignement.

Aucune inculpation, aucune preuve. Pas de traces. »

Djamel Khalen
Commissaire au SRPJ de Haute-Normandie, directeur de la BAT (Brigade antiterroriste) de Rouen.
Héros national depuis sa dernière enquête où il a démantelé le plus important réseau européen de trafic d'armes de guerre, organisation qui opérait sous couverture d'une secte templière : l'Ordre du Temple du renouveau.

Commissaire Djamel Khalen,
parfois contrarié, parfois sans scrupule, conscience professionnelle oblige : Fabienne Martin travaille directement sous ses ordres... Stéphanie Levasseur est actuellement sa compagne dans la vie... Alexis de Fontvieille est son meilleur ami...

1

Rouen, de nos jours...

La place du Vieux Marché est noire de monde. Pourtant, le temps ne s'y prête guère. Des nuages bas et orageux filent dans le ciel. Le vent de sud-ouest, annonciateur de pluie déferle en bourrasques sur la ville surchauffée par huit jours de canicule.

Assis à la terrasse d'un café, le commissaire Djamel Khalen savoure la brise chaude chargée d'humidité et de senteurs diverses. Malgré une circulation de plus en plus anarchique, les touristes n'ont pas déserté la ville de Rouen.

Sa compagne, Stéphanie Martinot est à ses côtés. Ses cheveux légers virevoltent sur son visage séduisant et bronzé. À chacun de ses gestes, il soupire. Il la regarde, le cœur serré, tiraillé par sa double vie.

Il relit son dossier dans sa tête.

Stéphanie est agent de sécurité au sein d'un groupe secret chargé de la protection d'un industriel de la région, propriétaire d'un groupe international spécialisé dans l'agro alimentaire. Elle est d'une force de caractère incroyable et sait parfaitement faire la différence entre sa vie publique et sa vie secrète.

Depuis qu'il est avec elle, il ne sait pas toujours comment réagir. C'est une relation peu banale : un commissaire de police amoureux d'une tueuse professionnelle.

Après sa brillante enquête qui a permis le démantèlement de la filière d'un important trafic d'armes, le ministre de l'Intérieur lui a confié qu'il le verrait bien à la tête du SCRB, le Service Central de Répression du Banditisme, à Paris. Histoire de compliquer un peu plus la situation.

Même classé secret défense, il suffirait qu'un fonctionnaire zélé découvre le cv de Stéphanie pour que cela crée des problèmes.

Stéphanie le tire de ses réflexions. Elle lui caresse la main :

— Djamel, qu'est-ce qui te rend si pensif ?

Il soupire, déjà vaincu avant d'avoir dit un mot. Il se sent de plus en plus attiré.

— Cette place en tant que patron du SCRB, à Paris…

— Et bien ? où est le problème ? répond-elle avec une sincérité désarmante, ses yeux rivés dans les siens. Tu vas y aller ?

— Justement, je me disais que je n'ai pas forcément envie de vivre loin de toi.

— Ça c'est gentil, murmure-t-elle.

— D'un autre côté, mon père m'a légué certaines valeurs. Je me suis promis de défendre mon pays contre ceux qui veulent le détruire, et je ne veux pas rompre cet engagement.

— Qui te le demande ? Tu as bien prouvé que tu pouvais le faire de Rouen, non ?

— Excuse-moi. Tu as sans doute raison. De toute façon, les truands peuvent agir n'importe où. Pour leurs caches, ils privilégient même les coins reculés. Récemment, ils ont arrêté un type qui fabriquait des bombes dans un village du Gers.

— Tu crois que cela a un rapport avec l'attaque de la banque du Crédit Agricole de Pont-Audemer il y a deux jours ? Il paraît qu'ils ont utilisé des grenades pour faire exploser la vitrine.

Djamel hausse les épaules.

— Je ne sais pas.

Stéphanie relève doucement la tête pour admirer l'église Jeanne d'Arc. Soudain, ses yeux se voilent et un léger sourire pointe sur ses lèvres.

— C'est vrai qu'ils prennent des grosses cylindrées pour leur braquage ?

Interloqué, Djamel se redresse sans comprendre, les sens aux aguets. Le changement d'attitude de sa compagne n'est pas fait pour le rassurer.

— C'est exact, risque-t-il. Des BMW blanches. Pourquoi ?

— Ils ont dû trop regarder le film *Taxi* de Luc Besson…

— Je t'en prie Stéphanie, ce n'est pas drôle…

— Une grosse berline sportive ? Blanche… Comme celle qui est garée de l'autre côté de la place, juste devant la Société Générale ?

Djamel pivote d'un bond sur sa chaise. À travers la foule, il distingue la carrosserie rutilante du puissant modèle garé en double file.

— Elle vient juste d'arriver, continue Stéphanie avec un malin plaisir. Un type est resté à l'intérieur. Le moteur tourne toujours. Plusieurs types sont entrés dans la banque.

Djamel se lève d'un bond, plonge sa main sous son blouson léger, tâte la crosse de son Mysneger 45. Il a récemment acquis cette arme en remplacement de son 357 Magnum chromé, fasciné par sa précision et sa fiabilité. C'est l'arme préférée de Stéphanie.

— Tu es sérieuse ?

— Je ne plaisante jamais avec ça. Tu me connais. Je les repère instinctivement.

— Alors, tu ne t'en mêles pas ma chérie, ordonne-t-il. Tu n'es chargée que de la protection de ton patron, tu n'as pas vocation à jouer les justiciers. Pour ça, il y a la police. Va plutôt me chercher la Laguna. Je pourrais en avoir besoin.

— Tu vas aller faire un tour sans moi ? Ce n'est pas juste.

— Stéphanie, je suis policier, tu es institutrice, ne l'oublie pas ! Je vais juste jeter un coup d'œil.

Il lui tend les clés, paie les consommations et l'embrasse.

— Va me chercher la voiture, s'il te plaît. Et récupère-moi de l'autre côté de la place.

— Bon d'accord, dit-elle, mais tu ne préfères pas que j'appelle des renforts…

— Stéphanie !

Elle s'enfuit vers la place de la Pucelle, les yeux rivés sur la voiture étrangère.

Aussitôt, Djamel fend discrètement la foule vers la voiture blanche. Les touristes en rang compact se traînent dans l'atmosphère lourde et orageuse. De violentes bourrasques de vent chaud balaient la place. L'orage risque d'être violent.

Il frôle bientôt les façades des magasins proches de la voiture. Le flot de circulation, assez faible en ce mois d'août permet à la BMW blanche immatriculée en Allemagne de stationner sans se faire trop remarquer.

Stéphanie avait raison : il y a bien un gars à l'intérieur, avec des lunettes noires, occupé à fixer la banque, située à moins de vingt mètres.

Djamel s'approche, flânant comme un touriste et passe tout près de la voiture blanche immobile. Le visage du conducteur est impassible derrière ses lunettes noires. Il fume tranquillement une cigarette et envoie la fumée par sa fenêtre entrouverte. La climatisation doit tourner à fond, car l'individu ne transpire pas malgré la canicule. Ce qui explique aussi pourquoi la voiture ronronne, moteur allumé.

Après avoir dépassé la voiture, il porte son regard vers la banque. Rien de particulier à signaler. Il aperçoit quelques personnes à l'intérieur qui semblent bouger en toute liberté. Le sas de protection est fermé des deux côtés. Le périmètre de sécurité devant l'établissement est bien respecté, les passants s'écartent normalement.

Il sourit en hochant la tête, lâche la crosse de son arme avec plaisir. Il fait demi-tour, les yeux en direction de la rue de Crosne, dans l'attente de la Laguna qui tarde à arriver. La circulation est pourtant fluide. Il la voit. Elle s'est arrêtée en double file juste à l'entrée de la place, à moins de cinquante mètres de la voiture allemande.

Les premières gouttes de pluie, chaudes, épaisses,

viennent claquer sur le parvis poussiéreux. Les touristes désertent la place plus vite qu'une vague à marée basse. Djamel se dirige vers la Laguna et accélère le pas.

C'est alors qu'un détail saugrenu attire son attention. Il se fige sur place.

Le chauffeur vient d'ouvrir sa vitre en grand ! Alors que la pluie menace !

Il pivote sur lui-même. En une fraction de seconde, il aperçoit l'éclat de l'acier à travers la vitre arrière. Une mitraillette ! Il pose la main sur son arme.

La violente explosion le jette à terre. Un grondement sinistre. Des hurlements terrifiants. Des gens qui courent dans tous les sens. Du sang et des corps qui jonchent le parvis.

La vitrine de la banque vient de voler en éclats. L'odeur particulière de la poudre dans l'air étonne Djamel. Il se relève, interloqué, un goût de sang dans la bouche. Les poseurs de bombes fonctionnent avec des bombes à poudre au lieu de plastic !

Il se redresse pour inspecter la scène. Sur la place règne un désordre infernal. Comment s'y sont-ils pris ? Il n'a repéré aucun sac devant la banque.

C'est alors qu'il les voit sortir : trois hommes cagoulés avec des sacs bancaires bourrés à craquer sur le dos. Comme dans n'importe quel mauvais film de série noire ! Trois malfrats qui courent vers la BMW blanche. Djamel fulmine. Ils se sont servis des explosifs, non pas pour entrer, mais pour sortir et profiter de la panique.

Mais ce qui le surprend le plus, ce sont les armes que les malfrats brandissent à bout de bras.

Ce sont des MP 40 Schmeisser de la Seconde guerre mondiale ! Le pistolet mitrailleur en dotation dans tous les régiments allemands ! Des armes de collection ! Le premier bandit apparemment ravi tire une longue rafale en l'air, histoire d'ajouter un peu plus au désordre qui règne sur la place.

Djamel fait dix pas en avant, se place dans un bon angle de tir, à une vingtaine de mètres des malfrats qui se précipitent vers le véhicule. Il crie de toutes ses forces pour couvrir les hurlements des blessés.

— Police ! Ne bougez pas ou je tire !

Les bandits se figent, mais leur réaction est surprenante de rapidité : les Schmeisser crépitent.

Djamel se jette derrière un muret en hurlant, roule sur le sol. Les balles meurtrières s'écrasent sur la façade du magasin derrière lui, creusant un sillage mortel dans la pierre. Il jaillit une fraction de seconde plus tard, ajuste la première silhouette et appuie sur la détente.

Il voit très nettement le bandit lâcher son butin et s'écrouler sur le bitume. Les deux autres jettent leur sac dans le coffre tout en tirant au hasard : ils abandonnent leur compagnon et grimpent dans la BMW qui bondit dans un crissement de pneus. La panique vient de changer de camp.

Aussitôt derrière lui, il entend un autre hurlement de pneus. La Laguna surgit à un mètre de lui, portière avant ouverte.

— Monte vite, crie Stéphanie, on va les perdre !

Il se précipite sur le siège. Elle démarre en trombe tout en braquant à fond. La porte se referme brutalement.

— Je te l'avais dit ! jubile-t-elle.

— Où sont-ils passés ?

Elle ne répond pas, fait une embardée avec la Renault et grimpe sur le parvis dans un nouveau hurlement de pneus, manquant de peu au passage un groupe de touristes affolés qui plonge dans les bacs à fleur.

— Ils ont coupé à travers la place pour sortir plus vite.

Les essieux grincent sur les marches larges qui forment un dénivelé et ramènent le parvis à la hauteur de la rue du Vieux Palais. Elle klaxonne aussi fort que son gibier, car les passants, traumatisés par le passage du premier véhicule, ressortent peu à peu des portes cochères. Elle manque d'en écraser une bonne douzaine et sourit à l'idée des insultes qui doivent fuser.

La BMW arrive à se faufiler entre les voitures jusqu'à la gare routière, passant deux fois sur les trottoirs pour dépasser les voitures. Là, elle grille trois feux et déboule en plein dérapage sur le quai du Havre, bloquant net la circulation. Quinze voitures paniquées s'entrelacent dans un amas de tôles froissées.

Stéphanie accélère juste à temps pour éviter un car italien qui, d'un grand coup de volant dérape sur le trottoir et vient s'encastrer dans la vitrine d'une agence de voyage.

— Mets donc ton gyrophare ! Ces imbéciles sont capables de nous bloquer.

Djamel obtempère et laisse sa vitre ouverte. La sirène violente l'oblige à monter le ton.

— Là ! Ils ont pris les tunnels ! Accélère ! Tu voulais de l'animation, tu vas être servie. Tu as ton permis, au moins ?

— J'espère que tu pourras me faire sauter ma contravention, si je me fais arrêter pour excès de vitesse !

Elle zigzague avec dextérité entre les véhicules dont beaucoup sont déjà dans les barrières de sécurité. L'allemande est passée par-là. Il l'aperçoit à la fin du tunnel. Le feu est au rouge. Sans se démonter, le pilote passe à gauche toute et déborde sur les voies de circulation dans l'autre sens, ignore le concert de klaxons et repique à droite pour prendre l'embranchement du pont Mathilde.

Stéphanie les suit avec la même inconscience sans se laisser distancer. Mais la puissance de la BMW creuse l'écart à la première ligne droite dégagée. La pluie orageuse s'intensifie et de grosses gouttes explosent sur le pare-brise.

— Ils filent vers l'autoroute, hurle Djamel en les voyant tourner sur la grande boucle de bitume de l'autre côté de la Seine, qui ramène vers le boulevard industriel de Sotteville.

La BMW accroche deux voitures dans sa descente, accélère au feu heureusement vert et passe sous le pont juste sous la Laguna.

Un éclair zèbre le ciel. Des volutes de fumée provenant de l'incendie s'éparpillent dans le vent violent de l'orage. Stéphanie passe les essuie-glaces en position très rapide pour chasser l'eau. La chaussée se transformant en patinoire, elle doit plusieurs fois récupérer la Laguna qui part en dérapage, sous l'œil ahuri de Djamel. Les talents cachés de sa compagne sont impressionnants.

— Le chauffeur est aussi bon que toi, observe-t-il en s'emparant de sa radio.

— Tu peux joindre le commissariat ?

— Bien sûr !

Il ouvre son poste fixe, mais l'affolement est tel que personne ne lui répond. Sur chaque fréquence, des cris des appels au secours, des demandes de renforts.

C'est une panique complète et puissamment désorganisatrice. Le chaos. Impuissant, Djamel tente de joindre Fabienne sur sa radio portable, mais en vain. Tout le monde doit être mobilisé sur la place du Vieux Marché, pour faire face à l'incendie et aux nombreuses victimes.

— Ils ont bien réussi leur coup, constate-t-il avec amertume. Quel bordel !

Il contacte la brigade de gendarmerie de l'autoroute qui lui promet d'envoyer rapidement des renforts.

La Laguna frôle les 170 kilomètres à l'heure sur le grand boulevard, heureusement désert en ce mois d'août. Malgré cela, la BMW devient un point de plus en plus petit. Le gyrophare bleu leur permet de ne pas décrocher, car ils n'ont pas besoin de ralentir aux carrefours où plusieurs voitures sont encastrées les unes dans les autres.

La pluie battante s'intensifie encore, les nuages bas balayés par le vent assombrissent l'horizon, au point que Stéphanie allume les phares.

Lorsque, enfin, Djamel réussit à joindre le standard de la Police, la standardiste affolée lui répond que toutes les voitures sont mobilisées, et que de toute façon, il est impossible de circuler dans le centre ville. Entre l'orage et l'attentat, c'est l'horreur !

— On va les perdre sur l'autoroute ! Ce n'est pas possible ! s'exclame Stéphanie.

Elle ausculte le tableau de bord et s'exclame :

— Incroyable, tu as encore la CB sur ta radio ? T'as vraiment un modèle de collection. Branche-moi sur le 19, ordonne-t-elle en s'emparant du microphone, j'ai une idée.

— Que comptes-tu faire ? dit-il en obtempérant.

— Demander de l'aide puisque la police est indisponible ! Ça y est ?

— Oui. Tu peux parler.

Elle engage la Laguna sur la ligne droite qui les emmène vers l'A13. Le compteur atteint les 200. Elle appuie sur la touche du microphone.

— Attention les stations ! C'est pour une urgence ! Je suis de la police de Rouen ! Ceci n'est pas une blague ! Nous sommes à la poursuite d'une BMW blanche qui file vers le grand ruban ! Je viens de passer le rond-point des vaches ! Ils viennent de faire exploser une bombe à Rouen !

— Qu'est-ce que tu racontes ? s'étonne Djamel.

Avant que Stéphanie ne réplique, une voix forte se fait entendre dans le haut-parleur :

— Waouh ! La station ! T'as une sacrée soufflante ! T'as failli faire imploser ma cabine ! Dis donc, c'est pas un exercice ton histoire ?

— Négatif, la station, négatif ! réplique sèchement Stéphanie. T'as vu la voiture ?

— C'est sérieux, alors ? D'accord. Tes tarés, ils viennent de franchir le rond-point des colonnes en coupant la priorité à trois bagnoles ! Je suis sur l'autre bande. Ils vont vers… attends deux secondes… Ça y est, ils prennent la direction de Caen !

— Merci ! Est-ce que tu peux propager ? J'arrive au rond-point !

— OK, vu, j'aperçois ta loupiote ! Bonne chasse les poulettes ! Je transmets !

Stéphanie ralentit à l'arrivée sur le rond-point des colonnes. De l'autre côté de la route, un énorme semi-remorque bleu actionne son klaxon et l'accompagne pendant quelques secondes.

Le canal 19 de la CB devient rapidement un véritable

forum. Se relayant le message de Stéphanie, les camionneurs présents sur l'autoroute propagent la nouvelle. À chaque seconde, un nouvel interlocuteur prend le relais et donne la position de leur gibier.

— J'espère qu'ils n'ont pas la CB, dit Djamel, sinon, cela ne servira à rien.

— Rien à foutre, assure Stéphanie.

— Quand même, les poulettes…

— Ça ne te va pas comme surnom ? C'est mignon pourtant ? Tu peux rappeler la BGMA (brigade de gendarmerie mobile de l'autoroute) pour qu'ils nous rejoignent. On va avoir besoin d'eux.

Elle prend l'embranchement en direction de Caen, suivi par un concert de klaxon. En débouchant sur l'autoroute, les malfaiteurs ont coupé la priorité à plusieurs véhicules et provoqué un carambolage monstrueux.

Concentrée, Stéphanie ne lève pas le pied et fonce directement sur la bande d'arrêt d'urgence, descend carrément dans le fossé pour éviter un poids lourd et récupère l'asphalte après l'embouteillage.

— La poulette ? T'es toujours là-dessus ? entend-elle parmi les cacophonies du 19.

— Affirmatif ! Monte sur le 22 si tu as des nouvelles.

— C'est parti !

Elle ajuste le canal et entend aussitôt :

— La poulette, c'est confirmé. Ton gibier a pris la direction de Caen. Il a viré au dernier moment à la bifurcation avec la Sud 3.

— Merci la station.

— Ne t'en fais pas, le message circule. On va te filer un coup de main.

— Faites gaffe ! Ces types sont lourdement armés. Surtout n'intervenez pas ! La mobile va bientôt être sur leurs traces !

— OK, je transfère ! Bonne chasse !

Stéphanie repasse sur le 19, le pied au plancher.

— Djamel, pense à demander une nouvelle voiture avec ta promotion. Cette Laguna est une vraie merde. Elle peine avant les 210. Il va falloir y remédier si tu veux jouer dans la cour des grands.

— Je te remercie, j'en ferai part au ministre, réplique Djamel d'un air renfrogné. En attendant, tu peux laisser tomber. On ne les rattrapera jamais. À la prochaine sortie, ils s'évanouiront dans la nature.

La BMW dépasse le 245 au compteur. Ses occupants jubilent en se frottant les mains. Ça a vraiment été un grand coup. Il y en a pour plusieurs millions d'euros. Ils programment de prendre la sortie sans péage de Robert le Diable pour être définitivement tranquilles. Tous phares allumés, ils filent vers la liberté. Le pilote double les véhicules sur la voie de gauche avec un rictus sauvage. Personne n'ose le défier.

Personne, sauf un camion frigorifique inattendu.

Au dernier moment, alors que la BMW arrive à hauteur de la cabine, le puissant camion Renault fait une brusque embardée et leur coupe volontairement la route. Surpris, le malfaiteur braque brutalement à gauche pour éviter le poids lourd.

Ses roues mordent le bas-côté gorgé d'eau. La voiture part en glissade, à une vitesse telle qu'elle devient incontrôlable. Le pilote arrive par miracle à recoller sur l'asphalte, mais un second semi-remorque déboule sur la voie de gauche sous son nez. Il hurle une flopée d'injures, mais il est trop tard.

Il donne un coup de volant involontaire pour l'éviter et file vers la droite, au-delà de la bande d'arrêt d'urgence.

La BMW blanche agrippe le bas-côté et la pente qui mène vers le pont. Elle prend un angle inquiétant, comme si elle désirait rejoindre l'autoroute. Mais sa vitesse est trop élevée. Elle continue sa route tout droit et s'envole.

Elle s'empale sur la pile en béton du pont, à plus de 140 kilomètres à l'heure. Le choc est tel que la voiture se ramasse sur elle-même et se transforme en un amas de tôles. Le moteur remonte jusqu'aux places avant, écrasant les corps ensanglantés des trois malfrats.

Après un court instant d'hésitation, la pesanteur reprend ses droits : la masse informe et fumante roule sur le talus et vient finir sa route sur la rambarde de sécurité qui protège le pilier.

— La poulette ? T'es toujours là-dessus ? Tes terroristes, on les a eus. Tu les trouveras au kilomètre 132, contre le pont. Tu sais, ma femme faisait des courses à Rouen quand ils ont fait péter la bombe... On ne pouvait pas les laisser filer. Tu comprends, n'est-ce pas ?

— Non mais ce n'est pas vrai ! C'est quoi ce délire ! s'emporte Djamel, fou de rage. Ce n'est pas possible ! Ils ont pas osé faire ça !

Une minute plus tard, Stéphanie arrête la Laguna près du pont, enclenche les feux de détresse. Le flot de véhicules ralentit au passage de l'accident meurtrier. Les routiers ont continué leur route sans s'arrêter.

La BMW fume encore, littéralement comprimée par l'impact. La pile du pont est fendue sur toute la largeur. Les airbags dégonflés ne font que masquer les cadavres déchiquetés.

Djamel s'approche en pestant contre le monde entier. Il harangue les camions qui passent en faisant miauler leur sirène et jure de faire enfermer tous ces dingues. Les gendarmes qui arrivent en moto en prennent aussi pour leur grade.

Pendant ce temps, adossée à la portière de la Laguna, Stéphanie s'empare du micro et appuie sur la touche pour parler.

Sa voix ne trahit aucune émotion :

— Bien sûr les gars, je comprends. Bonne route à tous. Et merci pour votre aide.

2

Je ne sais pas si je dois vous garder à Rouen ou vous limoger tout de suite ! Vous êtes un danger public !

Le préfet paraît scandalisé du dénouement tragique du hold-up sanglant réalisé il y a deux jours, mais Djamel sait qu'il en est plutôt satisfait.

Un accident de voiture, ça arrive aussi aux voleurs ou aux poseurs de bombes.

Mais pour Djamel, le comportement de Stéphanie reste difficile à assumer. Il est sûr qu'elle savait pertinemment que les routiers allaient réagir de la sorte. Elle avait scellé le sort des malfrats avant qu'il ne s'en rende compte... Et elle l'avait fait avec une redoutable efficacité. Dire que c'est lui-même qui l'a laissée diriger cette traque !

Le braquage de la place du Vieux Marché n'a pas fait d'autre victime que le bandit abattu par Djamel. Il y a eu trente-sept blessés dont quatre graves parmi les otages de la banque, mais leurs jours ne sont pas en danger.

Dans leur fuite, les pillards ont abîmé quarante-huit véhicules et provoqué quinze kilomètres de bouchons.

Un événement dont les Rouennais, en pleine période estivale, se seraient bien passé. En l'espace de 48 heures, soixante pour cent des réservations d'hôtel en provenance de l'étranger ont été annulées. La place est toujours fermée au public, malgré la grogne des restaurateurs.

Le monde entier a découvert une ville célèbre éventrée par de longues cicatrices noires sur ses façades en colombage.

— On n'avait vraiment pas besoin de ce genre de publicité, grogne le préfet. Quelle chance que le pilote ait été un mauvais conducteur ! Nous serions la risée de toutes les polices. C'est un peu grâce à vous, mon cher Djamel. Vos méthodes sont toujours aussi cavalières, mais elles ont le privilège d'être efficaces. J'espère que cela va calmer tous ces dingues. Encore toutes mes félicitations.

Le préfet lui serre une nouvelle fois la main vigoureusement.

— Vous avez réussi à connaître l'identité du malfaiteur que j'ai abattu ?

— Pas encore, mon cher, pas encore. Il est inconnu de nos services, tout comme les trois autres. Ils ne portaient aucun document sur eux. La BMW est une voiture volée à un couple d'Allemands en vacances dans la région. Ils ont déclaré le vol peu avant l'attentat. Pensez-vous qu'il s'agisse la même bande que les autres braquages ?

Djamel prend le dossier de l'affaire sur son bureau, l'ouvre distraitement sans vraiment lire.

— Peut-être, mais le nouveau mode opératoire me préoccupe.

— Comment cela ?

— Si vous regardez bien, vous verrez que pour les précédents ils ont choisi une banque en périphérie de ville, proche d'une route facile pour s'enfuir. Ensuite, ils ont utilisé le minimum de charges pour faire sauter les sas de communication. Ils ont fait dans la discrétion. À Rouen, ils ont choisi la banque la plus difficile d'accès et surtout, ils ont fait sauter tout le quartier.

— Qu'en concluez-vous ? demande le préfet.

— À mon avis, il y a plusieurs bandes sur le coup... Je crains le pire.

— Vous insinuez donc qu'il pourrait y avoir d'autres attaques ? Je vais devoir faire appel à des renforts, sécuriser la ville, tout le département ? Vous imaginez les répercussions sur le tourisme !

— Je sais. Nous devons absolument mettre un nom sur les cadavres et trouver d'où viennent ces armes.

— À ce sujet, nous avons des renseignements très étranges, intervient Fabienne en exhibant une feuille de papier. Les armes ont été envoyées au labo pour analyse. Il s'agit de pistolets mitrailleurs MP40 de type Schmeisser fabriqués en 1944 pour l'armée allemande.

— Je m'en doutais, mais c'est incompréhensible. Ce sont des armes de collections qui coûtent cher. Pour attaquer une banque, rien ne vaut la Kalachnikov ou le Uzi. Moins chers et plus faciles à se procurer.

— Vous avez tout à fait raison commissaire, renchérit Fabienne en se tournant vers le préfet. À un détail près.

— Lequel ?

— Ces pistolets mitrailleurs sont entièrement neufs. Les cartouches sont des Luger 9x19 de fabrication allemande, jamais rechargées.

— C'est impossible. Ces cartouches Luger ne sont plus fabriquées depuis 1970, date à laquelle on les a classées en munitions de guerre.

— Attention, je n'ai pas dit que ces cartouches étaient récentes. J'ai dit qu'elles étaient neuves.

— Où est la différence ? demande Djamel avec un sourire narquois.

— Sur les quatre pistolets mitrailleurs trouvés dans les décombres de la BMW, trois portaient le même numéro de série. J'ai envoyé par mail ces numéros au K.A.C.O (Krieg-Archiven Centräl-Office) de Berlin, l'office central des archives de la dernière guerre. Ils ont conservé tous les numéros des armes allemandes fabriquées pendant cette période. J'ai reçu la réponse ce matin. Tenez-vous bien : ces pistolets mitrailleurs font partie d'un lot de 800 pièces et 100 000 cartouches, sorti en mars 1944 des usines allemandes d'Erfurt et destiné aux armées du front de l'ouest. Parmi les 800 pièces, 300 n'ont jamais été retrouvées. Ces quatre armes font comme par hasard partie du lot disparu.

— Ce qui signifie que ces armes vieilles de soixante ans n'ont jamais servi ?

— Jamais. Elles sont neuves. Et dans un état de conservation extraordinaire !

Le préfet et Djamel restent un long moment silencieux, les sourcils relevés de stupéfaction. D'un geste des doigts, il lui demande la copie du message. Elle lui remet, non sans satisfaction.

— C'est incroyable. Et en même temps complètement aberrant, insiste Djamel. Attaquer une banque avec des reliques neuves.

— Attendez, ce n'est pas tout, reprend Fabienne d'un ton fier. Les explosifs qui ont servi à l'attentat…

— N'allez pas me dire qu'ils sont aussi d'origine allemande ? s'exclame le préfet.

— Et bien si ! Djamel, rappelez-vous, vous avez dit avoir remarqué une forte odeur de poudre au moment de l'attentat ?

— Euh… oui, c'est exact.

— L'explosion a été provoquée par trois grenades à main modèle 39. Vous savez, celle avec un manche, comme on voit dans les films sur la deuxième guerre.

— C'est impossible, murmure Djamel, hébété. Toutes les fortifications érigées le long du littoral ont été scrupuleusement démantelées à la fin de la guerre. Cela a pris des années. On retrouve encore de temps en temps des obus enterrés, mais plus de stock complet.

— Ces armes n'ont pas été enterrées, l'interrompt Fabienne. À cette époque, le besoin en matériel était tel que les emballages n'étaient pas étanches. Ils n'avaient qu'un simple papier huilé contre les intempéries. Si ces pistolets mitrailleurs avaient été retrouvés dans le sol, ils seraient complètement rouillés.

— Mais alors… ? demande le Préfet.

— Il faut brancher tout le monde sur ce lot, ordonne Djamel. Une telle découverte n'est pas passée inaperçue. Il faut surveiller tout ce qui, de près ou de loin, touche au trafic d'armes de guerre anciennes, les filières traditionnelles, les collectionneurs, les truands, etc. La mise sur le marché du moindre MP40 doit nous être signalée. Prévenez Interpol. Mettez Londres, Anvers et Berlin sens dessus dessous. Si nos truands veulent les vendre ou les acheter, c'est là qu'ils iront. Nous devons être au courant.

— Très bien commissaire, je vous charge personnellement de cette enquête.

— Eh, attendez, monsieur le Préfet, je suis encore en congés. En plus, vous m'avez mis en disponibilité auprès du ministre pour ma réintégration au SCRB.

— Votre mutation attendra bien quelques mois ! Je vous veux sur cette affaire ! Donc vous restez à Rouen !

Djamel ne répond pas. Cet ordre du préfet lui ôte une épine du pied pour quelques mois. Le temps de savoir comment va évoluer sa relation avec Stéphanie, le temps de savoir ce qui est important pour lui.

— Alors ? rugit le préfet, décidez-vous !

— D'accord, je reste, répond Djamel, mais à trois conditions.

— Dites toujours...

— Un, je veux Fabienne Martin avec moi à temps complet sur cette affaire…

Elle se retient de bondir de joie, mais son visage radieux la trahit. Le préfet s'en aperçoit :

— À voir votre tête, sourit-il, je présume que vous êtes partante. C'est d'accord. Deuxième condition ?

— Je veux récupérer mes codes d'accès de niveau cinq. L'ancien chef du SCRB, qui était un membre influent de l'Ordre du Temple me les avaient retirés. Il ne voulait pas que je remonte la piste jusqu'à lui.

— Vous êtes gourmand. Bon je vais voir ce que je peux faire. Je dois en référer à Monsieur le Ministre en personne. Et la troisième ?

Le visage de Djamel s'illumine. S'il réussit, il en connaît une qui sera ravie.

— J'aimerais avoir un outil de travail à la mesure de ceux que j'affronte.

— Que voulez-vous dire ? Que voulez-vous encore ?

— Une voiture digne de ce nom, hasarde-t-il.

Le préfet hausse les épaules.

— Je vais voir, marmonne-t-il, mais je ne vous promets rien. J'espère au moins que vous n'avez pas de préférence… Je déteste les voitures allemandes. À plus tard.

— Je vous remercie par avance. Bonne journée monsieur.

Au moment de partir, un policier sort de la salle des ordinateurs et l'interpelle.

— Monsieur le préfet, j'ai le rapport du service d'identification !

— Alors, que dit-il ?

L'homme approche rapidement et tend les feuillets photocopiés. Le préfet s'en saisit et retourne dans le bureau de Djamel.

— Commissaire Khalen, tenez, nous avons des nouvelles de vos malfaiteurs.

Djamel s'attelle à la lecture dans un grand silence. Il parcourt les trois feuillets et redresse la tête, le visage décomposé.

— Alors ? s'impatiente le préfet. Racontez-nous.

Djamel réfléchit en fronçant les sourcils. Fabienne en profite pour récupérer les documents et les lire à son tour. Sa bouche s'arrondit de surprise.

— Alors ? tonne le préfet.

— L'identification judiciaire a réussi à retrouver la trace des trois premières victimes. Ce sont des petits voyous qui habitent Canteleu.

— Canteleu ? Ici, à Rouen ?

— Oui. En fait, ils sont bien fichés chez nous. Pour violence sur la voie publique, insulte à agents, trafic de cannabis. Ils sont bien connus de nos services : multirécidivistes, relaxés dans 80% des cas, par manque de preuves. Il s'agit de Tommy Petit, de son frère Kévin et de Serge Paradin.

— Qu'est-ce qui vous chiffonne ?

— D'après les rapports, ce sont des amateurs, des petites frappes locales sans envergure. Ils ne sont pas fichés au grand banditisme. C'est pour cela qu'on ne les a pas trouvés tout de suite.

— Qu'est-ce que cela signifie ?

— Que des gamins de cet acabit sont incapables de monter seuls le coup de la Société Générale ! On leur a donné un coup de main.

3

Le ministre en personne l'appelle au téléphone pour lui confirmer que toutes ses permissions d'accès lui sont de nouveau accordées.

Djamel raccroche et va directement s'asseoir devant son ordinateur. Il tapote le couvercle d'une main affectueuse, ravi de le retrouver. Ces banques de données l'ont tellement aidé dans le passé qu'il a beaucoup de mal à travailler sans elles.

Il se plonge dans le fichier secret des Renseignements généraux, le fameux RGMI.

Le dossier des frères Petit est peu consistant, malgré leurs multiples larcins. À première vue, ils ne sont pas considérés comme vraiment méchants. Le dossier ne comporte même pas la mention : « À surveiller de près ». Ce qui confirme le trouble de Djamel. Ces deux frères auraient bien été incapables de concevoir et d'exécuter un projet d'une telle envergure.

Le dossier de Serge Paradin se révèle un peu plus intéressant. Né à Rouen, Serge Paradin s'est très vite découvert une passion pour l'écologie militante. Avant sa majorité, il avait déjà fait ses preuves dans l'attaque de nombreux laboratoires médicaux pratiquant des expériences sur les animaux. Il a été inculpé six fois pour destruction de matériel médical, mise en danger de la vie d'autrui. Membre engagé chez GreenWorld de 1995 à 1999, on le retrouve sur tous les grands coups médiatiques de l'organisation.

Des photos le montrent en train de manifester adossé à une colonne de fûts radioactifs peints en jaune. Drapé dans une combinaison étanche blanche, devant la centrale nucléaire de Paluel, en Normandie, il brandit un slogan éloquent : Noël au nucléaire, Pâques au cimetière. La justice allemande l'a condamné quatre fois pour entrave à la sécurité de l'État. Il a fait plusieurs mois de prison, en France comme en Allemagne. Toujours pour les mêmes motifs : entrave à l'action de l'État, mise en danger de la vie d'autrui.

Le RGMI n'est cependant pas plus inquiet des faits et gestes de cet agitateur écologiste que des frères Petit. Aucune condamnation importante. Le rapport ne mentionne aucune appartenance à un mouvement sectaire.

Qu'est-ce qui a bien pu amener ce petit fauteur de trouble, écologiste pratiquant, à braquer une banque ? Dans quel but ?

Par acquit de conscience, il consulte le rapport de la CNILS, la Commission nationale de lutte contre les sectes, et ratisse les noms de Petit et Paradin, avec et sans association avec l'écologie. Les sociétés sectaires à tendance plus ou moins écologistes sont si nombreuses, plus de 1 000, qu'il renonce à les lire dans le détail.

Il réduit sa recherche sur le département de la Seine-Maritime. Cinq noms s'affichent.

Aucune ne compte Serge Paradin parmi ses membres. Étonnant pour un tel profil. Étrange même.

Il imprime la liste sur l'imprimante laser de son bureau. On ne sait jamais, cela peut servir.

Fabienne s'en empare, sceptique.

— C'est maigre comme piste. Surtout que les mouvements écologiques actuels dépassent largement les limites départementales. Les *Héritiers de la Lune*, les *Adorateurs du Menhir, Futur Libre*, l'*Association antinucléaire normande*, le *Cercle de défense du Cotentin rural*. L'imagination humaine est sans limite.

— C'est la raison pour laquelle vous allez faire un tour chez ces gens là. Pour la forme, histoire de voir s'ils ne connaissent pas une de nos victimes.

— Qu'est-ce que je fais ? Je leur demande la liste des membres ? ironise-t-elle. Vous savez bien que sans commission rogatoire, ils se feront un plaisir de nous jeter dehors.

— Je le sais bien. Je veux juste avoir une opinion sur leurs locaux. Le rapport n'en présente aucune comme dangereuse, et il n'y a aucun lien présumé avec une organisation terroriste internationale. Ce que je voudrais savoir, c'est si une de ces sectes semble vouloir tout à coup sortir de son carcan habituel.

— Qu'entendez-vous par-là ?

— Un apport d'argent frais, par exemple. Susceptible de faire tourner la tête à plus d'un dirigeant et de lui donner des idées folles.

— Je vois… Et vous ?

— Pendant ce temps, je vais m'occuper des frères Petit. Le royaume des voyous de Rouen va être sérieusement mis à mal. Je veux savoir d'où viennent ces armes de guerre, et qui a poussé ces crétins à faire sauter la banque.

Il tend la main vers le combiné qui se met à sonner à ce moment.

— Commissaire Khalen, j'écoute.

La voix du policier est d'une clarté cristalline. Le ronflement des voitures roulant sur l'autoroute l'oblige à hausser le ton.

— Commissaire, ici le lieutenant Durand, du labo. Je suis sur votre épave, la BMW blanche qui s'est écrasée contre un poteau. J'ai retrouvé des papiers d'identité, cachés sous la moquette du conducteur.

— Et alors ?

— Je pense pouvoir identifier votre homme, celui que vous avez descendu sur la place. Selon le passeport que j'ai dans la main, il s'agirait d'un ressortissant allemand du nom d'Ulrich Müller, né en 1969 à Berlin.

— Parfait, jubile Djamel. Je vous envoie un coursier. Il me faut ce passeport immédiatement.

— À votre disposition. Je vous rappelle si j'ai autre chose.

4

En débouchant sur les quais, elle pense encore au coup de téléphone et se demande si elle a bien fait d'accepter l'invitation. Elle est toujours aussi furieuse.

Alors qu'ils étaient en couple depuis plusieurs années, il a disparu un jour sans un mot, sans une explication, la laissant seule dans son appartement de Rouen.

Il s'absentait souvent dans le cadre de son travail, mais donnait de ses nouvelles régulièrement. Et là, plus rien pendant des mois. Elle était restée prostrée, abandonnée, s'attendant tous les jours à recevoir une lettre annonçant sa mort.

Et puis un jour, il est revenu, en avouant simplement qu'il avait travaillé pour la DGSE sur une affaire importante, mais qu'il ne pouvait rien dire...

Elle repère le restaurant. Elle ne peut pas le rater. Gill fait partie du cercle restreint des meilleures tables de la région.

Devant la porte, Alexis, lui aussi en avance d'une demi-heure, consulte la carte et les menus.

Cela la rassure et lui donne de l'assurance. Il n'aurait pas agi de la sorte s'il avait la conscience tranquille.

Il porte un costume en lin beige clair et une chemise blanche ouverte, sans cravate. Ses cheveux coupés très ras rehaussent le bronzage discret de son visage.

Elle sourit malgré elle, et ne peut empêcher son cœur de se serrer d'émotion. Elle ne veut pas le reconnaître, mais elle l'aime encore plus qu'avant.

Leurs yeux se croisent à ce moment. Lui, le sourire interrogateur, elle, timide mais résolue, amoureuse et en colère.

Sa disparition était liée à cette affaire de trafic d'armes, elle en était persuadée. Elle avait fait la une des journaux et permit à la France entière de découvrir un commissaire hors pair, le commissaire Djamel Khalen...

Alexis de Fontvieille est le premier à réagir. Il avance vers elle et lui tend la main dans un geste d'apaisement. Il lui touche le bras. Ses yeux si bleus évitent les siens.

— Bonjour Dana. Je suis heureux que tu sois venue.

Sa voix est douce mais tendue par l'émotion. Elle sent fondre son ardeur.

— Bonjour Alexis.

Il la prend par le bras et l'entraîne à l'intérieur du restaurant.

Le serveur leur adresse un simple salut de la tête et les laisse s'installer. Les menus sont déjà sur la table et une bouteille de champagne rafraîchit dans son seau en argent.

Alexis tient sa chaise pendant qu'elle s'assoit, puis prend sa place, face à elle, mais pas complètement, afin de lui permettre de regarder droit devant lui sans la dévisager. Il croise ses mains, respire profondément, repose ses mains sur la table et se redresse avec une singulière maîtrise qu'elle sait venir d'une longue pratique des arts martiaux.

— Dana, je vais être impoli, et je vais parler le premier. Voilà, je suis désolé de t'avoir menti, et je regrette sincèrement de ne pas t'avoir mis au courant de mon boulot à la DGSE.

Elle ne répond pas tout de suite, hésitante. Mais la colère l'emporte.

— Tu m'as laissée tomber sans un mot, sans nouvelles. J'ai admis que tu sois au service de la DGSE et que tu aies eu besoin d'une couverture, mais j'ai du mal à accepter que tu refasses surface comme une fleur, des mois plus tard, et que tu viennes me demander de te pardonner comme s'il ne s'était rien passé. Merde ! On a vécu ensemble, on était heureux. Comment as-tu pu me faire ça ?

— Je n'ai aucune excuse, je te l'ai dit, j'en suis désolé. Je n'avais pas le choix.

— Tu m'écœures. Comment veux-tu que j'accorde le moindre crédit à tes paroles maintenant ? Je pense qu'il vaudrait mieux que je m'en aille.

— Non, Dana ! Reste, dit-il d'une voix plus sèche qu'il ne voudrait.

Elle se fige, surprise par la soudaine dureté de ses paroles.

— Je t'en supplie, laisse-moi finir, ajoute-t-il.

Elle se rassoit mais garde son sac sur les genoux, les yeux embués de larmes. Autour d'eux, les clients leur jettent de longs coups d'œil réprobateurs.

— Dana, je suis sincère. Je t'aime. Je ne veux que toi. Je n'ai que toi !

— Comment tout cela a-t-il commencé ? élude-t-elle d'une voix blanche, tout en se demandant si elle a réellement envie de connaître la vérité.

— Dana, je t'en prie, ne me demande pas cela...

— Si je comprends bien, dit-elle après un douloureux moment de silence, tu serais bien impliqué dans cette histoire de trafic d'armes. C'est pour cela que tu connais aussi bien le commissaire Khalen ?

Alexis se rembrunit. Il la sait blessée d'être tenue à l'écart.

— En gros, oui, concède-t-il.

Il laisse lui aussi planer un long silence. Il boit son champagne sans la quitter des yeux. Les sentiments contradictoires qui s'y déchaînent la rendent encore plus belle.

Il repose son verre et respire profondément. Il arrive à la partie la plus difficile de leur rencontre. Le fait qu'elle soit venue est un point important. Il ne doit pas rater l'occasion.

Pour l'avoir à lui, il ne lui reste plus qu'à déposer son cœur à ses pieds. Et à la convaincre de venir vivre avec lui. À venir vivre dans sa demeure, au Conihout, à côté de Jumièges.

Il s'apprête tout simplement à lui demander de l'épouser.

Il ouvre la bouche. Parfois, les mots les plus simples peinent à sortir.

Son œil est attiré par un mouvement inhabituel.

La clairvoyance du guerrier, celle qui fait deviner la présence de l'ennemi. L'instinct de survie des prédateurs.

Sur le coup, il ne comprend pas et met cela sur le compte de la tension nerveuse. Pourtant, il tourne légèrement la tête vers la rue, tout comme l'ours renifle l'air de la forêt à l'approche du danger.

Le boulevard est calme.

Trop calme pour cette heure de la soirée. En général, les voitures sont collées les unes derrière les autres, le trafic est proche de la saturation. Il se ressaisit, fait appel à sa raison.

Deux fourgons Mercedes Vito blancs se sont arrêtés en travers des voies de circulation et bloquent le flot de véhicules.

Les portes latérales s'ouvrent brutalement. Cinq individus masqués brandissent d'étranges grenades à main. Ils les lancent sur le magasin qui jouxte le restaurant. Les engins de mort virevoltent au-dessus du trottoir et s'écrasent sur la façade de la bijouterie. Elles explosent et répandent un nuage de verre, de fumée et de mort.

Malheureusement, l'une d'entre elles ricoche sur le mur et atterrit devant l'avancée du restaurant.

En une fraction de seconde, Alexis comprend que leurs vies sont menacées. Ses mains se referment brutalement sur les poignets de Dana. D'un coup de reins, il tente de la plaquer au sol pour la protéger. Mais la table qui les sépare refuse de se soumettre. Dana pousse un cri de frayeur et tombe lourdement sur le sol, hors d'atteinte.

La grenade rebelle explose au pied de la vitrine. Le faible rempart transparent est pulvérisé sous la violence de la déflagration. Les débris de verre volent en tous sens. La structure en aluminium se plie et toute la devanture s'écroule. Une des barres du toit s'écrase sur Dana.

Un effroyable silence s'abat sur le boulevard et sur le restaurant. Mais très vite, dans la fumée des décombres, des gémissements, des cris de douleur se font entendre. La sirène du magasin fait écho à celui d'une voiture. Les premiers blessés tentent de se relever.

Ils se couchent aussitôt. Une longue rafale de mitraillette les clouent sur le sol ensanglanté. À travers le fracas de l'arme, un ordre claque. Sous l'injonction de leur chef, le commando masqué se précipite vers la bijouterie éventrée.

Grâce à leur masque, ils sont insensibles à la fumée et s'engouffrent sans peine dans la brèche monstrueuse gainée de longues blessures noirâtres. Ils portent chacun un grand sac de voyage en cuir noir et se mettent aussitôt à l'œuvre.

Leur chef reste à l'entrée et monte la garde au milieu du désordre et des blessés, un pistolet dans la main, prêt à faire feu. D'une voix forte, il égrène chaque seconde à l'attention de ses acolytes en hurlant presque pour se faire entendre, ses yeux ratissant sans relâche le boulevard. « 30, 29, 28... »

Alexis est un des rares à se relever, les oreilles bourdonnantes. Grâce à un vieux réflexe appris à la Légion Étrangère, il a vidé ses poumons et dégluti avant de tomber sur le sol. Il a donc mieux supporté l'onde de choc. Ses yeux le brûlent, mais il n'a rien de cassé.

Il se précipite vers Dana. Lorsqu'il l'aperçoit, inconsciente et figée sous les décombres métalliques, son cœur marque un brusque temps d'arrêt. Il veut la prendre dans ses bras, mais la charge est trop lourde.

C'est alors que les hurlements du braqueur s'insinuent dans son cerveau à travers le sifflement de ses tympans et de la sirène. Il reconnaît le principe et frémit. « 20, 19, 18... »

Les membres du commando ont un temps limité pour dévaliser les bijoux exposés dans les vitrines. Une fois ce délai expiré, ils doivent sortir impérativement sans tenir compte de ce qu'il reste. Du respect absolu de cette règle dépend le succès de l'opération.

Bon nombre de malfaiteurs trop gourmands se sont fait pincer pour vouloir traquer le dernier collier, la dernière montre.

Alexis regarde le corps de Dana, comme si sa vie s'échappait au rythme de l'affreuse litanie.

L'ours qui est en lui pousse alors un cri de fureur. Sa colère explose. Il serre les poings. Ses yeux bleus se métamorphosent en lame d'acier. L'homme qui est dehors est responsable. Il va payer pour cet affront ! « 11, 10, 9... »

Il ne lui reste que dix secondes.

Il se redresse sur ses jambes malgré les vertiges qui l'assaillent. La fumée des explosions tarde à se dissiper, mais il n'en a cure. Il s'oriente tant bien que mal en utilisant le son de la voix comme repère. Autour de lui, le restaurant n'est qu'un amas de verre brisé et de métal tordu.

La haine qui l'envahit fait bouillonner l'adrénaline dans ses veines. « 3, 2, 1...0. » Le temps imparti est terminé.

L'individu tire trois coups en l'air en hurlant : « Go ! Go ! » Il agite le bras à l'intérieur du magasin. « On se tire ! On se tire ! C'est terminé ! »

Ses complices jaillissent de l'immeuble en même temps que les premières flammes de l'incendie. Alexis voit son gibier s'échapper. Il franchit alors les poutrelles tordues et se retrouve sur le trottoir.

En quelques enjambées, il rejoint le malfaiteur. Les autres individus masqués ne remarquent rien, trop occupés à rejoindre les camionnettes pour y déposer leur butin.

L'inconnu s'apprête à prendre la fuite lorsqu'une silhouette le bloque dans son élan. Éberlué, il aperçoit à travers la fumée un véritable démon aux traits déformés par la fureur. Il panique une demi-seconde. Il ne l'a pas vu arriver et ne s'attendait pas à ce qu'on vienne l'agresser.

Il ne voit pas non plus le violent coup de pied latéral qui s'abat sur sa main et fait voler son arme au loin.

La douleur de l'impact remonte jusque dans son épaule. Il pivote sous le choc et ne peut éviter le second coup de pied retourné qui s'écrase sur son menton. Ses dents s'entrechoquent, sa lèvre inférieure s'ouvre. Le sang lui couvre la bouche et imbibe le tissu du masque.

Au loin, dans le brouillard, il entend ses collègues qui l'interpellent.

Les sacs sont dans la camionnette. Ils sont prêts à s'enfuir. C'est en tendant la main pour l'aider à se hisser que le dernier des braqueurs s'aperçoit de son absence. En tournant la tête, il assiste avec stupéfaction à son agression par un fou furieux que l'incendie transforme en bête sauvage.

Il s'empare aussitôt d'un pistolet-mitrailleur et pivote tout en armant la culasse.

Alexis s'apprête à achever sa proie qui secoue encore la tête, groggy. Sa main gauche bloque son épaule pendant qu'il retire son masque pour dégager sa gorge. Il tend son bras, prêt à lui écraser la carotide.

C'est sa concentration plus que sa haine qui va le tirer d'affaire. Le cliquetis du pistolet-mitrailleur dans son dos lui fait prendre conscience qu'un danger encore plus grand le guette.

Il abandonne sa proie et plonge aussitôt derrière une voiture. La première rafale passe juste au-dessus de sa tête. Il roule sur l'épaule et bondit en avant pour s'éloigner de la ligne de tir.

La deuxième rafale détruit les vitres du véhicule derrière lequel il vient de trouver refuge. Pendant que les balles mortelles sifflent autour de lui, deux autres inconnus sautent sur le trottoir, récupèrent leur chef en le tirant sous les aisselles et s'engouffrent dans la camionnette qui démarre en trombe. Le deuxième Vito est abandonné sur le boulevard. Avant de s'éloigner, Alexis entend parfaitement les injures du cambrioleur : « Ce connard m'a piqué mon arme ! »

La tension se relâche soudain. Alexis respire un bon coup en se frottant le visage, reprend ses esprits, le cœur battant à tout rompre. Il vient de réaliser qu'il a frôlé la mort une fois de plus. Il pose sa tête contre la portière de la voiture criblée de balles. Il prend conscience peu à peu des bruits qui l'entourent : les premières sirènes des secours, les cris des blessés, les klaxons des voitures piégées sur le boulevard, le crépitement des flammes.

Il veut se relever pour rejoindre Dana, mais sa jambe est couverte de sang. Il pose la main droite sur le trottoir pour s'aider lorsqu'elle rencontre un objet mystérieux.

Il baisse les yeux et découvre avec stupéfaction un vieux pistolet Mauser de collection avec une crosse en nacre. L'arme du malfaiteur. Il la ramasse et la glisse subrepticement sous sa chemise, dans son dos.

Il ferme les yeux pour se concentrer sur la douleur qui envahit progressivement ses membres. Son cœur se calme et il arrive enfin à se lever pour trouver Dana lorsqu'une ambulance s'arrête près de lui. Les premiers secours arrivent rapidement.

Il refuse l'aide du médecin en lui désignant les victimes allongées sur le boulevard. Il va s'asseoir seul dans le camion des premiers soins, plus abattu qu'il n'y paraît. Ses pensées sont tellement tournées vers Dana qu'il comprend à peine l'infirmier qui lui injecte un anesthésique local pour retirer un éclat de verre enfoncé dans sa cuisse.

Autour de lui, l'enfer de la désolation règne comme dans un mauvais film au ralenti. Des silhouettes apeurées courent en tous sens parmi les flammes. Dana, songe-t-il, je te vengerai. Il faut que tu vives pour moi, je t'en prie.

Lorsque le brancard portant Dana s'engouffre dans une ambulance en direction de l'hôpital Charles Nicolle, il décide de s'éclipser avant qu'on ne l'interroge.

Pour Alexis de Fontvieille, une nouvelle guerre vient de commencer.

Le Vito abandonné sur le boulevard explose à ce moment là. Alexis se jette en arrière dans le camion des urgences. La terreur envahit le boulevard en fauchant les médecins et les premiers blessés. L'explosion de la camionnette répand un nuage de fumée noire supplémentaire.

Le chef du gang sourit malgré sa blessure. Ils sont seuls sur ce côté de la rue. Au carrefour du pont Corneille, le Vito fait une embardée. Il percute volontairement trois véhicules en stationnement et coupe le carrefour en plein milieu, bloquant le flot des voitures qui arrivent du pont en sens unique.

Le chauffeur s'arrête face à elles. Les voleurs descendent alors de concert et abandonnent le Vito en plein carrefour, augmentant encore le désordre. Ils ne pouvaient espérer une plus belle pagaille. Un véritable chef-d'œuvre. Une bijouterie dévalisée en plein centre ville, à une heure de grande affluence, suivie par un feu d'artifice de toute beauté, et une fuite digne des meilleurs romans.

Car le spectacle n'est pas encore terminé. Armes à la main, les cinq hommes se faufilent tranquillement parmi les voitures immobilisées sur le pont, leur butin sur le dos. Les passagers sont tous couchés sur leur banquette, les mains sur la tête. Quelques rafales en l'air rajoutent à la panique. Une véritable jubilation. Ils empruntent l'escalier de bois et de fer qui descend sur les quais réaménagés pour les grands voiliers de l'Armada.

Huit piétons terrorisés se plaquent sur le sol. D'autres passants se précipitent derrière les arbres ou derrière le moindre abri, le plus loin possible des cinq individus qui courent.

Une vedette rapide double à ce moment l'Ile Lacroix et accoste. Les malfaiteurs empruntent une des passerelles de bois destinées aux péniches et embarquent en un clin d'œil avec de grands cris de joie. Le puissant hors-bord bondit pour remonter la Seine.

Au passage, le chef se permet le luxe de décharger un chargeur complet sur la vedette de la police fluviale qui n'a pas encore décollé du quai. Les trois officiers de marine, peu habitués à ce genre de guerre brutale plongent dans l'eau juste avant l'explosion du réservoir. Les six malfrats répondent au panache de fumée par des hurlements de joie.

Ils évitent une péniche, puis disparaissent le long de la rive droite après avoir longé les anciennes industries décrépies d'Amfreville-la-Mivoie. Les entrepôts en ruine et couverts de tags les accompagnent comme de vieux complices immobiles. Les îlots sablonneux et boueux et leurs grands saules les cachent bientôt de la route qui s'éloigne vers les falaises de craie.

Arrivés à proximité de Saint Adrien, ils accostent au

ponton vermoulu d'un ancien club de voile dont il ne reste qu'un vieux hangar à la peinture défraichie. Ils débarquent leur butin. Une grosse cylindrée de marque allemande les attend à l'intérieur, sagement cachée parmi les coques éventrées de quelques dériveurs pour enfants.

— Parfait les amis, s'exclame Pascal Draymond, le chef de la bande, en retirant définitivement son masque. Tout s'est bien déroulé.

— Comment va ta tête ? demande Émile Jacobin, son fidèle lieutenant et compagnon de la première heure, un homme blond bâti comme un géant.

— Ce con m'a fait un mal de chien. Je crois que je vais y laisser deux dents. (Il essuie les dernières traces de sang.) Quelqu'un a-t-il eu le temps de voir sa tête ? J'aimerais bien lui dire deux mots à celui-là !

— Négatif. Il y avait trop de fumée.

— Quand je pense qu'il a pu voir mon visage. J'enrage.

— T'en fais pas, le rassure Émile, il n'a sûrement pas eu le temps.

— N'empêche. Va falloir se méfier. T'as vu comment il m'a balancé son pied dans la gueule. Bon ! On envoie tout de suite la came à l'abri et on se disperse. Elle doit avoir quitté le pays avant minuit. Je prends contact avec notre relais. Bon sang, ce fils de pute m'a piqué mon flingue !

Après avoir ordonné à ses compères de monter en voiture, il sort du hangar en pianotant sur son téléphone portable.

À l'autre bout, un répondeur se déclenche. Il laisse ses instructions, raccroche et monte dans le véhicule. La berline pointe son nez sur la route. Le chauffeur met son clignotant et prend paisiblement la route vers la campagne, hors d'atteinte des forces de l'ordre.

5

« ... Le dernier bilan de l'attentat se monte à onze morts et trente-deux blessés dont six dans un état critique.

Le montant du butin n'a pas été confirmé, mais il pourrait s'agir de plusieurs millions d'euros. Ce bilan tragique alourdit la liste déjà longue des violences qui secouent la capitale normande depuis plusieurs jours... »

D'un geste rageur, Alexis de Fontvieille éteint la télévision.

Les images du restaurant et de la bijouterie filmés en gros plan derrière les barrières de sécurité lui laissent un goût amer dans la bouche. Tout paraît si lointain, si irréel. Pourtant, Dana est hospitalisée dans un état grave.

Il frappe le rebord du canapé d'un violent coup de poing. Il a réfléchi longtemps avant de revoir Dana, pour pouvoir enfin lui expliquer combien il l'aimait.

Ces bandits l'ont privé à la fois de sa présence, mais encore de son amour.

Pour la protéger de ses ennemis, il a dû lui mentir. Il s'en veut d'autant plus aujourd'hui qu'elle n'a pas eu le temps de comprendre. La rage l'envahit.

— Cela ne sert à rien de te tourmenter, dit une voix féminine dans son dos.

Il se retourne. Stéphanie Levasseur se tient sur le pas de la porte, un sac de sport Adidas dans la main. Sous un léger coupe-vent, elle porte un body court jaune et noir fluo qui met sa poitrine en valeur et laisse apparaître son nombril, ainsi qu'un jean élastique qui moule ses jambes. Ses cheveux châtains flottent sur ses épaules.

— Slovan t'a laissé entrer sans me prévenir ? demande-t-il, surpris.

— Pourquoi aurait-il agi autrement ? rétorque-t-elle en haussant les épaules avec désinvolture.

— Il a des instructions.

— Tu sais très bien qu'elles ne s'appliquent pas entre nous, les Ours. On est là pour te protéger, non ?

— Oui, oui, acquiesce Alexis avec douceur. Je suis content que tu sois venue.

— D'après ce que j'ai entendu, tu as quelques soucis...

— Dana est à l'hôpital, dans le coma. Elle a été gravement blessée.

— Ainsi, tu étais présent lors de l'attaque de la bijouterie Lebrun hier soir ?

— Je dînais avec Dana dans le restaurant, juste à côté. J'ai tout vu. Quand ils ont balancé les grenades, l'une d'entre elles a ricoché sur le mur et a explosé devant nous. La façade du restaurant a été littéralement soufflée.

— Tu as eu de la chance. Pas de bobos ?

— Juste un éclat de verre dans la cuisse.

Le rire de Stéphanie résonne comme une coupe de cristal. Elle pose son sac sur le sol, s'approche d'Alexis. Sa main caresse sa joue avec affection. Ses yeux bleus pétillent.

— Je crois qu'une petite séance de karaté s'impose, murmure-t-elle en souriant. Rien de tel pour se remettre d'aplomb. Tu me sembles en avoir bien besoin.

— Je ne suis pas sûr de tenir la distance. Tu vas devoir faire tes katas seule.

— Tu ne veux pas m'accompagner ? Tant pis pour toi.

Un bourdonnement résonne pendant qu'elle s'éloigne vers la salle de sport située à l'arrière du domaine.

Alexis se dirige vers un coffre japonais en bois sculpté, l'ouvre. À l'intérieur, des tomfas, des nunchakus, des étoiles ninjas, toute une panoplie d'armes qui n'ont rien de jouets.

Parmi elles, un talkie-walkie Sony dernière génération. Un crachotement. Une voix claire avec l'accent rauque des anciens pays de l'Est. Il s'empare de l'appareil.

— Mat'guen ?
— Oui, Slovan.
— Il y a du monde qui approche.
— Qui est-ce ?
— Attends un peu... C'est une Laguna... C'est Djamel et Fabienne. Qu'est-ce qu'on fait ?
— Procédure habituelle. Pas de passe-droit. Je vous rejoins dans la salle de billard.
— D'accord.

Pour une fois, la pluie n'a pas occasionné de bouchon sérieux sur le Mont Riboudet en direction de Canteleu. Djamel roule sans encombre, silencieux. Fabienne ne cherche pas à entamer la discussion. Depuis sa dernière affaire, celle du Temple du Renouveau, il sait qu'elle appartient au commando des Ours que dirige Alexis de Fontvieille. Pendant toute l'affaire, elle a joué un double jeu avec une extraordinaire décontraction.

Elle le tire cependant de ses réflexions :

— Pouvez-vous me dire pourquoi nous allons au Conihout ? Qu'est-ce que Alexis a à voir dans cette affaire ?

— Ne me prenez pas pour un imbécile, Lieutenant.

Elle se rembrunit, comme une collégienne prise en faute.

— Quelle importance cela a-t-il ? Vous voulez que je vous dise ce que vous savez déjà ? Alexis mangeait avec Dana au restaurant, chez Gill, juste à côté de la bijouterie. Ils n'ont pas eu de chance. Ils se sont trouvés au mauvais endroit au mauvais moment.

— Alors, à quoi rime cette mascarade ? Pourquoi s'est-il enfui comme un voleur ?

— Pourquoi est-ce que vous vous énervez ? Je ne vois pas le problème.

— Ah non ? hurle Djamel. Un témoin de premier ordre qui disparaît sans même se donner la peine de renseigner les autorités, vous trouvez cela normal ? Je sais qu'Alexis n'est pas un citoyen très ordinaire, mais quand même ! L'affaire est déjà assez compliquée ! Mettez-vous à la place du préfet. Après la Société Générale, le plus gros bijoutier en chambre de la ville se fait dévaliser ! Sans compter la panique générale ! Un véritable festival de guerre. Il a eu droit à tout : les grenades, les bijoux, les camionnettes volées, la vedette rapide, et des malfrats qui se volatilisent en toute tranquillité après avoir tué onze personnes !

— C'est pour cela que vous voulez voir Mat'guen ? demande-t-elle.

— Pas du tout. J'aimerais qu'il m'éclaire sur certains témoignages bizarres. Je veux surtout m'assurer qu'il ne se mêle pas de cette affaire.

— C'est Dana qui est à l'hôpital, ne l'oubliez pas. Alexis est fou furieux.

— Justement.

— On voit que vous ne le connaissez pas encore suffisamment, répond-elle d'une voix soudain vibrante d'émotion. Mat'guen ne reçoit d'ordre de personne.

Arrivés au feu de Duclair, il fixe sa collaboratrice d'un air furieux.

— C'est incroyable. Mais qu'est-ce qu'il a ce type pour que vous parliez de lui comme s'il était un dieu ?

— Vous n'avez qu'à lui poser la question directement !

— C'est insensé !

— Pas pour nous ! Évidemment, nous ne voyons pas les choses de la même façon.

Puis elle s'enfonce dans son fauteuil et refuse de continuer la conversation. Djamel démarre, frustré et contrarié.

Malgré son admiration pour Alexis de Fontvieille, il a encore du mal à accepter certaines choses. Comme son organisation secrète qui agit en toute illégalité.

Même si Alexis dit toujours agir pour défendre le bien, et surtout ses intérêts, la frontière avec la criminalité n'est pas loin.

Il tourne à droite à Yainville et descend vers Jumièges, prend la direction du Conihout et s'engouffre dans l'allée étroite bordée de peupliers. La demeure d'Alexis de

Fontvieille, invisible de l'extérieur, se dévoile au détour du chemin.

Il s'apprête à braquer en direction de la porte d'entrée quand une ombre surgit devant le capot de sa voiture, un fusil de chasse à la main.

Djamel freine brusquement en lâchant un juron. Il reconnaît Slovan Kratjic, le jardinier du domaine, un ancien lieutenant des forces spéciales bosniaques, maintenant au service de Mat'guen.

— Bonjour Slovan, dit-il poliment en écartant les mains en signe de non-agression.

— Ne bougez pas, lui répond-il d'un ton froid. Je peux avoir votre arme, commissaire ? Elles sont interdites dans la maison.

Djamel recule pour lui faire comprendre qu'il refuse toute fouille corporelle. Il sort cependant son arme et la tend. Il sait qu'il n'a rien à craindre ici.

— On vous le rendra en partant.

— J'y compte bien…

Pendant ce temps, Fabienne descend tranquillement du véhicule en voyant Marianna, la compagne de Slovan. Habituée aux coutumes de la maison, elle lui remet directement son arme de service après l'avoir embrassée sur les deux joues.

— Il vous attend dans la salle de billard, déclare Slovan. Vous connaissez le chemin.

— Vous ne nous accompagnez pas ?

Slovan hausse les épaules d'un air dédaigneux, fait un signe de tête à Marianna et disparaît dans les fourrés.

Il entre sur le territoire des Ours.

Et quoiqu'il en pense, il ressent un léger picotement dans la nuque qui le met mal à l'aise. Les voir ainsi réunis autour de Mat'guen ne laisse rien présager de bon. Il s'empare de son ordinateur portable et les suit, conscient de la présence invisible de Slovan dans son dos.

Alexis les attend de fait dans la salle de billard, assis

sur le canapé. Et bien qu'il lui serre chaleureusement la main, Djamel se rend compte qu'il n'est pas le bienvenu.

— Bonjour Alexis, j'espère que je ne te dérange pas. Comment va ta jambe ?

— Ce n'est pas grave. Merci. Tu désires me voir à titre officiel ou pas ?

— À titre professionnel. J'aimerais te poser quelques questions à propos de ta présence sur les lieux de l'attentat.

— J'ai déjà tout raconté à tes agents...

Il se rend compte qu'Alexis n'a pas envie de l'aider.

— Comme c'est bizarre, réplique Djamel, agacé par le ton provocateur, je n'ai pas vu de déclaration à ton nom.

Fabienne s'est légèrement éloignée de lui pour se mettre plutôt dans l'autre camp, même si elle feint de s'intéresser à la conversation. Quant à Marianna, chargée de l'intendance, elle a carrément pris place aux côtés d'Alexis. Avec Slovan, elle a quitté sa terre natale pour échapper aux horreurs de la guerre civile qui sévissait dans son pays.

Djamel est seul.

Et si besoin était, Stéphanie débarque soudain dans le salon, son sac de sport sur l'épaule. Son body fluo et son pantalon moulant lui nouent la gorge.

Elle embrasse Fabienne, s'approche de Djamel. Elle le gratifie d'un : « Salut mon chéri » suivi d'un rapide baiser avant de prendre sa place près de Mat'guen.

Il blêmit, mais se contient. Elle ne lui a jamais caché son attachement au commando. Sa réaction est conforme à ses convictions. Ce qui fait monter en lui un sentiment de jalousie farouche qu'il a du mal à contenir.

Néanmoins, il ne perd pas son sang-froid. Il fixe Alexis et décide d'attaquer de front.

Il ouvre son ordinateur et le pose sur le billard :

— J'ai ici le rapport d'un infirmier du SMUR qui dit avoir retiré un morceau de verre de la cuisse d'un individu qui a ensuite disparu avant qu'il n'aie eu le temps de l'interroger. Ce qui l'a interpellé, c'est que cet individu ne paraissait pas choqué, mais très énervé et dans un état de fureur impressionnant.

— Je ne vois pas de quoi tu parles...

— Ta jambe, tu te l'es soignée toute seule ? Tu veux que je donne une photo de toi à l'infirmier ? Ne me prends pas pour un con, s'il te plaît !

Alexis sourit sans chaleur et ne répond pas. Il se contente de hausser les épaules en faisant comprendre à Djamel qu'il se moque d'apporter une réponse rationnelle à ce sujet.

— D'accord, je continue. J'aimerais d'abord comprendre comment tu t'es retrouvé avec un bout de verre de la devanture de la bijouterie dans la cuisse, alors que tu trouvais à plus de trente mètres de là... Ensuite, pourrais-tu me dire pourquoi la voiture derrière laquelle tu étais caché a été la cible des ravisseurs ? Elle était truffée de plomb ! Qu'as-tu fait pour mériter un tel acharnement ?

Alexis ne répond toujours pas, et fixe Djamel d'un air moqueur. Le commissaire n'est pas dupe. Mat'guen ne lui donnera aucune information. Pourtant il continue sans se démonter :

— Il existe aussi des témoignages étranges à ton sujet. Notamment celui de l'automobiliste qui se trouvait juste derrière les fourgonnettes Vito. Il dit, je cite : « À travers la fumée, il m'a semblé à un moment que deux personnes se battaient devant la bijouterie. Puis les malfaiteurs se sont mis à tirer dans tous les sens avec leurs mitraillettes, et je me suis couché dans la voiture. Je n'ai rien vu de plus ».

— Ce témoignage ne vaut pas grand chose, répond Alexis d'un ton désinvolte, mais ses yeux amusés affirment le contraire.

— Bien sûr, ce n'est pas toi ? demande Djamel.

— Bien sûr que non, ment Alexis sans sourciller.

— Bien sûr que non... ricane Djamel. Tiens, un autre témoin affirme qu'un étranger a agressé l'un des braqueurs à coup de pieds avant de fuir sous une pluie de balles. Cette personne se trouvait aussi dans l'embouteillage.

Elle affirme que l'agresseur venait du restaurant qui a été soufflé. Elle ne se rappelle plus si c'est avant ou après la fusillade, mais elle est très claire à ce sujet. Alors ? Qu'en penses-tu ?

— Je ne vois pas ce que je pourrais répondre. J'étais derrière la voiture, je n'ai rien vu...

Djamel soupire. Il n'y a rien à en tirer. Pourtant, alors qu'il fixe Alexis dans le blanc des yeux, il aperçoit une lueur de compréhension, un signe.

Tout devient clair dans son esprit. Alexis ne peut pas avouer ce qu'il a fait, même si cela était exact. Et alors qu'aucune parole n'est échangée, un pacte silencieux se signe entre les deux amis.

Un prêté pour un rendu.

La loi des Ours. Djamel a compris. Maintenant, soit il l'accepte, soit il s'en va.

Il décide sans scrupules de sortir le grand jeu. Il abat sa première carte. Pour voir.

— C'est incroyable comme les gens peuvent avoir comme hallucinations, n'est-ce pas ?

— Je suis d'accord sur ce point. Avec toute la fumée qu'il y avait, on ne pourra retenir aucun témoignage sur cet imbécile qui a osé attaquer le chef des braqueurs. N'est-ce pas ? répond Alexis.

— Tu as probablement raison. Pourtant, en imaginant que tout cela soit totalement ridicule, si je te montre des photos d'individus recherchés par la police… ?

— Ce serait inutile puisque j'étais couché derrière une voiture. Cela par contre, c'est un fait avéré que le médecin urgentiste a confirmé, réplique Alexis avec un grand sourire. Mais pourquoi ne pas les montrer ?

Djamel jubile. Le marché est simple. Son silence contre une information vitale.

Il tourne son portable pour qu'Alexis voie correctement défiler les images. Il reste imperturbable à chaque changement de photos, et baille même d'ennui. Les trois femmes présentes ne daignent pas s'intéresser à l'affaire et discutent ensemble à voix basse.

À un seul moment, il lève le bras, puis il le rabaisse sans se départir de son ennui. Lorsque le diaporama se termine, Alexis secoue négativement la tête.

— Je suis désolé, mais ces visages ne me disent absolument rien.

— Évidemment, puisque tu étais derrière une voiture et non au restaurant..., déclare Djamel. J'aurais essayé.

— Maintenant, si tu n'y vois pas d'inconvénient, je vais te laisser, dit Alexis. Je dois être à Paris dans trois heures pour l'inauguration d'un centre d'hébergement de la Croix-Rouge.

— Une dernière chose, Alexis.

— Oui ?

— Je ne veux pas que tu interviennes dans cette affaire. Je sais que Dana est à l'hôpital, je sais que cela te peine, mais je te le demande officiellement. Ne t'en mêle pas. Laisse-nous faire notre travail.

Alexis hausse les épaules et ne daigne pas répondre. D'un geste, il congédie son ami sans tenir compte de sa remarque. Il ne l'envoie pas se faire voir, mais c'est tout comme.

Djamel est satisfait. Il se doute bien que ses paroles ne seront pas suivies d'effet, mais il se devait de le mettre en garde.

Il fixe Fabienne pour lui faire comprendre que c'est pour elle qu'il a dit cela. Elle comprend alors qu'il ne l'a pas prise dans son enquête pour lui faire plaisir. Il la tient à l'œil personnellement.

Djamel n'est pas un imbécile. Il navigue entre deux eaux et tient à garder la barre. Être l'ami d'un tueur n'est pas une mince affaire pour un commissaire de police.

Mais que dire quand cet ami vous a sauvé la vie ?

— Je te remercie pour ta collaboration intense et sincère. Je ne retiens pas ces témoignages pour mon dossier. Comme cela, le procureur ne pourra pas en tirer parti. Cela te convient ?

— Parfaitement. Je n'en attendais pas moins de toi.

Il lui serre la main. Fabienne, Marianna et Stéphanie

ne bougent pas. Elles le regardent avec un amusement non dissimulé.

— Lieutenant Martin ! Nous rentrons à Rouen. Vous n'êtes pas en congé à ce que je sache !

Fabienne se lève avec regret mais elle le suit. Marianna leur ouvre la voie. De loin, Stéphanie lui envoie un baiser volant qui lui serre les tripes. Elle ne s'est pas déplacée pour l'embrasser. En présence de Mat'guen, elle est différente, plus lointaine, plus distante. Cette idée l'exaspère.

En arrivant à sa voiture, il se retourne. Celle de Stéphanie n'est pas en vue. Elle l'a probablement rangée dans les garages derrière la maison. Elle a droit à un traitement de faveur. Il se maudit d'être jaloux, mais il sait qu'un jour il faudra en parler.

Il a intérêt à s'y préparer. Il rumine pendant que Slovan lui tend son arme et celle de Fabienne. Une fois en voiture, il donne son portable à sa collaboratrice d'un geste brusque et démarre en trombe. Fabienne ne dit rien. Elle sent qu'il est extrêmement contrarié par cet entretien.

Elle hausse les épaules. Après tout, il l'a bien cherché. Elle a pourtant essayé de le convaincre de ne pas imposer sa volonté à Alexis.

Soudain Djamel éclate de rire.

— Fabienne, sortez-moi la fiche d'un certain Pascal Draymond.

— Je vous demande pardon ?

— La fiche de Pascal Draymond ! C'est le braqueur de la bijouterie.

— Comment le savez-vous ?

Djamel sourit intérieurement. Le signe discret d'Alexis était la réponse à leur marché. Il lui a désigné l'homme qu'il a reconnu. En échange, il oublie les témoignages compromettants. Il sait très bien qu'un homme de sa réputation a tout à perdre à se laisser embarquer dans cette histoire.

— Alexis est bien l'homme qui s'est jeté sur le malfaiteur et il a aperçu son visage. Tout à l'heure, il a eu un moment d'hésitation avant de dire non. J'ai compris qu'il lisait le nom du personnage. Alors, ça vient ?

— Attendez un peu, je ne suis pas aussi forte que vous, s'exclame-t-elle en bataillant avec l'ordinateur qui émet régulièrement des « bip » de colère.

— C'est normal, dit-il en la narguant, nous ne voyons pas les choses de la même façon. Ah oui, une dernière chose : si vous intervenez à titre personnel pour son compte sans m'en référer, je vous vire immédiatement de la police. Me suis-je bien fait comprendre ? Je veux bien travailler avec les Ours, mais je ne serai pas un dindon ! Compris ?

6

La première fois qu'il est tombé dessus, Élie Martin a bien cru en mourir.

De peur surtout.

Faire une chute de dix mètres à la tête d'une coulée de boue et de cailloux n'a rien de réjouissant. À soixante ans révolus, on a bien d'autre chose à faire que de jouer les filles de l'air. Surtout pour un homme que l'inactivité et la bonne chère ont rendu presque obèse. De petite taille, il se fait honte chaque matin devant sa glace, comparant son embonpoint à une bouée autour de l'abdomen. Son double menton tremblotant le ferait presque rire lorsqu'il secoue la tête pour remonter sa dernière mèche rebelle sur son crâne rouge et dégarni.

Comme tous les dimanches, il s'octroie une longue promenade en forêt.

Histoire de se vider la tête, d'oublier les souvenirs terrifiants qui le hantent depuis sa plus tendre enfance. C'est devenu une véritable thérapie, la meilleure après des milliers d'heures inutiles passées sur les divans des psychanalystes. Ces imposteurs n'ont jamais rien compris à son histoire. Ni à ses larmes. Ni à sa haine. La marche ne dissout pas sa haine, elle l'aiguise, l'affine. Il peut lui parler, la cajoler. Et pleurer.

D'ordinaire, il passe par le chemin balisé qui serpente au cœur de la forêt, mais aujourd'hui, la lassitude aidant, il décide de longer le bord du plateau pour rejoindre plus rapidement la route goudronnée.

Le terrain marque soudain un creux abrupt en demi-cercle. Il s'arrête pour observer le phénomène. Il se trouve au-dessus d'une ancienne carrière de craie abandonnée. De l'ancienne exploitation, il ne reste que la cuvette extérieure.

De gros blocs de calcaire épars, couverts de mousse et de lichens jonchent le fond de l'excavation, perdus au milieu des arbres qui ont poussé comme des allumettes attirés par la lumière, et dont les plus hautes branches rejoignent leurs compagnes restées sur les hauteurs. Le lierre grimpant et les lianes augmentent l'effet d'étouffement et d'inviolabilité des lieux.

Avec précaution, il se rapproche du bord, en se tenant solidement à un arbuste.

À ce moment, le sol détrempé se dérobe sous son poids. Il s'agrippe à son arbre, les pieds dans le vide. Mais il ne lâche pas prise.

C'est ce réflexe qui lui sauve la vie.

Les racines du chêne tardent à se dégager de la gangue boueuse et ralentissent suffisamment sa chute avant qu'elle ne devienne mortelle.

Élie se retrouve les pieds dans le vide à quatre mètres du sommet de l'éboulis qui forme un remblai pentu.

Il ouvre ses mains en priant. Il roule sur lui-même, s'écorche sur les arêtes vives des silex et s'arrête lourdement à deux pas d'un énorme bloc de pierre. Il se redresse, à moitié assommé, contusionné, le souffle court, une douleur aiguë dans la poitrine.

Son regard se porte sur le haut du monticule. Une partie de la roche a été emportée par l'humus et les arbrisseaux du sommet.

Il aperçoit une trouée étrange. La roche est creuse. En tombant, l'éboulis a dégagé l'ancienne entrée de la carrière. Avec précaution dans un premier temps, puis avec une frénésie croissante, il agrandit la trouée jusqu'à ce qu'il puisse s'y glisser. Il s'aide d'un bâton, finit avec les mains et jette un coup d'œil.

L'intérieur est sombre, sans forme. Il se laisse glisser dans le trou avec une certaine inconscience, seulement assuré que sa bonne étoile est avec lui. Sa chute est de courte durée. Ses pieds repoussent quantité de gravats. Arrivé sur le sol caillouteux, il extirpe une boîte d'allumettes de son manteau.

La première allumette lui révèle un hall important, d'une hauteur de plafond qu'il estime à trois mètres, ce qui est assez inhabituel. La voûte est bien dégagée, correctement taillée. Cette carrière doit s'enfoncer profondément dans le sol, pense-t-il. Il exulte. Voilà une incroyable découverte.

Il fait quelques pas, allume plusieurs allumettes et arrive à une intersection. La galerie de gauche se trouve dans le prolongement de l'éboulement. La galerie de droite est plus large, bien taillée et étayée par endroits. L'odeur de craie et de poussière n'a rien d'incommodant. Il comprend rapidement pourquoi : le sol est dur, les parois sèches. Il y a très peu d'humidité dans cette carrière.

Revenu à l'air libre, il exulte de joie. Cette découverte inédite a de quoi égayer pour longtemps son insatiable appétit de curiosité. Elle va aussi lui permettre de réduire la haine qui bouillonne sous son crâne.

Malgré son impatience fébrile, Élie ne revient à la grotte que trois jours plus tard. Le temps pour lui de prendre des renseignements sur les lieux et sur le propriétaire du terrain. À la DDE d'Yvetot, il a compulsé les registres pour connaître la taille et l'ancienneté de l'exploitation. Sa curiosité a été récompensée au-delà de ses espérances. Aucun registre de l'administration ne fait état de la grotte.

Afin de ne pas attirer l'attention des fonctionnaires de l'État, il a fait un détour par la mairie pour consulter le cadastre. Là encore, les différents relevés ne mentionnent pas de grotte, ni de carrière. De plus en plus étonné, il a pris note des coordonnées du propriétaire, pour se rendre compte qu'il s'agit d'une parcelle de trente-trois hectares en indivision acquise par un certain Monsieur Tudort, lors du partage des biens nationaux après la révolution en 1793, parcelle qui appartenait avec les massifs alentours à l'évêché de Rouen.

Ce bien est resté dans la famille jusqu'à ce jour. Il y a donc en tout cinquante-quatre héritiers en titre. Autant dire que ce bien restera un bon bout de temps en l'état. La plupart doivent ignorer qu'ils sont propriétaires d'un bout de pente calcaire dans le pays de Caux.

Tant mieux. Il va pouvoir explorer cette grotte à sa guise. Surtout que le nom des lieux lui tire un grognement de satisfaction. À proximité de la grotte, dans la valleuse de la Rançon, se trouve un hameau qui porte le curieux nom de lieu-dit de la Roche sèche.

Et bien que l'interprétation puisse être soumise à caution, elle n'en demeure pas moins évidente pour lui : la relative sécheresse de la galerie est assurée par la présence des nombreuses veines de silex qui isolent la couche calcaire des infiltrations des eaux de ruissellements.

Cette fois-ci, il s'est équipé d'une torche puissante, de plusieurs rations de nourriture, d'une gourde d'eau, d'une pelle américaine et même d'une corde. On ne sait jamais. Il prend soin de garer sa voiture dans le village, loin de son lieu de destination, pour ne pas attirer l'attention, et se rend à pied à la grotte longeant la pente dans les sous-bois. Quand il arrive, une brève accalmie rend le paysage blême et brumeux.

Il écarte les lianes et les branches qui protègent l'accès à la carrière, tout en prenant soin de les remettre en place derrière lui pour ne pas laisser de traces. Le silence est impressionnant dans ce cirque profond. Avec sa pelle, il creuse une dizaine de marches dans l'éboulis. Arrivé au sommet, il se glisse avec fébrilité dans le conduit sombre. Une fois à l'intérieur, il allume sa lampe torche.

Le spectacle le déçoit complètement. Dans ses souvenirs emballés, et à la lueur des allumettes, le hall d'entrée ressemblait à une cathédrale mystérieuse, les galeries profondes étaient de véritables avenues pavées qui le mèneraient au centre de la terre. Avec la puissante lampe torche, il découvre une cavité aux parois morcelées et débitées à la va-vite sans vision architecturale.

Élie pousse un juron et s'enfonce dans la galerie principale. Le filon était mauvais. Les moignons sortent de partout, bombés, tortueux, disparates, parfois bleus et coupants, mais mouchetant toute la surface des parois. Sur le sol, les dernières traces d'une certaine activité industrielle : des blocs épars et taillés, destinés à la construction, abandonnés parmi des centaines de silex.

Les derniers outils sur le sol, les pics, les tailles, les marteaux et les burins sont de conception récente, vraisemblablement des années 20. Aucune valeur marchande importante pour ces banals instruments du début du siècle.

Il hausse les épaules avec résignation, un petit sourire au coin des lèvres. Comme d'habitude, il s'est emballé, il s'est laissé emporter par ses émotions, bercé par ses illusions d'enfant triste à la recherche d'une aventure qui le rendrait fier, beau, reconnu.

De retour devant l'éboulis, il regarde une dernière fois la galerie pour en chasser les moindres regrets et se permet même le geste infantile de lui tirer la langue par dépit. Puis il pose le premier pied sur l'éboulis pour ressortir et mettre fin à cette éphémère et ridicule aventure. Il trébuche alors sur un bloc calcaire en saillie qui se décroche.

Curieusement, les pierres ne roulent pas vers lui, mais vers la gauche.

Intrigué par ce phénomène, il inspecte alors l'éboulis avec plus d'attention. De sa torche, il en dessine les contours. L'amas de pierres est plus important qu'il n'y paraît en premier lieu.

L'amoncellement se dresse dans le sens perpendiculaire à ce qu'il pensait être l'entrée, et non face à lui. Son épicentre se trouve donc de l'autre côté, et non à l'extérieur, ce qui signifie qu'il n'a pas été causé par l'homme. Quand le dernier ouvrier abandonne une exploitation, il fait sauter la roche pour bloquer définitivement l'accès aux galeries afin d'éviter tout accident futur.

Dans le cas présent, l'éboulement provient de l'intérieur de la grotte. Il doit donc y avoir une autre galerie derrière, qui longe la paroi extérieure.

Il s'empare de sa pelle américaine et monte à l'assaut

de l'éboulis. Puis il l'attaque frénétiquement au niveau de la voûte. Très vite, ses déductions se révèlent exactes. Les gravats sont friables, se détachent rapidement, à la fois de son côté, mais aussi de l'autre. Il lui suffit bientôt de pousser les blocs de craie qu'il entend tomber avec un bruit étouffé. En moins d'une heure, il réussit à creuser un passage suffisamment grand pour lui et se faufile à l'intérieur.

Une surprise de taille l'attend de l'autre côté. À peine arrivé sur le sol jonché de débris, le faisceau de sa lampe bute sur une surface en acier. Il n'en croit pas ses yeux : il se trouve dans une caverne assez large et profonde, juste derrière l'éboulement qui comble effectivement l'entrée de la grotte.

Au fond de cette cavité, enchâssé dans le mur, recouvert d'une importante couche de poussières et de gravats, se trouve un camion allemand de la dernière guerre !

Il paraît intact. Sauf pour sa partie avant. Le capot a percuté le mur de craie et s'est plié en deux, l'aile droite est arrachée. Il regarde d'un air incrédule ce vieux Benz kaki garé pour l'éternité dans son grand box. En percutant le rebord de la galerie puis le fond, toute la devanture de la carrière s'est effondrée sur place. Ce qui explique les gros blocs épars à l'extérieur.

Que vient donc faire ce symbole de l'armée nazie dans ce trou perdu : un camion volé, dérobé et oublié ?

Le cœur battant, il avance avec précaution. Les pneus sont à plat, le caoutchouc est tombé en poussière, mais la bâche a plutôt bien résisté. Elle est détendue par le poids des cailloux et des années, mais elle protège encore correctement le chargement. Aucun signe extérieur, aucune croix gammée.

C'est incroyable ! Les structures métalliques sont à peine rouillées malgré le long séjour sous terre. Il bénit ce lieu particulier La Roche sèche. Par un hasard extraordinaire, ce camion s'est retrouvé dans cette grotte particulièrement bien protégée de l'humidité. La température est clémente, stable. Le tapis de poussière est intact. Le sol de craie est sec. Toutes les conditions sont requises pour faire de ce lieu une cave parfaite.

Dans un silence profond proche de l'extase, il tourne autour du camion, les yeux écarquillés.

Il n'y a aucune trace de pas sur le sol. Les seules empreintes sont les siennes. Personne n'est donc venu ici depuis que ce camion s'est échoué. Mais alors, comment est-il arrivé là ? Seules sont visibles les traces de pneus encore imprimées dans le sol friable. La vérité le fige sur place.

En tremblant, il se dirige vers l'avant du camion. La porte droite est ouverte, béante, abîmée par le choc. Il frémit. Le faisceau de sa lampe fait de lui un pilleur de tombe.

Le squelette du chauffeur est affalé sur le volant, le crâne dans une drôle de position oblique, ses orbites vides orientés vers la portière ouverte. La raison d'Élie raison chancelle. L'uniforme est encore bien conservé. La peau recouvre encore par endroits les os blanchis.

C'est un officier supérieur de la Wehrmacht. La casquette est tombée sur le plancher, les os du fémur sont ridiculement maigres dans les bottes de cuir craquelées par le temps.

Il recule en frémissant, cherchant à calmer les battements affolés de son cœur et à récupérer son esprit. Après toutes ces années de misère et de souffrance, il se retrouve plongé dans un univers dont il pensait s'être à jamais échappé. Il n'ose défier le mort, mais déjà la fureur et la frustration refoulées depuis son enfance remontent à la surface avec violence. Le destin le confronte aux misères de son passé, pour lui permettre d'y mettre un terme.

Des larmes coulent sur ses joues adipeuses, se mêlent à la poussière pour former un masque immonde.

Ses mains frôlent avec vénération la bâche poussiéreuse. Il retire les liens de caoutchouc qui tombent en lambeaux sous ses doigts, et défait les ridelles latérales, soutenu par une obscure obstination.

Le camion est rempli de caisses en bois à l'effigie du troisième Reich. Elles sont soigneusement alignées et tenues entre elles par des sangles.

Il pousse un cri de joie, et s'empare du démonte pneus accroché au dos de la cabine. Il pose sa lampe bien en évidence. La première caisse ne résiste pas longtemps et dévoile son contenu sous ses yeux brillants.

C'est encore plus incroyable que dans ses rêves. Dire qu'elles sont vraies, neuves, qu'elles n'ont jamais servi. Quelle trouvaille extraordinaire !

À ce moment son regard est attiré par une douzaine de caisses d'une longueur différente. Il reprend sa lampe et s'approche : elles portent, elles aussi, le sceau du Reich, mais la texture du bois est différente. On dirait qu'elles ne viennent pas du même endroit que les autres.

Les bords sont rabotés, les clous soigneusement plantés, les planches patiemment jointes. Il enlève les caisses posées dessus et s'attaque à la première. Elle résiste plus que les autres. Il doit déchiqueter les planches pour les ouvrir. Le bois craque. Il déchire le papier huilé, extrait la paille avec une fébrilité croissante.

Le contenu le laisse pantois, ahuri, estomaqué. Sans réfléchir, il ouvre la seconde, son cerveau tournant à cent à l'heure. Une fois ouverte, il comprend ce qu'il y a dedans.

Il tombe alors à genoux, les larmes aux yeux, ébloui par un tel trésor.

Il a enfin trouvé de quoi assouvir cet intense désir de revanche qui l'a torturé depuis sa plus tendre et difficile enfance. Après soixante ans de frustration et de haine, il saura faire bon usage de ce que le destin vient de lui confier.

7

Fabienne a vite refermé la porte du bureau. Djamel, déjà attablé, a branché son portable sur le réseau Internet. En un clin d'œil et de clic, il parvient au réseau confidentiel des bases de données de la République et se connecte sur le fichier des Renseignements Généraux du Ministère de l'Intérieur.

Ces données sont strictement réservées à un usage axé sur la sécurité nationale. Pour figurer dans ces fichiers, il faut avoir un jour ou l'autre enfreint la loi.

Dans le cas de Pascal Draymond, la loi a été plus que bafouée. Lorsque Djamel tape ce nom, le dossier se matérialise avec, en préambule, un sigle bien connu qui lui arrache un frisson : un point d'exclamation en gros caractère rouge suivi du mot dangereux. Puis les quinze pages de renseignements accumulés défilent rapidement. Fabienne n'en croit pas ses yeux.

— Bon sang, on est tombé sur un cas ! s'écrie-t-elle.

— Pas loin de quinze pages, renchérit Djamel. Nous avons ferré un gros gibier ce qui, en soi, n'a rien d'étonnant. Le fichier de photos que j'ai montré à Alexis ne contient que du beau linge.

« Draymond, Pascal, Jean, Benoît, né au Havre (S.-Maritime), de Draymond Françoise, Julie, (née le 12.12.1944 sous X) et de père inconnu.

A vécu à Paris avec sa mère, prostituée. Battu et violenté régulièrement, ses premiers délits sont notés dans les registres du commissariat d'arrondissement dès 1968. Vols à la tire, outrages à agents (PV du 11.09.68,

23.10.68), troubles de l'ordre public, vagabondage, vente à la sauvette, racolage sur la voie publique. Arrêté et mis en détention à l'hôpital psychiatrique de Vincennes pendant trois mois, suite au meurtre de sa mère par son souteneur (Pierre Malfoit) le 17 février 1969, (voir dossier, proxénétisme, et affaires juridiques de 1969 à 1972). Il était le seul témoin oculaire. Soigné pour apathie sévère et troubles de la personnalité.

Intégré au foyer de la DDASS à Compiègne (Oise) avec un suivi psychologique, il fait ses études sans autres démêlés avec la justice.

Il disparaît le 30 juin 1973 à la faveur des vacances, est retrouvé par la gendarmerie à Arles le 4 août 1973 en train de dormir dans les arènes. Fait important, Pierre Malfoit a été retrouvé mort le 4 juillet dans une chambre d'hôtel de la place Pigalle, le corps criblé de vingt-cinq coups de couteau. Son taux d'alcoolémie dépassait les 2,8 grammes. L'arme du crime n'a jamais été retrouvée. Ni le meurtrier.

Selon le médecin légiste, les vingt-cinq coups ont été portés par un inconnu de faible constitution, une jeune femme ou un enfant, les blessures infligées n'étant pas très profondes. Seule la première entaille qui lui a tranché la gorge était mortelle. Le nombre de coups de couteau étant égal à l'âge de sa mère lors de son décès, il a été longtemps considéré comme le principal suspect malgré son âge. Le dossier a été classé sans suite en 1988, faute de preuves. (Voir le procès-verbal de la cour de cassation de Paris du 19 mai 1998).

Il finit ses études à Compiègne jusqu'à sa majorité. Engagé volontaire à l'âge de 18 ans dans l'infanterie de marine au 3e RPIMA de Carcassonne. En sort en 1991 avec le grade de sergent. Il entre directement dans la clandestinité. Suspecté d'une dizaine de vols avec effraction, braquages, meurtres au premier degré, c'est un individu dangereux et toujours armé.

Pas d'adresse connue. Il aurait été aperçu plusieurs fois à Rouen (Seine-Maritime) et à Berlin (Allemagne).

Profil psychologique : *classé très dangereux. Personnalité très forte, tendance à la violence très prononcée. Froid, calculateur, dénué de scrupules et de tout sens moral. Très intelligent selon ses professeurs, avec de fortes propensions pour la mythomanie.*

Profil politique : *a rencontré les milieux activistes d'extrême-droite pendant ses années de service militaire. Soupçonné d'appartenir à un réseau international d'adeptes des thèses nazies. Informations non confirmées.*

Fiché au grand banditisme pour trafic illégal en tous genres, trafic de drogue en liaison avec les réseaux mafieux de l'ex-RDA. Aucune inculpation à ce jour, aucun flagrant délit.

À surveiller de près pour confirmation éventuelle. Ne faire aucune interpellation directe en solo. Prévenir les autorités supérieures.

Dossier militaire : *sous-officier efficace, bien noté, souvent réprimandé pour sa brutalité, a fait ses classes à la caserne de... »*

Fabienne détache ses yeux de l'écran, à la fois hypnotisée et écœurée.

— Cet homme est un véritable psychopathe. Comment va-t-on procéder pour mettre la main sur lui ?

— Si l'on considère que tous ces renseignements sont exacts, nous aurons des tuyaux dans le milieu de la drogue. Demandez de ma part les lieutenants Lefèvre, Garnier, Prariot et Legendre de la Brigade des stups. Il faut axer nos recherches dans ce sens, soudoyer toutes les balances, mouiller tous les indics que nous avons à notre disposition. Si cet individu est dans la région, il ne s'est pas pointé les mains vides. S'il y a eu apport de fraîche, cela doit se savoir. Je m'arrange des formalités avec le directeur.

— C'est comme si c'était fait, répond Fabienne en décrochant le téléphone.

Dans la minute qui suit, les quatre hommes reçoivent leurs instructions et partent se mettre au travail.

— Très bien, continue Djamel. Ce « Draymond » doit

bien loger quelque part. Sa venue n'est pas passée inaperçue. Monter un coup pareil demande une logistique impressionnante. S'il appartient à la mouvance néo-nazie, il doit avoir une cohorte de skinheads accrochée à ses basques. Demandez aux patrouilles de surveillance de nous signaler si des « crânes rasés » inconnus ont fait leur apparition dans les rues de Rouen ou des environs.

— Ne croyez-vous pas qu'il est trop tard ? Ils ont dû filer avec leur butin et passer la frontière depuis longtemps.

— C'est une hypothèse à considérer. Mais Interpol a été mis sur le coup dans l'heure qui a suivi l'attentat. Toutes les salles des ventes, tous les aéroports sont surveillés. À Rotterdam, tous les acheteurs peu scrupuleux sont mis sur écoute. À mon avis, la quantité de bijoux est si importante qu'ils l'ont mise au vert pour un bout de temps.

— Mais s'il s'agit d'un trafic international ?

— Alors, les bijoux ont déjà quitté l'espace européen et on n'en entendra plus jamais parler.

— Vous ne paraissez pas convaincu par ce que vous dites. Qu'est-ce qui vous perturbe ?

— Le braquage en lui-même. Cela n'a aucun sens : opération en plein jour, mitraillage, grenades, morts, fuite rocambolesque. Bref, le grand spectacle du chaos. Tout le contraire d'une action destinée à financer une opération terroriste, où la discrétion est de rigueur.

— Pourtant, les armes ? Le rapport du labo est formel. Les douilles retrouvées devant la bijouterie sont les mêmes que celles de l'attaque de la Société Générale. Et tous les témoignages concordent. Les braqueurs de la bijouterie Lebrun avaient des Schmeisser flambant neufs !

— D'accord à cent pour cent...

— Cet Ulrich Müller, que vous avez abattu sur la place du Vieux Marché était allemand et il avait le crâne rasé !

— Tous les Allemands ne sont pas nazis, Fabienne ! Fort heureusement ! Et tous les hommes chauves ne sont pas des skinheads ! Vous y allez un peu fort dans les raccourcis.

— Mais alors ? insiste Fabienne, interloquée, je ne comprends pas ! Qu'est-ce qui ne va pas ?

— La personnalité de Pascal Draymond, répond Djamel après un long moment de réflexion. Elle ne s'intègre pas dans le scénario. Quel intérêt pour un truand de participer à ce braquage meurtrier ?

— Il travaillerait pour une organisation terroriste internationale ?

— Justement, si j'étais à leur place, Draymond serait le dernier homme à qui je m'adresserais. Beaucoup trop instable et dangereux.

— Ils n'avaient peut-être personne d'autre. Ils ont peut-être du remplacer leur dernière équipe au pied levé ?

— Pourquoi pas... Mais cela m'étonnerait. C'est à ne rien y comprendre...

Le téléphone interrompt leurs réflexions. Djamel décroche, écoute son interlocuteur et raccroche vivement en se levant.

— Venez Fabienne, ils ont retrouvé la vedette qui a servi au braquage. Elle se trouve dans un ancien club de voile abandonné près du village de Saint Adrien.

Les nuages sont bas et lourds, la circulation difficile. Djamel peste dans son coin, Fabienne regarde le paysage vert gorgé d'eau. La vieille nationale longe la Seine sur plusieurs kilomètres, étroite, sinueuse, traversant bon nombre de villages et d'industries. A Saint Adrien, un cordon de gendarmerie bloque l'accès à l'ancienne base nautique. Elle se trouve en contrebas de la route, cachée derrière une palissade décrépie, le long d'une berge envahie de boue et de roseaux.

Un vieux ponton en bois vermoulu achève de pourrir au milieu du limon. Un zodiac y est venu s'accrocher, à côté de la vedette abandonnée. Sur le fleuve, un peu plus loin une péniche fait relâche. La police scientifique est déjà à l'œuvre : les gars du labo, en gants latex, relèvent sur la vedette les empreintes et toute trace de pièces à conviction, cheveux, lambeaux de vêtements.

— Alors, demande Djamel sans préambule, vous avez trouvé des indices ?

— Rien d'important, répond le responsable. Les suspects portaient tous des gants. Le pilote a même eu la présence d'esprit de nettoyer le volant. Comme ils n'ont pas retiré leur cagoule, nous n'avons pas de cheveu. Les traces des chaussures ne donnent rien. Ce sont des modèles standards. Concernant la vedette, son vol a été déclaré juste avant son utilisation par les malfaiteurs. Nous avons identifié et interrogé son propriétaire. Il est hors du coup. Les traces de pas sont sans équivoque. Ces gars sont des pros. Ils marchaient sans se presser. Une voiture les attendait. (Il désigne la marque des pneus sur le sol). Des Michelin Sport taille basse. Uniquement pour grosses cylindrées, de préférence allemandes. À première vue, BMW ou Mercedes.

— Très classique, raille Djamel, sentant cette affaire lui échapper une fois de plus.

Sans autre précision, il ne pourra rien tirer de ces informations.

— On n'a pas grand chose commissaire, renchérit le responsable de la police scientifique en exhibant un petit sac en plastique. À part les étuis trouvés dans le fond du bateau, identiques à ceux ramassés sur le boulevard. Même provenance. Cela confirme les rapports. Sinon, rien de tangible. Le bâtiment n'a pas été touché. Ils s'en sont servis uniquement comme point de débarquement. Ils avaient bien préparé leur coup. La barrière a été fracturée avec beaucoup de soin pour ne pas attirer l'attention de l'extérieur. Le véhicule était en planque à l'intérieur.

— C'est tout ?

— C'est tout pour l'instant, commissaire. Ne vous faites pas d'illusions. Les gars qui ont fait ce braquage étaient des professionnels. Ils n'ont rien laissé au hasard.

— Ils ont pourtant dû faire une erreur. On commet toujours une erreur, grogne Djamel. Et le propriétaire du terrain et de cette ruine ?

— Du côté des propriétaires, il faudra repasser. Ce

terrain appartient à la mairie qui comptait le réhabiliter. Néanmoins, il y a peut-être un fait intéressant...

— Dites-moi tout, s'impatiente Djamel.

— Nous avons un témoin oculaire.

— Un témoin direct ? Vous ne pouviez pas le dire plus tôt ! Où est-il ?

— Là-bas, dans la fourgonnette. On prend sa déposition.

Djamel abandonne le policier et se rue vers le fourgon bleu, suivi de près par Fabienne. Un homme d'une cinquantaine d'année, le cheveu blanc et rare, la barbe soigneusement taillée mais les habits usés, est assis sur le banc, regardant Djamel avec attention. Un policier en civil est en train de noter ses dernières déclarations.

— Bonjour commissaire, dit-il.

— Bonjour Monsieur... ?

— Rillon, Franck Rillon. Je suis pilote de péniche, celle qui est au mouillage en face. Je dois livrer du charbon sur le port.

— Le zodiac est à vous ?

— Oui. J'ai appelé la police, et je me suis permis de venir dès qu'elle a été sur les lieux.

— Monsieur Rillon, pourriez-vous me raconter ce que vous avez vu ?

— Bien sûr. Je descendais vers Rouen quand j'ai vu la vedette accoster sur le rivage.

— Vous les avez vus ? Combien étaient-ils ?

— Six. Ils ont jailli de la vedette avec des sacs de cuir à la main. Ils sont rentrés dans le hangar, en sont ressortis quelques secondes plus tard en voiture. Une Mercedes blanche. L'un d'entre eux a passé un coup de téléphone.

— Vous avez vu leur visage ? s'enquit Fabienne.

— Non madame.

— Lieutenant.

— Pardon, lieutenant. Ils ont gardé leur cagoule jusque dans la voiture. Il n'y a que le dernier qui était tête nue, juste avant de monter. Mais il tournait le dos à la Seine. Je n'ai pas vu son visage. Et croyez-moi, je n'avais pas envie de m'approcher. Je voyais la fumée au loin, celle de la vedette de police qui brûlait. La radio était comme folle. C'est eux qui ont attaqué la bijouterie, n'est-ce pas ?

— Exact, répond Djamel, dépité. C'est tout ?

Le pilote écarte les bras d'un air peiné.

— C'est tout. Je suis désolé de ne pas pouvoir faire plus.

Plus ou moins furieux, Djamel ressort du fourgon. Il n'y a rien d'intéressant. Les malfaiteurs ont agi avec une parfaite maîtrise de la situation. Il redescend vers la vedette, inspecte les abords de la rive, comme si elle pouvait l'aider. L'endroit est lugubre, déprimant. La grisaille du ciel n'arrange rien, et la Seine, déjà saumâtre à son habitude, se teinte d'un mauvais gris cendré. Une misérable houle de mousse chimique lèche les roseaux décrépis qui baignent parmi une montagne de détritus délavés.

Il fronce le nez devant l'odeur peu avenante de la vase et adresse un signe d'encouragement à l'équipe qui s'acharne sur la vedette. Il préfère ne pas faire étalage de son scepticisme. Cette piste est froide. Elle ne donnera rien. Reste celle des trafics de drogue. Les indics vont devoir cracher au bassinet. Il veut être au courant de la moindre arrivée de came sur le marché. Afin d'avoir des nouvelles, il sort son téléphone portable et appelle la préfecture.

Ce geste anodin n'échappe pas à Fabienne qui est restée dans le camion à relire la déposition de Franck Rillon. En le voyant tourner pour mieux orienter la réception, il lui vient une idée. Elle retient le témoin qui la saluait avant de prendre congé.

— À tout hasard, vous souviendriez-vous de l'heure à laquelle le malfaiteur a passé son coup de téléphone ?

Franck Rillon n'hésite pas une seconde.

— Bien sûr, répond-il avec un grand sourire, il était 19h37. Je m'en souviens très bien. Dans la timonerie, j'ai une horloge électronique réglée sur l'heure universelle. Mes jumelles étaient juste à côté. Mes yeux sont tombés dessus quand j'ai voulu les prendre. C'était inutile. Le temps de les régler, il avait déjà fini. J'ai eu l'impression qu'il n'a pas parlé du tout. C'est important ?

— Je ne sais pas pour l'instant, cela se pourrait. Merci pour votre collaboration, monsieur Rillon.

— Je vous en prie. C'était un honneur de pouvoir vous aider.

Fabienne le quitte en haussant les épaules, amusée. Djamel avait peut-être raison. Tous les malfrats commettent une erreur à un moment quelconque. Son intuition est vague, elle a peu de chance d'aboutir, mais cela vaut mieux que de ne rien faire. Elle rejoint Djamel.

— J'ai une idée dit-elle.

— Tant mieux, parce que je suis à court. Je viens d'avoir le bureau : les résultats des bandes vidéo de la bijouterie sont inutilisables. Pas un visage, pas un mot. À tout hasard, j'ai demandé le casier judiciaire du témoin : rien.

— Je vais avoir besoin d'une commission rogatoire...

— Pour quoi faire ?

Elle lève les yeux vers la falaise de craie qui lui fait face, de l'autre côté de la route. Après un instant de recherche, elle tend son bras en montrant l'antenne de relais des téléphones portables qui s'élève sur l'un des sommets.

— Je voudrais essayer de retrouver un numéro de téléphone...

8

Le plus dur dans cette affaire aura été de retrouver les cinquante-quatre héritiers du terrain. Son notaire a consacré plusieurs mois à obtenir toutes les signatures nécessaires à l'achat. Plus d'une fois, il s'est demandé s'il n'allait pas tout abandonner, mais le souvenir tragique de ses parents l'en a empêché.

Sa vengeance n'aura pas de limite. Près de soixante ans de honte, de haine refoulée en mémoire d'un père trop magnifique, encensé, haï. Soixante ans d'une rancœur tenace envers ceux qui ont osé infliger à sa pauvre mère ce qu'ils n'auraient supporté eux-mêmes. Sa pauvre mère qui n'avait commis qu'un seul pêché : aimer un homme fantastique à une période où il ne fallait pas.

Élie Martin n'en garde aucun souvenir direct, juste quelques photos jaunies, quelques bribes de phrases murmurées à son oreille dans la douceur éphémère d'une petite chambre.

Il serre les poings de rage. Des larmes coulent aux coins de ses yeux ridés. Il ne cherche pas à les retenir. Même à son âge, quand la douleur de sa jeunesse a fini péniblement par s'estomper dans le froid matin de l'oubli, il n'a jamais tenté de les refouler. Pour les autres, ceux qui ignorent tout de sa vie, c'est une maladie rare, une perturbation des glandes lacrymales.

— Excusez-moi, souffle-t-il au notaire en se mouchant.

— Mais je vous en prie. L'émotion ?

— Pas du tout, une vieille maladie, la conjonctivite lacrymale. J'ai les yeux qui pleurent de temps en temps. Impossible à retenir.

— Je comprends, répond le notaire, qui ne comprend pas.

Imbécile, pense Élie. Normal que tu ne comprennes pas. Tu es trop occupé à me piquer mon argent. Vingt mille euros d'honoraires pour recueillir cinquante-quatre procurations. Et pour obtenir un prix de vente au final deux fois plus élevé que le marché.

C'est de l'escroquerie, et son sourire béatifiant ne fait qu'accentuer la véracité de sa pensée. Il ne sourcille même pas en lui présentant sa feuille d'honoraires.

Ce notaire véreux le met sur la paille, mais il s'en fout. Depuis la découverte de la grotte, sa vie a été bouleversée.

Ce bout de forêt inexploitable sera le plus beau cadeau qu'il offrira à ses parents. Un cadeau posthume qu'ils n'oublieront jamais. L'aboutissement d'années de cauchemars, de rêves fous, de délires vengeurs sans lendemain, de pleurs d'enfant meurtri par la dure réalité.

Son esprit se replonge dans ses sombres d'années d'orphelinat, où il pleurait toutes les larmes de son corps dans son lit en ferraille, seul, abandonné, humilié. Il se revoit, recroquevillé dans un coin du dortoir, à fixer de ses yeux éperdus la seule photo qui lui restait de ses parents.

À leur jurer qu'un jour, il les vengerait.

La haine d'Élie Martin ne s'est jamais estompée avec le temps. Au contraire, elle s'est installée dans son cœur comme une citadelle imprenable. Ses remparts se sont renforcés au fil du temps et grâce à eux, il a pu conserver intact l'amour de ses parents et son désir de vengeance.

Alors, il sort son carnet de chèques.

L'argent va bientôt revenir.

Il sait comment il va opérer.

Il remercie son interlocuteur pour son travail, signe un chèque énorme pour l'achat du terrain situé à Touffreville La Corbeline, et repart avec les documents.

Il est temps de prendre pied dans sa nouvelle forteresse et de commencer les travaux pour y accueillir enfin ses chers parents. Avec leur cadeau, bien sûr. Le plus beau, le plus incroyable des cadeaux.

9

Stéphanie est assise sur le canapé, un livre à la main. Alexis revient de la cuisine avec une bouteille de Haut-Lafitte 1989 et deux verres à pied en cristal. Il la sert avec précaution.

— Comment va ta jambe ? demande-t-elle.

— Pas terrible, mais ça ira.

Il s'assoit dans le canapé, à ses côtés. Elle pose son livre.

— Tu n'es pas encore rentrée chez toi ? dit-il d'un ton sans reproche.

— Tu sais bien que c'est mon tour. Mélanie n'est pas en vacances. Elle est retournée travailler.

— Slovan et Marianna sont présents. Tu n'es pas obligée.

— Cela me fait plaisir.

— Je m'en serais très bien sorti seul...

— Ça m'étonnerait, tu me parais bien pâle. Au fait, j'ai adoré ton entretien avec Djamel, sourit-elle, ses yeux bleus dans le vague. Vous êtes aussi menteur l'un que l'autre. Pourquoi ne lui as-tu rien dit ?

— Que je lui dise quoi ? Que j'ai été assez con pour m'attaquer à des hommes armés ? Que j'admette sans broncher que Dana est à l'hôpital dans le coma ?

— Tu n'as pas besoin de t'énerver, Mat'guen, l'interrompt Stéphanie d'un ton très calme et mesuré.

Alexis écarte les bras d'un geste violent.

— Je ne suis pas énervé, s'écrie-t-il. Je suis juste fou de rage ! Tu comprends, FOU DE RAGE ! Dana est dans le coma et je n'ai même pas pu lui parler ! Tout ça à cause d'une bande de tarés !

Il s'interrompt, respire plusieurs fois profondément et se concentre. Il calme les flots de haine qui affluent dans ses veines. Il ne connaît que trop bien ces prémices. Son cœur s'accélère, ses poings se crispent, le sang reflue de son visage. À la différence de Stéphanie, il ne peut contenir cette violence qui l'envahit. Lorsqu'elle atteint son paroxysme, il est capable de tout.

Capable de tuer.

Stéphanie ne bronche pas. Elle a déjà assisté à ces accès de fureur. D'ailleurs, il se calme rapidement. Il saisit le verre de vin avec délicatesse, mais les jointures de ses doigts sont encore blanches.

Le braquage de la bijouterie représente une véritable déclaration de guerre.

— Tu aurais pu lui dire clairement que tu avais reconnu un des agresseurs, celui que tu as eu le privilège de tabasser...

— Un certain Pascal Draymond, si j'ai bien lu. Un trafiquant de drogue. Il a vraiment une sale gueule. Fabienne nous rapportera sûrement son dossier dans quelques heures. Je pense que Djamel a compris ce que je voulais. Il fait disparaître les témoignages compromettants en échange de cette information vitale. Je n'ai aucune envie de faire la une des journaux. Ce n'est pas le moment d'être mêlé de près ou de loin à ces braquages. Imagine un peu la réaction de mes employés.

— Tu as vraiment l'intention de venger Dana ?

— Oui. Mais pas de la façon dont il croit. Pour une fois, nous allons laisser la police faire son enquête. En retirant les témoignages de l'enquête, il me sauve la mise. Je lui dois bien cela.

Malgré elle, Stéphanie relève la tête, stupéfaite. Elle s'apprête à lui répondre, mais son sourire énigmatique la désarme. Elle ouvre les mains en signe de résignation.

— Ne bouge pas, reprend-il en se levant, comme pour répondre à son interrogation muette. J'ai quelque chose à te montrer.

Il se dirige vers un secrétaire d'époque Napoléon III aux

multiples petits tiroirs, ouvre une cache secrète sur le côté et sort un objet enroulé dans un chiffon propre. Stéphanie se lève, intriguée. Avec un plaisir non dissimulé, il relève les pans du tissu et dévoile une arme singulière.

Stéphanie s'empare de l'arme avec autant de précaution qu'une relique sacrée, la tourne lentement pour s'assurer qu'elle ne rêve pas. Le canon est fin, élancé, la crosse petite et droite terminée par un anneau d'attache. Le chargeur se place non pas dans la crosse comme la plupart des pistolets, mais devant la détente, ce qui lui donne cet air si particulièrement reconnaissable.

— C'est incroyable, s'exclame-t-elle, fascinée. Un Mauser modèle 1912 avec une crosse de nacre ! Il est dans un état impeccable ! Où as-tu trouvé un bijou pareil ?

Alexis ne répond pas, amusé de voir sa fidèle amie s'extasier devant une arme de guerre, aussi belle et rare soit-elle. Stéphanie le regarde, interrogative, sans comprendre. Puis elle secoue la tête devant son air mystérieux :

— Non... C'est impossible ? Tu ne vas quand même pas me faire croire que c'est celle de l'agresseur ... !

— Si, si...

— Raconte-moi !

— Le type qui guidait les autres, ce Pascal Draymond, il avait une arme à la main. Quand je l'ai attaqué, elle a roulé sous une voiture, celle ou je me suis réfugié quand ils ont tiré.

— Attends, tu veux me faire croire que ce type a braqué la bijouterie avec une pièce de collection ?

Elle joue avec le chargeur, qu'elle enlève d'une pichenette experte. À l'intérieur, il n'y a que deux balles au lieu de sept. Elle renifle le canon.

— Cette arme a servi il n'y a pas longtemps.

— Il l'avait dans la main, je te le jure.

— C'est une honte ! s'exclame-t-elle en lui rendant le pistolet. Comment un dealer peut-il être en possession d'une telle arme ?

— Je n'en sais rien. Mais nous avons peut-être une piste. Les pistolets mitrailleurs utilisés par les malfrats sont des MP40 flambant neufs, ainsi que les grenades. Ils ont probablement découvert une importante cache d'armes. Ce pistolet devait faire partie du lot.

— Que comptes-tu faire ?

— Je vais passer un coup de téléphone à mon vieil ami le général...

— Emmanuel de Saint-Villefranc ?

— Oui. Il connaît beaucoup de monde en Allemagne. Il a passé quatre ans à l'OTAN. Je suis persuadé qu'il va pouvoir me mettre sur la voie.

10

L'autorisation officielle est arrivée dans les deux heures. L'affaire a fait trop de bruit pour que le procureur lésine sur les moyens. Son papier en poche, Djamel accompagne Fabienne au siège de France Telecom, à Rouen. Une fois les formalités d'usage remplies, ils se rendent dans le bureau d'une certaine Mélanie Dubois.

— Bonjour commissaire. Salut Fabienne. Quel bon vent t'amène ?

— Vous vous connaissez depuis longtemps ? demande Djamel intrigué.

— Depuis l'école primaire, répond Mélanie d'une voix innocente, pourquoi ?

Djamel ne répond pas. Il hoche la tête en fixant les deux jeunes femmes tour à tour. Il serait prêt à parier qu'elle fait partie des Ours, rien qu'à leur façon de se parler.

— J'ai l'autorisation du juge d'instruction pour récupérer des informations confidentielles, dit-il sans s'attarder.

— Bien sûr... Tout est confidentiel ici.

Djamel soutient le regard de Fabienne et ne peut s'empêcher d'ironiser :

— Heureusement que j'ai le document en poche. Vous connaissant, je suis persuadé que vous n'hésiteriez pas à bafouer les libertés individuelles.

— Loin de nous cette pensée, rigole Fabienne.

Par ce « nous », elle avoue implicitement qu'il va composer une nouvelle fois avec les Ours.

Ce que Djamel ignore, c'est que Mélanie Dubois appartient effectivement à l'organisation, mais qu'en plus, elle est la compagne de Gérard Anquetil, l'ami d'enfance d'Alexis de Fontvieille. Sa profession lui permet de détenir une place stratégique parmi les Ours.

— Que voulez-vous savoir ? demande Mélanie en se tournant vers son clavier.

— Voilà, j'ai une question très simple. Si je connais la date et l'heure d'un appel téléphonique donné depuis un portable, et que je connais la borne émettrice qui a transmis le message, est-ce que tu peux me trouver le numéro du destinataire ?

— En théorie, oui. Chaque portable est un émetteur-récepteur avec une fréquence unique déterminée par son numéro. Pour pouvoir propager l'émission, qui est de faible puissance, il faut des bornes de relais qui vont transmettre l'onde électromagnétique jusqu'à son point de destination. Pour que les deux personnes s'entendent, il faut donc deux bornes. Ainsi qu'un puissant ordinateur qui enregistre tous les appels.

— Et toi, tu es chargée du contrôle et de la facturation de ces appels ?

— Exactement, chez France Telecom, avec le réseau Orange.

— Tu pourrais récupérer l'historique des appels au départ de la borne de Saint Adrien ?

— La borne de Saint Adrien ? Attends, je vérifie. Tu veux uniquement les numéros de Orange, ou bien tous ceux des autres opérateurs ?

— Tous. C'est faisable ?

— Bien sûr, nous avons les mêmes protocoles et les mêmes réseaux de données.

Elle pianote sur son clavier avec dextérité. Des milliers de chiffres défilent sur l'écran. Elle les bloque et bascule sur un autre programme.

— C'est fait, dit Mélanie après une courte recherche. Tu as un numéro ?

— Euh... Justement, non.

— Comment cela ? Si tu veux savoir qui a appelé ton correspondant, il faut au moins que je connaisse son numéro.

— Je n'ai qu'une heure exacte à te donner, avoue Fabienne. Hier à 19h37.

— Tu ne te rends pas compte, répond Mélanie en se pinçant les lèvres.

— Pourquoi ? demande Djamel.

— Parce qu'il va y avoir une quantité incroyable de numéros ! Vous n'avez pas d'autres indices ?

— Rien.

— Bon, je vais essayer, mais cela risque d'être long.

Elle retourne à son ordinateur. Cinq minutes après, l'imprimante laser se met à cracher des feuillets de copies. Les yeux de Djamel s'écarquillent à mesure que le tas augmente.

— Voilà, dit Mélanie d'une voix triomphante. Voilà tous les appels transmis par la borne de Saint Adrien hier entre 19h36 et 19h38. En tout : deux mille cent dix-sept appels.

— Combien ? s'étrangle Djamel.

— Deux mille cent dix-sept.

— C'est incroyable !

— C'est à cause de l'attentat, explique Mélanie. Les gens se sont affolés. Toutes les personnes qui avaient des amis à Rouen ont voulu prendre des nouvelles. Les relais étaient complètement saturés. Comme quoi, sans être ironique, le malheur des uns fait le bonheur des autres...

Djamel s'empare des listings. Les numéros se succèdent dans une ronde effrénée, avec la date et la durée.

— On ne pourra jamais vérifier tous ces numéros. A-t-on au moins le nom et l'adresse de leurs propriétaires ?

— Bien sûr, mais sur une liste séparée. La loi informatique et liberté nous interdit de faire un lien direct entre la personne qui appelle et celle qui écoute. Les deux éléments ne s'inscrivent que sur la facture. Quelle liste voulez-vous ?

— Celle des propriétaires. Si nous trouvons notre bonheur, il nous sera plus simple de savoir qui il a appelé. Comme nous ignorons tout...

— Cela va nous prendre des semaines pour vérifier qui

est à l'autre bout du fil, insiste Fabienne sans rire. Attendez… Mélanie ? Est-ce que tu peux réduire la recherche aux appels inférieurs disons, à trente secondes ?

— Pourquoi ?

— Le témoin affirme que notre homme n'a pas prononcé un mot et que la communication a été extrêmement courte. Il est sûrement tombé sur un répondeur.

— C'est une idée.

La nouvelle liste sort quatre minutes plus tard.

— Il n'y a plus que six cent trois appels, plaisante-t-elle.

Djamel soupire. Vérifier chaque nom, chaque adresse et chaque forfait va demander des journées de travail. Un temps beaucoup trop long. L'ordinateur ne pourra pas tout faire. Il va falloir prendre des risques, réduire la recherche au minimum en jouant sur la chance. Mais par ou commencer ? Il ausculte la liste, invective les numéros anonymes et pourtant si lourds de secrets. Combien de mots échangés, de paroles murmurées ? Et dans toute cette liste se cache un numéro, un seul, qui pourrait l'aider.

— Est-ce qu'on peut facilement localiser un appel ?

— Oui. En théorie. Avec les satellites et les repères GPS, je peux vous donner le nom et le numéro de la rue dans n'importe quelle ville d'Europe. Mais attention, c'est impossible si le GSM est à l'arrêt. On ne peut rien faire tant que le poste ne fonctionne pas.

— Je vois… Tant pis. Merci Mélanie. Il ne nous reste qu'une chose à faire. Vérifier la personne physique qui est au bout du fil... J'espère que la chance sera avec nous. Je prends la première liste. Celle avec les deux mille appels.

— Cela va demander des semaines de travail ! gémit Fabienne.

— Vous avez une autre solution ? Moi pas. On ne peut pas se permettre d'ignorer ces appels. La proportion est beaucoup trop importante. Le témoignage que nous possédons est trop mince pour s'y fier totalement. En attendant d'autres informations, je vais mettre la moitié du bureau sur le coup. Au fait Mélanie, peut-on ouvrir une ligne sous un faux nom ?

— Sans problème. Il suffit de prendre une carte Nomad par exemple. L'opérateur vous attribue un numéro, et vous achetez vos cartes où et quand vous voulez. Il suffit qu'un ami ouvre le compte à votre place, vous récupérez le portable, et le tour est joué.

— Et en cas de vol ? Je veux dire, combien de temps un individu pourrait-il utiliser un téléphone volé ?

— Là, le temps moyen est très faible. Quand vous achetez un abonnement, vous avez dedans un numéro vert et un code. En cas de vol, vous pouvez appeler ce numéro depuis un poste fixe pour bloquer les communications. Dans le braquage des téléphones, c'est le portable que les voleurs recherchent, pas les forfaits.

— Vous vendez beaucoup de forfaits sans téléphone ?

— Beaucoup trop. C'est pour éviter les vols à la tire que les portables sont vendus à un prix dérisoire contre un abonnement longue durée.

— Très bien, merci Mélanie.

— À votre service, commissaire.

Djamel sort, suivi par Fabienne, complètement excitée.

11

Le son de la pluie sur les carreaux tire Hans Gauthier d'un sommeil brumeux. Il regarde le réveil. Cinq heures du matin. Il relève doucement les draps pour ne pas réveiller sa compagne et file sans un bruit dans la cuisine. Les restes de leur dernière discussion sont encore visibles sur la table. Un cendrier plein de mégots écrasés, deux verres et une bouteille de whisky pratiquement vide. Le cognement sourd des marteaux incessants roule encore à l'intérieur de son crâne. Il a trop abusé. Il le sait, les lendemains sont de plus en plus douloureux, mais qu'y faire ? Ce n'est pas à son âge que l'on se refait.

Il ouvre le réfrigérateur, sort une bouteille de lait qu'il engloutit en vitesse, au point d'avoir des nausées. Le cœur au bord des lèvres, il se précipite dans la salle de bains. Le souffle court, les traits livides, il n'ose pas se regarder dans la glace. Des frissons le parcourent de la tête aux pieds. Des gouttes de sueur glacée glissent sur son front. Il s'assied sur un tabouret en fer forgé pour ne pas tourner de l'œil. Au bout de quelques minutes, son corps reprend peu à peu ses fonctions.

En relevant les yeux, il se découvre, pâle, fatigué, au bout du rouleau. À cinquante-deux ans, dont dix passés derrière les barreaux, il se rend compte que son visage bouffi est marqué par le manque de sport et l'excès d'alcool. Ses cheveux blonds pendent en longues mèches raides sur ses épaules émaciées. Peser soixante kilos les jours de grande forme pour une taille d'un mètre quatre-vingt-quinze n'est pas une sinécure, à moins de s'appeler fil de fer ou brin de paille.

Il joue avec sa mâchoire, gratte sa barbe blonde, évite son propre regard injecté de sang. Heureusement que tout va bientôt s'améliorer. Grâce à elle. Grâce à sa Flora, la jeune femme qui dort dans son lit, juste à côté. Rien que d'y penser, une bouffée de désir s'empare de lui.

Il ne se souvient pas d'avoir aimé une femme avec autant de force. Son corps est vigoureux, sensuel de ses cheveux jusqu'à ses doigts de pieds, en passant par son cou, ses seins fermes et petits, son nombril orné d'un piercing, son sexe si soyeux, ses fesses, ses jambes. Il repense à cette nuit d'amour qui s'achève un peu amèrement.

Hans Gautier n'en peut plus. Il en a marre de cette vie terne et nauséabonde. Depuis qu'il a rencontré Flora à un meeting antinucléaire devant la Hague, depuis qu'elle a accepté de partager sa vie, il n'a qu'une envie.

Partir loin d'ici avec elle, lui offrir autre chose que cette longère dé-suète où les murs s'effritent sous l'humidité, où les meubles craquent sous le poids des mauvais traitements. Cette masure n'a qu'un avantage : elle se situe en pleine campagne, dans un endroit isolé, loin des regards indiscrets, près de Fréville, à trente kilomètres de Rouen.

Lui qui a passé une partie de sa vie à traquer les trains transportant les déchets nucléaires, qui a combattu avec GreenWorld au temps des essais nucléaires dans le Pacifique, ne désire plus qu'une chose : raccrocher et vivre en paix avec lui-même.

Et avec Flora. Et tant pis si elle n'a que vingt-sept ans, tant pis pour les qu'en dira-t-on. Il l'entend se retourner dans les draps, refoule cette envie de retourner la caresser dans son sommeil, de reprendre leurs ébats.

L'affaire était pourtant bien engagée. Mais il a fallu que cet imbécile de Paradin décide de désobéir et de braquer la Société Générale !

Quel con, ce Serge ! Toujours prêt à s'investir dans les plans les plus foireux avec une passion et une violence frisant la bêtise. Un dangereux révolutionnaire sans aucun sens des réalités.

L'objectif était pourtant clair. Si on voulait servir « la cause », si on voulait récolter des fonds pour enfin sortir leur mouvement de la misère, il fallait de l'argent. Braquer les banques était l'idée géniale de son patron, Élie Martin.

Un matin, il lui avait montré une caisse d'armes allemandes dans un état impeccable. Sans lui dire d'où elles venaient, il lui a proposé un incroyable marché : braquer régulièrement des banques dans les petites villes de campagne et rapporter un maximum de fric.

Martin, qui ne s'embarrassait pas de scrupules, en avait besoin pour sa retraite. Quant à Hans, il pourrait enfin s'engager dans la clandestinité contre les pilleurs de la terre ou disparaître avec sa dulcinée.

Hans lui avait toujours dit qu'il ne replongerait pas.

Mais Hans était un faible. Élie le savait bien. Monter des braquages, pour un ancien petit truand, cela ne posait pas de problèmes. Il ne pourrait pas résister.

Malgré ses réticences, malgré ses nombreuses promesses de ne plus recommencer, Hans a accepté. Il avait trop besoin d'argent.

Et il connaissait des amis capables de l'aider dans cette aventure. Un autre militant comme lui, Serge Paradin, et un Allemand, Ulrich Müller, un néo-nazi en cavale. Ainsi que quelques petites frappes de la région.

Quelle mouche a bien pu piquer, Serge ? Il avait tout pour réussir tranquillement la mission qu'il lui avait assignée.

Élie avait été très clair. De la discrétion, et trente pour cent du butin des braquages pour eux. Lui fournissait les armes.

Quel crétin de se monter le bourrichon, de se croire invincible ! Braquer une banque en plein Rouen ! Cette erreur a plongé Hans dans une rage folle.

Non seulement Serge Paradin n'a pas rempli son contrat, mais il a fait tomber les MP 40 aux mains des policiers. Et il s'est explosé contre un pont d'autoroute ! Crever avec un coffre bourré de billets de banque, quelle ironie !

Le problème, c'est que lui, Hans Gautier, n'a toujours pas touché un sou dans cette affaire. Pour toucher sa part, il devait effectuer tranquillement une dizaine de braquages. Élie a refusé de le payer avant le troisième, pour être sûr qu'il ne lui ferait pas faux bond.

Hans n'avait plus le choix. Il avait décidé de contacter un homme pour remplacer Paradin. Un homme qui serait à la hauteur de la situation.

Il pensait s'en tirer mieux avec le remplaçant de Serge, mais à vouloir faire trop vite, on tombe de mal en pis. Il a alors fait une énorme boulette...

Sa vie déjà éprouvée s'est transformée en enfer.

12

Cinq officiers ont été réquisitionnés sur l'affaire. Ils se sont emparés des listes fournies par Mélanie.

La règle est simple : appeler chaque propriétaire en se faisant passer pour les services commerciaux d'Orange et proposer des services nouveaux. Juste le temps de s'assurer que la personne qui répond est bien celle qui a signé le contrat d'abonnement. La direction d'Orange est évidemment au courant et a elle-même communiqué un document avec une nouvelle offre publicitaire.

Le travail est long, fastidieux, ingrat, car il ne faut pas laisser de message et rappeler, deux fois, trois fois s'il le faut, pour avoir une personne au bout du fil.

Mais Djamel est confiant. Les officiers ont ordre de noter toutes les personnes qui refuseraient de donner leur nom, ou dont le comportement serait suffisamment bizarre pour justifier une visite de routine. Déjà les premières voitures partent vérifier sur place les noms et adresses des suspects.

— Et si les abonnés rappellent au numéro qui s'affiche dans leur journal, dans « appels en absence » ? demande Fabienne.

— Pas d'inquiétude, répond Djamel. Les postes utilisés ne laissent qu'un numéro abrégé qu'il est impossible de recomposer.

— Cela ne risque pas d'alerter notre homme ? Et s'il résilie son abonnement ?

— C'est un risque à prendre. Mélanie nous préviendra en cas de résiliation. Vous ne semblez pas aussi sûre de votre idée qu'au début, ironise-t-il.

— C'est vrai, je ne pensais pas qu'il y aurait tant de numéros.

— C'est un véritable travail de fourmi, mais nous n'avons pas le choix. Nous n'avons pas d'autres éléments pour l'instant.

À ce moment, son téléphone se met à biper de façon furieuse. Il se dirige alors directement dans son bureau, heureux de revoir la silhouette argentée de son fidèle ordinateur.

— Je viens de recevoir un message, annonce-t-il.

Sans tarder, il ouvre sa messagerie et découvre le texte.

— Cela vient d'Interpol à Londres. Ils ont retrouvé la trace de notre inconnu, le fameux Ulrich Müller.

— Qu'est-ce qu'ils disent ?

— Attendez, je vous l'imprime, vous pourrez en prendre connaissance en même temps que moi. Mais pas d'indiscrétion, n'est-ce pas ?

— Bien sûr, ment-elle avec aplomb.

Il sourit sans état d'âme. Mat'guen sera au courant dans les prochaines heures. Mais cela peut servir son enquête.

Il commence à lire pendant que les premières pages sortent de l'imprimante. De temps à autre, un rictus sauvage se grave sur son visage. Fabienne s'empare des feuillets.

« Ulrich Müller, né en 1969 à Bonn, d'un père français militaire en poste dans les FFA (Force Françaises en Allemagne) et d'une mère allemande. Possède la double nationalité franco-allemande. Études secondaires à Bonn, puis Stuttgart. Élève médiocre. Tempérament violent. Adepte des thèses néo-nazies. Arrêté en 1996 pour profanation d'un cimetière juif, coups et blessures racistes, incitation à la haine raciale, complicité de meurtre. A refusé de comparaître devant la justice allemande, condamné à trois ans de prison ferme en 1997.

A quitté l'Allemagne clandestinement. Réside très probablement en France sous un faux nom. Mandat d'arrêt international émis à son encontre. Merci de nous remonter toutes informations à son sujet ».

— En voilà un qui ne fera plus de mal à personne, constate Fabienne. Ils vont adorer quand ils vont savoir qu'il a fini sa vie contre un poteau en béton.

— Vous avez raison. Mais nous sommes pour la seconde fois en présence d'un adepte des thèses néo-nazies. J'ai du mal à imaginer que des jeunes sont encore attirés par un tel ramassis d'horreur et de conneries.

— Il faut de tout pour faire un monde, répond Fabienne avec fatalisme. Reste à savoir si ces jeunes ont reçu suffisamment d'éducation pour appréhender avec lucidité les évènements tragiques de l'histoire.

— Que savons-nous au juste de ces gens-là ? demande-t-il, impressionné par la justesse de ses propos.

— Peu de choses en vérité. Les groupuscules néo-nazis restent marginaux dans l'échelle des groupes dangereux. Leur champ d'action est restreint. La haine qu'inspire leur mouvement fait d'eux des parias. À part quelques manifestations sporadiques, quelques apparitions mouvementées, quelques infractions mineures, les skinheads restent en marge des groupuscules internationaux dangereux.

— Pourtant, c'est la deuxième fois que nous les rencontrons dans des affaires relevant du grand banditisme.

— Vous l'avez dit tout à l'heure, se moque-t-elle, tous les crânes rasés ne sont pas des nazis.

— C'est exact. Avons-nous du sérieux sur Rouen ?

— Pas vraiment, concède Fabienne. Aucune manifestation particulière de leur part. Comme si la venue de Draymond leur était indifférente.

— Ils ignorent probablement sa venue ?

— Peu probable. À mon avis, Draymond est à Rouen.

— Que suggérez-vous ?

— Faisons une descente musclée dans les milieux de la drogue rouennaise. Mettons un peu le bordel dans toute cette hypocrisie. Nous savons qui fait quoi, qui livre le cannabis, l'héroïne, qui la stocke, même si nous n'avons pas de preuves. Si nous démantelons maintenant le réseau local de distribution, on pourrait amener cet enfoiré de Draymond à se découvrir.

— On se calme ! s'écrie Djamel en levant les bras.

— Pourquoi ? s'enflamme Fabienne. Ces gens-là tuent des innocents en toute impunité. Merde ! Ils ont assassiné onze personnes ! Ils volent, pillent et incendient sans que nous levions le petit doigt ! Uniquement parce que nous n'avons pas de preuves ! On les connaît tous dans la région ! Du petit dealer au coin de la rue jusqu'aux responsables qui se pavanent dans de grosses voitures. Allons un peu leur chatouiller le cul, histoire de les faire réfléchir à deux fois avant de recommencer !

— Fabienne, arrêtez ! Où est donc votre sens civique, votre conception de la justice ? Nous ne sommes pas des criminels. Nous ne sommes pas comme eux. C'est ça notre force. Notre intégrité ! Nous devons utiliser notre arsenal judiciaire pour les faire tomber, pas nos flingues ! Sinon, nous ne valons pas mieux qu'eux !

— Je le sais bien, crache Fabienne. C'est pour cela que je suis dans la police ! Ne l'oubliez pas. (Elle reprend d'une voix beaucoup plus douce et calme). Vous êtes quelqu'un de bien, commissaire Khalen. Un homme digne. Et je sais que vous nous comprenez, même si votre conscience vous taraude parfois. Stéphanie a de la chance.

Djamel fronce les sourcils, étonné par sa fureur soudaine, bien qu'en son for intérieur, cela ne l'étonne pas. Ce n'est pas pour rien que Fabienne et Stéphanie ne sont pas les meilleures amies du monde. Faire référence à sa compagne, et par ce biais au commando de Mat'guen, l'irrite plus qu'il ne le voudrait.

— Les Ours doivent rester en dehors de cette histoire, Fabienne. J'ai été assez clair à ce sujet. Je vous prierais aussi de ne pas y mêler Stéphanie. Notre vie privée ne regarde que nous.

— Ce n'est pas ce que j'ai voulu dire...

— Je sais. Oublions cela.

Il réfléchit un long moment en pianotant distraitement sur son clavier. L'idée de Fabienne est plutôt séduisante. Une riposte, aussi minime soit-elle, vaut mieux que l'inactivité. Elle reste immobile devant lui, un rien crispée, furieuse de devoir se contenir. Il sourit et prend sa décision.

— Votre idée me plaît, dit-il, ravi de voir son regard s'illuminer. Nous allons lancer une action concertée entre les différents services. Je pense qu'avec tout le SRPJ, nous allons mettre un peu d'ambiance dans la fourmilière. J'avertis le grand patron !

Fabienne quitte rapidement le bureau de Djamel et se précipite dans le sien. Elle décroche le téléphone, joint ses collègues en leur demandant de venir toute affaire cessante. Puis, après avoir raccroché, elle prend son portable et appelle Stéphanie.

Stéphanie referme son téléphone portable avec un sourire non dissimulé puis va se rasseoir sur le canapé en cuir du salon.

Elle se replonge dans la lecture de son livre. C'est son tour de garde. Lire seule dans ce salon est un vrai régal et elle ne se lasse pas du calme que procure cette pièce.

Alexis est monté travailler dans son bureau, à l'étage. Même en vacances, il n'abandonne jamais ses affaires. Son directeur général, Jean-François de Saint-Villefranc, le fils du général Emmanuel de Saint-Villefranc, militaire influent, commandant en chef du centre des relations publiques de l'état-major, et actionnaire important du groupe Fontvieille, lui transmet tous les rapports d'activités et les projets en cours.

Mais les informations de Fabienne tournent dans sa tête. Les skinheads de la région impliqués dans le grand banditisme...

Elle est sceptique. Les crânes rasés qu'elle connaît n'ont rien de vraiment dangereux. Pourtant, la piste a l'air sérieuse. Il conviendra d'aller vérifier. À sa manière.

Elle sourit en pensant au Mysneger 45 calibre 222R caché dans son sac de sport, à ses pieds. Il ne la quitte jamais. Elle a ses entrées dans certains clubs de tirs de Rouen, où elle côtoie justement les skinheads.

Elle le sort, admire le reflet du jour sur le canon chromé,

éjecte et remet avec dextérité le chargeur en quinconce de dix-huit cartouches.

Elle entend les pas feutrés d'Alexis avant qu'il n'entre dans le salon. Elle range discrètement son arme dans le sac, à portée de la main.

— Qui était-ce ? demande-t-il.

— Fabienne. Elle vient de m'avertir que les skins de la région seraient partie prenante dans l'attentat de la bijouterie. Le gars que tu as vu, Pascal Draymond, c'est du gros gibier.

— Tout un programme, ironise Alexis. (Il fixe Stéphanie d'un air interrogateur). J'ai comme le sentiment que tu as une idée derrière la tête. Je te préviens, ne va pas te fourrer dans des situations inextricables. Djamel ne me le pardonnerait jamais.

— Tu me connais, réplique-t-elle, pas du tout convaincante.

— Justement. Souviens-toi, je ne veux pas que nous intervenions directement.

— Oui, mais Djamel a besoin d'informations. Il faut que je l'aide. Tu m'accompagnes ?

— Pourquoi pas ? Je peux savoir où ?

— Une partie de paint-ball avec des crânes rasés, cela te dit ?

Alexis éclate de rire puis donne son accord d'un geste de la main.

— Ça serait génial. Mais vas-y avec Gérard, il a plus le physique de l'emploi. Emmanuel de Saint-Villefranc m'a rappelé. Il a contacté un de ses vieux amis à Berlin. Je vais y faire un saut dans deux jours.

— Dommage...

— Ce sera pour une autre fois. Tu me tiens au courant. Mais pas de bêtises, d'accord ?

« ... Dans le cadre d'une action concertée entre les différents services de police, le SRPJ de Rouen a mené une opération de grande envergure dans les milieux de la drogue à Rouen, Canteleu, Évreux et en région parisienne,

laquelle s'est traduite par le démantèlement d'un important réseau de trafiquants de stupéfiants.

Vingt personnes ont été interpellées dont quatre de nationalité allemande et déjà sous le coup d'une inculpation pour trafic de drogue. Douze des vingt interpellés ont été déférés au parquet et mis sous mandat de dépôt. Les différentes perquisitions, notamment chez les deux distributeurs à Canteleu et Mantes-la-Jolie, ont permis de retrouver plus de quarante mille euros en petites coupures ainsi que quatre pistolets 9 mm et deux véhicules volés... »

13

Le cœur battant, les yeux fous, planté devant l'hôtel de ville, à dix mètres du commissariat de police, Hans n'en peut plus d'attendre. Ce rendez-vous matinal est un vrai cauchemar. La peur paralyse ses mouvements, une sueur glacée coule dans son dos. Trois officiers sortent du commissariat, passent devant lui, et le regardent avec suspicion avant de s'engouffrer dans une voiture banalisée.

Hans respire à peine. Il pense très fort à Flora, et à la connerie qu'il est en train de faire.

Après la mort de Paradin, et pour faire face à ses échéances, il s'est adressé à Pascal Draymond.

D'après Serge qui le connaissait bien, Pascal Draymond était un truand bien équipé en hommes et en matériel. S'il réussissait à le convaincre de s'allier à eux, ils pourraient faire du bon travail rapidement.

Hans n'avait plus le temps de contacter les autres petits malfrats de la région. Après la fin sanglante des frères Petit, ils se terraient en attendant que l'orage passe. Draymond était le seul capable de lui sauver la mise. Élie le tuerait s'il ne remplissait pas la mission qu'il lui avait fixée.

Quel malheur que ce jour funeste où, à peine sorti de prison, il s'était trouvé embarqué dans un braquage raté ! Il n'avait dû son salut qu'à la fuite. Il s'était alors retrouvé sur un misérable aérodrome de province, perdu, caché parmi les petits avions de tourisme. Élie l'avait trouvé et ne l'avait pas dénoncé. Bien au contraire, il l'avait fait embaucher comme gardien de l'aérodrome, puis il lui avait appris la mécanique.

Il le tenait de la sorte, car il ne se passait pas une journée sans qu'il ne lui rappelle, d'une façon ou d'une autre, qu'il avait une dette importante envers lui. Hans ne pouvait pas fuir. Il était coincé.

Au fil des années, il s'est tissé entre eux deux une étroite relation de dépendance, et depuis longtemps, Hans avait fini par s'habituer à sa médiocre vie.

Il s'était promis de ne plus jamais replonger.

Jusqu'à sa rencontre avec Flora.

Et jusqu'à l'incroyable opportunité qu' Élie avait mise entre ses mains.

Draymond devait accepter le marché. Pour cela, Hans avait un atout majeur pour le rallier à sa cause : il savait où se trouvaient les armes.

Sans en référer à Élie Martin, il s'est rendu au club de paint-ball de Rouen, près de l'Hôpital Charles Nicolle, de l'autre côté de la voie express. Les skinheads fait de ce club leur lieu de rendez-vous favori.

Il a fait savoir qu'il désirait parler à Pascal Draymond, qu'il avait une mission importante, et que s'il regardait la télévision, il comprendrait le message.

En guise de conclusion, il a laissé traîner volontairement la photo d'un Schmeisser accompagnée d'un numéro de téléphone. Rien de plus simple, et rien de plus aléatoire.

Pascal Draymond n'est pas un petit truand. S'il flaire un piège ou s'il n'a pas envie de répondre, il sera dans de beaux draps. Il ne lui restera plus qu'à prendre la fuite et disparaître.

Avec angoisse, il a attendu trois jours, le regard vissé sur son portable, attendant que le Diable se manifeste.

Un matin, il a sonné. Le cœur battant, il a écouté un intermédiaire anonyme lui communiquer un lieu de rendez-vous. Un rendez-vous vers l'Enfer.

Son mobile vibre dans sa poche. L'appel est bref : il doit se rendre à la cabine téléphonique située place Cauchoise, devant la brasserie. Un trajet de vingt minutes à pied. Il y aura quatre sonneries. S'il ne répond pas, il pourra rentrer chez lui.

Il fonce à travers la rue Jean Lecanuet, prend à peine le temps de respirer. Au moment où il arrive, le goût du sang dans la bouche, la sonnerie retentit. Il décroche.

Il n'y a personne au bout du fil...

Hans raccroche, hébété et hors d'haleine. Au moment de sortir, un puissant 4x4 Frontera se gare devant lui. La porte s'ouvre. Il monte sans sourciller, heureux d'avoir réussi à prendre contact. On lui bande les yeux, on l'allonge sans ménagement sur le plancher qui sent la terre et la cigarette écrasée. Quand on l'extrait de la voiture, il est incapable de dire où il se trouve ni combien de temps ils ont roulé.

La grange est immense, ancienne, poussiéreuse et pleine de débris de paille. Au milieu des carcasses de tracteurs Renault d'avant-guerre sont entreposés des centaines de caisses, de cartons de toutes tailles. Entre les cartons de cigarettes, les marques représentées sont impressionnantes : Philips, Sony, Dell, Ericsson, Motorola et bien d'autres ; tout ce que la contrebande moderne pratique, passe par ce hangar.

La drogue ne semble être que la partie officielle d'un trafic beaucoup plus vaste qui s'étend à toute l'électronique grand public dont les ex-pays de l'Est sont friands. Dans un coin, un petit bureau crasseux, avec juste un ordinateur portable IBM dernier cri en titane.

Et derrière, un homme : Pascal Draymond.

La quarantaine impeccable, grand, svelte. Il se lève avec un sourire carnassier. Mais il ne porte pas le complet trois pièces à rayures ni le chapeau mou. Vêtu d'un jean propre, d'une paire de Rangers, d'une chemise verte impeccablement taillée, il ressemble plus aux méchants de Miami Vice qu'à Al Capone. Ce qui ne le rend pas moins dangereux.

Car sur son col de chemise, comme un avertissement, trônent les têtes de morts des Waffen SS.

Hans frissonne. Cet homme est un psychopathe. Il n'aurait jamais du venir. Il le voit au premier regard, à sa façon de marcher, à son air hautain, supérieur, cruel, aux insignes lourds de sens fièrement arborés sur son col. Il baisse les yeux, vaincu, et pense à Flora. Il ne peut pas faire demi-tour.

Alors, il s'avance, et d'une voix tremblante, il lui propose le marché.

Il garantit l'anonymat de son commanditaire, il fournit les armes, les munitions, les adresses, les bases de repli. 80/20. Telle est la base du contrat. En prime, à la fin, les armes sont données gratuitement. Des MP 40 flambants neufs. Des cartouches et des grenades d'époque. Aucun nostalgique du Troisième Reich ne peut se vanter de détenir une telle collection. Les caisses sont d'origine, à l'effigie du Führer. Elles valent une fortune au marché noir.

Pascal Draymond écoute, un rien blasé, condescendant, sa main gauche caressant distraitement les insignes SS.

À sa grande surprise, il accepte. À 60/40. Hans négocie sur le fait qu'il ne peut pas aller au-delà de 70/30. Le marché est conclu. Ensuite, Draymond s'approche de Hans et lui passe le bras autour du cou. Le baiser mortel du serpent.

Impossible de faire marche arrière. Il reste une condition, qu'il ne pourra refuser. Draymond veut voir la grotte. C'est à prendre ou à laisser. Une sorte de d'engagement mutuel.

Hans signe son arrêt de mort s'il se rétracte. Il abdique à une condition, que Draymond soit seul. Le trafiquant accepte.

Hans est vaincu. Demain, il lui montrera la grotte secrète et le camion, et advienne que pourra.

L'enfer n'a pas de frontières. Hans va vite s'en apercevoir.

14

Quand Stéphanie arrive dans les vestiaires du club de paint-ball pour passer sa tenue de combat, la jeune femme est déjà en train de se changer.

Elle l'aperçoit d'abord de dos, avec un soutien-gorge et un string noir en dentelle sur sa peau satinée au bronzage impeccable. Sa magnifique chevelure blonde, épaisse, soyeuse, lui tombe jusque sur les reins. Elle enfile son pantalon kaki d'un mouvement féminin, lent et ample. Les courbes de ses hanches, de ses fesses sont parfaites, tant par leur beauté que par leur fermeté. Elle se retourne. Leurs regards se croisent, se jaugent.

La blonde et la brune. Des seins ronds et parfaits à faire fondre le plus idiot des hommes sont rehaussés par la fine dentelle de soie noire. Détails suprêmes qui affinent sa féminité exacerbée : le tatouage au creux de la poitrine et le piercing en argent dans le nombril.

Elle boucle sa ceinture sans pudeur, agite ses cheveux blonds, consciente de sa beauté et de son attrait qui séduisent même les femmes. Elle lui sourit, et Stéphanie sait à cet instant précis à qui elle a affaire.

Cette femme est une hyène. Ses dents sont d'une blancheur immaculée, fines, tranchantes, ses lèvres pleines, bien dessinées et légèrement retroussées. Sa voix est sensuelle, un peu grave :

— Bonsoir. Tu dois être Stéphanie, la copine de Francis.

— N'exagérons rien, plaisante Stéphanie. Je ne suis la copine de personne. On se rencontre de temps en temps au club de tir de Maromme, c'est tout.

— Ce n'est pas ce qu'il prétend. Il raconte à qui veut

l'entendre que tu tires comme une déesse, et pas simplement au pistolet.

— N'importe quoi. Il prend ses fantasmes pour la réalité, riposte Stéphanie sans se démonter. T'as vu le mec ?

— D'accord avec toi, s'esclaffe la jeune femme. Ce n'est pas un cadeau. Tu m'as l'air beaucoup trop classe pour lui.

— Trop aimable. C'est toi Morgane ?

— C'est moi, confirme-t-elle d'une voix sensuelle emplie d'un charme désarmant.

— Tu es vraiment plus belle que ce qu'il m'en a raconté, dit Stéphanie en posant son sac.

Sans éprouver la moindre gêne, elle retire son chemisier, sous l'œil approbateur et impudique de Morgane.

— Tu dépasses de loin la description élogieuse qu'il fait de toi, murmure Morgane d'une voix gourmande, les yeux rivés sur ses seins. Et contrairement aux apparences, tu n'as pas l'air d'avoir froid aux yeux. Je pense que ce minable de Francis a du souci à se faire.

— J'apprécie le compliment à sa juste valeur, surtout venant d'une personne comme toi.

Elle enfile un tee-shirt noir moulant et un treillis qu'elle boutonne aussi avec précaution. Les vêtements doivent être correctement fermés.

Elles se comprennent à demi-mot et finissent de s'habiller en silence, absorbées par les multiples protections en plastique que nécessite la pratique de ce sport. Le paintball nocturne, en pleine forêt de surcroît, requiert un équipement digne d'une tortue ninja : jambières, genouillères, plastron, épaulettes, protège cou, et coquille en polyéthylène renforcé. Sans compter le casque et son masque qui couvre entièrement le visage et les yeux.

— On y va, ordonne Morgane. Tu es déjà venue ?

— Jamais. Je sors rarement en dehors des stands.

— Où as-tu appris à tirer ?

— Je suis sous-officier d'active dans l'armée française.

— Tu connais les règles du jeu ?

— Non, on verra bien... C'est dangereux ?

Le rire de Morgane n'a rien de plaisant.

Lorsqu'elles sortent toutes les deux du vestiaire, la troupe de mâles au crâne rasé en reste suffoquée. Ils sont jeunes, pour la plupart, tous habillés de tenue camouflage, le crâne rasé, les rangers cirés. Il y a aussi quelques reliques bedonnantes, tel Francis Bonert, désastreux dans son treillis moulant ouvert sur un tee-shirt noir portant une tête de mort, le ventre mou cintré d'un gros ceinturon de cuir. Avec leurs protections en plastique, ils ressemblent à une armée d'extraterrestres digne des mangas japonais : laids et cruellement ridicules.

Même Francis, tel un gnome dans son accoutrement de guerrier sur le retour, reste sans voix. Quand Stéphanie s'approche de lui, il se redresse, bombe le torse comme un gorille en rut. Sa fierté d'avoir invité une telle amazone le fait balbutier. Pourtant, il est vraiment moche, soupire-t-elle en le dévisageant. À peine un mètre soixante, le ventre mou, des jambes maigres et arquées, un visage sans forme et un crâne bosselé plus chauve que mal rasé. Le contraire d'un Apollon. La cinquantaine avancée, contremaître dans le civil, il est l'archétype même du mec médiocre, sans envergure, qui déverse sa frustration et sa bêtise dans un monde de préjugés racistes et xénophobes.

Tous ensemble, ils pénètrent dans la cabane du club, une bâtisse en bois de plain-pied à l'orée de la forêt. Le maître du jeu leur fournit alors à chacun un fusil d'extraterrestre aux formes futuristes, à mi-chemin entre le fusil d'assaut et le jouet en ferraille pour enfant. Une bonbonne d'air comprimé propulse la bille à près de 300 km/h. Elle permet facilement de tirer les 150 munitions conçues en gélatine et contenant un colorant alimentaire sans danger. Au fur et à mesure de la distribution, les participants se divisent en deux camps. Celui des billes vertes, avec Morgane, et celui des billes rouges, avec Stéphanie.

Francis vient se mettre à côté de Stéphanie, son arme brandie, pour la protéger. Elle grimace en silence. Il va falloir qu'elle fasse attention. Au moindre geste de connivence dans les bois, il tentera sa chance. La faveur de la nuit risque de le rendre intrépide. Depuis qu'elle le côtoie au stand de tir, il n'a cessé de tourner autour d'elle, gonflé d'orgueil et de crânerie.

Vantard comme pas deux, il s'est toujours enorgueilli de fréquenter les groupuscules nazis. Sa connaissance du nazisme se résume à trois mots, mais il s'en sert comme d'une science exacte. Elle n'a jamais prêté attention à toutes ces sottises, réfrénant fermement ses ardeurs et ses mains baladeuses.

Jusqu'à ses derniers jours, jusqu'à ce que Fabienne lui apprenne que les groupuscules nazis seraient partie prenante dans les attentats de Rouen.

Elle a donc décidé d'obtenir des informations. Francis Bonert se vantait régulièrement de participer à des séances nocturnes de paint-ball, dans un parc de loisirs près de Fécamp. Maintes fois, il lui avait proposé d'y prendre part. À chaque fois, elle avait refusé.

Mais pas ce soir.

La partie est simple. Les rouges doivent prendre le fanion et le ramener. Les verts doivent les en empêcher. Les joueurs agissent aussi bien en collectif qu'en solo.

Chose étrange, les joueurs verts ne sont que quatre, sans compter Morgane. Ils portent une tenue camouflage et ne boivent pas un seul verre.

Stéphanie est gênée. Elle se retrouve avec les rouges et tous les skins.

— Qu'est-ce qu'il se passe ?

— C'est très simple, répond Francis d'une voix sourde. Morgane aime la chasse. C'est une tueuse. Elle va planquer ses quatre sbires autour du fanion, et elle va venir nous traquer les uns après les autres.

— Pourquoi vous acceptez de jouer au gibier ? Qui c'est cette fille ?

Francis jette un coup d'œil autour de lui pour s'assurer que tous ses compagnons sont en train de boire, baisse la voix et dit d'un ton mystérieux :

— Morgane, c'est la copine d'un mec puissant, mais chut... c'est top secret.

— Comment cela ? demande Stéphanie en tendant soudain l'oreille.

— On fait cela pour faire plaisir à son mec. Quand il vient dans la région, il nous paie pour divertir sa copine... Et pour ne pas trop en faire. On doit la laisser gagner quoi... Alors, on vient s'amuser, boire un coup et rigoler. Pendant ce temps, il travaille tranquillement...

— Je ne comprends rien, ça rapporte beaucoup au moins ? gémit Stéphanie, qui sourit intérieurement devant de telles inepties.

— Pas mal, répond Francis d'une voix de plus en plus avinée. De quoi s'offrir une belle virée ! C'est comme ce soir, tu vois, c'est lui qui paie tout. Tu es sûre que tu ne veux pas une petite bière ? Ça te détendra.

— Non merci, réplique Stéphanie en repoussant les ardeurs de son cavalier, que l'alcool rend de plus en plus entreprenant.

— Allez, décompresse, insiste-t-il en se rapprochant sous les rires gras de ses collègues.

Elle le repousse encore, tout en feignant de succomber. Francis devient vraiment collant. Elle regarde autour d'elle. Les nazillons la matent sans vergogne. Elle retient la main qu'il tente de poser sur ses fesses.

— Tout à l'heure, murmure-t-elle dans son oreille pour l'émoustiller, mais assez fort pour que les autres entendent. Pas devant les autres.

Les chasseurs au crâne rasé accueillent cette nouvelle par des hurlements de joie et en sifflant à qui mieux mieux. Francis se gonfle d'orgueil. Il sent sa partenaire faiblir sans se rendre compte qu'elle se joue de lui. Dans moins d'une heure, il sera fin saoul.

— Cette Morgane, c'est la copine de qui ? insiste-t-elle sans en avoir l'air.

— Tu n'as pas besoin de le savoir, dit-il d'une voix pâteuse.

— D'accord, mais tu le connais bien, toi ?

— Bien sûr, je suis un de ses plus fidèles amis. On se connaît depuis longtemps.

L'arrogance et la bière lui délient peu à peu la langue. Patiemment, Stéphanie continue son interrogatoire.

— Il doit avoir beaucoup d'argent...?

— Il est plein aux as... C'est un vrai, un pur et dur.

— Il partage vos opinions ?

— Que je veux ! Tu verrais cela, il porte même les insignes SS sur sa chemise, il a peur de rien, Pascal...

À ce moment, un de ses compagnons le tire par le col.

— Tais-toi un peu au lieu de baratiner ta minette, et finis ta bière. On part dans trente secondes.

— On y va, braille-t-il. J'ai hâte de finir cette traque.

Les chasseurs se précipitent en ordre dispersé dans la forêt, sous la bénédiction de la lune. Elle court aussi, suivi de très près par Francis. Elle le distance un peu, ravie d'avoir réussi à obtenir un renseignement intéressant.

Le commanditaire de cette chasse stupide s'appelle Pascal. Francis a prononcé distinctement son nom avant de se lever. Cette Morgane serait donc sa maîtresse. Si ce Pascal et Draymond ne font qu'un, elle détient une information capitale. Reste donc à appâter le gibier pour l'obliger à se montrer.

La phase du plan la plus amusante peut débuter. Dès qu'elle atteint les sous-bois, Stéphanie retrouve ses réflexes.

Elle allonge le pas, se fond dans la pénombre et se débarrasse en un clin d'œil de Francis, qu'elle entend pester et roter dans l'obscurité. Il la cherche avec une idée bien précise.

La voir s'évanouir dans la nature le met en rogne, au point d'oublier le jeu. Il n'est pas franchement discret dans ses déplacements, ni les autres d'ailleurs. On dirait des sangliers en rut à la recherche d'une auge pour s'ébattre.

Avec la lune, elle les aperçoit qui progressent en ordre dispersé, soit seuls, soit en petits groupes. Même éméchés, certains prennent à chœur cette battue guerrière. Elle s'oriente facilement. Le terrain n'est pas franchement difficile.

Elle sourit en pensant aux entraînements qu'elle a

effectués dans des situations extrêmes dans les meilleurs camps du monde. Si ce minable de Francis savait, il courrait se mettre à l'abri avant qu'elle ne lui coupe ce qui fait soi-disant de lui un homme. Mat'guen serait effaré de l'incompétence de ces lourdauds. Pourquoi Draymond s'acoquine-t-il avec ces types ? Cela n'a aucun sens...

Elle en entend un approcher. Il progresse d'arbre en arbre, et perd toute conscience du danger en voyant le fanion sur la colline. Il traverse l'esplanade d'herbes qui le met à découvert. Rien de plus classique. Au bout de cinq mètres, il reçoit quatre billes en plein sur le plastron. Il grogne de dépit, surpris. Le chemin du retour se fait sans gloire.

Stéphanie a une idée pour attraper le fanion.

Au moment de quitter la lisière, elle s'allonge sur le sol, passe le fusil encombrant dans son dos, tire la sangle pour l'immobiliser. Il n'y a pas d'arbres jusqu'au fanion, mais on ne sait jamais. La dernière pluie a laissé une odeur agréable d'humus mélangé au foin des herbes hautes. Elle rampe sans bruit.

Quand elle atteint l'objectif, elle le déterre et le glisse sous son treillis avant de reprendre le chemin dans le sens inverse. Les herbes écrasées par son passage lui facilitent le retour.

Elle regagne les sous-bois et se redresse enfin. Le crépitement des fusils à bille sur sa gauche la rassure.

Une véritable fusillade éclate. Les participants s'en donnent à cœur joie. Il y a des cris, des rires, des bruits de pas. Stéphanie profite de la confusion pour accélérer le pas. Elle tient son fusil devant elle. Francis Bonert ne doit pas être très loin. À moins qu'il ne se soit fait prendre...

Une ombre lui saute dessus.

Stéphanie est si concentrée qu'elle réagit aussitôt. Dès que la masse de l'individu pèse sur ses épaules, que ses bras se resserrent autour de son cou, elle se laisse tomber. Elle l'entraîne dans une chute savamment contrôlée qui prend son agresseur au dépourvu.

D'un coup de hanches, elle pivote au moment de toucher

le sol. Sa main droite s'enroule autour du poignet gauche qui lui serre la gorge, le tourne brutalement. L'homme termine lourdement sa chute dans la poussière en poussant un cri. Stéphanie suit à terre sa proie éberluée, lui écrase l'épaule pour l'empêcher de se relever et l'achève d'une terrible manchette sur la tempe.

Elle reconnaît le quatrième homme de main de Morgane.

Elle recule d'un bond, se remet automatiquement en garde, le cœur battant, le flot d'adrénaline ouvert à fond. Une autre silhouette lui fait face, qui éclate de rire sans avancer.

Dans le même temps, elle sent le canon froid d'une arme sur la nuque, arme qui n'a rien d'un jouet à billes. Elle retient son geste de défense, lève lentement les bras. Elle retire posément son casque avec le masque et le jette sur le sol à ses côtés.

— Bouge pas ma chérie, intime Morgane en s'approchant.

Elle lui arrache son ridicule fusil à billes et le fanion. Elle a aussi retiré son masque. La lune se reflète dans ses cheveux blonds incandescents. Ses gestes sont nerveux, saccadés. Elle a du mal à soutenir le regard de Stéphanie, alors que c'est elle qui tient le jeu dans ses mains. Stéphanie jubile. Cette fille ne fait pas le poids. Tant mieux, elle n'en sera que plus influençable.

— On a fini de jouer ? ironise Stéphanie.

— Tu as gagné, répond Morgane en brandissant le fanion.

Stéphanie hausse les épaules.

— Facile, ils sont tous bourrés.

— Pas mes gardes. Pourtant tu viens d'en battre un avec une dextérité surprenante.

L'homme se relève péniblement en se frottant la tête.

— Pas mal pour une petite gourde, reconnaît Morgane. Tu caches bien ton jeu.

— Je ne vois pas de quoi tu veux parler, réplique Stéphanie avec dédain.

— Qui es-tu ? Qu'est-ce que tu veux ?

Stéphanie ne répond pas tout de suite. La menace du pistolet se fait plus pressante. Elle jauge ses adversaires. L'homme qu'elle a frappé a repris ses esprits. Son visage est à peine marqué. C'est un dur à cuire. Un garde du corps habitué à prendre et à donner des coups. Il est temps de sortir le grand jeu. Elle écarte les bras en signe d'apaisement.

— Mon commanditaire désire garder l'anonymat.

— Arrête ton cinéma, menace Morgane. Réponds, sinon j'en connais un qui sera ravi de faire ta connaissance. Mais je te préviens, il a horreur des brunes.

Stéphanie se permet un grand sourire avant de parler très vite. L'appât doit être lancé avec adresse.

— Mon commanditaire est un homme très riche et un fervent collectionneur d'armes. Quand il a appris que des Schmeisser neufs circulaient dans la région pour commettre des braquages, il m'a demandé de retrouver les propriétaires pour leur faire une offre qu'ils ne pourront pas refuser.

— C'est une blague ? demande Morgane, les sourcils relevés.

— Pas du tout.

— Qu'est ce qui pourrait te faire croire que nous avons de telles armes ?

— Qui mieux qu'un groupuscule nazi peut en être propriétaire ? Ce sont des armes du Troisième Reich.

— Tu te moques de moi ! réplique Morgane d'une voix féroce où pointe un début d'incompréhension.

— Je ne plaisante jamais en affaires.

— Cela suffit, tue-la, achève Morgane en s'adressant au garde qui la tient en joue. Elle ne nous raconte que des conneries.

— Je serais toi, je ne ferais pas ça, gronde Stéphanie.

— Ah bon ? rétorque Morgane sur un ton de défi. Et pourquoi ?

— Tu me crois assez stupide pour venir comme ça, toute seule ? Attends, mon ange gardien désire te parler...

— Ton ange gardien... ?

À ce moment précis, un claquement à peine audible retentit dans la forêt. Le casque que Stéphanie avait posé sur le sol bondit en l'air et roule sur plus de trois mètres.

Pétrifiés, Morgane et ses acolytes se figent sur place.

— Fusil semi-automatique Steyr, calibre 6.5 x 5.56, ogives à rotation asymétrique, visée laser optronique, silencieux et pare flammes, récite tranquillement Stéphanie. Plus liaison radio UHF avec un micro implanté dans ma ceinture. Mon ange gardien a tout entendu depuis le début. Maintenant, au moindre geste déplacé de tes gorilles, la prochaine balle est pour toi. Tu me suis ?

Terrifiée, Morgane n'esquisse pas le moindre geste. Stéphanie se retourne, enlève le pistolet du garde, un Sig Sauer dernier modèle. Il se laisse désarmer, vaincu, son regard professionnel aligné entre le casque déchiqueté et la tête de Morgane.

Le deuxième comparse tire son Sig Sauer de sa poche et le tend à Stéphanie sans qu'elle ait besoin de lui demander. Elle se régale. Cette petite conne ne sait pas faire face à des situations dangereuses sans se reporter sur ses gardes du corps, qui eux, ont réagi comme des professionnels.

— Qui... Qui es-tu ?

— Je te l'ai dit, j'achète des armes. J'ignore avec qui tu couches, et dans quel trafic tu fricotes. Je m'en moque royalement. Je veux une seule réponse. Êtes-vous, oui ou non, en possession de ce fameux stock ?

— Qu'est-ce qui te fait penser que nous le serions ? risque Morgane.

— Je suis dans la partie depuis un bout de temps ! Aucun braqueur professionnel n'agirait avec ces armes, trop peu précises en comparaison d'un Uzi. Seuls des nostalgiques du Troisième Reich le feraient. Pour la frime…

— Je... Nous n'avons pas ce stock…, nous ne sommes pas au courant...

— Tant pis pour vous. Si ce matériel est neuf, dans son emballage d'origine, j'en offre deux fois le prix du marché. Réfléchis bien. Parles-en donc à ton petit ami. Il saura peut-être, lui...

D'un geste assuré, Stéphanie retire les chargeurs des Sig Sauer et rend les armes vides à leurs propriétaires. Puis elle se tourne une dernière fois vers Morgane qui ne cesse de couler des regards apeurés dans les sous-bois sombres. La lune rend ses traits encore plus blafards que la peur. Elle recule devant son assurance et lève le bras pour se protéger le visage alors qu'elle lui tend un bout de papier :

— Réfléchis bien, ma chérie. Je te donne un numéro de téléphone. Si tu changes d'avis ou si tu as des renseignements, appelle-moi. Je paie très cher les bonnes informations. À bientôt.

Elle s'éloigne dans l'obscurité, puis se ravisant, revient sur ses pas, retire ses dernières protections de polyéthylène et les jette négligemment sur le sol.

— Je te laisse ramener mes affaires. Mon ange gardien a déjà récupéré mon sac. Et dis à ce pauvre Francis que j'ai dû repartir d'urgence. Tu sauras bien lui expliquer, n'est-ce pas ? (Elle lui tapote la joue avec mépris et s'éloigne) Tu vois, t'es une brave fille...

Dès qu'elle est à couvert, elle se met à courir. Le premier garde du corps fouille alors rapidement pour sortir un nouveau chargeur. Mais il s'arrête net et lâche son arme : une autre balle du tireur mystérieux désintègre le casque meurtri, comme un dernier rappel à l'ordre. Morgane se jette sur le sol.

Stéphanie continue de courir, contourne le club devant les yeux éberlués de trois skins ivres morts qui pissent dans les fourrés. La porte ouverte laisse filtrer des chants nazis. La grande messe a débuté. La bière coule encore à flots. Elle se dirige vers le parking ou l'attend une puissante berline, tous feux éteints. Elle plonge dedans :

— C'est bon Rachid. Fonce !

Elle reprend sa respiration et branche son micro sur une fiche du tableau de bord. La radio émet un crachement reconnaissable.

— Gérard, dépêche-toi. On te récupère au point convenu dans trois minutes. Bravo pour ta démonstration de tir !

Stéphanie se laisse enfin aller dans le confortable fauteuil. Les chargeurs volés des Sig Sauer atterrissent dans la boîte à gants.

— Tu crois qu'ils mordront à l'hameçon ? demande Rachid. Le coup du marchand d'armes, c'est une idée géniale !

— Tu as entendu ? Plusieurs fois, elle a parlé de son ami, et Francis a prononcé le nom Pascal. Si c'est celui que Mat'guen a rencontré pendant le braquage, nous avons une piste sérieuse. Que cette petite conne m'appelle ou pas, il va falloir que l'on s'occupe de ce Francis Bonert.

Rachid s'arrête à un carrefour tous phares allumés. Stéphanie se retourne.

— Ils ne nous suivent pas. Parfait.

Quelques secondes plus tard, Gérard Anquetil, en tenue camouflage, le visage barbouillé de noir surgit de l'obscurité et grimpe à l'arrière de la voiture qui repart en trombe. Tout sourire, il démonte le dispositif de visée nocturne de son fusil. Puis il retire le chargeur et pose l'arme déchargée dans son étui.

— Stéphanie, tu as été grandiose, s'esclaffe-t-il. Cette petite blonde ne va pas s'en remettre, tu peux me croire !

15

Djamel enrage. Les coups de téléphone ne donnent rien. À chaque numéro suspect, les brigades d'intervention vérifient l'adresse et se rendent sur les lieux. À chaque fois, il retrouve le propriétaire, ahuri et impressionné de forcer autant l'attention des autorités.

Les renseignements sur les livraisons de drogue se révèlent tout aussi négatifs. Les indics n'ont entendu parler de rien. Aucune livraison de haschich ou d'héroïne n'est attendue sur le marché.

La descente de police de la veille tarde à porter ses fruits. Les distributeurs ne parlent pas. Le temps joue pour eux : sans un gramme de drogue, le procureur ne peut retenir de charges importantes contre eux. Ils devront répondre de possession illégale d'armes, de recel de voitures volées, mais rien de plus. La panique ne s'est pas emparée du marché. Il est resté atone, comme si la distribution continuait par un réseau parallèle. Les avocats des douze malfrats interpellés demandent déjà la liberté conditionnelle de leurs clients.

Et le pire, c'est qu'aucun des numéros de portable retrouvés chez les délinquants ne figure sur la liste remise à Djamel.

La présence de Pascal Draymond sur la place de Rouen n'est donc pas directement liée à son activité première : la drogue.

Le monde de la drogue est une activité impitoyable. Si le marché n'a pas bougé, si les prix n'ont pas flambé, c'est qu'il a fait chou blanc.

Le problème Draymond reste donc entier.

En attendant, Djamel se plonge dans les autres recherches en cours, plusieurs coups de téléphone de ses collègues étrangers lui ayant fait part d'un véritable séisme sur Internet après les attentats de ce mois d'août.

La « toile » se déchaîne, disent-ils. Pour s'en rendre compte, il lui suffit d'arriver sur le web et de taper « Schmeisser » en mot clé. Des centaines de réponses défilent sous ses yeux ébahis. La demande explose. Le nombre d'acheteurs, professionnels, collectionneurs ou anonymes passionnés est impressionnant.

La ville de Rouen est directement citée dans ces sites pour amateurs éclairés comme la nouvelle Mecque du marché noir. La demande est internationale, pas seulement européenne. Des propositions émanent d'Amérique du Sud, d'Afrique.

Pourtant, toutes ces annonces restent sans réponse.

Rien. Il n'y a rien.

Elles ne sont purement et simplement pas sur le marché.

Tous les rapports sont formels. Personne n'a entrevu la moindre caisse d'armes frappée du sceau hitlérien.

C'est incroyable, pense Djamel. Par quatre fois, ces armes ont fait parler la poudre, et leur propriétaire ne profite pas de l'aubaine ? Pourtant comme publicité, on ne fait pas mieux !

Si les renseignements fournis par Berlin sont justes, il reste sur le marché près de trois cents Schmeisser dans un état impeccable, dans leur emballage d'origine. Avec un impressionnant stock de cartouches. De quoi alimenter toutes les rumeurs et toutes les folies.

Intrigué, Djamel prend son téléphone et contacte ses homologues à Anvers, Berlin. À chaque fois, la réponse est identique. Le marché est sur des charbons ardents, mais pas la moindre trace de marchandises. Aucune offre. Sur la bourse aux armes anciennes, c'est pire selon les experts. Les prix flambent sans raison. On atteint les cinq mille euros pièce avec cent cartouches.

— Qu'est-ce que cela signifie ? s'interroge Djamel.

— C'est à ne rien y comprendre, s'énerve Fabienne. Ces mecs sont complètement stupides. À ce prix, ils pourraient faire facilement fortune. En mettant les armes par petites quantités sur le marché, ils vont rafler le pactole.

— Se pourrait-il que les propriétaires soient de mèche avec les braqueurs ?

— J'en doute. Si cela se trouve, nous avons affaire à des receleurs professionnels qui veulent le beurre et l'argent du beurre. Au prix de la pièce, cela leur rapportera autant qu'un braquage, les ennuis en moins.

— Si au moins nous pouvions mettre la main sur ces armes... Je suis sûr que nous résoudrions cette énigme.

— J'espère surtout qu'il n'y aura pas d'autres attentats meurtriers.

— Je tiens les paris. Avons-nous du nouveau concernant les skins de la région ?

— Nous les tenons à l'œil depuis vos dernières instructions. C'est facile, ils ne sont pas nombreux et toujours ensemble. Garnier et Lefèvre les talonnent toute la journée. Mais rien à signaler. Aucune trace de Pascal Draymond. À croire qu'il n'existe pas.

— Pourtant, il est là, quelque part, à nous narguer, j'en suis sûr. Vous avez les noms, les adresses, les dossiers de tous ces lascars. Ils ont des portables ? Vous avez leurs numéros ?

— Affirmatif. On a tout. J'ai demandé à Mélanie de vérifier. Aucun de ces numéros n'est sur la liste de nos recherches. Leurs dossiers sont maigres. Quelques conduites en état d'ivresse, plusieurs condamnations pour injures à caractère raciste, mais pas de lourdes peines. Pas de participation à des profanations sur les cimetières juifs, ou d'incitation à la haine raciale. Bref, cela concorde avec ce que l'on savait déjà. Ils sont d'une incroyable discrétion.

— Qui est leur chef ?

— Un certain Bonert, Francis de son prénom. La cinquantaine fatiguée, un vrai ringard. Le genre de type sans envergure, frustré et médiocre.

— Encore une fois, nous sommes aux antipodes de ce que nous cherchons. Si cela se trouve, il n'y a pas de lien réel entre Draymond et ces gens là. Rouen n'est qu'une partie de son territoire, sa base, en quelque sorte.

— Pourtant le rapport est précis : Rouen et Berlin sont les principaux points d'ancrage qu'on lui connaît.

— Berlin ? dit Djamel en se frottant les yeux pour masquer sa déception. Pourquoi pas ? Avons-nous interrogé nos confrères allemands à son sujet ?

— Notre demande a été enregistrée. Ils font le maximum de leur côté pour nous envoyer ce qu'ils ont. Chez eux, les adeptes néo-nazis sont plus virulents qu'en France. J'ai le nom de votre homologue, en charge du dossier, un certain commissaire Wilfrid Garten, du service des narcotiques.

— D'accord, je prends ses coordonnées et je le contacte. Nous arriverons bien à nous entendre. Au fait, où en êtes-vous de vos investigations dans les sectes locales ?

— Complètement oublié, s'excuse Fabienne. Je ne vous ai pas quitté d'une semelle !

— Allez-y, insiste Djamel, on ne sait jamais. Et ajoutez Bonert dans la liste des objectifs prioritaires. Que Legendre ne le lâche pas d'un pouce ! Je veux savoir tout ce qu'il fait, où il dort, à qui il parle !

— Je m'en occupe personnellement, promet Fabienne.

À voir son sourire, Djamel se doute bien de ce que « personnellement » insinue, mais il ne répond rien et la congédie d'un mouvement nerveux.

Il tente de se remémorer ses rudiments d'allemand scolaire, décroche son téléphone et se prépare à bafouiller trois mots, avec le secret espoir que son homologue parle anglais.

Heureusement pour lui, le StaatKommissair Garten parle très bien le français.

16

Alexis serre sa ceinture de sécurité et s'enfonce dans son fauteuil. L'Airbus A320 entame sa descente sur l'aéroport de Berlin et se pose sans encombre.

Il attend que le flot des passagers quitte l'appareil pour sortir. Il n'est pas pressé. Sa montre lui indique 9h30. Il n'a rendez-vous qu'à onze heures au KoënigsHôtel de Berlin, près de l'Alexanderplatz.

Il se rend au comptoir de Hertz. Un de ses plaisirs est de louer une voiture puissante avec chauffeur. Cela lui permet d'apprécier le paysage ou les monuments pendant le trajet. Il se sent un parfait touriste avec son sac de voyage en bandoulière. Le chauffeur, probablement habitué à toutes sortes de caprices ne sourcille pas lorsqu'il lui indique l'adresse dans un allemand parfait. À cette heure, les rues de la capitale sont déjà pleines de touristes étrangers.

Il n'y prête guère attention. Le rapport que lui a fait Stéphanie après sa virée nocturne et les informations fournies par Fabienne sur les derniers évènements ont tourné dans sa tête pendant tout le trajet. Pour lui, le doute n'est plus permis.

Pascal Draymond est dans la région depuis un bout de temps, tranquillement planqué dans une propriété à la campagne.

Et, comme Djamel, l'enchaînement des faits lui paraît dénué de toute logique.

L'arrivée à l'hôtel perturbe ses pensées. À la réception, il pose son sac d'où il retire son ordinateur portable ultra léger. Il va ensuite directement au bar. À cette heure, il est désert.

La décoration est extraordinaire, pleines de bois précieux, de lourdes tentures, de fenêtres immenses recouvertes de rideaux multicolores.

Le serveur est d'une discrétion sans égale. Il s'installe dans un confortable fauteuil en cuir, assez loin de l'entrée, le dos au mur. Après avoir étudié la carte des vins, il se décide pour un Château Pape Clément de 1983. Une fois la bouteille ouverte, il laisse le vin s'oxygéner et se plonge à nouveau dans ses réflexions, tout en gardant un œil vers l'entrée.

Si la liste des téléphones ne donne rien, Djamel ne va pas avoir beaucoup de pistes. À moins que Draymond ne fasse une bêtise pour se dévoiler, ce qui serait étonnant. Un truand comme lui commet rarement des erreurs.

Le vieux général arrive à l'heure précise au rendez-vous. Bien qu'habillé en civil, l'homme porte l'armée sur ses épaules. Sa démarche rigide, ses gestes calculés, empreints d'autorité, son regard fier et droit suffisent à l'identifier. Ses cheveux blancs très courts et ses lunettes en écaille trahissent un homme raffiné, et son costume de qualité, des goûts sûrs en la matière. Une chevalière en or et pierre sertie trône à sa main gauche.

À plus de soixante-douze ans, il n'a rien perdu de sa prestance. S'il fallait encore une vérification, Alexis la possède dans son ordinateur dressé devant lui.

La photo numérique du général Otto Von Glück que lui a communiquée son ami s'affiche sur son écran. Le général doit probablement avoir eu le même genre de renseignement, car il se dirige sans hésitation à sa rencontre. Il le salue, lui serre la main et s'installe à côté de lui. Après les présentations d'usage, Alexis lui offre un verre de vin et prend son ordinateur. Il affiche alors une série de photos très détaillées de son trophée de chasse. L'Allemand se décale pour que les photos restent discrètes.

— Vous comprendrez, mon général, que je n'ai pas risqué d'emporter cette arme avec moi.

— Vous avez bien fait. Le général de Saint-Villefranc m'a prévenu de votre requête. Je suis ébahi. Le numéro de série qu'il m'a communiqué est exact, n'est-ce pas ? Bien sûr, je peux le lire sur ces photos.

Il fixe les images sur l'écran, perdu dans ses pensées. Quand il reprend la parole, sa voix est teintée de nostalgie. Dans la lumière tamisée du bar, Alexis jurerait que le vieil officier pleure.

— C'est incroyable. Ne croyez pas que je mette votre parole en doute, jeune homme, mais sa réapparition me cause un sacré choc. Vous rendez-vous compte ? Au bout de soixante ans ! Savez-vous qu'elle reste liée à une des histoires les plus étranges de notre passé ?

— Je m'en doutais quand je l'ai eu en main, mais là, vous m'intriguez.

— Où l'avez-vous trouvée ? questionne le vieux général.

— Au risque de vous vexer, je ne peux pas tout vous dire.

— Monsieur de Fontvieille, je dois le savoir. Tout ce que vous me direz restera strictement entre nous. Je vous en donne ma parole. Vous avez été officier. Vous savez ce que vaut cette parole.

Alexis ne laisse pas paraître son étonnement, mais l'émotion du général se trahit dans sa voix. Elle est presque suppliante, chargée d'une intense émotion.

— Ce n'est pas facile à expliquer ... commence-t-il.

— Je vous en prie, c'est très important.

— Pour tout vous dire, je ne sais pas d'où elle vient. Je l'ai, disons, récupérée des mains d'un individu malhonnête.

Le général soupire, le visage empli d'une soudaine tristesse.

— Je m'en doutais... Cela eut été trop beau...

— Pourriez-vous m'expliquer ?

— Cette arme est une pièce unique. Elle a été fabriquée en un seul exemplaire par un ami pour un autre. Un cadeau très ancien. Cette arme est un Mauser C96 calibre 9x19

MM fabriqué en 1919 par le Maître Armurier Mauser en personne, et orné d'une crosse en ivoire, et non en nacre. Il fut offert à un jeune lieutenant de l'armée allemande.

— En 1919, dites-vous ?

— Exactement. Le Lieutenant Heinrich Von Griedenburg a reçu cette arme le jour de son vingt-deuxième anniversaire. J'avais onze ans quand j'ai vu cette arme pour la première fois.

— Attendez, l'interrompt Alexis, abasourdi, vous avez déjà vu cette arme ?

— C'était en 1940, peu après la fin de la guerre contre la France. Enfin, c'est ce qu'il pensait. Heinrich était revenu en permission. J'avais été invité dans leur château pour l'anniversaire de son fils unique, Haymar. Il ne voulait pas nous la montrer, mais Haymar a beaucoup insisté. Je me souviens très bien de ce que j'ai ressenti ce jour là : une incroyable fascination mêlée à une frayeur sans nom. La guerre était encore lointaine pour des enfants comme nous. Mais nous nous doutions qu'elle allait mal se finir. C'est grâce à cette vision qui n'a jamais cessé de me hanter que je suis devenu militaire, croyez-le ou non, jeune homme. Mon destin a été forgé par la vue de ce Mauser. C'est incroyable quand on y pense, non ? Alors, vous comprenez, lorsque j'ai appris que vous l'aviez retrouvée...

Sa voix se perd dans un murmure douloureux que le vieil homme cherche à cacher. Il boit une petite gorgée de l'excellent vin, se redonne une prestance que le flot d'émotion avait ébranlée. Parler de cette arme lui demande visiblement de gros efforts, que le poids des années n'a fait qu'accentuer.

— Elle était perdue depuis longtemps ?

— L'histoire est plus triste que cela, jeune homme. Heinrich Von Griedenburg faisait partie de la Wehrmacht. C'était un officier très brillant, très remarqué. Engagé volontaire pendant la première guerre mondiale à l'âge de 18 ans, en 1915. Décoré quatre fois, promu lieutenant dès 1916 pendant la bataille de la Somme, il est de toutes les campagnes. En 1918, il sauve des gaz son bataillon, qui compte parmi ses rangs un certain caporal Adolf Hitler. Pendant l'entre-deux-guerres, il se forge de solides amitiés avec les grands héros de la campagne de 40, Von Brauchitsch, Von Bock. Il est avec Von Rundstedt et ses cinquante-neuf divisions dont sept de Panzers, à traverser les Ardennes en direction de la Meuse et de Paris. Après la capitulation française de 1940, on le retrouve, toujours avec Von Rundstedt et la 9e en route pour l'Ukraine où il s'installe dès octobre 1941. Fin 1942, il quitte Von Witzleben et intègre l'état-major du Reich. En avril 1944, il est envoyé en mission secrète en France où il ne donne bientôt plus aucun signe de vie. On n'a jamais retrouvé son corps...

— Pardon ?

— Il a disparu corps et âme. Les derniers renseignements que nous avons à son sujet concernent cette mission secrète confiée personnellement par le Führer. On sait qu'il redoutait un débarquement dans le nord de la France et il l'aurait envoyé pour le vérifier. Il devait se rendre à Saint-Omer dans le Pas-de-Calais pour, paraît-il, prendre le commandement de la 15e Armée stationnée près de la frontière belge, dans l'attente du véritable débarquement. Mais cela n'a jamais été démontré. L'histoire a prouvé que grâce à cette idée préconçue, les alliés ont pu débarquer en Normandie. Ce que nous ignorons, c'est le rôle qu'a joué Heinrich dans cette aventure.

— C'est incroyable...

— Le mystère de sa disparition n'a jamais été éclairci. Cela vaut peut-être mieux. Il n'a pas eu à subir le déshonneur de Nuremberg.

— La guerre n'est jamais un honneur, général, et surtout pas pour les vaincus. Je pense que l'histoire nous l'a fait comprendre, tout militaire que nous soyons, ne peut s'empêcher de dire Alexis avec une certaine irritation.

— Jeune homme, si Emmanuel ne m'avait fait autant d'éloges sur vous, je vous sommerais de me faire des excuses, s'emporte le Général.

— Calmez-vous, s'il vous plaît, nous n'en sommes plus

là. L'Europe nouvelle en est la preuve. Scellons définitivement nos différends voulez-vous ? À la Légion Étrangère, j'ai souvent combattu avec vos compatriotes à mes côtés. Ne voyez donc aucun reproche dans mes paroles. Si nous poursuivions...

Le général abandonne sa stature guindée. Il répond beaucoup plus poliment, la gorge serrée :

— Je considère vos paroles comme des excuses, et je les accepte. Vos paroles sont brutales, mais lucides et sincères. Servez-moi donc un autre verre de ce délicieux vin, je vous prie...

— Avec plaisir. Alors ? Ce Mauser...

— Il ne quittait jamais Heinrich, qui l'emportait partout avec lui.

— Heinrich Von Griedenburg, à l'époque où vous l'avez rencontré, travaillait pour Hitler ?

— Pas encore. La dernière fois que je l'ai vu, c'était en 1942. Il rentrait du front russe, où il avait été blessé. Il enrageait contre les bolcheviks et leur politique de terre brûlée. Il nous parlait du courageux et héroïque combat des soldats allemands pendant l'effroyable hiver. Bien sûr, il n'évoquait pas Stalingrad et les premiers revers de la campagne à l'est qui contredisaient les paroles de Goebbels : « L'année 1942 sera une année de grandes victoires... ».

— Quel genre d'officier était-ce ?

— De la vieille école, comme la plupart des aristocrates de l'époque, fier, droit, patriote jusqu'à la mort. Pourquoi étaient-ils si nombreux aux postes clés de la Wehrmacht ? Parce qu'ils étaient les meilleurs ! Leurs destins auraient été différents s'il n'y avait eu ces chiens de SS pour tout foutre en l'air !

— Je vous en prie général, l'interrompt Alexis d'un ton apaisant, la guerre est finie depuis soixante ans...

Autour de lui, les visages présents se sont retournés devant les éclats du vieil officier. Alexis n'a aucune envie d'attirer l'attention sur eux.

— Vous avez partiellement raison, monsieur de Fontvieille (Et Alexis voit dans ce changement d'appellation, la marque d'un certain respect), mais elle ne l'est pas complètement si l'on en juge par ces photos. Où avez-vous récupéré le Mauser de Heinrich ?

— À Rouen, la semaine dernière. Dans les mains d'un trafiquant de drogue. Désolé, mais je ne peux pas vous en dire plus.

— Je vois à quoi vous faites allusion, sourit le général. À Rouen... Étrange comme révélation. Cela vient en contradiction avec ce que nous pensions. Il aurait dû se trouver plus dans le nord, bien qu'il ait été vu à Rouen, début avril 1944.

— Je n'ai trouvé que l'arme. Son ancien propriétaire peut l'avoir dénichée n'importe où.

— Exact, admet l'officier.

— Que faisait-il à Rouen deux mois avant l'opération Overlord ? Que savez-vous au juste ?

— Rien de plus que ce que vous avez appris. Il enquêtait sur l'éventualité d'un débarquement en France. Il avait un camion à récupérer avant de partir dans le nord. Vous devriez vous concentrer sur la région de Saint-Omer. C'est là qu'il devait se rendre.

— Je suis de votre avis. Une dernière chose, Général Von Gluck, demande Alexis en le voyant se lever, clôturant par là leur entretien.

— Oui ?

— Pourriez-vous m'organiser une rencontre avec votre ami Haymar Von Griedenburg pour que je lui remette solennellement le dernier bien de son père ?

— Haymar est mort il y a maintenant cinq ans... Je vous rappellerai pour savoir si ses descendants désirent vous voir... Mais cela m'étonnerait, voyez-vous...

17

Il n'a qu'une seule solution pour tenter d'échapper au sort funeste qu'il sent lui mordiller les chevilles. Flora dort paisiblement. Il se lève sans bruit, s'éloigne dans la salle de bains et prend une douche au ralenti. Elle ne doit pas se réveiller. Elle ne doit pas savoir où il se rend...

Il n'a pas le droit de mettre sa vie en danger. Elle n'a pas besoin de connaître l'affreux individu qu'il va rencontrer. De retour dans la chambre, il attrape ses vêtements qu'il a pris soin de préparer la veille pour ne pas faire grincer la vieille armoire et part s'habiller dans la cuisine. Le temps que le café chauffe, il ferme doucement la porte de la chambre.

L'horloge de la cuisine indique 4h50. Il n'a pas faim. Ses entrailles sont nouées par l'appréhension. Il est en train de commettre une énorme erreur, il le sait mais ne voit pas comment s'en sortir.

Le café est insipide. Il se retient d'y ajouter une goutte de whisky, mais il veut garder les idées claires. Il n'a rien bu depuis quatre jours. Ce sevrage forcé lui met les nerfs à vif. Il lui a cependant permis d'apprécier un grand moment de sensualité : faire l'amour avec Flora, à jeun. Le plaisir lui est apparu si intense, si extraordinaire, qu'il n'ose plus boire une seule goutte, de peur d'oublier une aussi sublime jouissance. Il a admiré les caresses sur sa peau sans avoir la tête qui tourne, humé sans artifice ses parfums les plus intimes, parcouru sans relâche ni essoufflement les courbes voluptueuses de ses hanches.

Mais les réalités de la vie sont rapidement venues gâcher le reste de sa nuit. Il ne peut faire marche arrière.

Si les négociations avec Draymond échouent, il ne lui restera qu'une dernière chance : partir avec Flora et disparaître. Il rumine cette idée en fermant la porte de la maison. Il s'enfuit dans l'aube naissante sous un crachin désagréablement froid pour la saison.

À cinq heures vingt, il abandonne sa voiture sur la place Cauchoise et se dirige à pied vers la rue Lecanuet. À cette heure, la rue est déserte et mal éclairée. Il entend avant de le voir le gros 4x4 Frontera qui l'a pris en otage la dernière fois. Cette fois-ci, il ne se couche pas sur le sol. La porte du côté passager s'ouvre.

Il monte en soupirant. Draymond a respecté sa parole : il est seul à bord. Ses sbires le suivent peut-être, mais Hans préfère ne pas le savoir. Sans un mot, il lui indique la route d'un geste de la main, la gorge nouée. Dans l'obscurité du véhicule, Hans frissonne en fixant le visage du conducteur.

Il frotte ses mains moites sur ses cuisses et tente sans succès d'y retirer la sueur désagréable.

La voiture arrive dans le village endormi de Touffreville, prend la direction de Saint-Wandrille. Avant d'entamer la descente, Hans demande à Draymond d'une voix chevrotante de s'arrêter dans une ruelle pour continuer à pied. Il refuse, opine de la tête, et pour toute réponse, il sort un revolver de son blouson, un P38 à canon court. La menace est sans équivoque.

— Je t'ai dit que je viendrai seul, pas que j'allais me taper le trajet à pied. Si je dois embarquer de la marchandise, ce 4x4 fera parfaitement l'affaire. Ne t'en fais pas, c'est une voiture volée.

Son ton est caustique. Il rit à gorge déployée, satisfait de l'effet escompté. Hans est devenu blanc comme un linge. Naïvement, il avait pensé qu'en l'emmenant à pied, Draymond n'aurait pas su retrouver le chemin de la caverne.

Et Élie n'aurait jamais su qu'il était venu sans sa permission. Avec un 4x4 et les traces que laissent ces engins dans la boue, il ne se fait aucune illusion. Elles seront impossibles à effacer. Il sera furieux. Du coup, il tente mollement de protester, mais pour toute réponse, Draymond lui enfonce le canon sous la gorge.

— Écoute-moi bien, minable morpion. Je n'ai pas l'intention d'ergoter. Ou tu me montres la cache, ou je m'arrange pour que personne ne retrouve ton cadavre. Tu m'as bien compris ?

— Oui...

— Arrête de postillonner, tu vas salir mes fauteuils. Montre-moi le chemin.

D'une main tremblante, Hans lui indique la route. Heureusement qu'il n'a rien avalé ce matin. Ses tripes sont si nouées, sa gorge si serrée qu'il craint la syncope. Ses poumons manquent d'air. Il masque son trouble en tournant la tête vers la vitre, et hausse nerveusement les épaules. Lui qui croyait être habitué à tout...

La voiture s'engage dans la valleuse plongée dans la pénombre. Les grands arbres retiennent la nuit et l'étroite route se fraye un chemin tortueux à travers les coteaux boisés.

— Attention, après le deuxième virage, tu ralentis. L'entrée est sur la gauche.

— Ne te moque pas de moi, menace sèchement Draymond. Il n'y a aucune maison dans le coin.

— Ce n'est pas une maison… C'est une ancienne carrière abandonnée.

— Une carrière abandonnée ? Voilà une idée géniale pour entreposer des armes volées. Où les avez-vous trouvées ?

Les mots ont du mal à passer. Tout ce qu'il dira à partir de maintenant va le mettre dans une situation très délicate vis à vis d'Élie. Cette grotte, cette caverne d'Ali Baba, c'est l'aboutissement de sa vie. Il a l'impression de trahir un secret.

— On ne les a pas volées. Elles se trouvaient dans cette carrière !

— Quoi ? Là, sous notre nez ? Depuis soixante ans ? Incroyable ! Les armes sont en bon état ?

— Elles sont neuves. Tu le sais bien, ils en ont parlé à la radio.

— Le hold-up de la Société Générale ? C'était vous ? Quelle bande d'abrutis ! Braquer la banque la plus mal placée de toute la ville. Vraiment aucun talent. Combien y en a-t-il ?

— Plus de trois cents, je crois. On n'a pas ouvert toutes les caisses. Sans compter les centaines de boîtes de cartouches. Il reste aussi des grenades à main.

— J'espère que tu ne te fous pas de moi...

— Pourquoi le ferais-je ? J'ai besoin d'argent. J'ai le matériel, tu as les hommes, non ?

— Je ne crois pas que tu sois en position de négocier. C'est toi qui es venu me chercher !

Hans ne peut pas répondre. Il sent que la situation lui échappe. La bile de son estomac a un goût amer dans sa bouche. Il tend le bras :

— C'est là, juste après le virage. Attention, même quand on le sait, l'entrée est pratiquement invisible.

Le chemin d'accès a été sommairement éclairci pour qu'un véhicule puisse passer, mais tout juste. Effectivement, Draymond doit freiner brutalement pour pouvoir s'engager dans l'allée étroite bordée de taillis épais. Au bout d'une dizaine de mètres, une barrière de bois barre l'entrée. Un solide cadenas empêche toute intrusion. Un grand panneau indique clairement : « Propriété privée, défense d'entrer, attention, danger mortel, chutes de pierres ». Draymond éclate de rire :

— Vous avez oublié de préciser : « Achtung, Minen ! »

Hans hausse les épaules et descend ouvrir la barrière d'un pas lourd.

— Laisse ton 4x4 ici. Il ne risque rien. La terre est grasse, il ne faudrait pas qu'il reste planté dans la boue.

Pascal Draymond le fixe méchamment du haut de son siège :

— De quoi t'as peur, minable ? Que quelqu'un s'aperçoive que t'es venu ici sans permission, c'est cela ? Ton pote n'est pas au courant ? Quel dommage !

Il accélère fortement, marquant le sol d'un profond sillon, envoyant de la boue épaisse dans toutes les directions. Hans n'a que le temps de se précipiter derrière la barrière qui se retrouve maculée. Il se maudit intérieurement de l'avoir conduit ici.

Draymond s'arrête quelques mètres plus loin, au centre du cirque, à proximité du monticule de gravats. L'ouverture de la galerie est à moitié dégagée. Il s'empare d'une puissante torche derrière son fauteuil et saute sur le sol. Malgré la pénombre, il admire le calme des lieux, l'entrée dissimulée, la flore impressionnante et compacte qui protège les contours, la hauteur des murailles. Il suffirait pourtant d'un bon élagage pour redonner de la lumière à l'ensemble. Il contourne les gros blocs de calcaire et se dirige d'un pas assuré vers l'entrée de la carrière.

Hans et Élie ont juste tiré une grande toile cirée devant l'entrée de la galerie pour la soustraire à la poussière. Draymond l'écarte d'un geste dédaigneux. Sa lampe parcourt les contours de l'incroyable découverte. Sa voix résonne sous la voûte, déformée par la fascination :

— Quelle merveille !

Le camion n'a pas bougé. La bâche arrière légèrement relevée laisse apparaître les caisses dans son faisceau lumineux. Il s'approche, complètement excité. D'un geste vif, égaré, il intime à Hans l'ordre de passer devant lui afin de le garder à l'œil et range son pistolet dans sa ceinture. Puis, la lampe dans une main, il fait le tour du camion au ralenti, les yeux écarquillés. Il effleure la bâche poussiéreuse avec d'infimes précautions, redoutant de l'abîmer ou de devoir se rendre compte qu'il est en train de rêver.

Paralysé, les poings serrés par l'impuissance, Hans détourne les yeux et pense très fort à Flora. Il n'y a qu'elle qui compte. Le reste n'a pas d'importance.

Que Draymond soit un fou lui importe peu à partir du moment où il remplit son contrat et rapporte l'argent. Il se dirige vers l'arrière du camion, mais Pascal Draymond le retient d'un signe brusque.

— Il faut bien que je prenne une caisse d'armes et des munitions... gémit Hans, le pied en l'air.

— Recule, je veux monter le premier. Et ne t'avise pas de prendre la poudre d'escampette ou t'es un homme mort.

— Je t'ai dit que j'avais besoin d'argent ! Je n'ai pas l'intention de m'évanouir, proteste mollement Hans.

— Je te dis de rester sage et de la fermer ! Verstanden ?

— D'accord... concède Hans en reculant, les bras écartés en signe de soumission. À toi l'honneur. Moi, je suis déjà monté dedans, alors...

Draymond soulève religieusement la bâche, s'attendant à voir bondir des soldats allemands en armes. Il agrippe le marchepied et saute prestement dans la cabine arrière. Il pousse un hurlement, puis s'empare d'une caisse qu'il fait glisser le long des ridelles.

— Rends-toi utile, imbécile, prends la caisse et porte-là dans la voiture pendant que j'embarque les munitions.

Hans obtempère rapidement, trop content de quitter les lieux. L'atmosphère est irrespirable quand des fous comme Élie ou Draymond tombent en extase devant cette relique. Il passe le monticule, peine dans la montée, traîne la caisse en haletant. Soudain, pris d'un doute affreux, il se retourne. Draymond ne le suit pas. Affolé, redoutant le pire, il retourne dans la grotte et soulève la bâche.

Pascal Draymond est au milieu de la grotte, en transe. Dans ses mains ouvertes, il tient un pistolet que Hans ne se souvient pas avoir vu.

Soudain, il en devine la provenance.

— Oh non, gémit-il tout bas, anéanti.

Pascal Draymond a découvert le corps de l'officier allemand qui a amené ce camion dans cet endroit insolite. Pire, il l'a détroussé de son pistolet, de son dernier lien. Un pilleur de cadavres !

Hans frémit de tout son être. L'enfer a des relents de poussière étouffée.

18

L'arrivée d'un nouveau message le tire de sa torpeur. Il frissonne, se lève pour prendre une tasse de café. Devinant ses intentions, Fabienne le devance et lui sert une généreuse rasade dans un gobelet en plastique. Il la remercie et retourne vers son ordinateur.

Il ouvre le message qui provient de l'I.J., l'identité judiciaire. Les casiers personnels des frères Petit s'affichent à l'écran. Leurs photos d'identité en noir et blanc apparaissent.

Il passe sur les rapports d'autopsie. Il sait très bien comment ils sont morts et n'a pas besoin de connaître les détails macabres propres aux médecins légistes.

Des petits malfrats médiocres. Tel est en substance le rapport de l'I.J. qui corrobore celui des Renseignements Généraux. Tommy et Kévin Petit n'ont pas mérité cette mort violente. Mais ils l'ont cherché.

Djamel referme leur dossier, un sourire amer aux lèvres. Des gamins de banlieue prêts à tout pour passer sous les feux de la rampe, attirés par le chant des sirènes de la richesse et de la gloire. Un vrai gâchis.

Il clique sur l'icône du répertoire de Paradin. La taille du fichier l'intrigue : il est énorme. Plus que les frères Petit, Serge Paradin semble être le véritable commanditaire des braquages.

Djamel passe de nouveau sur le rapport d'autopsie, et ouvre le fichier de la perquisition. Ses yeux s'ouvrent d'étonnement : Serge Paradin habite un petit pavillon sans consistance dans la banlieue sud de Rouen.

Chez lui, on a retrouvé plus de cinquante mille euros en petites coupures provenant du braquage de Pont-Audemer.

Chose incroyable, une partie des fonds était encore dans un sac, simplement déposé dans la cave. L'autre partie avait disparu, ainsi que la totalité des fonds du second braquage.

Les officiers ont retrouvé à côté une caisse de Schmeisser ouverte.

Il manque quatre pièces. Djamel enrage. S'il ne manque que quatre Schmeisser, cela signifie que celles qui ont servi pour le braquage de la bijouterie viennent d'une autre caisse. Il pourrait donc ne pas y avoir de contact direct entre les deux groupes de malfaiteurs. Ce qui n'arrange pas ses affaires.

L'emballage est en très bon état, les armes sont impeccables, à peine rouillées. La marque du Troisième Reich faite au pochoir est grossière mais encore nettement visible. Une dizaine de boîtes en carton renferme des cartouches de 9 mm toutes brillantes.

Comment un lot d'une telle qualité a-t-il pu se retrouver dans la cave de ce petit malfrat ?

En continuant sa lecture et en visionnant les photos numériques, Djamel découvre des choses très étranges. Dans la cave, à côté des armes et des sacs de billets se trouvent un lit et une table qui sont utilisés depuis longtemps. Les nombreuses traces de pas sur le sol de terre, les cadavres de bouteilles, les couvertures usées, les bougies alignées font de cet antre une planque pour individus en cavale.

Ainsi, Serge Paradin hébergeait Ulrich Müller. Le fait qu'ils travaillent ensemble n'est donc pas le fruit du hasard. Les deux compères devaient opérer depuis un bout de temps en duo. Est-ce Müller qui a poussé Paradin à effectuer le braquage de la Société Générale, ou l'inverse ?

Il ferme rapidement les photos de la cave, puis pousse un juron devant celles du salon.

Sur tous les murs s'étendent un spectacle hallucinant :

des baleines bleues, des baleines à bosse, des dauphins égorgés, crucifiés, exécutés, lapidés, sacrifiés sur l'autel de la pêche industrielle. Des images violentes, sanglantes, insupportables.

Djamel frissonne, autant par l'horreur du spectacle que par son étalage morbide. Il y aurait à redire sur la qualité de la décoration...

La représentation de ces scènes de massacres étalées en gros plans sur les murs d'un pavillon de banlieue a de quoi faire frémir. Vivre la journée entière les yeux rivés sur les flots de sang répandus dans la mer devenue rouge, voir les mouettes se repaître des viscères évacués à coup de lances à incendie, assister au dépeçage des cétacés à coup de machette dans ces bateaux déshumanisés, tout cela n'est pas vraiment bon pour la santé mentale.

Djamel ressort aussitôt le premier dossier de l'I.J. à propos de Serge Paradin. Il relit :

« Écologiste militant, inculpé six fois pour destruction de matériel médical, dans des laboratoires travaillant sur des cobayes vivants. Activiste chez GreenWorld de 1992 à 1999, a fait plusieurs mois de prison, en France comme en Allemagne pour entrave à l'action de l'État et mise en danger de la vie d'autrui ».

Un écologiste militant. Djamel lève les sourcils, intrigué. Quel rapport avec les mouvances néo-nazies ?

Il se branche sur Internet et trouve rapidement le numéro de l'association à Paris. Il décroche son téléphone. Pendant que la sonnerie retentit, il agrandit une des photos grâce à son logiciel, et découvre avec fascination un zodiac défier les lois de la pesanteur sur les vagues et grimper à l'assaut des baleiniers japonais.

— GreenWorld France, bonjour, dit une voix douce au téléphone.

— Bonjour, ici commissaire Khalen de la Police de Rouen, je voudrais parler à monsieur Desjardins.

— C'est à quel sujet, monsieur ?

— C'est confidentiel, madame.

— Écoutez, je ne sais pas s'il…

— J'ai peur de ne pas m'être fait comprendre, l'interrompt Djamel d'une voix autoritaire. J'ai demandé à parler au président de GreenWorld France immédiatement, à moins que vous ne préfériez une convocation en bonne et due forme pour association de malfaiteurs et complicité de vol à main armée !

— Je…

— Dépêchez-vous !

La voix de la standardiste est déstabilisée.

— Un instant je vous prie.

Il n'attend pas longtemps. Une musique suave lui écorche les oreilles pendant qu'il continue son exploration virtuelle de la maison. La voix est impérieuse, presque tatillonne :

— Bonjour, commissaire, ici le docteur Desjardins, président de GreenWorld France. Je dois vous prévenir que ce genre de comportement est répréhensible par la loi.

— Je m'excuse d'avoir bousculé votre standardiste, monsieur Desjardins, mais je dois vous parler d'une affaire importante concernant un de vos anciens militants.

— Nous ne divulguons pas d'informations sur nos membres, monsieur le Commissaire. Je suis étonné qu'un homme comme vous me demande cela.

— Je peux me le permettre, ricane Djamel : votre homme est mort après avoir braqué une banque à Rouen. Cela ne vous dit rien ? Je pense que vous regardez la télévision comme tout le monde ?

— Je ne vois pas le rapport…

— Monsieur Desjardins, s'impatiente Djamel, j'ai besoin d'informations sur Serge Paradin, qui a milité dans vos rangs de 1992 à 1999. Le numéro de téléphone de ma ligne directe doit s'afficher sur votre téléphone. Si vous ne me croyez pas, ou si vous mettez en doute mon identité, je vous demande de me rappeler à l'hôtel de Police de Rouen. Demandez le commissaire Khalen. C'est urgent !

— Je vais voir ce que je peux faire, répond son interlocuteur sans s'engager.

Djamel raccroche avec un sourire. Il a parfaitement entendu la voix de Desjardins tressaillir en prononçant le nom de Paradin. Il connaissait l'homme en question. Son intuition se vérifie moins d'une minute plus tard, avant même qu'il ne songe à rappeler.

— Commissaire Khalen ?

— Oui monsieur Desjardins.

— Commissaire, je sais qui vous êtes, et j'ai lu les journaux. Je serai donc très clair. J'accepte de vous parler de Paradin uniquement parce qu'il est mort, et à condition que vous ne citiez pas mon nom dans votre rapport. C'est à prendre ou à laisser. Êtes-vous d'accord ?

— Je suis d'accord.

— Très bien, dans le cas contraire, je serais obligé de vous attaquer pour diffamation.

— N'ayez crainte, je connais mes droits. Je peux vous assurer aussi que cette ligne est protégée.

— Je n'en attendais pas moins de vous. Bon, en fait, je ne sais pas grand chose sur Paradin, mais je peux vous assurer que nous n'avons plus rien à voir avec cet homme. Il a quitté l'organisation depuis 1999 et nous en sommes ravis.

— Ah bon ? Pourquoi donc ?

— La seule chose que je suis en mesure de vous rapporter, c'est que Serge Paradin était un militant loyal, efficace, très engagé. Il a participé à la plupart de nos manifestations avec une véritable ferveur…

— Mais…?

L'homme hésite un instant, comme si parfois certaines vérités étaient difficiles à exprimer. Djamel attend patiemment. Puis Desjardins lâche après un long silence exaspéré :

— Paradin était un homme extrêmement violent. Trop violent pour nous. Il salissait notre image de marque. Sur les zodiacs, contre les baleiniers, il tirait sur les membres d'équipages à coup de harpons, si vous voyez ce que je veux dire…

— J'imagine la scène. Savez-vous ce qu'il est devenu ?

— Non, et je ne tiens pas à le savoir. Ça vous convient ?

— Oui. Je vous remercie.

Il s'apprête à raccrocher lorsque Djamel le retient d'un cri, mû par une soudaine intuition. Un souvenir vient de lui remonter à l'esprit :

— Une dernière question, monsieur Desjardins : Paradin faisait-il partie des commandos d'éco-guerriers que vous avez bannis de votre organisation quand ils sont devenus incontrôlables ?

À l'autre bout du fil, un silence s'installe, entrecoupé de hoquets. Puis la voix reprend, posée, très sèche, mal à l'aise :

— Sachez, commissaire, que nos actions ont toujours été légales ! Ces commandos n'ont jamais existé !

Il raccroche sans saluer. Djamel sait qu'il a touché un point sensible. Paradin faisait sûrement partie de ces guerriers qui opéraient plus ou moins dans la clandestinité.

Leurs actions de sabotage leur avaient valu le surnom d'éco-guerriers. Ils agissaient là où la loi empêchait GreenWorld de progresser. Ils ont été dissous dès que l'organisation a gagné sa respectabilité dans le monde politique. Ils étaient devenus incontrôlables.

Sauf que Djamel est content de lui. Enfin un coup de téléphone instructif… qui soulève encore plus de questions qu'il n'en résout. Il n'existe officiellement aucun lien entre les mouvances néo-nazies traditionnelles et ces nouveaux militants écologistes.

Tout les sépare sur l'échelle de la politique, tout sauf la violence, les actions sanglantes, les coups d'éclat. Et entre un éco-guerrier comme Paradin et un nazi comme Müller, l'entente a été suffisamment forte pour créer un groupe de malfrats.

Cette violence, cette haine seraient-elles aussi les motifs qui ont poussé Draymond à attaquer une bijouterie et à tuer onze personnes innocentes ?

Il secoue la tête. Dans ce quatrième braquage, effectué par des professionnels, l'argent est le seul motif. Il en est persuadé. Le seul rapport entre ces deux affaires, ce sont les armes, ces Schmeisser de la seconde guerre. Leur présence est incompréhensible, comme un leurre, un artifice, l'arbre qui cache la forêt.

19

À cet étage, la vue sur Rouen est impressionnante. Nue, un simple drap sur l'épaule, Stéphanie laisse son regard errer sur la ville enfouie sous un violent orage d'été. Les éclairs saturent l'horizon noir. Une tasse de thé vert à la main, elle déambule lentement dans l'appartement désert de Djamel, respirant à un rythme régulier. Elle ouvre la porte-fenêtre en grand, puis pose sa tasse sur la table et s'assoit en tailleur sur la moquette face à la ville noyée sous les éléments déchaînés.

Elle finit par se lever, alors que le soleil perce le ciel par rayons sanglants. Elle prend une douche froide et s'habille rapidement. Fabienne l'attend en bas. Elle ferme la porte-fenêtre, la porte d'entrée et dévale les marches à toute vitesse, histoire de s'échauffer. Elle déboule dans le hall d'entrée au moment où son amie s'apprête à sonner.

— Salut Fabienne, lance Stéphanie.

— Bonjour, Stéph', tu m'as l'air en grande forme. La nuit a été bonne ?

— Une nuit de rêve, répond Stéphanie avec un sourire complice. On y va ?

— La voiture est sur le boulevard.

Les deux amies s'éloignent d'un pas alerte, évitant les nombreuses flaques d'eau sur les trottoirs. De petite taille avec des cheveux foncés courts, habillé de son éternel jean et de son blouson de cuir avec un chemisier blanc, Fabienne s'est toujours amusée de leurs différences physiques. Stéphanie est grande, fine, avec des grands cheveux châtains sur un visage aux yeux bleus flamboyants. Ce matin, elle porte un pantalon souple et moulant, et une grande chemise à carreaux bleus sur un body blanc très court sur le nombril. Les hommes se retournent à leur passage, et pas seulement pour Stéphanie.

— As-tu visionné les photos de la perquisition chez Paradin ? demande Fabienne.

— Oui. Mat'guen me les a montrées hier soir au moment où tu nous les as envoyées. Ce Paradin était un malade mental. Toutes ces affiches, tout ce sang sur les photos ! Mat'guen a appelé ce gars un éco-guerrier. Et dans sa bouche, cela n'avait pas franchement l'air d'un compliment.

— Ça tombe à point. Djamel l'a appelé comme ça aussi. Il m'a demandé d'aller rendre visite à deux associations écologistes de la région. Cela l'intrigue, sans plus. Comme Paradin est mort…

— Mat'guen pense que ces types peuvent être aussi dangereux que les nostalgiques du Troisième Reich. C'est pour cela qu'il a exigé que je t'accompagne. Il veut qu'on lui rende compte en détail. Ces photos l'inquiètent.

— Ton homme pense le contraire, plaisante Fabienne. Il ne t'en a pas touché deux mots hier soir ?

— Je ne lui en ai pas laissé le temps, s'esclaffe Stéphanie, les joues rouges de plaisir. On a fait l'amour toute la nuit.

Fabienne éclate de rire et ouvre les portières de la Peugeot 307 garée en double file sur le boulevard.

— Je comprends pourquoi il avait l'air épuisé en arrivant au bureau.

Stéphanie enlève le gyrophare bleu du siège passager et le met sur le tableau de bord avant de s'asseoir, puis elles foncent toutes les deux vers Luneray, au nord de Rouen. À l'entrée de la bourgade, elle tourne à gauche et s'arrête devant une ancienne maison de maître en briques et silex sis dans un parc agréable. La vieille maison a été transformée en bureau et siège social de l'association à but humanitaire et écologique.

— L'association s'appelle Futur Libre dit Fabienne, pour reprendre leur conversation. Officiellement, elle a été fondée il y a six ans pour lutter contre l'expansion démesurée du nucléaire en France. D'abord affiliée à GreenWorld, elle a pris son indépendance. Son dernier combat en date, c'est surtout la survie de la planète et de ses ressources, la lutte contre les excès de notre activité industrielle. Elle veut créer un « futur libre » pour les générations à venir, un futur où nos descendants n'auront pas à payer le prix fort pour nos conneries actuelles. Elle est financée par un conglomérat d'industries diverses qui font de l'écologie pour se donner une bonne conscience. C'est très en vogue aujourd'hui, surtout après Rio. Le développement durable : c'est leur maître mot. Entre nous, il est bientôt temps de se rendre compte des dégâts que nous sommes en train de causer. Pas pour nous, mais pour les générations à venir.

— Évidemment, soupire Stéphanie, nous sommes d'accord sur le sujet. Mais Mat'guen est sceptique à propos de cette association. Il s'est renseigné sur l'origine de certains bailleurs de fonds : il semblerait que des virements suspects transitent par son intermédiaire. Il parle de drogue, de détournements de fonds. Bref, un moyen comme un autre de blanchir l'argent sale.

— Justement, c'est là où il y a un problème. Le rapport de la CNILS ne parle pas de liens éventuels avec le crime organisé.

— Je ne vois là aucune contradiction.

— Djamel veut juste vérifier si de l'argent a récemment été injecté dans cette association. En général, cela se voit tout de suite. Leurs opérations contre le nucléaire sont souvent pointées du doigt parce qu'elles sont périlleuses et demandent beaucoup d'argent. Dernièrement, ils ont réussi à contourner la sécurité de la centrale nucléaire de Paluel et à accrocher une banderole sur une des cheminées de refroidissement du réacteur numéro un. Ce n'est quand même pas à la portée du premier venu…

— Je sais. Chez moi, on ne parle que de cela. La bâche était en laine de verre peinte à la main. Un travail d'artiste.

— Vous êtes vernis à Saint-Valery avec une telle verrue

accrochée à la mer. Sans compter les affreuses lignes à haute tension qui défigurent le pays.

— Tant que les contrôles sont menés correctement et qu'il n'y a pas de rejets dangereux… Le problème, ce n'est pas la centrale, c'est tous les dingues qui voudraient la faire sauter ! Ils feraient mieux de chercher une solution pour le retraitement des déchets que de courir après les trains. Le jour où on saura les éliminer autrement qu'en passant par La Hague, les centrales cesseront d'être une menace. Bon, gare-toi, on y va.

Elles entrent dans la maison d'un pas assuré, leur regard attiré par les dizaines de slogans, les affiches sur les murs à la gloire de la terre et de sa beauté. Le hall d'accueil est désert, un peu délabré. La peinture sur le haut plafond s'écaille par endroits. Les murs auraient besoin d'être restaurés. On aperçoit la crasse à la différence de tons laissée par des affiches enlevées.

Un bureau croule sous les dossiers, un vieil ordinateur poussiéreux ronronne dans un coin à côté d'un téléphone à cadran. Au sol, les carreaux sont cassés à plusieurs endroits. Des cartons éventrés gisent sur le sol, crevés par les mites et l'humidité. Il s'en échappe de vieux prospectus anti-nucléaire, des bulletins d'adhésion défraîchis.

— Pas vraiment le style à la mode, ricane Fabienne.

Stéphanie fronce le nez, sceptique, mal à l'aise. Son sourire angélique s'efface. D'un geste machinal, elle tire un élastique de sa poche, attache ses longs cheveux en arrière et boutonne les pans de sa chemise. En cas de besoin, ils ne devront pas la gêner. Fabienne remarque les gestes de son amie. Son instinct les a si souvent sorties du pétrin qu'elle se crispe. Stéphanie sent inconsciemment le danger et se méfie des apparences trompeuses.

— Qu'est-ce qu'il y a ? murmure Fabienne en inspectant le bureau vide.

Stéphanie hausse les épaules, rassurante, mais ses mains trahissent sa concentration. Elle les frotte lentement à plat, doigts tendus, comme si elle affûtait un couteau. Un autre signe qui ne trompe pas Fabienne.

Elle tâte son arme, cachée sous son blouson. Il règne un silence troublant.

— Ne dis pas que tu es de la police, lui conseille Stéphanie à voix basse.

— Je n'en avais pas l'intention, mais pourquoi ?

— Je ne sais pas, mais ne le dis pas, d'accord ?

— D'accord, on est juste deux minettes attirées par l'écologie ?

— C'est parfait. Je te laisse parler. Attention, quelqu'un arrive.

— Mais je n'entends rien…

À ce moment, une porte latérale s'ouvre. Fabienne sursaute. Elle n'a rien entendu, à l'inverse de Stéphanie. Une femme d'une trentaine d'années, plutôt jolie, vêtue d'une robe à fleurs manifestement inspirée de l'époque hippie, les dévisage sans animosité. Sa voix est claire, franche :

— Bonjour, en quoi puis-je vous être utile ?

Fabienne reste sans voix, au point que Stéphanie se tourne vers elle, inquiète. Elle tend la main, le visage figé, amusée. La jeune femme aussi se fige, et dévisage Fabienne avec surprise. Elles restent un long moment à se regarder, chacune cherchant dans sa mémoire à se souvenir. Le déclic se fait en même temps, au grand soulagement de Stéphanie.

— Flora… ?

— Fabienne ? C'est toi ?

Elles se précipitent dans les bras l'une de l'autre, s'embrassent chaleureusement. Fabienne est la première à parler :

— Flora, qu'est-ce que tu fais ici ? Cela fait combien de temps ?

— Douze ans au moins. Tu te rends compte…

Fabienne se tourne vers Stéphanie qui se détend un peu :

— Excuse-moi Stéphanie, c'est Flora, une ancienne copine de classe. On était ensemble au collège Paul Eluard du Havre. On avait quinze ans à peine. On a été ensemble sur les bancs de la classe, jusqu'en seconde.

— Bonjour, répond Stéphanie, indifférente.

— Bonjour. Ça alors, Fabienne. Que deviens-tu ?

— Tu te souviens, les études, ce n'était pas mon fort. (Elle éclate de rire). Je suis devenue fonctionnaire. Je travaille à la préfecture.

Elle imite à la perfection l'employée modèle qui s'acharne sur sa machine à écrire. Stéphanie pousse un soupir. Fabienne a juste oublié de préciser qu'elle avait quitté l'école après son bac pour partir à l'armée, qu'elle était sortie avec le grade de sergent, qu'elle avait été la première femme à intégrer un peloton de gendarmerie de haute montagne, et qu'elle avait passé avec brio le concours des officiers de la police nationale. Elle était fonctionnaire, mais pas dans le service des cartes grises.

— Je me souviens, sourit Flora, tu courais plus après les garçons qu'après les notes.

— Que veux-tu…

— Elle n'a pas changé, lance Stéphanie avec un sourire narquois.

— Et toi ? demande Fabienne en haussant les épaules, toujours la première de la classe ?

— J'ai fini mes études d'ingénieur en informatique appliquée, dit-elle avec modestie, et je termine mon doctorat de biotechnologie.

Fabienne acquiesce avec un sifflement d'admiration.

— Ingénieur en informatique ? Bravo. Tu as toujours adoré les études. Mais dis-moi, que fais-tu ici ? Je veux dire, dans cette association ?

— Je milite pour l'amélioration de l'environnement. J'avais besoin de m'engager pour une cause juste. Ce que nous faisons aujourd'hui est un massacre évident. Je voudrais que mes enfants et petits-enfants puissent vivre libres, sans que la dette soit trop lourde. Il faut arrêter l'hécatombe avant qu'il ne soit trop tard.

— Tu as toujours gardé ton côté idéaliste, à ce que je vois ? Toujours prête à te sacrifier pour une bonne cause ? Tu n'as pas changé. Rappelle-toi, à l'époque, tu voulais m'embarquer pour lutter contre les essais nucléaires en Polynésie…

— Et toi, tu préférais embarquer les garçons. Tu as toujours eu les pieds sur terre… Que viens-tu faire ici ?

— Mon amie Stéphanie a vu un reportage sur le massacre des baleines à la télévision il n'y a pas longtemps. Elle a été très choquée. Moi aussi. Alors, on est venu voir si on pouvait faire quelque chose. Tu sais, on n'y connaît rien. Elle travaille avec moi à la préfecture. Je suis contente de te retrouver. Tu vas pouvoir nous renseigner. Tu ne peux pas imaginer comme cela me fait plaisir de te revoir.

— Moi aussi, répond Flora, tout en jetant un coup d'œil vers la porte qu'elle vient de franchir. Vous voulez visiter la maison ? Vous savez, nos moyens sont limités. Tout l'argent que nous recevons de nos bienfaiteurs passe dans nos actions.

— Le champignon sur les cheminées de Paluel, c'est vous ?

— Oui. C'était impressionnant, n'est-ce pas ? demande Flora avec une bouffée d'orgueil dans la voix.

— Très réussi, reconnaît Stéphanie, mais pour les baleines, que faites-vous ? Vous grimpez à l'assaut des navires ?

— Oh non, nous n'avons pas les moyens d'envoyer des équipes sur place. Seul GreenWorld a suffisamment d'argent pour le faire. Nous, on s'invite à bord et on prend des photos. Nous avons un bon service de presse. La force ne résoudra rien. En face, nous avons affaire à d'énormes lobbies industriels. Il faut marquer l'opinion publique par l'information. Les médias sont notre principale cible. Sans eux, nous ne sommes rien.

Elles arrivent dans une grande salle où une trentaine de personnes relativement jeunes est réunie par groupes de travail de cinq ou six. Ils lèvent à peine les yeux à l'arrivée de Flora et de ses amies. Il règne une ambiance bon enfant. Dans le brouhaha général, Stéphanie ressent une certaine ferveur, une exaltation un peu naïve, comme une veillée de boy-scouts animés par la foi de la jeunesse. Tout autour, les murs aux peintures décrépies ressemblent à ceux d'une vieille salle de classe. Elle sourit. Pour un peu, elle se retrouverait dans sa propre école.

Sauf que les affiches ne représentent pas la carte de France avec ses départements. Ici, on ne parle que de désastre nucléaire, de massacres d'animaux innocents. Sur un grand pêle-mêle, elle identifie les photos que Paradin a transformées en posters sanglants. Elle les montre du doigt :

— Ces photos sont impressionnantes. Qui les a prises ? Il me semble les avoir déjà vues...

— Elles proviennent de GreenWorld, avoue Flora. C'était lors de la dernière campagne de pêche. Nous n'avions qu'un seul photographe à bord. Un véritable carnage. Tous ces dauphins massacrés, ces baleines…

— Vous avez un site Internet, poursuit Stéphanie en examinant un autre tableau sur les espèces en voie d'extinction.

— Je suis en train de l'élaborer, mais c'est long, avoue Flora. Nos ordinateurs sont un peu vieux, et les nouveaux tardent à arriver. J'utilise mon propre portable pour travailler.

Elles montent à l'étage. Dans la salle de droite, un groupe important d'une vingtaine d'individus s'affaire sur une banderole géante. L'odeur de peinture est tenace. Des pots ouverts, des chiffons sales, d'incroyables quantités de papiers, de bobines de tissus jonchent le plancher de l'atelier. Quand Flora entre, un grand escogriffe blond et maigre lève la tête et dévisage les trois jeunes filles. Stéphanie se braque instantanément. Le regard de cet homme émacié a quelque chose de terrifiant. Pourtant, à la simple vue de Flora, il change complètement d'attitude et se détourne. Il se replonge fébrilement dans ses activités.

Stéphanie remarque son manège, ses épaules qui s'affaissent, ses mouvements saccadés, ces œillades inconscientes vers Flora qui rougit en le voyant. Elle pousse un soupir qui ne lui échappe pas, puis elle les entraîne au deuxième étage de la maison, où se trouvent les bureaux administratifs. La porte marquée « Direction » est aussi mal peinte que les autres. Un homme rondouillard, avec une barbichette en sort. Il accueille les deux jeunes femmes avec bonhomie et chaleur. Il ressemble plus à un professeur d'université qu'à un « éco-guerrier ».

Même s'il ne faut pas se fier aux apparences, il suffit d'une dizaine de minutes d'entretien à Fabienne pour comprendre qu'elles font fausse route. Soit ce monsieur est un extraordinaire comédien, soit, si argent sale il y a, il n'est pas ici : l'association n'est qu'une misérable boîte aux lettres, une couverture.

Fabienne fera un rapport circonstancié à Djamel. S'il faut poursuivre l'enquête, il va falloir faire appel à la Brigade financière.

Elle obtient sans difficulté l'adresse de leur commissaire aux comptes, un cabinet parisien d'une probité exemplaire. Stéphanie, sceptique, s'abstient de faire un commentaire. Si Mat'guen a des doutes, c'est qu'il y a forcément anguille sous roche.

Elles quittent Flora sur le perron de l'association après s'être promis de se revoir. Fabienne lui donne son numéro de téléphone portable qu'elle range précieusement. Une fois dans la voiture, Stéphanie éclate de rire en jouant avec le gyrophare qui est resté sur le tableau de bord :

— Pour la discrétion, on repassera !

— Qu'est-ce que tu en penses ?

— Heureusement que ces gens existent. Il faut des idéalistes engagés pour essayer de faire avancer les choses. Ils sont tous sûrement très sincères. Mais Mat'guen pense que quelqu'un se sert d'eux pour couvrir des actions beaucoup plus louches. Une chose est sûre, l'argent des braquages n'est pas entré dans leurs caisses.

— Tu as raison. Cette association connue et respectée est une couverture idéale. Reste à savoir qui se cache derrière. Reste surtout à le prouver, ce qui risque d'être difficile.

— File-moi l'adresse de leur commissaire aux comptes, Mat'guen va en avoir besoin.

— Note-la sur un bout de papier, je suis obligée de

la communiquer à la brigade financière. À part ça, tu as repéré autre chose ?

— Ta copine Flora est folle amoureuse du grand blond qu'on a vu à l'étage.

Fabienne ouvre de grands yeux étonnés.

— Ah bon ?

— Ça crève les yeux. Une véritable passion. J'ai cru qu'elle allait défaillir de plaisir en le voyant. Elle a rougi comme une collégienne en chaleur.

— Il n'est pourtant pas tout jeune. Il a l'âge d'être son père. Tu en es sûre ?

— Tout à fait. Mais ce type ne me plaît pas. Tu devrais rappeler Flora pour qu'elle te donne son nom. Tu vérifies son casier judiciaire par acquit de conscience.

— Jalouse ? ironise Fabienne.

— Je préfère entrer dans les ordres ! Trêve de plaisanteries. Ce type est un fourbe, un menteur. Tu as vu comment il a sursauté quand nous sommes entrés dans la pièce. Il n'a pas la conscience tranquille. Il a repéré tout de suite que tu étais flic.

— Arrête, tu te moques de moi ?

— Pas du tout. Il y a même plus…

— Quoi ?

— Ce type a peur. Pire, il est complètement terrorisé. Et je serais curieuse de savoir pourquoi…

Hans Gauthier entraîne Flora par la manche au fond du jardin, à l'écart de ses collègues :

— Ces deux jeunes femmes, qui c'était ? demande-t-il, agressif.

Flora se recule, étonnée par cette réaction violente.

— Une ancienne camarade de classe. Elle est venue avec une amie, suite au reportage sur les baleines… Elles voulaient savoir si elles pouvaient faire quelque chose.

— Ta copine, c'était laquelle, la grande brune aux yeux bleus ou celle avec le blouson ?

Sa voix monte d'une octave. Ses mots s'étranglent dans sa bouche. Elle ne l'a jamais vu dans cet état, même quand il a trop bu. Elle le fixe avec tristesse, des larmes aux bords des yeux, tiraillée par une soudaine jalousie. Sa voix est résignée, accablée ; la voix d'une femme éperdument amoureuse.

— La plus petite, avec un blouson. Pourquoi ? Tu connais l'autre ?

— Non, je te rassure, dit-il d'un ton apaisant. Je ne l'ai jamais rencontrée. Tu as remarqué comment elle se déplace ? Sans un bruit. Je vous ai suivies quand elles sont parties. Que ce soit sur le plancher ou sur les graviers, elle ne fait aucun bruit. C'est comme sa façon de dévisager les gens. Cette fille est dangereuse…

— Elle avait l'air gentille…

— Méfie-toi, mon amour. Je suis certain qu'elles sont de la police. Ta copine, elle porte un blouson pour dissimuler son pistolet. Je n'aime pas qu'elles tournent autour de nous.

— De la police ? Mais pourquoi, Hans ? demande Flora, de plus en plus inquiète. Que se passe-t-il ? Nous n'avons rien fait de mal ? Tu n'as rien à te reprocher ?

Il la serre dans ses bras, bouleversé d'amour. Elle s'y blottit, éperdue, confiante. Pour qu'elle soit heureuse, il est capable de faire toutes les bêtises de la terre. Même lui mentir. Il est même prêt à affronter Pascal Draymond. Son ventre se crispe de terreur.

— Ne t'inquiète pas ma chérie, ment-il en frissonnant. Il ne peut rien nous arriver.

Elle s'écarte, plonge ses yeux doux dans les siens. Il détourne le regard.

— Hans, tu ne me caches rien, tu me le promets ? Tu n'as pas fait de bêtises ? Pourquoi aurais-tu peur de la police ?

— Ne crains rien, s'entête-t-il, mais tu sais, Serge Paradin qui venait de temps à autre avec nous ?

— Oui… ?

— Il est impliqué dans le braquage de la Société Générale de Rouen.

Flora manque de défaillir. Elle se plaque les mains sur les lèvres pour ne pas crier.

— C'était un éco-guerrier… Tu sais, un de ces anciens tueurs de chez GreenWorld…

— Non…

— Il est mort dans la voiture alors qu'il fuyait. La police doit rechercher des complices.

— C'est impossible. Cela n'a rien à voir avec notre lutte. Pourquoi a-t-il fait cela ?

Il revoit Élie, fou de rage, Draymond, fou de joie, et Serge Paradin, animé d'une violence sans fin. Il sent encore les relents d'huile qui émanent des Schmeisser, l'odeur de la poudre, de la poussière dans la carrière. Tout cela n'est que mensonge.

Il aimerait pouvoir se couper la langue pour ne plus avoir à mentir :

— Je n'en sais rien, tremble-t-il, je n'en sais rien. Mais pour ton bien, n'essaie pas de les revoir, je t'en supplie. D'accord ?

20

Djamel a du mal à contacter Garten, son homologue allemand à Berlin, et ce n'est qu'en fin d'après-midi qu'il peut lui parler de nouveau.

— Excusez mon retard, mais j'ai eu du mal à récupérer certaines informations de la Stasi. C'est encore le foutoir. On ne met pas à nu cinquante ans de communisme en quelques années.

— Vous avez trouvé des choses intéressantes ?

— Ja, je dois dire que je suis assez content. Demain, je vous fais un rapport complet et je vous l'envoie. Mais commençons par le début.

Djamel l'entend remuer des tonnes de papiers, jurer en allemand, le téléphone qui se pose, puis la voix qui revient :

— Vous êtes toujours là commissaire ?

— Bien sûr.

— Voilà... le dossier d'Ulrich Müller. Un sacré petit voyou. Vous me confirmez qu'il est mort ?

— Tout ce qu'il y a de plus mort. Sa voiture a percuté une pile en béton à plus de cent kilomètres à l'heure.

— Tant mieux. Je classe son dossier ici à Berlin. Vous avez des questions particulières à son sujet ?

— Oui. Ulrich Müller faisait-il partie d'un groupuscule néo-nazi important ?

— Oui. Le nom a peu d'importance. Chez nous, tous les groupuscules nazis sont suspects. Nous les surveillons de très près. Je ne pense pas nécessaire de vous expliquer pourquoi.

La voix est sèche, gênée. Djamel n'en a cure. Chaque pays a ses propres démons.

— D'après vous, ce Müller pourrait-il, de près ou de loin, être mêlé à un trafic d'armes ?

— Cela m'étonnerait. C'était un voyou, un nazi minable, mais pas un caïd. Depuis sa fuite, nous n'avions aucune nouvelle de lui. On pense qu'il cherchait à se faire oublier. Vous confirmez ?

— Je ne pourrais pas dire le contraire, fait Djamel. Il était très discret. Selon nos sources, il avait trouvé refuge chez un militant écologiste féroce.

— Hum… Drôle d'association, réplique Garten. Chez nous, c'est plutôt… comment dites-vous… le feu et la glace… Les mouvements écologistes allemands, qu'ils soient ou non affiliés au parti politique Grünen sont soucieux de respectabilité. Je les vois mal s'associer avec ces nostalgiques du passé peu glorieux de notre pays.

— Vous avez entendu parler des éco-guerriers de l'association GreenWorld ?

— Ja, bien sûr. Mais nous n'avons aucune preuve de leur existence. Pourquoi cette question ?

— L'homme qui hébergeait Müller, un certain Serge Paradin, serait un des ces anciens guerriers qui ont opéré chez GreenWorld.

— Qui vous l'a confirmé ? GreenWorld a toujours démenti.

— C'est juste une intuition personnelle. Mais si vous avez une adresse Internet protégée, je peux vous faire parvenir des photos assez étonnantes sur ce monsieur. Elles font froid dans le dos.

— Cela m'intéresse vivement. Un moment, pouvez-vous me donner la vôtre, je vous l'envoie par courrier électronique.

Djamel lui communique son adresse, puis reprend :

— Ulrich Müller avait-il un lien avec Pascal Draymond ?

— Draymond ? C'est votre principal suspect, n'est-ce pas ?

— Tout à fait.

— C'est étrange, mais ce Draymond ne figure pas dans nos dossiers en tant que membre d'un groupe néo-nazi. Vous êtes certain de vos sources ?

— Comment cela ? demande Djamel, intrigué. Elles proviennent d'un rapport officiel.

— Étrange, Ja, vraiment... Les renseignements que nous possédons sur cet individu nous donnent un profil psychologique identique à vos informations : c'est un dangereux psychopathe. Il est décrit comme extrêmement violent, sans aucun sens moral, calculateur et très intelligent. Trop intelligent pour appartenir à ces groupuscules.

— Ce qui signifie ?

— Si vous voulez mon avis, c'est un leurre. Il se cache derrière cette façade pour vous embrouiller.

Djamel réfléchit. La remarque de Garten le plonge dans un abîme de perplexité.

— Pourtant il est bien fiché chez vous ?

— Ja. On retrouve sa trace dans les dossiers des narcotiques. Il est soupçonné de faire du trafic de drogue avec les organisations mafieuses des anciens pays de l'est. C'est un intermédiaire important entre l'Afghanistan et les États-Unis d'Amérique. N'oubliez pas qu'une grosse partie de la drogue transite par le port du Havre. Mais rien de plus. Aucun lien avec un quelconque groupe nazi.

— Vous en êtes sûr ? insiste Djamel.

— Absolument. Je vous l'ai dit, nous les suivons de très près.

— Il y a quelque chose qui cloche...

— Croyez-moi, c'est une couverture, répète Garten.

— Comme pour le trafic d'armes ?

— Tout à fait. Pour moi, il n'y a pas de lien direct. Encore une fois, on cherche à vous égarer.

— Donc selon vous, l'utilisation des Schmeisser et des grenades serait aussi un leurre ? reprend Djamel, de plus en plus désorienté.

— Pas forcément. Je pencherais plutôt pour une fabuleuse improvisation, un coup de génie, comme seul un type comme Draymond peut en avoir.

— C'est incroyable, murmure Djamel.

— L'imagination des escrocs est sans limite, commissaire.

— Je suis bien d'accord avec vous.

— Je vous remercie beaucoup. Vous avez fait un excellent travail.

— Ce n'est rien. À charge de revanche. Et tenez-moi au courant de cette affaire. Elle me paraît assez extraordinaire.

— Avec plaisir, à bientôt StaatKommissair Garten.

— À bientôt, et bon courage.

Djamel raccroche, abasourdi. Décidément, plus il obtient de renseignements, plus la piste s'obscurcit. Après un long moment passé à repenser aux paroles de son collègue allemand, il appelle Fabienne sur son portable.

21

Il n'a rien pu faire pour lui retirer l'arme. Draymond était comme envoûté, les gestes saccadés, les yeux exorbités, en proie à un délire paranoïaque. Il crut qu'il allait le tuer sur place. Puis, il reprit ses esprits à une vitesse fulgurante, redevenant l'être froid et calculateur qui fît sa réputation. Il a rangé le Mauser dans sa ceinture et lui a intimé l'ordre de retourner vers le 4x4. Le chemin du retour se fait dans un silence de mort. Hans prend une cigarette pour cacher ses mains qui tremblent. Pascal Draymond sifflote, ravi de sa découverte. Il largue Hans à l'entrée d'Yvetot sans le rassurer. Son sourire narquois et mystérieux le rend malade. Dès que le 4x4 a disparu en direction de Rouen, Hans vomit son café dans le caniveau.

Il rentre chez lui sans un bruit, les jambes flageolantes. Il aperçoit Flora en chemise de nuit dans la cuisine, en train de boire un grand bol de café. Il soupire. Qu'elle est belle, comme cela, au lever du lit, innocente, radieuse. Il essuie ses chaussures dans l'herbe pour retirer au maximum la poussière de la carrière et pénètre dans la maison. Elle se jette dans ses bras sans poser de questions. Son corps est doux, attirant.

Il la serre longtemps contre lui pour qu'elle ne voie pas ses larmes. Mentir. Il va devoir lui mentir. À cet instant, il sait qu'il ne pourra pas lui avouer ce qu'il est en train de faire. Un jour peut-être, mais pas maintenant.

Surtout que Draymond a refusé de lui indiquer le jour et l'heure du prochain braquage.

Trois jours plus tard, il se rend compte de sa grossière erreur.

Le braquage de la bijouterie Lebrun et les onze morts de leur cavale mortelle prennent Hans complètement au dépourvu. Lorsqu'il entend les premiers reportages à la radio, puis à la télévision, son cœur rate plusieurs battements.

Livide, il abandonne le moteur d'avion qu'il était en train de réparer et court s'effondrer dans les toilettes du petit aéroport.

Il n'y a aucun doute. Seul Draymond a pu orchestrer un tel massacre. Comment a-t-il pu être naïf au point de penser que ce malade ferait ce qu'il demande ? Comment a-t-il pu croire qu'il agirait dans les règles, qu'il opérerait en douceur, et qu'il lui ramènerait tranquillement l'argent ?

Quand il se regarde enfin dans la glace, il ne se reconnaît plus. Il est un homme mort. Heureusement qu'Élie est en vacances pendant deux semaines. Hans ignore où il est. Normal, il doit avoir un alibi en béton au cas, improbable, où la police remonterait jusqu'à lui. Hans frissonne. Il pleure en songeant à Flora, à l'énorme connerie qu'il vient de faire.

Puis, lentement, Hans s'essuie le visage. Sa résolution est prise. S'il ne veut pas mourir, il lui reste une dernière solution. La pire.

22

Elles restent un long moment sans parler. Fabienne conduit avec la même dextérité qu'un pilote de formule un. Stéphanie ne bronche pas, les yeux mi-clos, perdue dans une méditation si personnelle que le monde extérieur n'a plus de prise sur elle.

Elle y a recours chaque fois que son amie conduit. Outre le fait qu'elle se gare où bon lui semble, Fabienne est pire en voiture que la plupart des hommes, ce qui n'est pas peu dire. Elle ne connaît qu'une seule vitesse, la cinquième, elle ne freine qu'au dernier moment, et invective le misérable conducteur qui a le malheur de se trouver devant elle, le tout avec une décontraction qui frise la démence. Alors, Stéphanie n'a d'autre solution que la méditation pour lutter contre l'envie permanente de quitter la voiture.

— Où va-t-on cette fois ? demande Stéphanie en ouvrant les yeux.

Fabienne double trois camions sur la deuxième voie de l'autoroute A29 en direction du Havre. Le compteur de la 307 dépasse allègrement les cent-quatre-dix.

— Voir une autre association qui porte le nom charmant d'Adorateurs du Menhir.

Stéphanie sursaute en entendant le nom. Heureusement, son amie, concentrée sur la route, n'a rien vu.

— Tout un programme. Voilà qui ne serait pas pour déplaire à Mat'guen.

Elle s'empare de son téléphone portable, compose de mémoire un numéro qui ne figure sur aucune liste. C'est le numéro privé de Mat'guen, celui où elle est sûre de pouvoir le joindre 24 heures sur 24. Ils sont peu, une quinzaine en tout à posséder ce numéro. La ligne est cryptée et protégée comme celles que l'on utilise pour les paiements par Internet.

Avec une sécurité supplémentaire : cette ligne bénéficie d'une surveillance officieuse constante. Passant largement au-dessus de ses prérogatives, Mélanie Dubois se charge de veiller sur ce numéro. Aucune demande suspecte, aucun traçage, aucun pistage, informatique ou électronique n'échappent à sa vigilance.

Ce numéro est le lien qui maintient le commando des Ours en contact, où qu'ils soient.

Il décroche sans prononcer un mot. Elle lui fait un rapide compte rendu de leur précédente visite, lui donne le nom du commissaire aux comptes de l'association et relate son sentiment vis-à-vis de cet inconnu décharné qu'elle considère comme l'amant de Flora. Puis elle prononce les trois mots Adorateurs du Menhir et écoute en hochant de la tête, apparemment satisfaite de son explication. Fabienne n'entend pas la réponse, mais un large sourire s'épanouit sur le visage de Stéphanie. Elle raccroche sans un mot et se replonge dans sa méditation, un sourire moqueur désespérément accroché à ses lèvres.

— Alors ? questionne Fabienne, raconte ! Qu'est-ce qu'il a dit ?

— Rien de très important, répond Stéphanie en cachant mal son hilarité. Il se demande seulement pourquoi Djamel t'envoie là-bas. Nous parlons bien de la secte des Adorateurs du Menhir dont le siège est à côté de Lisieux ?

— C'est ça, pourquoi ?

— Tu verras bien, fait Stéphanie, mystérieusement gaie.

— Ce n'est pas drôle, allez quoi…

— Conduis, je te dis… Et laisse-moi un peu tranquille.

Réprimant un fou rire, Stéphanie se plonge dans une méditation réparatrice, abandonnant son amie frustrée au niveau du Pont de Normandie, qu'elles traversent sous un soleil voilé.

En prenant la direction de Caen, Fabienne tente de joindre Djamel sur son téléphone pour avoir des renseignements, mais il sonne sans cesse occupé. Elle raccroche, contrariée et curieuse de savoir pourquoi cette visite fait autant sourire son amie. Alors qu'elles arrivent à Lisieux, il est toujours en ligne. Stéphanie dort, ou fait semblant de dormir, le visage paisible et détendu. D'un geste mesquin, Fabienne freine brutalement pour la réveiller. Stéphanie ne bronche pas.

Elle tourne à gauche dans une allée de graviers soigneusement ratissés. Un grand panneau à l'entrée indique : « Association des Adorateurs du Menhir », centre de relaxation. Uniquement sur rendez-vous. Un dessin très stylisé de la pierre des druides élevée au rang de divination sert de logo. L'allée s'enfonce dans un bois touffu.

Soudain, elles débouchent sur une large clairière. Sur leur droite, le parking, avec une dizaine de voitures stationnées. À toutes fins utiles, Stéphanie note les plaques d'immatriculation sur un petit carnet. Juste derrière s'élève un porche de pierres qui protège une énorme porte de chêne cloutée. De chaque côté de la barbacane s'étend un mur épais d'une hauteur de trois mètres qui entoure toute la propriété. Des tessons de bouteilles ont été bétonnés sur le sommet pour prévenir toute intrusion malveillante. En fronton, le même panneau qu'à l'entrée de la forêt.

— Ils n'ont pas l'air d'apprécier les étrangers, remarque Fabienne.

— Pas étonnant, ricane Stéphanie.

— Vas-tu enfin me dire de quoi il retourne ?

— Tu n'as pas une vague idée ? Allons… Regarde un peu la forme de cette pierre…

Fabienne hausse les épaules, puis examine de nouveau le dessin du menhir peint en gris avec des reflets roses sur un fond bleu pâle. Elle sourit et éclate de rire. Elle secoue la tête, incrédule et amusée :

— Attends un peu… Tu ne vas pas me faire croire que c'est un phallus… ?

— Tu verras bien ! Mais n'oublie pas que tu es flic cette fois-ci, cela pourrait t'éviter des ennuis, pouffe Stéphanie.

— Tu ne viens pas avec moi ?

— Pas la peine, tu te débrouilleras bien toute seule.

Fabienne hausse les épaules et pousse la lourde porte de bois. Elle s'ouvre sans heurt. Étonnée, elle reste devant un instant, redoutant un piège. Elle ne comprend pas qu'avec une telle enceinte de protection, avec une telle psychose des étrangers, la porte soit tout simplement ouverte. Intriguée, elle pénètre à l'intérieur.

Le décor est absolument somptueux. Le sol de la salle est en carreaux de marbre d'une incroyable finesse. Les murs de pierre soigneusement polis et vernis sont recouverts de tableaux de maîtres du XVIIIe siècle. Toutes les toiles représentent des muses étendues nues dans les champs et les prés, courtisées par les hommes et autres charmeurs de la forêt. Des caméras miniatures protègent l'ensemble. Au nombre de huit, elles couvrent toute la surface de la pièce, rendant impossible la moindre tentative de vol.

Au milieu de la salle, un superbe menhir en cristal de trois mètres de haut est érigé comme une invitation. Elle dépasse l'énorme sexe transparent. Devant elle s'étend un couloir de verre qui mène au cœur de la propriété. Autour de cette allée s'étend un immense parc de verdure aux allures de paradis.

Un peu plus loin se trouve une rotonde avec un grand hall d'accueil, d'où partent de nouvelles galeries en direction des habitations dissimulées dans la végétation. Fabienne remonte lentement l'allée de verre qui l'isole du parc et la transpose dans un autre univers. Les reflets du soleil impriment en demi-teinte des arabesques vert et or fondues dans la voûte.

Une douce musique, d'où l'on reconnaît le son gracieux de la harpe, envahit l'espace irradié de soleil.

Son regard erre à travers les figures transparentes des cloisons, quand soudain un couple sort d'une maison dissimulée derrière un bouquet de charme. Elle écarquille les yeux. Le verre subtilement dépoli engendre une intimité certaine, mais la vision reste claire.

Le couple se promène nu. La femme et l'homme, en

apparence jeunes et blonds, se dirigent vers un autre endroit de la forêt, main dans la main. Un camp de naturistes. Le retour aux sources dans la volupté et le luxe. Cette association a de quoi attirer plus d'une personne fortunée.

Elle arrive au cœur de la rotonde de verre. Une demi-lune en acajou prend toute la place centrale. Il n'y a personne.

Sauf qu'à travers la musique, elle perçoit des petits cris qui manquent de la faire écrouler de rire, des petits cris étouffés accompagnés de halètement de jouissance. Cela vient de derrière la demi-lune qui sert de comptoir et de hall d'accueil. Caché à la vue des intrus, un couple est en train de faire l'amour.

Troublée mais pas embarrassée, ayant du mal à y croire, elle se racle fortement la gorge. Les cris cessent instantanément, suivis par des murmures de frustration et des glapissements. Au bout de quelques instants, un homme nu se lève. Grand, blond, baraqué, la trentaine arrogante, il drape maladroitement un vague pagne sur ses hanches, les cheveux en bataille. Il ne paraît pas le moins du monde décontenancé par l'apparition de Fabienne, bien au contraire, il la dévisage avec appétit de ses yeux de braises. Sur son bras gauche aux muscles parfaitement dessinés, le tatouage d'une tête d'aigle et d'un parachute.

Une jeune femme brune apparaît à son tour, une toge sur l'épaule, la poitrine et les joues encore rouges de plaisir et de confusion. Elle évite le regard amusé de Fabienne, sa main caresse l'épaule de son Adonis et elle court se réfugier dans une des salles en empruntant le premier couloir de gauche. Ses fesses rebondies dansent dans sa fuite.

— Qui êtes-vous ? Que voulez-vous ? demande l'homme sans cesser de la jauger. Et d'abord, comment êtes-vous entrée ?

— La porte était ouverte, répond Fabienne sans se démonter. Une amie m'a dit le plus grand bien de votre association.

Elle lance un regard gourmand vers son pagne et reprend :

— À première vue, elle ne s'est pas trompée.

Mais l'homme n'est pas convaincu. Sans un mot, il la scrute, la déshabille sans vergogne, ses yeux s'attardant avec un plaisir non dissimulé sur ses seins et ses hanches, finissant presque par la mettre mal à l'aise. Sa réplique un peu rapide ne prend pas. Elle le comprend brusquement. L'homme face à elle est un Gardien du Temple, une bête de combat, comme Stéphanie.

— Vous êtes dans une propriété privée et je vous demanderais de bien vouloir sortir, dit-il après un long moment de réflexion, comme si cette évidence suffisait à justifier son raisonnement..

Avant qu'elle ne réponde, il désigne le renflement discret sous son aisselle, qui jure avec son anatomie et qu'un homme observateur ne peut pas ne pas remarquer. Sa voix est méprisante, hargneuse :

— Vous êtes de la police, donc sans autorisation ni commission rogatoire, vous pouvez débarrasser le plancher. À moins que… vous ne soyez venue à titre personnel, achève-t-il d'une voix provocante. Si c'est le cas, et si votre amie vous a bien expliqué, vous voudrez bien vous mettre nue, comme la règle l'exige.

Il tend la main sous le standard et en exhibe un petit menhir en cristal aux reflets rose pâle qu'il pose sur le comptoir. Ce symbole phallique est la clé de sa future résidence.

Désorientée par la proposition du cerbère, elle fait un pas en arrière, tout en se disant que c'était la dernière des bêtises à faire. L'homme sait qu'il a gagné. Ses dents blanches immaculées illuminent son visage carnassier. D'un geste posé, il retire son pagne et s'apprête à faire le tour du comptoir.

— Viens avec moi, dit-il. Je vais te montrer ta chambre. Nous y serons très bien. Qu'attends-tu pour ôter tes vêtements ? Tu connais notre mode de vie, n'est-ce pas ? Ton amie ne t'a rien dit ?

Fabienne tergiverse une seconde de trop, ne sachant sur quel pied danser. Elle hésite entre sortir sa carte professionnelle ou lui mettre son poing dans la figure. L'homme la salue alors de la tête, un sourire de vainqueur accroché aux lèvres. Puis il hausse les épaules et la congédie d'un geste.

— Vous êtes ici dans une propriété privée, madame. Et vous savez combien il peut vous en coûter en cas de violation… Sortez, maintenant.

Furibonde, Fabienne fait lentement demi-tour et reprend l'allée de verre dans l'autre sens persuadée que ce sale petit baiseur reluque ses fesses avec un plaisir non dissimulé. Au moment où elle dépasse le menhir, il éclate de rire et lui souhaite un bon voyage. Elle hausse les épaules et pousse un juron inaudible qui met en cause ses capacités. Elle se retrouve devant le porche, passablement énervée, frustrée de s'être fait berner aussi facilement.

Stéphanie n'a pas bougé. En la voyant, elle pique un fou rire qui la met hors d'elle.

— Je ne vois pas ce qu'il y a de si drôle !

— Tu as rencontré Apollon en personne ? demande Stéphanie en se mouchant.

— Le grand blond ? s'étonne Fabienne. Tu y es déjà allée ? Tu aurais pu me prévenir !

— Pourquoi, il n'est pas mignon ?

— Un vrai goujat !

— Non, la reprend Stéphanie soudain redevenue sérieuse et en poussant son amie vers la voiture. C'est un professionnel de la sécurité. Il s'appelle Hervé Caron, ancien légionnaire, ancien champion de Normandie junior de karaté. Et acteur de films pornos à l'occasion. Viré de l'armée pour trafic de stupéfiants. Ce n'est pas un tendre.

— Tu le connais ?

— De réputation. Mat'guen a un dossier sur lui.

Fabienne s'engouffre dans la voiture et démarre à fond de train en laissant un profond sillage dans le sol.

— Maintenant que tu t'es bien moquée de moi, tu peux m'expliquer ? Qu'est-ce que ce play-boy fait ici ? Pour qui travaille-t-il ?

— Les Adorateurs du Menhir est une association pas du tout écologique créée il y a douze ans par un groupe d'individus fortunés, médecins, avocats, industriels qui voulaient se faire plaisir. Pas simplement se faire plaisir en jouant ensemble au golf ou pour se voir entre hommes. C'est un club échangiste très sélect, un village de vacances naturiste pour mâles et femelles à la recherche de sensations nouvelles. La plupart sont mariés, mais les jeunes et jolies célibataires sont accueillies à bras ouvert. C'est là que notre bombe sexuelle entre en scène. C'est le recruteur, l'homme à tout faire de l'association. Caron t'a-t-il parlé des conditions offertes aux femmes pour participer à la vie de ce camp ?

— Il m'a carrément proposé de me déshabiller et de le rejoindre ! Il ne manque pas d'air, explose Fabienne, offusquée. Il était en train de se faire une cliente, sous mon nez, derrière le comptoir, et cinq minutes plus tard, il me propose une partie de jambes en l'air !

— Le problème, c'est qu'il est dans une propriété privée, et que le fait de se promener nu chez soi n'a rien de répréhensible.

— Je l'enverrais bien sous les barreaux pour attentat à la pudeur !

— Tu sais que c'est impossible. Tu es entrée sans autorisation officielle. Les fondateurs de l'association sont très forts. Ils ont pensé à tout. On ne peut retenir aucune charge contre eux. Tu devrais te renseigner aux mœurs, ils ont un dossier sur eux. La brigade de répression contre le proxénétisme a essayé de les coincer, sans succès.

— Quel est le rapport avec notre enquête ? demande Fabienne en changeant de sujet. À part le sexe… Drogue ? Argent sale ? Écologie ? Quel est le lien ?

— Pour faire partie de ce club, il faut déjà manier des millions. De plus, entretenir un village comme cela coûte très cher. Il y a de grosses sommes d'argent en jeu.

— C'est parfait pour une filière de blanchiment d'argent…

— Tu crois que c'est suffisant pour être suspect ?

23

Le 4x4 BMW est une vraie merveille. Depuis la sortie de l'aéroport de Friedrichshafen, sur les bords du lac de Constance, côté allemand, Alexis ne se lasse pas de la conduire, surtout depuis qu'ils ont atteint les contreforts escarpés des Alpes. Le temps est idéal pour conduire, le ciel limpide et les montagnes resplendissantes. La montée sur la ville d'Immenstadt se fait sans encombre.

— Nous y sommes bientôt, jeune homme, dit le vieux général en indiquant un panneau de signalisation.

Alexis a pris un avion très tôt ce matin pour Friedrichshafen. À son arrivée, le général l'attendait, à côté de la voiture qu'il avait fait réserver chez Avis à son attention. En moins de deux heures, ils arrivaient en Bavière du Sud.

Le lac Alpsee apparaît au détour du dernier col, splendide écrin bleu tapi dans le vert foncé de la forêt.

— C'est magnifique, dit Alexis.

— Je vous l'accorde volontiers. Dès que vous atteindrez Immenstadt, vous tournerez à gauche, direction Bühl, le village qui borde le lac.

Alexis suit les instructions, et se retrouve bientôt sur la Missenerstrasse. Puis il traverse le village et prend le Trieblingser Weg qui contourne le lac rayonnant sous l'éclat du soleil.

— Allez-vous me dire où nous allons ? demande Alexis en réajustant ses lunettes de soleil.

— Nous sommes arrivés, garez-vous sur le parking avec les autres voitures.

En cette période, les touristes sont nombreux et les restaurants sont pris d'assaut. Les barques de plaisance forment un véritable essaim coloré sur la surface limpide du lac. Les berges sont envahies d'enfants, d'adultes nonchalants qui profitent des joies de la baignade.

Le vieux général traverse la foule avec indifférence, son allure altière jurant avec l'indolence des vacanciers. Vêtu d'un costume strict et sombre, il ignore les gens autour de lui. Alexis le suit, heureux d'avoir passé un Lacoste léger et un pantalon de flanelle beige. Son ordinateur portable est dissimulé dans un banal sac de voyage en tissu. Ils parcourent les berges sur plusieurs centaines de mètres. Bientôt, les bosquets touffus de saules et de bouleaux rendent l'accès aux berges plus compliqué.

Il repère les pontons dissimulés dans les joncs. Le général se dirige sans hésiter vers le dernier, en rondins.

Le spectacle est superbe.

Les petites maisons sur pilotis sont alignées les unes à côté des autres, à une vingtaine de mètres de la berge. Un ponton de bois les relie à la terre ferme.

Carrées, somptueusement entretenues, les façades identiques alignent leurs frontons de bois et leurs colombages rectilignes, couvertes d'un toit pointu de tuiles rouges. Des volets bleus ornent les fenêtres étroites, et les bacs à fleurs regorgent de bégonias.

— Cette maisonnette appartient à la famille Griedenburg depuis cinq générations. Nous venions souvent l'été pour nous y baigner. La personne que nous allons rencontrer tient à ce que cette histoire ne s'ébruite pas tant que nous n'y aurons pas apporté des éclaircissements. Je pense que vous comprenez ?

— Bien sûr, acquiesce Alexis. Je comprends parfaitement la situation.

Le général s'arrête devant la porte, et se retourne pour lui faire face. Distrait par la beauté magique des lieux, Alexis manque de lui rentrer dedans. Il le sent toujours très réticent.

— Je persiste à croire que vous ne devriez pas rencontrer cette personne, monsieur de Fontvieille. Je vous prierais donc de ne pas chercher à la brusquer.

— Je vous ai donné ma parole, général, le rassure Alexis avec patience.

— Je vais rester avec vous, insiste Otto Von Glück.

— Aucun problème. Vous savez pertinemment que le but de ma visite n'est pas de créer des problèmes. Je sais combien cette démarche est délicate.

Le vieux général ne relève pas et frappe à la porte de la maisonnette.

— Non, murmure-t-il, vous ne savez pas combien…

Quand la porte s'ouvre, Alexis, étonné par la remarque du vieil homme, écarquille les yeux. Le général s'incline et baise la main de la jeune fille avec toute la raideur des codes de l'aristocratie allemande. Elle le regarde droit dans les yeux.

— Monsieur Alexis de Fontvieille, je vous présente ma belle-fille : Hanna Von Glück, la veuve de mon fils Heinrich décédé l'année dernière, et fille unique de Haymar Von Griedenburg.

Les renseignements obtenus par des bouts de papier ont souvent du mal à refléter la douleur de la réalité. Alexis s'y attendait, mais le choc est encore plus pénible. En une simple phrase, le vieux général vient d'exprimer des années de joie, de souffrance et de drames, des années de complicité et d'amitié entre deux familles unies de génération en génération.

Il vient d'avouer la mort tragique de son fils. Alexis comprend sa réticence. Il refuse de faire revivre une épreuve supplémentaire à ce qui lui reste de plus cher au monde.

Surtout que Hanna Von Glück n'a pas trente ans. C'est une jeune femme ravissante qui fixe Alexis de ses grands yeux bleus. Blonde, élancée, elle a les cheveux longs et le visage fin. Néanmoins son sourire est crispé. Elle serre son beau-père dans ses bras et le pousse affectueusement dans la maisonnette.

— Va nous préparer à boire, Vati, je crois que nous en aurons besoin, dit-elle d'une voix douce et triste. Je viens juste d'arriver et je n'ai pas eu le temps de le faire.

Monsieur de Fontvieille, soyez le bienvenu dans notre modeste maison. Vous me pardonnerez de vous accueillir ici, mais vous avouerez que les circonstances sont assez particulières.

Alexis s'incline.

— Je suis heureux de faire votre connaissance, et je vous prie d'excuser ma démarche. Soyez persuadée qu'elle fait suite à des événements tragiques que l'histoire met parfois un malin plaisir à nous infliger. Je pense aussi que nous sommes vous et moi suffisamment adultes pour y faire face.

— Nous verrons bien. Mon beau-père n'est pas du même avis. Et je le comprends. J'ai perdu mon père il y a cinq ans. Mon mari s'est tué dans un accident d'avion l'année dernière. Il était pilote de chasse. Son appareil s'est écrasé dans un pays proche d'ici où la guerre fait encore rage et où l'assistance des forces de l'ONU est nécessaire. Un accident stupide. Vous comprendrez que j'estime avoir payé lourd mon tribut à la vie.

— Je vous adresse mes plus sincères condoléances, dit Alexis d'une voix douce. Je ne peux guère vous dire plus, madame. Vous me paraissez ne pas avoir besoin de pitié.

Elle le dévisage, les sourcils froncés.

— Mon beau-père m'avait prévenue. Vous êtes un homme direct, monsieur de Fontvieille. Peu de gens oseraient dire cela à une inconnue. Mais vous avez raison, je n'en ai pas besoin.

Elle laisse filer un long silence que troublent les cris lointains des baigneurs dans le lac.

— Vous avez aussi votre franc-parler, constate Alexis.

— Entrez et racontez-moi en détail le but de votre visite.

L'intérieur de la maisonnette est tout de bois vêtu, avec des rideaux à carreaux, une table et des chaises simples. Un vrai cabanon de vacances, avec son petit coin cuisine, ses canapés fleuris, sa mezzanine. Des gravures sur les murs rehaussent l'aspect charmant et suranné de l'ensemble. Les fenêtres ouvertes tentent d'évacuer l'humidité de ce lieu trop souvent inhabité. De l'autre côté de l'entrée, une porte, ouverte elle aussi, permet d'accéder au bout du ponton, directement dans le lac.

Le général sort les tasses de thé et fait bouillir l'eau. Alexis le sent contrarié, même si sa fierté lui compose un masque inaltérable.

— Liebe Hanna, tu prends du thé ?

— Oui, Vati, merci.

Il se tourne vers Alexis.

— Je n'ai pas d'alcool à vous proposer, monsieur de Fontvieille. Mais je vous dois une invitation en réponse au vin somptueux que vous m'avez offert lors de notre dernière rencontre.

— Le thé me convient très bien, répond poliment Alexis.

Il tire une chaise en bois et s'assied. Il pose son sac sur la table, prend une gorgée de thé bouillant et sort son ordinateur qu'il allume.

— Voilà, reprend-il en tournant l'écran.

Le Mauser à la crosse d'ivoire apparaît sur l'écran. Otto Von Glück tressaille malgré lui. Hanna reste de marbre. Pire, elle est presque en colère. Une colère faite de rancœur, d'amertume, de sacrifice. Ses mains tremblent pendant qu'elle se met à parler :

— Ainsi le voilà, ce fameux Mauser, murmure-t-elle avec froideur. Voyez-vous, monsieur de Fontvieille, je n'avais jamais vu cette arme mythique, ce Mauser offert par le maître armurier. Je n'ai même jamais exprimé la volonté de le voir. Cette arme maudite, que beaucoup trop de gens adulent à mon goût, m'a pris mon grand-père et mon mari. (Elle fusille son beau-père du regard.) Une contribution bien lourde. C'est une épreuve supplémentaire dont je me serais bien passée.

— Hanna ! s'écrie le général, offusqué par ces paroles. Tu n'as pas le droit de bafouer…

— Vati ! Je ne bafoue pas l'honneur de mon grand-père, l'interrompt-elle sèchement, ni celui de ton fils ! Ni le tien ! Ce n'est que la vérité ! Tu le sais bien !

Otto Von Glück se rembrunit. Il détourne les yeux, se

lève, et va arpenter le ponton derrière la maison, laissant Alexis et Hanna seuls.

Il bougonne et tourne en rond sur l'étroite passerelle, mais il ne rentre pas, comme pour honorer un compromis péniblement mis au point entre elle et lui.

Elle lui jette un regard furibond avant de se plonger dans la contemplation de sa tasse de thé. Elle tente de refouler ses larmes devant Alexis, mais a beaucoup de mal. Il ne dit rien. La douleur de cette femme est hors de sa portée, et rien de ce qu'il pourra dire ne saura la consoler.

— Désirez-vous que je parte ? demande-t-il finalement. J'ai promis de ne pas vous importuner…

— Non, bredouille-t-elle en restant d'une dignité exemplaire, restez, s'il vous plaît. Il y a trop longtemps que nous ne savons que faire. Vati a dû vous le dire, nous n'avons plus eu de nouvelles de mon grand-père depuis avril 1944. Vous n'imaginez pas le nombre de jours qu'il a passés à le chercher. Il l'admirait plus que tout. Mon grand-père est une véritable idole dans la famille. Un militaire à la carrière impressionnante. Il avait du charme, de la prestance. Il a participé à deux guerres, il a côtoyé tous les grands généraux dont on parle dans les livres d'histoire : Von Bock, Von Rundstedt, Von Witzleben, Von Choltitz. Et Adolf Hitler, pour notre plus grand malheur. Seulement voilà, de ce grand homme, pas un mot dans les livres. Rien.

— Il n'aura pas connu le déshonneur et la honte de Nuremberg, s'exclame Otto Von Glück depuis le ponton, vindicatif.

Agacée, Hanna rejette l'argument de la main sans se retourner.

— Vous avez dit : « La guerre n'est jamais un honneur, surtout pour les vaincus », n'est-ce pas ? Cette phrase a beaucoup déstabilisé mon beau-père, surtout de la part d'un officier de la Légion Étrangère. Elle est d'une terrible lucidité.

— La guerre tue d'abord des victimes innocentes, renchérit Alexis, en pensant à sa propre famille. Mais je ne suis pas là pour en juger. J'aimerais pouvoir vous aider, et comprendre ce que votre grand-père faisait en France en avril 1944.

— Nous aussi. Nous pourrons alors en faire le deuil une bonne fois pour toute.

Alexis parle plus fort pour attirer l'attention du vieil homme qui fait un pas vers eux mais reste à l'entrée de la maison.

— Depuis ma dernière rencontre avec votre beau-père, j'ai effectué des recherches dans la région de Saint-Omer.

— Vous avez trouvé quelque chose ?

— Absolument rien. Aucune trace. À part une fois dans les archives de la quinzième armée du Reich, stationnée dans le Pas-de-Calais. Sur un compte-rendu du 2 avril 1944, l'état-major indique la venue du Colonel Von Griedenburg pour une inspection des troupes. C'est tout. Aucune confirmation de prise de commandement, rien. Par contre, sur Rouen, j'ai retrouvé un livre sur la Résistance normande en 1944 édité en 1959. J'ai gardé uniquement la bonne page.

Il pianote une nouvelle fois sur son ordinateur.

— À la page 245, on lit un témoignage surprenant. Dans la région, les résistants du groupe « Les 2 léopards » faisaient régulièrement sauter les voies de chemin de fer pour paralyser l'ennemi. Un soir de juin 1944, deux jours avant le débarquement, ils avaient reçu de Londres l'ordre de dynamiter un poste électrique important qui contrôlait les voies ferrées. Ils ont pénétré dans l'enceinte de la gare de Sotteville par le nord, et ils ont trouvé deux camions allemands stationnés dans un endroit désert. Ils étaient remplis de caisses de munitions. L'homme qui relate ces faits précise qu'ils avaient l'air abandonnés. Ce qui est plutôt anormal en cette période difficile. Les résistants se sont emparés des armes et ont fait exploser les camions. Pour eux, c'était une belle prise de guerre.

— Qu'y a-t-il de si étrange ? demande Hanna.

— Lisez la suite. L'auteur raconte qu'il avait découvert les carnets de route des deux camions abandonnés sur le fauteuil du chauffeur. Ces camions étaient destinés à la 15e Armée du Reich de Saint-Omer. Les autorisations remontaient au 6 avril 1944 et personne n'avait touché aux camions.

— Étrange, effectivement. Qu'est-ce que cela signifie selon vous ?

— D'après vos informations, Heinrich Von Griedenburg s'est manifesté pour la dernière fois à Rouen, à la gare de Sotteville, début avril 1944.

— Exact. Le 6 avril 1944 pour être précis.

— Il devait prendre livraison d'un camion ? Une escorte et du matériel, n'est-ce pas ?

— Oui.

— Alors, il semblerait, continue Alexis, qu'Heinrich Von Griedenburg ait quitté Rouen sans son escorte.

— C'est impossible, s'écrie Hanna. Vous insinuez que mon grand-père aurait déserté, qu'il n'aurait pas rempli sa mission !

Alexis lève aussitôt les bras en signe d'apaisement. Hanna a parlé plus vite que son beau-père, mais uniquement parce qu'il était dehors.

— Non ! Pas du tout ! Je veux simplement dire que si l'on se réfère à ce témoignage, votre grand-père est parti sans son matériel.

— C'est faux, réplique Hanna d'une voix blanche. Il a signé l'autorisation de sortie du matériel le 6 avril 1944 à 17h15. Nous avons réussi à récupérer l'original à Rouen.

— Ce témoignage est une hérésie, clame le vieux général. C'est impossible.

— Pourtant, il existe, les dates concordent. L'homme n'aurait pas mentionné ce fait si cela ne l'avait pas choqué. Pour lui, deux camions censés partir pour Saint-Omer étaient « oubliés » depuis deux mois sur un terrain vague de Rouen. Il ne mentionne rien d'autre. Pour lui, c'était juste une prise de guerre. Avouez que la coïncidence est frappante. Heinrich disparaît à Rouen précisément le 6 avril 1944 alors qu'il devait être à Saint-Omer, et des camions pour cette destination ont été abandonnés avec des ordres de mission datés de la même journée. À ce stade, ce n'est plus une coïncidence. Il y a un lien certain.

— Quelle crédibilité pouvons-nous accorder à ce témoignage ? demande Hanna.

— À mon avis, il est exact. La mission d'Heinrich Von Griedenburg était secrète, pensez-y. Personne à part vous et moi n'est au courant aujourd'hui. Nous sommes les seuls à voir autre chose dans ce témoignage qu'un simple fait historique.

Hanna l'interrompt d'un geste las. Elle intime l'ordre à son beau-père de ne pas entamer de polémique et fixe Alexis droit dans les yeux :

— Monsieur de Fontvieille, quelles que soient les théories que vous pourrez avancer, sachez une chose. Mon grand-père était un officier d'état-major fier, droit et honnête. Il a toujours agi selon des principes très stricts et un sens des valeurs très poussé. C'était un homme dévoué à son pays et prêt à mourir pour lui. Il n'avait rien de commun avec ces chiens de Waffen SS qui ont mis le peuple allemand à genoux.

Alexis ne conteste ni ne proteste. Il se contente de fixer Hanna Von Glück, avec admiration. Cette femme a une force de caractère peu commune.

— Au risque de vous déplaire, ces données ne peuvent entrer en ligne de compte. Ce que je constate, et que vous corroborez, c'est que votre grand-père était à Rouen le 6 avril 1944, pas à Saint-Omer. Et qu'il en est reparti seul, en abandonnant son escorte. Pour l'instant, je ne vais pas plus loin dans les spéculations.

Le vieux général rentre brusquement. La pâleur de ses traits est pire que la colère qui l'envahit. Hanna lui prend fermement le bras et le fait s'asseoir sans une parole.

— Monsieur de Fontvieille, je ne permettrai pas…

— Je vous en prie Général, rétorque Alexis d'un ton glacial, cessons ce débat stérile ! Une amie chère à mon cœur est dans le coma parce qu'un dingue a attaqué une bijouterie à coups de grenades. Il tenait ce pistolet dans sa main ! Moi aussi je veux savoir ce qu'il s'est passé ! Et désolé si cela heurte l'honneur de votre famille !

Outré, le vieux général se lève pour lui intimer l'ordre de sortir lorsque l'on frappe durement à la porte. Ils se figent tous les trois, interdits. Alexis est le premier à réagir. Il se lève et ouvre la porte.

La silhouette imposante de Gérard Anquetil se détache dans le contre-jour. Son visage blond est tendu, concentré. Ses yeux parcourent la petite assemblée.

Hanna est devenue pâle comme une morte. Elle doit s'appuyer sur la table pour ne pas flancher. La mâchoire du vieux général reste grande ouverte.

Le vieil homme reprend ses esprits, le cœur battant. Il fixe la porte d'un air médusé.

— Comment savait-il que nous étions là ? Qui est ce monsieur ?

— C'est un de mes amis. Il nous suit depuis Friedrichshafen, depuis l'aéroport plus exactement. Il ne nous a pas quittés d'une semelle.

— Mais alors, il a tout entendu !

— Évidemment.

Puis il se tourne vers Hanna qui n'a pas bronché. La rudesse de ses paroles et l'intrusion violente de Gérard l'ont plongée dans une profonde réflexion. Elle lève des yeux incrédules vers Alexis, la gorge nouée, incapable de retenir ses larmes. Les événements s'enchaînent trop rapidement pour elle. Alexis pose les clés de la BMW X5 sur la table.

— Je suis désolé madame, je ne voulais pas en arriver là. Je vous remercie pour votre hospitalité dont j'ai largement abusé. Je ne vous importunerai plus. Général, je vous laisse ramener la voiture. Elle est très plaisante à conduire.

Il sort sans se retourner. Le général est livide, incapable de bouger. Alexis passe le ponton et s'apprête à rejoindre Gérard, parti devant, quand une voix résonne dans son dos :

— Attendez !

Hanna est sortie de sa torpeur et s'est remise de l'effet

de surprise. Elle le rattrape et s'arrête à deux pas de lui. Elle est plus petite que lui, mais plus grande que Dana, pense Alexis, soudain troublé par la présence de cette ravissante personne. Maintenant que la tension est retombée, il n'a qu'une envie, c'est rentrer chez lui.

Le visage de Hanna est plus détendu que dans la maisonnette. Elle se rapproche d'Alexis, pose sa main sur son bras.

— Excusez mon beau-père, il est de la vieille école.

— Vous n'avez pas à vous excuser, répond Alexis. Je n'ai pas été très tendre avec lui. Il n'est plus tout jeune.

Il pose sa main gauche sur la sienne, toujours à son bras. Elle ne la retire pas.

— Tant pis. Il faut bien qu'il se calme un peu. La mort de son fils nous a beaucoup affectés.

— Je peux le comprendre.

Elle se dégage, troublée par ce geste intime, sort de son sac un CD Rom et lui tend :

— Tenez, voici les documents scannés que nous avons pu recueillir sur mon grand-père. Il y a aussi toute sa correspondance avec sa femme. C'est un bien personnel d'une valeur inestimable. Il ne voulait pas vous le donner. Il ne vous en juge pas digne.

— Pourquoi le faites-vous alors ?

— J'ai confiance en vous, monsieur de Fontvieille. Vous êtes franc, direct, et honnête. Vous parlez sans détour. Mon beau-père est trop fier pour vous demander de l'aide. Donc je le fais pour lui. Je vous en conjure, aidez-nous à retrouver mon grand-père.

24

Une fois encore, les larmes coulent le long de ses joues rebondies. La cloche du petit village d'Hénouville vient de sonner les douze coups de midi. La terre vient de subir les outrages d'un nouvel orage d'été.

Les rigoles ne peuvent contenir le flot de la pluie qui se rue dans les égouts pour se débarrasser des puanteurs serviles de la rue goudronnée.

Insensible aux voitures qui lui envoient des gerbes boueuses, Élie Martin pleure devant l'église, sur la place du village. Son regard mouillé éperonne la flèche de l'église, aujourd'hui reconstruite. Qu'elle était laide auparavant ! Qu'elle était hideuse !

Ses larmes redoublent. Il se tourne de l'autre côté de la place, vers les maisons en colombages qui bordent la route principale. Un marchand de journaux et de tabac a remplacé la mercerie de son enfance.

Celle que sa mère tenait pendant l'Occupation.

Mais la maison est restée sensiblement identique. Le petit hôtel qui jouxte le bar-tabac-restaurant appartient au même propriétaire. C'est un homme inculte qui ne pense qu'à faire fructifier ce commerce en voie d'extinction, et qui passe son temps, le soir derrière son comptoir, à ressasser sa tristesse de voir la campagne mourir.

Élie l'écoute avec une compassion mêlée de colère. C'est ce genre d'individus bornés et stupides qui a causé la perte de ses parents. Parfois il l'entend à peine, perdu dans ses pensées.

Sa quête s'achève. Il est venu une dernière fois en vacances, pour parfaire son alibi. Mais surtout pour achever son pèlerinage, pour expier ses fautes et sa douleur, pour voir en face les bourreaux de ses parents.

Cet imbécile de Hans a bien travaillé.

Les premiers sacs de billets sont arrivés. Il va bientôt pouvoir acheter les premiers bijoux, les premières robes que son père n'a pas eu le temps d'offrir à sa femme chérie. Il va bientôt pouvoir approvisionner les premières bouteilles de cognac que sa mère ne pouvait se procurer au marché noir, faute d'argent, faute d'amis.

Tout ce que la guerre, tout ce que la bêtise humaine s'est acharnée à leur refuser, il va leur offrir. Car, même à l'âge de trois ans, on se souvient du souffle tiède et tendre de sa mère, de la voix rude et pourtant si douce de son père, de ses baisers au goût de cigare. On se souvient des bras tendus au-dessus du berceau, des longs câlins tendres, des larmes de bonheur qui coulaient de leurs joues, et sur son visage.

Et cette cloche du village qui sonnait…

Cette cloche du village d'Hénouville…

Le village de son enfance, le village de ses seules années de bonheur, d'un bonheur comme seule une séparation douloureuse peut faire ressortir la force et l'intensité.

Il lève les yeux. Sa chambre à coucher se trouvait au-dessus de la mercerie, dans la mansarde. L'œil de bœuf est identique, juste sous le toit en pente. Elle sentait bon le vieux bois et l'encaustique. Le parquet grinçait quand ses parents montaient lui dire bonsoir. À cette époque, il voyait le clocher de son lit, à travers la fenêtre ronde.

Et cette cloche qui sonnait, qui sonnait… Et qui égrenait les interminables heures d'attente couché dans son lit à attendre ses parents, à guetter l'instant où elle quitterait furtivement la boutique pour venir l'embrasser, le moment si solennel où il montait pour lui souhaiter bonne nuit dans son uniforme noir si beau…

Il a mis plus de quarante ans avant de pouvoir revenir dans ce village maudit. Quarante années de haine et de frustration, de coups, de remontrances, d'injures. De pleurs. De cris de vengeance.

Et voilà qu'il y passait maintenant le plus clair de son temps. Une fois ses obligations à l'aéroport remplies, il vient passer ses vacances dans le village. Plus personne ne le connaît, plus personne ne lui prête attention.

C'est un vieil homme perclus de souvenirs qui hante la place de l'église et de l'unique hôtel, un vieil homme qui pleure en marmonnant des mots incompréhensibles sur une guerre qu'il n'a pas connue.

Pourtant, il a tressailli en apprenant le casse de la Société Générale dans les journaux. Ces crétins de jeunots ! Voilà qu'ils se prenaient pour Al Capone ! L'équipe s'est ratatinée contre une pile de pont sans avoir rempli les conditions du contrat.

Tant pis pour Hans. Ses ordres étaient pourtant clairs. Ce lâche va savoir ce qu'il en coûte de foirer sa mission.

Puis il y a eu le casse de la bijouterie et son cortège de onze morts. Il a éclaté de rire au milieu de la place. Voilà une faible mais si douce vengeance. Pour une fois, Hans avait fait du bon boulot. Même s'il allait devoir se calmer pendant un temps et se faire oublier… Peu importe.

Il devait bien cela à ses parents adorés qui l'avaient quitté trop vite, qui l'avaient abandonné pleurant toutes les larmes de son corps dans son lit, terrorisé et perdu, alors que l'église sonnait, alors que sa mère était exécutée sur la place publique pour haute trahison.

Exécutée parce qu'elle avait eu le malheur d'être amoureuse d'un officier de la Waffen SS…

25

La montre de la 307 indique deux heures de l'après-midi quand Stéphanie et Fabienne s'arrêtent pour déjeuner dans un restaurant d'autoroute. Elles engloutissent en vitesse une salade et des frites, puis repartent aussi rapidement.

Le téléphone de Stéphanie sonne au moment où l'aiguille du compteur frôle les 180. Elle le porte à son oreille tout en faisant un signe de la main. Fabienne ralentit pour diminuer le bruit de la vitesse contre la carrosserie.

— Stéphanie ?

— Qui est-ce ?

La voix lui est familière, mais les déformations du portable ne lui permettent pas d'identifier son interlocuteur. Le numéro qui s'affiche ne lui dit rien.

— Stéphanie, c'est Jacques Meniaux, du stand de tir de Maromme.

— Jacques ? Oui… Comment vas-tu ?

— Bien, mais je te retourne la question. Tu vas bien, toi ?

L'inquiétude perce les ondes du téléphone. Stéphanie hoche la tête, intriguée. Jacques est le propriétaire du club de tir de Maromme, là où elle se rend régulièrement pour s'entraîner, là où elle a fait la connaissance de Francis Bonert et de sa bande de nazillons.

Ce n'est pas un homme à paniquer rapidement. Il est habitué à voir pas mal de gens bizarres dans son club, et heureux de constater que la fréquentation de ces êtres singuliers a sérieusement diminué depuis que l'amicale des anciens gendarmes est devenue adhérente.

— Pourquoi me poses-tu cette question ?

— Écoute… Je ne sais pas trop comment t'expliquer… Voilà, ce matin, un type bizarre est venu au club…

— Cela n'a rien d'étrange, tu en accueilles tous les jours des types bizarres…

— Cette fois, c'était sérieux. Un grand type blond, avec des lunettes noires, accompagné de deux sbires qui passaient à peine dans l'encadrement des portes. De vrais tueurs à gages.

— Et alors, je ne vois pas…

— Le type, il m'a posé des questions sur toi…

— Sur moi ? s'écrie Stéphanie, au point que Fabienne tourne la tête d'un air interrogateur.

— Oui. Il m'a demandé si je connaissais une fille superbe qui venait de temps en temps faire un carton ici, et qui côtoyait la bande de skinheads de la région. Tu m'excuseras Stéph', mais je n'ai pas osé les envoyer balader. Ils avaient envie de tout casser.

— Ce n'est pas grave, Jacques. Tu as bien fait. Qu'est-ce que tu leur as dit ?

— Que je te connaissais de vue, c'est tout. Que tu voyais surtout Francis. J'ai eu l'impression qu'ils le connaissaient aussi. Ils n'ont pas bronché en entendant son nom. D'ailleurs, ce petit con de Bonert m'a aussi demandé des renseignements. Il avait l'air furieux contre toi.

— Pas étonnant, ricane Stéphanie, je lui ai posé un lapin. Quoi d'autre ? Tu leur as donné mon dossier ?

— Que voulais-tu que je fasse ? avoue Jacques, penaud. C'est bien ce que tu m'as toujours dit. Si quelqu'un demande ma fiche d'inscription, n'hésite pas. J'ai bien fait, n'est-ce pas ?

— Tu as parfaitement réagi. Qu'est-ce qu'ils ont dit ?

— Ils ont tiqué quand ils ont vu ton cv, mais le grand, cela a eu l'air de lui plaire.

Stéphanie éclate de rire. Cela n'a rien d'étonnant. Il est écrit à la case profession : adjudant-chef de l'armée française. Être militaire, fille de militaire et membre de l'amicale des anciens gendarmes a freiné plus d'un prétendant. Alors, quand il s'agit de truands… Elle ne se fait aucun souci de ce côté là. Sa couverture est parfaite.

— Ils m'ont posé aussi des tas de questions indiscrètes. Il voulait savoir si tu venais souvent, si je connaissais l'adresse de ton régiment, et je ne sais plus très bien. J'ai simplement répondu que tu étais dans l'armée et que tu venais une fois par mois. Dis-moi, tu n'as pas fait de conneries ?

— Ne t'en fais pas. Ils ne peuvent pas me retrouver.

— Ces gars, ils n'étaient vraiment pas nets. Dans quel guêpier es-tu allée te fourrer ?

— Je te l'ai déjà dit Jacques, tu ne sais rien de moi et tu ne poses pas de questions. Cela ne t'attirerait que des ennuis.

— Pour toi, cela ne me poserait pas de problèmes, mais tu as raison…

Stéphanie ne relève pas l'allusion. Jacques a toujours eu un faible pour elle, du genre amoureux transi qui n'arrive jamais à déclarer sa flamme. Ce n'est pas cette remarque sibylline qui va les rapprocher.

— Merci de m'avoir prévenu. Je te revaudrai cela un jour.

— De rien, à bientôt, dit-il presque à regret.

Il n'a pas souvent l'occasion qu'elle lui accorde autant d'intérêt.

— Ah, au fait, Jacques ? Francis va toujours jouer à la guerre à Rouen le mardi soir ?

— Bien sûr. Pourquoi, tu as envie d'y aller ? Je te préviens, ce sont des brutes. Ils ne respectent aucune règle.

Stéphanie hoche la tête, amusée. Son opinion à leur sujet n'est guère flatteuse depuis leur dernière partie de chasse.

— Je sais, merci. À bientôt.

Elle raccroche, un sourire mauvais au coin des lèvres. Fabienne connaît bien ce rictus. Stéphanie est contrariée. Ce qui ne laisse rien présager de bon. Malheur à celui qui se met en travers de sa route.

— Qu'est-ce qu'il y a ?

— Des inconnus sont venus au stand de tir et ont posé des questions indiscrètes à mon sujet.

— Qui cela peut-il être, à ton avis ?

— Les sbires de Morgane, la petite chienne que j'ai asticotée l'autre soir…

— Ils ont eu accès à ton dossier ?

— Oui, j'avais demandé à Jacques de ne pas opposer de résistance. Cela aurait éveillé des soupçons.

— Et ton adresse ?

Stéphanie éclate de rire.

— De ce côté là, aucun souci. Elle est fausse, comme le reste du dossier. Ils vont tomber dans une impasse. J'habite au 25 de la rue des Vignes qui ne compte que douze numéros.

— Que comptes-tu faire ?

— Cette petite garce ne m'a pas encore rappelée. Mais quand trois inconnus viennent au stand de tir pour se renseigner sur moi, c'est bon signe. Elle en a donc touché deux mots à son copain et il prend ses précautions.

— Tu ne crois pas qu'il veut juste te rendre la monnaie de ta pièce ? Et puis cela ne confirme pas qu'ils détiennent ce que nous cherchons.

— C'est une éventualité, mais je n'y crois pas. Ils ne prendraient pas autant de risques. Ma proposition n'a donc pas été rejetée.

— Et si elle ne rappelle pas ? Qu'est-ce que tu fais ?

Stéphanie réfléchit.

— Je crois que je vais faire monter un peu la pression, dit-elle finalement. Ce petit con de Bonert n'est sûrement pas au courant de notre négociation dans les bois, l'autre soir. J'ai comme l'impression qu'il va avoir de quoi me haïr jusqu'à la fin de ses jours.

— Chouette, plaisante Fabienne, je peux venir ?

— Pourquoi pas ? Plus on est d'Ours, plus on fait peur, non ?

26

Meine Liebe,

Aujourd'hui, le temps clément apparaît sur les hauteurs de Verdun. La bataille a fait rage comme jamais. Les sabres au clair, les bombardements, les hurlements héroïques, les charges sous la mitraille, me font sentir que je suis vivant à un point que je n'imaginais pas. Il faut vivre ces instants d'une rare intensité pour comprendre ce que se battre pour son pays signifie, pour comprendre ce que représente la vie... L'exaltation des combats, l'honneur des victoires, les cris des vaincus... L'Allemagne est un pays qui peut être fier de ses enfants qui répandent leur sang pour sa gloire...

Alexis secoue la tête d'un air affligé. La première lettre du front d'un jeune officier allemand exalté. Elle date de 1916, et est adressée à celle qui allait devenir Frau Von Griedenburg.

Combien de fois a-t-il vu des hommes ressentir cette sensation d'invincibilité qui remplace la peur, face aux canons ennemis ?

La boucherie de 1916, les énormes sacrifices en vies humaines ont transformé cette guerre fratricide en une immense catastrophe. Des millions de jeunes hommes de tous horizons ont trouvé la mort dans les tranchées, des campagnes entières se sont dépeuplées pour grossir le flot des victimes d'un conflit absurde.

C'est dans les montagnes glacées de Yougoslavie et dans les bourbiers de l'Afrique qu'Alexis a compris que faire la guerre n'était pas un honneur.

Tuer n'a rien de gratifiant. La première fois qu'il a tué un homme, il n'a ressenti qu'un vide immense, caché sous une fierté puérile.

Le vide est toujours là, ancré au fond de son être. Toute la violence qui l'habite n'a jamais comblé ce gouffre profond où il ne fait pas bon se perdre. Tuer ne laisse pas indemne.

Il ferme en soupirant le dossier informatique qui comprend la correspondance du jeune Griedenburg. Le CD-ROM gémit, affiche l'arborescence des autres fichiers. Un véritable travail d'historien. Tous les documents sont soigneusement classés par date et par catégorie. Plusieurs centaines de lettres, d'articles de journaux, de photos jaunies, de correspondances, de rapports militaires, de bordereaux estampillés aux armes du Reich.

Toute la vie du mystérieux colonel disparu pendant la seconde guerre est minutieusement détaillée dans ce disque informatique. Il va lui falloir plusieurs jours pour tout lire.

La lettre qu'il vient de fermer est très représentative de cette époque. Heinrich Von Griedenburg est un jeune officier de l'armée allemande, convaincu, farouchement patriotique, formé à l'ancienne. Un homme aussi à l'aise dans les salons des somptueux châteaux de Bavière que sur un champ de bataille, un officier pétri dans le moule de l'ancien empire.

La gorge serrée, il suit l'évolution de la folie humaine jusqu'à son apothéose avec la découverte des camps de concentration.

Sa tristesse ancre sa résolution. Alors que Gérard dépasse Paris par le sud avant d'avaler l'autoroute A12 puis l'A13, il téléphone à Stéphanie pour avoir des nouvelles. Puis il raccroche et ferme les yeux. Il sombre dans une lente somnolence et n'ouvre les paupières qu'à l'arrivée sur Rouen.

Le soleil est bas sur l'horizon. Encore une journée de passée, une journée éprouvante. Il s'étire.

— Tu aurais dû me réveiller, Gérard, j'aurais pu te remplacer. Ça va faire six heures que tu conduis.

— Aucune importance, répond Gérard en haussant les épaules. C'est une vraie promenade de santé. Tu avais besoin de te reposer un peu. La lecture du CD a eu l'air de t'épuiser.

— Une lecture dont je me serais bien passé. Notre homme est un héros de la Grande Allemagne, un militaire gradé, respecté, colonel d'état-major à quarante-sept ans. Il connaissait toute la fine fleur de l'armée allemande.

— Pourquoi t'intéresses-tu à cet homme-là ?

— L'arme que j'ai piquée à Draymond sur le boulevard lui appartenait. Je veux savoir où Draymond l'a trouvée !

Gérard hausse les épaules d'un air indifférent. Comme Stéphanie, les réflexions complexes de Mat'guen le laissent de marbre. Il n'est pas du genre à se poser des questions quand il n'y a pas lieu.

— Tu peux me déposer à l'hôpital ? dit Alexis.

— Aucun problème.

Il quitte l'autoroute à la première sortie pour Rouen, traverse la zone industrielle, et malgré la circulation il se faufile jusqu'aux portes de l'imposant édifice.

Alexis sort, les jambes ankylosées par la longue route. L'air est lourd, humide, bien différent de la climatisation de sa Jaguar. Il se dirige vers le service de réanimation, décline plusieurs fois son identité avant de parvenir jusqu'à la chambre de Dana.

Elle est interdite à la visite. Alexis ne peut la voir que du couloir, à travers les vitres de la cloison.

Elle est étendue, immobile comme une morte sur un lit blanc et bleu, dans une chambre blanche, entourée d'une armée de moniteurs et autres appareils d'assistance. Son beau visage disparaît sous un masque à oxygène, ses cheveux sont soigneusement coiffés sur le coussin. Elle est si belle, pense-t-il avec un soudain accès de tristesse. Si belle et si lointaine, si inaccessible.

Il repense à leur vie commune, faite de mensonges et de tromperies. Il lui a fallu plusieurs années de solitude pour comprendre qu'il l'aimait vraiment.

Au moment où il espérait reconquérir son cœur, au

moment où il lui offrait le sien, un fanatique le lui enlève de nouveau. Décidément, le sort semble vouloir s'acharner à les séparer.

— Comme une malédiction, c'est ça ?

Alexis sursaute. La voix est juste derrière lui. Il n'a pas entendu venir son ami. Djamel est à côté de lui. Il évite son regard. La chambre de Dana est plongée dans une agréable pénombre, que zèbrent les oscillations des moniteurs cardiaques. Les stores vénitiens rabattus ne laissent filtrer aucune image concrète, et il faut les avoir vu ouverts pour savoir que la ville s'étend au loin par la fenêtre.

— Salut Djamel, que fais-tu là ?

— La même chose que toi, je viens aux nouvelles.

— Son état est stationnaire. Coma léger. Pas de séquelles physiques. Ils sont confiants. Elle devrait revenir à elle bientôt…

— Confiants ?

— Tu parlais de malédiction ? demande Alexis en éludant la question.

— Tu m'excuseras, mais je t'ai observé un instant. Tu étais plongé dans tes réflexions. Tu la regardais comme une princesse inaccessible, qu'une méchante sorcière aurait éloignée de toi.

Alexis s'écarte.

— Te voilà devenu poète, dit-il d'une voix sèche, réprobatrice. Mais tu as probablement raison. Peut-être n'est-elle pas pour moi...

— Ce n'est pas ce que j'ai voulu dire ! C'était une image ! Vous êtes faits pour vivre ensemble…

Djamel s'interrompt devant la stupidité de ses propres propos. Son ami s'est détourné. Il fixe de nouveau Dana étendue sur son lit, telle une princesse enfermée dans sa tour. Les traits d'Alexis sont impénétrables, froids, distants.

Pourtant, il a perçu une profonde tristesse dans ses propos.

Il est sûrement plus triste qu'il ne l'avouera jamais, lui, le prince transi d'amour devant sa bien-aimée qu'il ne peut ni toucher, ni approcher. Comme si la fatalité s'acharnait sur lui.

Il sait aussi que cette mélancolie passagère risque de se transformer en une haine farouche. L'ours est en train de détendre ses griffes pour mieux frapper. Il ne peut pas le laisser faire.

Il le tire par la manche :

— Alexis, tu m'écoutes ?

— Bien sûr, répond-il sans bouger.

— Comme j'ai su que les filles ont été se promener ensemble, j'imagine que tu es au courant de tout ce qu'elles ont appris.

Alexis sourit, ce qui réconforte Djamel. Au moins il aura réussi cela.

— Oui. Leur visite au Centre de Relaxation du Menhir était un vrai bonheur, à ce qu'il paraît. Mais cette association ne m'intéresse pas. Futur Libre est plus suspecte à mes yeux.

— Tu as mené ta propre enquête ?

— Disons que j'ai fait faire des heures supplémentaires à mon service financier.

— As-tu trouvé quelque chose ? Je n'ai pas encore les résultats de la brigade financière.

— Le cabinet comptable parisien qui s'occupe de leurs comptes me préoccupe. Pour plusieurs raisons : la première, c'est qu'il n'y a jamais personne chez Dupont et Associés. Aucune réponse au téléphone, autant pour le fax. Rien que des boîtes vocales. Plutôt étrange. La deuxième raison, c'est l'opacité de leurs comptes. Il n'y a rien à en tirer. Ça devient louche. La troisième raison et la non moins incroyable, c'est que ce cabinet est administrateur de l'association et a des droits d'accès sur ses comptes bancaires. Il y a des procurations signées sous seing privés qui permettent à son directeur d'opérer directement.

— Qu'est-ce que cela signifie pour toi ? demande Djamel, intrigué.

— Quelqu'un utilise l'association comme société écran. Dès que la brigade financière aura sa commission rogatoire, vous aurez accès à ses comptes. J'aimerais savoir qui se cache derrière tout cela. Je suis persuadé que nous trouverons un paquet de mouvements suspects.

— Pourquoi ?

Djamel écoute, oreilles grandes ouvertes. Par Alexis, il obtient des informations financières au moins aussi fiables que ses propres services. Il n'a donc aucun scrupule à s'en servir. Son ami le sait aussi.

— J'ai réussi à me procurer les statuts déposés au journal officiel. Et devine qui l'on retrouve parmi les administrateurs, en plus du cabinet ?

— Pascal Draymond ? hasarde Djamel, n'osant y croire.

— Raté... Un certain Serge Paradin...

— C'est une blague !

— Non. Mais je pense que notre petit malfrat n'a jamais su qu'il était administrateur. C'est vraiment une drôle de coïncidence.

— Tu as vu les photos de sa maison ? Les photos de massacre sur les murs ?

— À ton avis...? Bien sûr que oui...

Djamel ne relève pas la petite remarque ironique.

— Ce mec était un fanatique. Ce genre de type n'agit jamais seul. Il a besoin d'appuis importants. Et je serais curieux de connaître ses copains.

— Tu as parlé avec Desjardins ?

— Le patron de GreenWorld ? Bien sûr. Il n'a pas été très loquace. Tu le connais ?

— Pas directement... Mais il me doit une faveur... « On » lui a sauvé la mise il y a trois ans dans une affaire d'escroquerie immobilière. Si tu as besoin, je peux lui passer un coup de fil en lui demandant de répondre gentiment à tes questions.

— Ça s'apparente à du chantage, grogne Djamel.

— Pas du tout, rétorque Alexis. Il s'agit d'un échange de bons procédés.

— Tes méthodes sont toujours aussi brutales ?

— Disons que j'ai des moyens convaincants à ma disposition. (Il fixe son ami d'un air exaspéré). Ne fais pas l'innocent, Djamel. On s'est sauvé la vie mutuellement toi et moi en s'attaquant au Temple du Renouveau. On les a traqués ensemble. Tu sais aussi de quoi je suis capable. Nous ne sommes pas des enfants de chœur, mais nous ne seront jamais des truands. Et cela tu le comprends. C'est pour cela que tu m'écoutes en ce moment, c'est pour cela que tu nous couvres. Même si notre vision de la justice te taraude. Je sais que tu penses que les méchants ont aussi droit à la justice. Sur ce point nous sommes différents. Ils n'ont pas de justice envers leurs victimes, donc moi, je n'en ai pas pour eux. Mais c'est pour cela que toi, t'es un flic. Alors, pas de crise de mauvaise conscience.

— Je n'en ai pas l'intention, cela ne servirait à rien.

— Nous n'existons pas, reprend Alexis d'une voix lointaine, les yeux rivés sur le corps de Dana. S'il avait fallu nous arrêter, et je suis persuadé que cette question te hante encore, tu aurais dû le faire en même temps que l'Ordre. Mais on a fait un pacte toi et moi. Et on a gagné. Si tu voulais m'arrêter aujourd'hui, il te faudrait m'inculper moi, Stéphanie et Fabienne, et tous les autres, de meurtres au premier degré, chantage, corruption, détention illégale d'armes de guerre et association de malfaiteurs…

Alexis se tait, hausse les épaules d'un geste las. Il n'a pas besoin de continuer. Djamel aurait tout à perdre.

Alexis pose la main sur la vitre de la chambre, envoie un message secret du bout des lèvres à Dana, s'attarde trois secondes et finit par se diriger vers la sortie. Surpris, Djamel le suit. Comme d'habitude, ses réactions sont imprévisibles.

— Qu'as-tu trouvé d'intéressant chez les voyous du coin et chez les crânes rasés ? reprend Alexis, arrivé en bas des marches.

— Pas grand chose non plus.

— Et pour les armes ?

— Rien, avoue Djamel. Juste une caisse chez Serge Paradin.

— Bref, tu n'as pas grand chose…

Djamel s'arrête sur le parvis, offusqué par le ton ironique, se retenant de hausser le ton :

— Nous avons plusieurs pistes sérieuses. Tu ne sais pas tout.

Alexis s'éloigne sur le parking, montre la fenêtre de Dana du menton, les dents serrées.

— Je sais juste qu'elle est là à cause d'un sale con, et que j'aimerais bien mettre la main dessus !

— Attention Alexis, insiste Djamel, les Ours ne doivent pas intervenir. Je ne le permettrai pas.

— Ne t'en fais pas, réplique Alexis, je ne ferai pas entrave à la justice. Je vais juste te filer un coup de main à ma manière.

Djamel fronce les sourcils :

— Je refuse que tu fasses usage de tes armes ! Pascal Draymond est un fou dangereux.

— Tu serais bien incapable de les trouver, nos armes, le raille Alexis. D'accord : je te promets de ne pas jouer aux petits soldats. Mais tiens-toi prêt à intervenir. Maintiens ton groupe d'intervention en alerte. Tu pourrais en avoir besoin.

— Qu'est-ce que tu me racontes ? Qu'as-tu découvert ?

— Rien pour l'instant, mais j'ai une idée.

La Jaguar bondit devant Alexis. Il ouvre la porte. Djamel ne le suit pas. Arrivé à sa hauteur, Alexis baisse la vitre et lui tend une main chaleureuse :

— Ne t'en fais pas, mon ami, je vais juste donner un cours d'histoire.

27

La peur lui a cisaillé le ventre toute la nuit.

Pire, il s'est remis à boire soudainement, brutalement. La bouteille de whisky a disparu en moins de deux heures, le laissant littéralement assommé sur le canapé, amorphe, hagard, écœuré, en pleine crise de tachycardie. Quant à Flora, elle est partie se coucher seule, désœuvrée, les larmes aux coins des paupières.

Elle se rend compte qu'il a de sérieux ennuis, qu'il traverse une période difficile. Elle pensait qu'il était en période de sevrage, qu'il tentait d'arrêter de boire. Il en avait parlé plusieurs fois, il lui avait promis d'essayer. Elle avait promis de l'aider, de ne pas le brusquer, et de ce fait, elle a hésité longtemps avant de le questionner sur son état de santé. Quand elle s'est enfin décidée, pressée par la peur et l'angoisse, il était trop tard. Après un dîner lourd de silence et de crainte, les effets néfastes de l'alcool étaient trop avancés.

À cinq heures du matin, il émerge péniblement. Les ressorts du canapé ont eu raison de son dos. Il se rend tout droit aux toilettes. Les restes de son dîner repartent aussi sec avec les derniers verres que son corps meurtri a refusé d'absorber. Il n'a pas besoin de se regarder dans la glace pour y découvrir son visage bouffi et ses yeux injectés de sang. La présence du poison est telle qu'elle lui brouille encore la vue.

Le remords le ronge autant que la haine. Dans les rares moments de lucidité qui traversent son cerveau embrumé, il entrevoit le visage de sa Flora couvert de larmes et de tristesse. Tout cela à cause de ce sadique ! Il avale trois cachets de paracétamol en rageant contre Élie Martin. Cet enfant de salaud leur pourrit la vie depuis trop longtemps. Cela suffit !

Sans bruit, il s'habille et quitte sa petite maison sans prendre de café, jurant, les larmes aux yeux, que c'est la dernière fois qu'il abandonne Flora seule.

Le voyage jusqu'à la carrière lui paraît d'une lenteur exaspérante. Il éteint ses phares et profite de l'instant magique du lever du jour pour se diriger sans lampe jusqu'à l'intérieur de la grotte. Il se casse pourtant trois fois la figure avant de rouler sur le tas de gravats et de s'écrouler à l'intérieur, épuisé et hagard, couvert de sueur, le cœur battant la chamade.

Il reprend lentement son souffle, écrasé par le silence de la grotte. Il allume sa torche, regarde autour de lui. Dans sa chute, il a soulevé de la poussière qui lui colle au visage.

Son regard fatigué est attiré par un fait étrange. Il y a des traces toutes fraîches sur le sol, par-dessus les siennes. Quelqu'un est entré dans la grotte après sa visite en compagnie de Draymond.

Élie Martin est donc revenu dans son antre.

Il avance avec précaution vers la salle où repose le camion. Il découvre alors avec stupeur sept sacs de toile posés à même le sol, près des pneus dégonflés par les ans. Ce sont des vieux sacs de garnison, qui portent encore la marque de la Wehrmacht.

Des bagages de la dernière guerre. Il s'approche et ouvre le premier. L'attache métallique est patinée, rouillée.

Quelle mouche a pu piquer Élie Martin pour qu'il ramène ces sacs ici ? Il n'a pas le temps d'élucider le problème. Le contenu du premier sac lui arrache un cri de jouissance incontrôlée. Il est rempli de billets de banque !

Tout un sac de liasses neuves ! De cent et deux cents euros !

Ainsi, il est là, l'argent de Pont-Audemer !

Il calme les battements désordonnés de son cœur qui explosent ses tempes, se ressaisit. Il a besoin de réfléchir, de reprendre ses esprits. Son cerveau embrumé d'alcool tourne comme un diesel froid. Il réfrène l'envie instinctive de s'emparer du sac complet, de disparaître avec sa bien-aimée et de faire table rase du passé.

Pour cela, il n'a besoin que d'un seul de ces sacs de toiles bourrés de promesses. Il est là, si proche, à portée de la main, sous ses yeux.

Mais il se reprend. Les sacs sont numérotés de un à sept avec un coup de bombe fluo rouge indélébile. Il peste intérieurement. Élie est vraiment une crapule.

Avec cet artifice sournois, impossible de subtiliser un sac. Il s'en rendra compte tout de suite.

Avec un regret non dissimulé, il repose délicatement le sac poussiéreux qu'il étreignait. Il doit revenir à son idée première, la seule qui lui offre une chance de s'en sortir vivant et de refaire sa vie, celle qui justifie sa présence en ce moment : s'emparer d'un Schmeisser rutilant, de quelques boîtes de cartouches, de quitter discrètement le territoire français, et de contacter les amis de Heinrich Müller.

Pour leur vendre non seulement les armes, mais aussi un trésor bien plus précieux : la position de la grotte et de son arsenal. Son plan est infaillible.

Il va pouvoir se venger de toutes ces années de servitude. Il va vaincre Élie Martin, il va le ruiner en vendant sa cachette au plus offrant. Quelle vengeance exquise ! Il va le mettre sur la paille, le ridiculiser. Une maigre compensation qui a un goût douceâtre dans la bouche.

Il abandonne momentanément les sacs et se dirige sagement vers le vieux camion qui sert de cercueil à un inconnu. Avec d'infinies précautions, il ouvre une caisse de bois et s'empare de trois Schmeisser. Il repose le couvercle et replace les pointes rouillées sans abîmer les coins ni faire d'éclats. Puis il redescend avec son butin, fauche quelques boîtes de cartouches au passage, bien décidé à appliquer son plan à la lettre.

Pourtant, au moment de repasser devant les sacs et de les contourner pour retrouver la sortie, il se ravise. Il glisse un œil gourmand de convoitise vers eux. Ces vieux sacs de l'armée nazie semblent soudain remplir tout l'espace de son cerveau indécis.

Ses mains tremblent, mais son esprit prend le pas sur sa frayeur. Il se décide à ouvrir une nouvelle fois le premier sac. Un acompte. Juste un petit pécule. Cela lui convient après tout. Ne s'est-il pas suffisamment investi dans cette affaire ? N'a-t-il pas fait le maximum ? N'a-t-il pas suffisamment payé de sa personne pour répondre aux exigences délirantes d'un vieux fou sanguinaire ?

N'est-ce pas grâce à lui que ces sacs sont ici ? Lui qui a remué ciel et terre pour trouver des équipes capables de ramasser cet argent ! Serge Paradin et les frères Petit ont touché leur part du gâteau avant de mourir. Pourquoi pas lui, alors ? C'est pourtant lui qui a pris un maximum de risque !

Hans Gautier ouvre le premier sac, plonge la main dans les billets neufs. Il en extirpe cinq liasses de deux cents et de cent euros. Voilà un acompte bien mérité. Il y a droit autant que les autres.

Il referme le sac avec précaution, s'approche du second et recommence l'opération. Une nouvelle ponction de trente mille euros. En reposant le sac, il le soupèse avec satisfaction. Cet infime prélèvement sur ses intérêts ne se remarque même pas. Le sac n'est pas plus dégonflé, ni plus léger. Tant mieux. Il faut savoir se montrer raisonnable. Malgré la main qui le brûle, il refuse d'en prendre plus. S'il est trop gourmand, Élie va s'en apercevoir. Comme pour les Schmeisser, tout est une question de discrétion.

Lorsqu'il arrive au quatrième sac, il s'arrête, surpris. Il est plus mou, différent. Quand il l'ouvre, il pousse un juron d'étonnement. Il éclaire plusieurs fois le sac, les yeux écarquillés. Il pensait que le vieux était fou, mais là, cela dépasse l'entendement.

Le sac est rempli de vieilles robes surannées des années quarante, reconnaissables entre mille à leurs cortèges de dentelles et de jupons. Les couleurs criardes sont passées, les tissus flétris, les boutons dépareillés, les habits sentent la poussière et l'antimite.

Qu'est-ce que cela signifie ?

À qui appartiennent ces vieux vêtements que l'on ne trouve bientôt plus que sur les plateaux de cinéma ? Il fouille maladroitement, complètement éberlué, cherchant un semblant d'explication rationnelle à sa découverte.

Il n'y a que des vêtements de femme. Et tous de la même taille. Elle devait être plutôt petite, de taille fine et élancée, et surtout très coquette si l'on en croit la qualité des tissus.

Il enfourne tous les habits, referme le sac à la hâte, et passe au cinquième, puis au sixième. Une nouvelle fois, il trouve une véritable collection de jupons, de déshabillés, de robes à fleurs, de pulls en laine.

Quand il ouvre le septième, il en perd ses billets de banque. Inconsciemment, il recule, apeuré. Dans la pénombre, la tête de mort des officiers de la Waffen SS brille sur la casquette resplendissante.

L'uniforme noir impeccablement plié est d'une beauté malfaisante. Il réprime difficilement un haut le cœur. Des habits d'officier SS ? Des vêtements d'époque, sans aucun doute ! À qui peuvent-elles bien appartenir ? Pour quelles raisons obscures Élie Martin a-t-il acquis ces vieux habits ?

À cet instant, Hans ne peut s'empêcher de haïr Élie Martin comme jamais il ne l'a fait.

Il est à deux doigts de saccager ces sacs de toile et leur contenu, de disperser dans la boue ce délire de dégénéré, de tout déchirer et d'y mettre le feu. Il frémit de rage à l'idée d'avoir risqué sa vie pour cela !

Sa rage décuple ses forces, mais il arrive à se contenir. Avant de commettre l'irréparable, il abandonne les sacs et s'évade vers la sortie sans refermer le dernier, trop heureux de retrouver l'air frais du petit matin. Il respire profondément plusieurs fois, puis se jure de ne jamais revoir ce malade mental qu'il a servi aveuglément pendant toutes ces années.

Il court jusqu'à sa voiture, dissimule son butin et les

liasses dans un sac de sport usé, et recule lentement pour ne pas laisser trop de traces.

La route est silencieuse. Une fois sur l'autoroute A 29 en direction de l'Est de la France, il se met à pleurer et à rire en même temps.

Il ouvre grand la vitre, laisse ses cheveux flotter au vent. Il sort une flasque de whisky de la boîte à gants et avale une longue lampée brûlante sans se soucier d'un éventuel contrôle de police. Qu'ils aillent tous au diable ! Dans trois jours, il sera loin avec Flora. Ils seront libres, heureux.

Promis, dans trois jours, il arrête définitivement de boire.

28

Fabienne s'apprête à sortir lorsque le téléphone intérieur se met à sonner. Elle grimace. Djamel l'appelle alors qu'elle partait déjeuner à l'extérieur avec Stéphanie.

Elle décroche avec une moue résignée.

— Oui commissaire.

— Fabienne, pouvez-vous venir dans mon bureau ? c'est urgent.

— J'arrive.

Elle repose le combiné et son blouson. En quittant le bureau, elle jette un regard sur le temps splendide qui règne sur la ville. Elles avaient projeté de déjeuner à la terrasse du Bistrot rouennais, un petit restaurant tranquille où elles ont leurs habitudes.

Elle soupire, sort son portable, et pendant qu'elle contourne les différents bureaux pour rejoindre Djamel, elle pianote un SMS à l'attention de Stéphanie. Elle risque d'être en retard, éventuellement absente. Stéphanie ne se formalisera pas. Elle ne se formalise jamais.

La porte du bureau est grande ouverte, et laisse passer un réconfortant filet d'air. Djamel est comme à son habitude devant son ordinateur. Elle sourit.

— Qu'est-ce qui vous fait rire ? demande Djamel.

— Je pensais à tout ce que vous arrivez à extirper de cette stupide bécane, répond Fabienne sans se démonter. Vous avez même réussi à me convaincre qu'elle était utile de temps en temps. Vous avez du nouveau ?

— Oui. Les lieutenants Lefèvre, Garnier, Prariot ont fini de décortiquer la liste des numéros de téléphone que nous a fournie votre amie de chez Orange.

— Qu'est-ce que cela donne ?

— Sur les deux mille cent dix-sept appels recensés entre 19h36 et 19h38 sur la borne radiotéléphonique de Saint-Adrien, deux mille cent deux ont été validés. Les propriétaires des abonnements liés aux portables utilisés ont été vérifiés et contrôlés. Aucun d'entre eux n'a de casier ni quoi que ce soit à se reprocher. Tous les alibis ont été justifiés. Les adresses, noms, professions et âges des propriétaires ont été passés au crible. La base de données de l'opérateur est d'une qualité irréprochable.

— Les honnêtes gens n'ont rien à cacher. Ils ont interrogé tous les propriétaires ?

— Oui. Legendre a rencontré le dernier hier soir. Succès sur toute la ligne.

— Si l'on veut… grimace Fabienne, circonspecte. Ce n'est pas forcément un succès pour notre enquête.

— Ne soyez pas pessimiste. Ils ont effectué un véritable travail de fourmi en un temps record.

— Si je compte bien, il reste quinze numéros non attribués ?

— Exact. Sur les quinze numéros restant, treize résultent d'une résiliation de contrat. Les numéros ne sont plus en service.

— On a retrouvé les anciens propriétaires ?

— Sans problème. Une nouvelle fois, que des gens honnêtes. Pas une personne qui ne corresponde de près ou de loin à un truand.

Fabienne lève le doigt pour émettre une opinion alors que Djamel pianote distraitement sur son ordinateur et regarde les mouvements saccadés du sablier.

— Oui ? fait-il.

— Cependant, on ne peut pas forcément prouver qu'il n'y a pas de rapport avec l'enquête ?

— Que voulez-vous insinuer ?

— Une personne non fichée peut très bien avoir servi de prête-nom à notre ami Draymond. En lui confiant son portable, par exemple.

— Remarque tout à fait pertinente. C'est pourquoi on

a aussi vérifié si les propriétaires avaient bien sur eux leur portable au moment des faits. Ils ont tous confirmé qui ils ont appelé ce jour là entre 19h36 et 19h38. Étant donné les circonstances, ils s'en souvenaient tous. Dans 99 % des cas, il s'agissait d'un proche qui habitait Rouen au moment de l'attentat. Tout est consigné dans le rapport.

Fabienne s'assied dans le fauteuil en faux cuir qui fait face au bureau de Djamel, l'air renfrogné :

— Merde… Cela ne nous donne pas un seul indice supplémentaire.

— Attendez, ricane Djamel, il nous reste deux numéros.

— Et que nous apprennent-ils ? Je vous en prie commissaire, ne jouez pas avec mes nerfs, surtout quand j'ai faim, gémit Fabienne.

Djamel éclate de rire.

— J'ai bientôt fini. Si vous voulez, nous pourrions aller déjeuner ensemble. Où comptiez-vous allez ?

Intérieurement, Fabienne ne rigole soudain plus du tout. Malgré toute l'amitié qu'elle voue à Stéphanie, elle se voit mal partager sa table avec son supérieur et sa maîtresse. Stéphanie ne lui en voudra pas, mais Djamel risque de ne pas savoir comment se comporter et d'être gêné. Elle décide de botter en touche.

— Je comptais juste prendre un sandwich et faire quelques emplettes, ment-elle froidement avec son plus beau sourire. Des affaires pour dames, si vous voyez ce que je veux dire… Mais si vous voulez m'accompagner, je n'y vois pas d'inconvénient. Vous trouverez sûrement un string à dentelles pour Stéphanie…

Djamel réagit au quart de tour, exactement comme elle le prévoyait :

— Lieutenant, s'il vous plaît, ne mélangez pas ma vie professionnelle et privée, l'interrompt-il. Je crois vous l'avoir déjà dit !

— Commissaire, c'est vous qui m'avez invitée… insiste Fabienne d'une voix faussement innocente.

— Ça va, n'en parlons plus, bougonne Djamel, piégé à son propre jeu.

— Vous évoquiez les deux derniers numéros, achève Fabienne en soupirant de joie.

Son déjeuner avec Stéphanie n'est pas encore enterré.

— Exact.

— Qu'ont-ils de particulier ?

— Plus de son, plus d'image, pas de réponse, pas de propriétaire.

— Comment est-ce possible ? Les numéros sont encore valables ?

— Garnier a épluché les contrats d'abonnements. Ce sont des portables de sociétés. Elles sont situées dans la zone industrielle de Mont-Saint-Aignan.

— Je ne vois pas où est le suspense. On a identifié les sociétés, non ?

— Justement…

— Quoi ? S'exclame Fabienne en faisant mine de lui tordre le cou pour qu'il parle plus vite.

— Ce ne sont que des boîtes postales ! Des sociétés bidons !

— Incroyable ! Il ne manquait plus que ça ! Ça sent l'arnaque à plein nez. On n'est pas sorti de l'auberge…

— Exact… Enfin partiellement. Selon le registre du commerce que nous avons consulté, ces sociétés existent bien et exercent une activité de télémarketing. Il y a toutefois une différence entre les deux.

— Commissaire, avec tout le respect que je vous dois, si vous persistez à jouer avec mes nerfs, je ne réponds plus de rien, s'enflamme Fabienne.

Djamel la nargue un instant en silence, puis annonce d'une voix triomphante :

— Le premier numéro appartient au veilleur de nuit de la société qui est parti à la retraite le lendemain de l'attentat. La société est en cessation de paiement.

— Il nous reste donc un dernier numéro ?

— Exact, une fois encore. Notez-le bien : 06.12.27.11.33. La société détentrice de l'abonnement n'existe sur le registre du commerce que depuis un an. Elle est située dans les immeubles de location spécialisée sur les hauteurs de Mont-Saint-Aignan, près de la Cité Agricole. Le lieutenant Legendre a réussi à se faire ouvrir la porte. Il n'y a pas de mobilier. Juste une table et un vieil ordinateur pourri. Vous savez, ce sont ces immeubles qui louent des locaux de façon temporaire à des sociétés plus ou moins éphémères. Cette société, la Food import Sarl n'a qu'un seul numéro de téléphone recensé : celui du mobile. Le gérant déclaré sur le registre n'existe pas. C'est une fausse identité.

Fabienne serre les poings, proche de l'apoplexie. Djamel respire avant de porter l'estocade finale :

— Le jour de l'attentat, à 19h37, cet appareil a fonctionné une seule fois, pendant exactement dix-sept secondes. Le numéro d'appel concernait une autre société écran bâtie sur le même principe dont le siège social est à Berlin, en Allemagne, la Importsmittel Gmbh ! Mélanie m'a communiqué le numéro. C'est aussi celui d'un portable. Fabienne, conclut-il, votre idée était bonne. Je crois, et Legendre, Prariot et Garnier en sont convaincus : nous avons enfin retrouvé la trace de notre suspect ! Ce numéro est celui du portable de Draymond !

— Super ! s'écrie Fabienne en frappant dans ses mains. Vous l'avez mis sur écoute ?

— Mieux ! J'ai demandé une assistance repérage par satellite GPS. J'ai aussi placé notre unité du GIPN en alerte maximale, hélicoptère compris. Nos probabilités de le retrouver rapidement sont faibles, nous ne pouvons pas surveiller toutes les bornes à la fois. Mais si notre homme a la bonne idée de téléphoner et qu'il habite à Rouen, nous lui tomberons dessus en vingt minutes.

Fabienne se lève toute guillerette et se dirige vers la porte.

— Puissent les puces de votre ordinateur vous donner raison ! Vous ne voulez vraiment pas faire les boutiques de lingerie avec moi ...?

— Fichez le camp en vitesse !

29

Lorsque Bonert gare son engin sur un parking en terre près d'un immense hangar en briques, Legendre n'en croit pas ses yeux. Ils sont tous là. Les skins de la région rouennaise se sont donnés rendez-vous devant cette ancienne entreprise de filature transformée en centre de paint-ball. L'immense bâtiment de briques se dresse à la périphérie de la ville, non loin du centre hospitalier universitaire. L'officier Legendre se gare en planque relativement loin pour ne pas se faire repérer. Le parking est vaste. Il ne s'agit pas de traîner inutilement dans le coin. Bonert gare sa moto près des autres bécanes. Un groupe de crânes rasés l'accueille à grands cris. Legendre recule son fauteuil, donne sa position par radio au central et entame son sandwich, résigné.

La nuit risque d'être mortellement ennuyeuse. Si seulement le commissaire lui permettait de lâcher un peu ce gnome insignifiant. Lui, ce Bonert, un nazi ! N'importe quoi ! Juste un misérable trou du c...!

Il ferme un instant les yeux pour ne pas se laisser envahir par la colère. Il est si crispé qu'il ne voit pas le petit tuyau blanc s'immiscer dans les joints de la porte arrière ni le sifflement aigu du gaz soporifique. Au moment où son nez perçoit la douce odeur de l'éther, il est déjà trop tard. Il sombre dans un sommeil sans rêve à la seconde inspiration.

Au même moment, Mélanie Dubois déclenche discrètement un moteur de recherche sur son ordinateur. Les numéros de téléphone s'affichent en entier. Ils défilent à une vitesse vertigineuse. Le monde du téléphone sans fil s'étend à la vitesse de l'éclair. Heureusement que les lois viennent empêcher une trop facile intrusion dans la vie privée des gens. Ce qu'elle fait est illégal, comme à chaque intervention, mais elle n'en a cure. Ce soir, une commission rogatoire la couvre.

La chasse est lancée.

Elle entre plusieurs numéros de téléphone dans l'ordinateur. Si ces portables sont activés, ils seront automatiquement décelés puis pistés. Elle espère que l'intuition de Stéphanie sera bonne…

Le propriétaire ferme la porte du hangar avec une évidente satisfaction. Il jette un œil autour de l'esplanade de terre. Aucune voiture étrangère, pas de visiteurs intempestifs. Il se retourne sans remarquer la voiture du lieutenant Legendre, dissimulé au bout de la route.

Les invités sont enfin arrivés. Leur chef, Francis Bonert, vient de franchir l'entrée du bar, déjà bien amoché par l'alcool. Le dernier, un individu patibulaire, mesurant dans les deux mètres, au ventre proéminent vient juste de débarquer de son 4x4 Santana rouillé et se soulage consciencieusement sur la roue de sa voiture.

Ils viennent pour s'entraîner.

Cette soirée, comme toutes les autres, est payée par le grand manitou.

Ils connaissent les règles. Quand il est à Rouen, ils doivent faire parler d'eux. Ils doivent être prêts à lui rendre service.

Et ils doivent garder le silence. Son nom ne doit jamais être prononcé. Jamais. Il est généreux mais susceptible et très violent.

Ils le savent tous. La plupart ont entre vingt et trente ans, tous habillés d'un blouson vert ou noir, de jeans ou de treillis, de rangers.

Quelques reliques âgées dont leur chef, Francis Bonert, paradent encore et dispensent nombre de discours insipides sur la primauté de la race blanche. La musique rock ultra violente fait trembler les murs du bar qui jouxte le grand hangar.

La bière coule à flots. Les bouteilles de schnaps sont éclusées plus rapidement encore. Les esprits s'échauffent, les réflexions racistes fusent dans tous les sens.

Le gérant s'impatiente. Les armes chargées sont prêtes.

— On se calme, s'il vous plaît, hurle-t-il pour se faire entendre. Finissez de vous équiper. La partie démarre dans cinq minutes.

Quolibets et bouteilles sifflent à son oreille. Il en évite une de justesse.

— Dépêchez-vous un peu !

Une nouvelle canette de bière le manque de peu. Les sifflets et les applaudissements redoublent un instant avant de se calmer.

À ce moment, tout le bâtiment est plongé dans le noir. Seule la lanterne « Sortie de secours », sur batterie, empêche les invités d'être dans l'obscurité complète. Le silence brutal qui suit cette panne de courant est étrangement ressenti. Très vite, les premiers rires fusent, suivis de réflexions graveleuses sur les appétits sexuels bizarres qui pourraient tenter certains. Comme la lumière ne revient pas, les quolibets se changent en sifflements.

— Alors aubergiste ! Tu la rallumes ta lumière !

Ils entendent le géant marmonner et fouiller derrière son bar à la recherche d'une lampe de poche. Il bouscule des verres qui explosent sur le sol.

— J'en ai une, s'écrie-t-il sous les ricanements et les injures qui portent sans conteste atteinte à sa capacité de reproduction.

— Grouille-toi, tapette ! On n'a pas que ça… !

Il n'achève pas sa phrase. Un coup de feu éclate. L'assemblée se fige, soudain aux abois. Des rayons violents de lampes torches parcourent le local, aveuglant tous les participants sans voix. Une dizaine de formes en tenues noires, casqués, munis d'intensificateurs de lumières se précipite, des fusils d'assaut MP5 à la main. Les lampes torches fixées sous le canon court balaient l'assemblée.

— Les mains en l'air ! hurle leur commandant.

Le ton de la voix est impératif, lourd et menaçant. Ils

obtempèrent lentement les uns après les autres, sans cesser pour autant leurs grognements rageurs. La nouvelle génération de skinheads est tellement habituée aux jeux vidéo en ligne qu'ils ont la bizarre impression d'avoir basculé dans l'univers virtuel de « Counter Strike ». La réalité, déformée par l'alcool leur apparaît sous une forme étrangement captivante. Si les cœurs s'emballent, c'est plus sous l'effet de l'adrénaline que sous l'action de la peur.

Bonert est le premier à se reprendre. Il fait face au commando :

— Qu'est-ce que c'est que ce bordel ! Une descente de flics ? Vous êtes marrons, les cocos ! Y'a pas de coke, pas d'amphétamine, ni de crake ! Rien, nichts !

— Ta gueule, réplique le chef du commando. Sur deux lignes ! Exécution !

Bonert refuse d'obtempérer. Il s'enhardit, grisé par la bière et l'occasion unique de montrer à tous ces petits branleurs qu'il en a, des couilles. Depuis la dernière partie de paint-ball et la disparition étonnante de Stéphanie, nombreuses sont les allusions qui ont couru sur sa virilité. Il ne va pas rater sa chance de reprendre les rênes.

— Sûrement pas ! Va te faire foutre ! Tu ne parles pas comme un flic ! Fichez le camp ! C'est une soirée privée !

Cette phrase déclenche quelques rires. Le commando les tient en joue, leurs gestes sont précis, calculés, comme dans le jeu vidéo. Ils se déplacent en silence, avec des mouvements étudiés. Ils les délestent les uns après les autres de leur téléphone portable et autres couteaux, dans une sorte d'euphorie guerrière.

Le chef du commando se dirige vers le patron du bar toujours couché derrière son comptoir, les bras serrés contre son téléphone. Le tenancier le voit s'approcher. Ses lèvres s'agrandissent, mais aucun son ne sort de ses lèvres. L'inconnu lui plante une bombe sous le nez et appuie sur le pulvérisateur. Le gaz soporifique agit quasi instantanément. L'homme se tasse comme un édredon.

— Désolé, cela n'a rien de personnel. Cette bataille ne te concerne pas.

Puis il s'approche de Francis, qui le toise du haut de sa petite taille. L'homme est grand, athlétique. Sa cagoule lui couvre le visage et ne laisse des trous que pour les yeux, le nez et la bouche. Il ne porte pas de gilet pare-balles. Les blousons sont d'une coupe différente de celle des policiers. Ce sont des vêtements civils. Il n'y a qu'un écusson indistinct sur l'épaule gauche, une forme d'animal dressé sur ses pattes arrière.

— C'est toi Francis Bonert, demande l'homme.

Ce n'est pas une question. Juste une simple formalité.

— Qu'est-ce que tu veux ?

— Il paraît que tu aimes jouer à la guerre, toi et ta bande de soûlards.

Les protestations fusent, des poings se lèvent.

— Fermez-la, crie l'inconnu.

— Va te faire voir, Heil ! crie Francis en bravant son ennemi.

La salle entière se tord de rire, applaudit, siffle, remue d'un pied sur l'autre.

L'inconnu sort un P38 Spécial de son étui et visse tranquillement le silencieux aux yeux de tous. Les ragots, les vociférations se raréfient à mesure qu'il s'emboîte dans le canon.

— On veut jouer les héros ? C'est ça ?

Sans attendre de réponse, il s'approche de Bonert. Ce dernier le brave avec dédain, bien décidé à en découdre, mais la peur scintille au fond de ses yeux. La bataille peut prendre une tournure tragique lorsque l'on affronte un P38 Spécial. Il finit par détourner son regard, puis revient et lui crache dessus. Dans un geste de bravoure stupide ou d'une héroïque bêtise, il brandit la main et salue encore une fois.

Son cri de défi s'étrangle dans sa gorge. L'homme le saisit brutalement par le col de son blouson. D'un mouvement circulaire du pied gauche, il le frappe violemment sur la cuisse. Un coup extrêmement douloureux. Francis tombe à terre en se tenant la jambe. L'inconnu lui colle alors le P38 entre les deux yeux et appuie fortement :

— Alors, Bonert, on veut jouer au brave ? Très bien. Je compte jusqu'à dix.

Francis ne bronche plus, les yeux rivés sur le canon qui entaille son front. La soudaine détermination de l'homme ébranle sa certitude et son exaltation.

— Un, deux, trois…

— Va te faire voir !

— Quatre, cinq, six…

La sueur coule sur son front. La partie tourne au cauchemar.

— Tu ne seras pas la première personne que je tuerai de sang-froid, dit l'homme d'une voix calme et effrayante.

Il arme le chien.

— Regarde tes copains, reprend l'homme, ils sont aussi lâches que toi. Ils vont tous te regarder crever comme une bête. Ils ne lèveront pas le petit doigt pour toi ! Sept huit…

— Non ! Arrête !

— Neuf ! Dix !

La plupart ferment les yeux. Le bruit étouffé de la balle leur arrache un cri. Certains, subjugués par la scène macabre, ne peuvent détourner leur regard. Bonert est allongé sur le sol. Il s'est pissé dessus par peur. La balle a frôlé sa tempe et laissé une rigole sanglante sur son crâne. La proximité de l'arme lui a brûlé une partie du front.

L'homme se retourne, brandit son MP5 et s'adresse à ses prisonniers :

— Maintenant, tous dans la grande salle. Allez !

Ils obtempèrent avec mauvaise grâce.

— Vous avez deux minutes pour vous cacher. Après, on entre, clame l'un des inconnus masqués.

— Eh, c'est pas juste, on n'a pas d'armes pour se défendre !

— Elles sont cachées dans le hangar. À vous de les trouver !

— Dans le noir ? C'est impossible ! Et nos protections ?

— Vous n'avez qu'à vous démerder ! À la guerre comme à la guerre !

Les skinheads s'engouffrent dans l'obscurité sans

demander leur reste. Les portes se referment sur un monde étrange fait de paille, de bidons vides, de carcasses de voitures. Un monde teinté de milliers de billes de peinture, où les palettes de bois servent de rempart, un monde de poussière et de décombres qui sent la sueur et la sciure de bois.

Ils mettent quelques instants à s'orienter.

— Qu'est-ce qu'on fait ? murmure l'un d'entre eux.

— On va tous les buter ces enfoirés habillés comme des gonzesses. Dès qu'on a les munitions, on attaque en masse. On est beaucoup plus nombreux !

— T'en as de bonnes, gros con ! Comment on les trouve les munitions ?

— On se répartit les secteurs.

— Au fait, rit un autre pour se décrisper de sa trouille, vous avez vu nos assaillants ? Y'a des minettes dans le lot. Deux. Et qui ont l'air sacrément bien roulées.

— Arrête de penser avec ta queue, connard ! Les MP5, je m'en méfie, même entre les mains d'une pétasse ! À trois on fonce ! Et on se parle fort tant que les autres ne sont pas encore entrés ! On se magne.

Il n'a pas le temps d'achever sa phrase. La porte du hangar s'entrouvre, deux silhouettes apparaissent. Elles brandissent chacune deux grenades et les lancent sur les skinheads. La combinaison des grenades lacrymogènes et incapacitantes est effrayante. La gorge brûlée, les yeux aveuglés par l'explosion, les prisonniers s'écroulent les uns après les autres.

Bientôt les râles s'estompent. De la fumée blanche s'échappe de sous la porte.

— Que ceci vous serve de leçon, conclut froidement l'homme.

Il s'approche de Bonert encore secoué, qui le fixe avec crainte, regrettant en lui-même d'avoir fait connaissance avec le diable.

Seule une autre personne lui a déjà fait aussi peur. Pascal Draymond. Ce qui n'est pas de bon augure. Ces personnages sont des fous dangereux. L'homme le relève, lui assène un crochet à la mâchoire.

La douleur lui laboure la bouche. Il n'a plus que le réflexe de se protéger le visage.

— Tes copains ont de la chance, ce n'est pas du Zyklon B.

Bonert est incapable de répondre, le sang coagule sur sa langue.

— Alors écoute bien. Je suis acheteur. Il y a des Schmeisser neufs dans le coin et je les veux !

Avec son œil gauche à peu près valide, Francis Bonert fixe son bourreau comme s'il débarquait de la planète Mars. La question le prend totalement au dépourvu. La surprise est telle qu'il secoue plusieurs fois la tête sans comprendre. Devant son air incrédule, le chef du commando insiste :

— Dans le coin, des petits malins jouent aux gangsters avec des armes de collection. C'est de la connerie. Je veux ces armes.

— Va te faire foutre, pauvre con, bafouille Bonert. Je ne les ai pas, tes flingues. Je connais le prix d'un Schmeisser. Si je les avais eus en ma possession, il y a longtemps que je les aurais vendus. On t'a mal renseigné, mec. Alors, arrête ton cirque et tire-toi !

— Je sais bien que tu ne les as pas, crétin. Mais tu connais l'homme qui les a. J'en suis sûr.

Bonert le regarde sans comprendre.

— Morgane ne t'a donc rien dit ? Ma collaboratrice lui a déjà fait une proposition qu'elle a eu la bêtise de refuser. Pas très chouette ta copine. Tu prends tous les coups pour elle…

— Quoi ? Que…?

— On dirait que tu n'es pas au courant ? Elle aurait dû savoir que je ne suis pas un homme que l'on traite de la sorte…

— Je ne comprends pas …

— Visiblement, elle ne t'a rien dit. Tant pis pour toi. Mais comme je suis gentil, je te fais une dernière offre. Tu te débrouilles comme tu veux, mais tu me trouves ces armes. Je veux une réponse dans deux jours. Et si tu me doubles, tu finis au fond de la Seine. Compris ? En revanche, si ça marche, je t'offre cent soixante mille euros. Pour toi tout seul, sur un compte secret. Pour ta retraite…

Bonert hoche plusieurs fois la tête, affirmatif. La menace est on ne peut plus claire.

— Très bien, je vois que tu deviens raisonnable.

— Comment savez-vous tout ça ? ose demander Bonert.

— Tu n'as pas encore percuté ? Très bien, je vais te montrer.

Il fait un geste discret à l'un de ses comparses. La personne approche furtivement, d'une démarche féline. L'œil valide de Bonert s'agrandit. Cette démarche voluptueuse, cette façon de surgir sans bruit, cette chute de reins, il en a rêvé des dizaines de fois.

Elle se penche vers lui, sans retirer son masque. C'est inutile. Il a repéré ce parfum suave et discret qui hante ses nuits solitaires. Il voudrait la haïr, mais il sait qu'il ne pourra pas. Un soupir de désarroi passe ses lèvres ensanglantées.

— Salut Francis, dit l'inconnue. Tu me reconnais, n'est-ce pas ?

— Stéphanie…? Je te croyais dans l'armée…

— J'ai quelques activités annexes...

— Alors, tu m'as menti depuis le début.

— Ne me prends pas pour une gourde.

Bonert ne répond rien. Ce n'est pas simplement pour éviter que ses collègues le ridiculisent. C'est surtout parce que la seule femme pour qui il arrivait à se sentir encore jeune est en train de le démonter. Quelle chienne de vie. C'est le coup de grâce. Un coup vicieux dont il pressent toute la gravité, même s'il refuse de l'admettre.

Il devine que cette femme dorénavant inaccessible vient de tuer une partie de lui-même, et que cette faiblesse va le mener au désastre. Les mots font mal, comme une confession arrachée sous la torture :

— J'aurais tant voulu…

Elle hausse les épaules.

— N'aggrave pas ton cas, tu risques de le regretter, l'interrompt-elle d'une voix égale. J'avais besoin de renseignements. C'est tout. Maintenant tu vas gentiment obéir. Morgane sait des choses qu'elle ne veut pas nous dire. Je pense que tu sauras la convaincre de coopérer.

— Tu as deux jours, conclut son patron.

Il rappelle sa meute en silence. Bonert sombre dans l'inconscience.

Au bout de vingt minutes, il se relève et fait quelques pas pour reprendre ses esprits. La souffrance qui l'assaille n'est pas que physique. Il se retrouve bien seul. Il ouvre les portes du hangar après avoir remis l'électricité et aère le local pour permettre à ses amis de respirer.

Puis il sort un mouchoir de sa poche et essuie le sang qui coule sur son visage tuméfié avant de récupérer son téléphone portable.

Mélanie Dubois est prête depuis longtemps.

Les numéros de Bonert, de Stéphanie, et surtout celui de l'inconnu, le 06.12.27.11.33 sont spécialement contrôlés.

Quand celui de Bonert apparaît, elle étouffe un cri de joie. La traque est lancée. Elle enregistre le numéro appelé et lance la procédure de recherche pour savoir à qui il appartient. Elle pense à enregistrer la conversation sur cd-rom quand la ligne se coupe. Elle peste. Peut-être une fausse alerte.

Le numéro que Bonert a composé n'est pas celui de Draymond, mais celui d'un inconnu.

— Mégane ! hurle Bonert dès qu'elle décroche. Qu'est-ce que c'est que ce merdier ?

— Eh… Tu ne me parles pas sur ce ton !

— Va te faire voir, idiote. Il est là, avec toi ?

— Non, il est au dépôt, à Hautot…

— Tais-toi, connasse ! Pas de nom au téléphone ! Putain, t'as jamais rien compris. Rapplique de suite au stand ! Il faut qu'on s'explique !

— Ça va pas la tête ! Jamais !

— Je ne te demande pas ton avis. Figure-toi que j'ai reçu la visite de ta copine Stéphanie et de son patron. Cela te dit quelque chose maintenant ? C'est quoi cette histoire d'armes ?

Mégane pousse un cri d'effroi et raccroche brutalement au nez de Bonert. Ses mains tremblent violemment.

Quand le téléphone sonne une nouvelle fois, elle sursaute, paniquée, incapable de prendre une décision. C'est Bonert, toujours aussi surexcité et hargneux.

— Ne crie pas, bordel ! Je vais t'expliquer ! hurle-t-elle désemparée.

Elle calme Francis et lui expose rapidement la situation sans citer de nom ni de lieu. Il raccroche et crache un caillot de sang par terre, vert de rage. La conne ! Elle aurait au moins pu le prévenir !

Le second coup de téléphone inespéré de Bonert permet à Mélanie d'ajuster sa recherche GPS. Quelle bêtise monumentale de s'attarder au téléphone, surtout avec un portable. Stéphanie a dû lui flanquer une sacrée trouille. Avant que Morgane ne raccroche, elle a trouvé l'adresse. Puis, sans vergogne, elle réécoute l'enregistrement, un sourire plaqué sur ses lèvres.

Elle rentre le nouveau numéro de téléphone dans son moteur de recherche, priant que la chasse continue. Malheureusement, à cinq heures du matin, au moment de la relève, aucun des numéros n'a été repéré. Dépitée, elle quitte son travail.

Dans la rue, alors que l'aube pointe le bout de son nez, elle prend son portable. Elle branche le système de cryptage et appelle Stéphanie. Son amie répond à la première sonnerie.

— Ta copine Morgane, dit-elle, je sais où elle habite.

Stéphanie arrive à l'adresse indiquée peu avant six heures. L'aube est fraîche sur les hauteurs de Rouen. Elle se gare sur le trottoir, non loin de cette nouvelle résidence à l'américaine construite depuis peu près de la forêt. Les petits immeubles de trois étages sont construits en arc de cercle autour d'une place pavée où les magasins s'étendent le long des trottoirs.

Elle sort son Nikon numérique de la boîte à gants. Avec son zoom et sa haute définition, elle peut prendre des photos numériques en rafale sans flash. L'image sera perlée mais parfaitement nette. Elle commence par prendre trois photos d'ensemble, pour mieux situer l'appartement et l'étage où Morgane est censée habiter.

Elle sort à ce moment-là. Stéphanie n'en croit pas ses yeux.

Morgane se précipite vers la cabine téléphonique qui trône au milieu de la place déserte. Stéphanie tend la main vers son portable. Ce serait vraiment un coup de chance !

Son portable sonne cinq secondes plus tard. Stéphanie exulte. Morgane est en train de l'appeler !

Elle décroche après la troisième sonnerie qui résonne dans sa voiture. Elle feint l'indifférence et le sommeil.

— Allô ?

La voix de Morgane est stridente, stressée, fatiguée. Elle n'a pas dû beaucoup dormir. La démonstration de force d'hier soir a dû complètement la chambouler. Tant mieux. Plus elle sera aux abois, plus elle sera à même de faire une erreur.

— Je ne sais pas qui tu es, hurle Morgane, au bord de la crise de nerfs, mais je n'ai pas ce que tu cherches ! Laisse-nous tranquilles ! Tu m'entends ! Fous-nous la paix ! On ne les a pas tes flingues ! Alors, lâche-nous où tu le regretteras !

Elle raccroche avant que Stéphanie ne réponde, puis elle sort de la cabine. Elle jette des regards affolés autour d'elle. Elle n'a qu'un misérable sac à dos qu'elle serre contre son corps. Elle reste debout devant le rond-point.

Elle attend quelqu'un.

Elle sursaute à chaque fois qu'une voiture passe. Stéphanie est aux anges. La première partie de son plan a réussi. L'appât est localisé. Si cette jolie blonde est bien la copine de celui que tout le monde recherche, il ne lui reste plus qu'à la suivre discrètement pour remonter à la source.

À toutes fins utiles, elle prend encore deux trois clichés, puis elle zoome au maximum pour prendre Morgane en gros plan. À la deuxième photo, son visage se crispe, puis elle disparaît brusquement de son champ de vision.

Le temps de relever la tête, Morgane s'est engouffrée dans un gros 4x4 qui démarre en trombe. Sans s'affoler, Stéphanie réduit son zoom, braque la voiture et appuie sans discontinuer sur le bouton. Les photos s'enchaînent automatiquement. Elle ne bouge pas.

Le 4x4 ne fonce pas vers la forêt comme elle le pensait. Il passe devant sa voiture, de l'autre côté de la route. Stéphanie se couche sur son siège, laisse juste dépasser l'objectif de la voiture et suit le fuyard sur son écran de contrôle. Elle engrange les photos et étouffe un gloussement de victoire.

C'est bien lui.

Quand la voiture stoppe au feu et tourne à droite vers le périphérique, elle se redresse tranquillement. Inutile de démarrer. Pour les suivre, elle va devoir faire demi-tour sur la route. À cette heure, elle va se faire remarquer, et adieu la filature. Au lieu de cela, elle se repasse les photos sur le petit écran.

Elle décroche son portable.

— Fabienne ? Désolée de te réveiller. Fais un bisou à Rachid et sors tes jolies fesses du lit. J'ai trouvé Draymond.

— Génial ! Ne bouge pas, on arrive. Fais attention, il est armé.

— Pas la peine. Je viens de le laisser filer.

— Quoi ? Je ne comprends pas !

— Je t'expliquerai. Prends un papier et un crayon.

— Pourquoi ? Tu as quelque chose ?

— Préviens mon homme… Enfin, ton chef. J'ai un 4x4 Frontera immatriculé 5257 RR 76.

30

Alexis est rentré chez lui en compagnie de Gérard. Le reste de la troupe s'est dispersée dans la ville. Une fois seul, incapable de trouver le sommeil, beaucoup plus énervé qu'il ne veut l'admettre, il se sert un verre de « Château Cheval Blanc » et retourne dans le grand salon billard.

Son ordinateur traîne sur la piste verte, parmi une quantité impressionnante de livres. Ils traitent tous de la seconde guerre mondiale. La haine qu'il a ressentie en les lisant s'est retrouvée dans son comportement. Il s'est véritablement défoulé sur ces crétins de skinheads. Il s'est laissé emporter par la colère alors qu'il sait qu'elle est mauvaise conseillère. Cela ne lui était pas arrivé depuis longtemps.

Il noie ses états d'âme dans le verre de vin, ses pensées de nouveau tournées vers Griedenburg. Il s'est déjà plongé pendant des heures dans sa biographie, sans rien trouver d'extraordinaire.

Juste un certain malaise. Une impression impalpable. Un grain de sable dans ce si beau parcours militaire. Il relance son ordinateur et ouvre le fichier Word dans lequel il a classé ses propres idées. En quelques lignes, il a synthétisé la vie du colonel disparu.

Le jeune officier exalté en 1917, qui vante la patrie allemande et la gloire militaire se retrouve dans les salons dorés de l'aristocratie allemande. Les futurs grands officiers du Reich sont ses amis, en particulier Von Rundstedt.

Il perd la moitié de sa fortune pendant la crise de 1929, mais ses nombreuses exploitations agricoles le sauvent de la misère. La naissance de son fils change le ton de ses lettres. Il est moins fougueux, plus raisonné.

La prise du pouvoir par Hitler en 1933, les nuits sanglantes et les premières déportations le plongent dans un désarroi profond. Il se détourne de la politique et en 1939, il refuse d'intégrer l'état-major de la Wehrmacht malgré les recommandations de ses amis. Sa fibre patriotique est intacte, mais il se détache des officiers supérieurs qui acclament le Reich et ses SS. Ses états de service sont impeccables, et en 1941, il est de nouveau sur le front de l'Est avec Von Rundstedt.

Puis vient sa promotion surprise à l'état-major du Reich en 1942. À sa propre demande.

Alexis reprend le cours de ses investigations. Il note la présence de Griedenburg sur le site secret de Peenemünde dès 1942, puis ses visites répétées à l'usine d'armement de Mauthausen, près du camp de concentration.

Il arrête d'écrire, relance le cd-rom. Sa correspondance avec sa femme s'arrête le lendemain de sa nomination. Dans sa dernière lettre, datée de fin 1942, il a cette phrase sibylline qui l'intrigue : « Soudain, j'aimerais que la guerre s'arrête pour de bon. Nous sommes allés trop loin. J'en ai parlé à notre Führer hier soir, et il était d'accord avec moi. Il a rajouté qu'après la victoire sur les troupes soviétiques, il s'arrangerait pour négocier une paix durable en Europe ».

Alexis reste dubitatif devant cette déclaration. Aucun des livres ne mentionne cette paix européenne voulue par le Führer. Était-ce cette paix que Griedenburg venait négocier en 1944 en France ?

Il secoue la tête et repousse son ordinateur. Ses yeux commencent à le piquer. Soudain, il lève la tête. On a frappé à la porte. Il regarde la pendule. Trois heures du matin. Gérard et Slovan entrent sans faire de bruit. Ils ont conservé leur tenue de combat noire.

— Tu lis encore, demande Gérard, avec un soupçon d'irritation. Je croyais que tu avais fini.

— Non, enfin, oui. J'ai terminé le cd.

— Alors, qu'est-ce que tu cherches encore ? Quelles sont tes conclusions ?

— Je n'en sais rien, justement.

Gérard se sert un whisky bien tassé pour lui, et un calvados pour Slovan.

— Que se passe-t-il ? Il est trois heures du matin et tu ne dors pas encore. Tu as été d'une singulière sauvagerie tout à l'heure. Cela fait des jours que tu restes planté dans ton salon à te farcir le crâne de toutes ces horreurs. C'est quoi le problème ?

Alexis repousse son ordinateur, et choisit d'ignorer les réprimandes voilées :

— Et vous, que faites-vous dehors à cette heure ?

— On fait notre boulot, dit Gérard en riant de bon cœur. On assure ta protection.

Mat'guen sourit à son tour. Il se frotte les yeux, s'étire, l'air las.

— Vous avez raison, il faudrait que j'arrête. Mais je n'y arrive pas. Plus je relis, plus les évènements me paraissent étranges, et moins j'adhère aux conclusions de sa famille.

— Tu deviens complètement obnubilé par cet homme. À moins que ce ne soit pour sa petite-fille ?

— Ne dis pas de conneries, je t'en prie.

— Tu n'arrives même plus à plaisanter, insiste Gérard. Sors de cette guerre bon sang, ce n'est pas la tienne !

Il désigne les livres sur le billard en secouant la tête, incrédule :

— Tu les as vraiment tous lus ?

— Oui.

— Qu'est-ce que cela t'a apporté ?

— Pas grand chose, je l'avoue.

— Parfait, je peux donc les virer demain.

— Non, ils peuvent encore me servir.

Gérard hausse les épaules. Alexis est tourmenté par ses recherches. Son esprit est parti dans ces territoires où seuls vivent les fantômes. Il n'aime pas cela. Il connaît Alexis.

Il est capable de perdre pied pendant des jours dans la quête d'une chimère.

— Stéphanie et Marianna passent te voir en fin de matinée, reprend-il comme s'il parlait à un malade récalcitrant.

— Ce n'est pas nécessaire, je vais très bien.

— Tu leur diras toi-même. Tu as une vraie mine de papier mâché.

— Ça va aller, je te dis. C'est juste que je n'arrive pas à mettre le doigt sur ce qui cloche. Toute cette biographie, ces images…

— C'était un grand soldat ?

— Oui, un colonel allemand élevé à l'ancienne, riche, patriote. Il a participé aux deux guerres.

— On sait pourquoi il était en France ?

— Justement, on n'a même pas la preuve qu'il y est resté.

— Qu'est-ce qui ne va pas alors ? répète Gérard, irrité par l'obstination d'Alexis.

— Si je le savais…

31

La réponse arrive à 9 heures précises.

Le 4x4 Frontera porte de fausses plaques d'immatriculation.

Le véhicule 5257 RR 76 est une Citroën Picasso mise à la décharge depuis six mois. Djamel convoque Fabienne dans son bureau pour lui annoncer la nouvelle.

— Je viens de lancer un avis de recherche à toutes les forces de police et de gendarmerie. Des barrages vont être dressés sur les grands axes. Si ce 4x4 pointe le bout de son nez, on le tient.

— J'espère que vous réussirez à l'attraper.

— Au fait, comment saviez-vous que ce numéro était celui de Pascal Draymond ?

Fabienne ferme la porte derrière elle.

— Je dois être directe ? demande-t-elle, gênée.

— Je n'en attends pas moins de vous. C'est la moindre des choses, je crois.

Il a du mal à contenir sa colère.

— Très bien, dit Fabienne, Mat'guen faisait suivre la petite copine de Draymond. On a eu de la chance. Ce matin, on l'a surpris. Il est venu la chercher avec sa voiture. On a des photos.

— Qui les a prises ?

— Ne me demandez pas cela, commissaire, répond Fabienne en le fixant droit dans les yeux. Vous savez que je ne vous répondrai pas. « Nous » n'existons pas…

— À d'autres, lieutenant, à d'autres. Je croyais avoir été clair. Je ne veux pas que les Ours interviennent dans cette affaire !

— Il n'y a pas eu intervention, précise Fabienne sans se démonter. Mat'guen l'a exigé. C'était juste une mission de renseignement.

— Vous vous moquez de moi ? Legendre est en réanimation à l'hôpital ! Des skinheads ont été gazés dans un vestiaire ! On a un patron de bar traumatisé et une blessure par balle ! Vous appelez cela une simple mission de renseignements ?

Elle ne bronche pas.

— Je ne comprends pas, ironise-t-elle. Je ne vois pas le rapport avec les photos.

— Si vous me mentez encore, je vous vire !

— Faites comme vous voulez, rétorque Fabienne sans perdre son calme.

Elle s'était attendue à cette réaction. Les instructions de Mat'guen sont claires dans sa tête. Elle ne doit rien dire. Il s'en chargera personnellement. Elle sait où est sa tribu, son clan.

— Je suis prête à le jurer. Je n'étais pas sur place.

— Est-ce que je peux vous croire ?

— Ça, c'est votre problème, commissaire.

Fabienne quitte le bureau sans demander son reste. Djamel fulmine dans son coin. Elle ne lui en veut pas. Elle n'aimerait pas être à sa place. Elle sait que Stéphanie était avec lui, qu'elle s'est levée en catimini à cinq heures pour pister Morgane. Djamel doit s'en douter. Il ne sait pas comment résoudre ce dilemme.

Elle hausse les épaules. Sa meilleure amie est une femme libre. Elle fait ce qu'elle veut. Djamel ne pourra jamais la contraindre.

Elle décroche son portable et transmet l'information à Stéphanie, qui pour la première fois depuis longtemps pousse un juron de dépit.

32

Arrivé à son dépôt secret d'Hautot, dans la campagne du pays de Caux, Pascal Draymond planque le 4x4 dans la première ferme et sort en tirant Morgane par le bras. Elle le suit à grand-peine. Ses talons aiguilles s'adaptent mal au terrain meuble de la ferme.

Ils se dirigent vers la grange. Des milliers de contrefaçons s'entassent pêle-mêle entre les engins agricoles. Un camion à bestiaux vient de livrer une cargaison de lecteurs DVD volés.

Émile et plusieurs comparses comptabilisent les cartons d'un air satisfait lorsque le couple arrive. Morgane se fait toute petite. Émile lui a toujours fait peur. Avec sa taille de colosse, ses cheveux blonds et ses yeux bleus, il ressemble à un viking fraîchement débarqué des grandes steppes du Nord.

Draymond pousse Morgane sur une chaise en plastique.

— Maintenant, ma chérie, tu vas m'expliquer en détail ce qui se passe. Je n'aime pas les cachotteries et tu le sais. Bonert m'a appelé ce matin en utilisant la procédure d'urgence.

Morgane tremble de tous ses membres. Ce gros porc a tout balancé. Elle se mord les lèvres.

— Je t'ai tout dit mon amour, gémit-elle. Je ne t'ai rien caché. Cette Stéphanie, c'est une vraie garce ! Elle s'est attaquée à Bonert par traîtrise.

— Je ne suis pas d'accord. Cette minette est une pro. Comme son patron. Bonert m'a raconté ce qu'ils ont subi. Un chef-d'œuvre de barbarie. J'aimerais bien connaître ce gars. Je suis sûr qu'on pourrait s'entendre. Tu ne m'avais pas dit qu'elle t'avait déjà fait une proposition. Tu aurais pu m'en parler !

— Je l'ai fait.

— Non, tu m'as juste dit que Bonert avait ramené une copine et que tu avais des soupçons. J'ai été vérifier au stand de tir. Cette Stéphanie est militaire.

— Tu t'es renseigné ?

— La prudence est une seconde nature chez moi. Tu le sais bien.

Il lui caresse les cheveux distraitement. Morgane sent qu'il est extrêmement contrarié. Elle doit le rassurer avant qu'il ne perde patience.

— C'était quoi cette proposition ? insiste Draymond, d'une voix menaçante.

Morgane frémit. Jusqu'à cet instant, il n'avait jamais emprunté ce ton avec elle. Des larmes coulent sur ses joues. Elle vient de perdre son amant. Elle le devine à cet instant précis. Pire, sa vie est en jeu. Sa voix lui paraît soudain très aiguë.

— Elle veut acheter les Schmeisser que tu as trouvés. Son patron est un collectionneur.

— Combien elle a offert ?

— Deux fois le prix du marché. Il achète tout le lot.

— Deux fois ?

— C'est ce qu'elle a dit.

— Et toi, qu'est ce qu'elle t'a promis ?

— Rien, bredouille-t-elle, puisque je lui ai dit que je ne les avais pas.

Pascal Draymond lui lance une claque si violente qu'elle tombe dans la paille.

— Menteuse ! hurle-t-il soudain comme un démon. Elle t'a promis de l'argent contre des informations. Mathias, ton garde du corps préféré, m'a tout raconté. Ces gens sont des professionnels. Quand ils interviennent, ils ont toujours un ange gardien avec eux. Tu devrais le savoir.

Morgane pleure sans retenue. La peur lui arrache les tripes. Une fois sorti de ses gonds, Draymond est capable de tout.

— Et ensuite ?

— Rien, rien, je te le jure.

Draymond lui arrache son sac et extirpe son portable.

— Tu ne l'as pas rappelée au moins ? Elle ne nous a pas suivis.

— Non, je te jure, implore-t-elle.

Il ouvre le portable, et examine avec méfiance le journal des appels. Il n'y en a aucun depuis six jours.

— Tu as de la chance…

Il le pose sur la table à côté de son ordinateur.

À ce moment, le téléphone se met à sonner.

Morgane pousse un cri et ferme les yeux.

Pas de chance, peste Stéphanie. Le numéro du Frontera est faux. Draymond aura tout le temps de s'en débarrasser. Elle est venue prendre un café avec Mélanie pour faire le point sur les derniers appels. Dans les locaux, elle ne passe pas inaperçue. Indifférente et concentrée, elle s'installe à côté d'elle.

— Rien de nouveau, constate Mélanie en examinant son ordinateur.

— La guigne. Elle m'a bien eue. Pendant que je l'écoutais, elle en profitait pour disparaître.

— Tu crois que Draymond est au courant ?

— Je pense qu'il l'est. Il est venu se renseigner sur moi au stand. C'est lui qui conduisait le 4x4. Reste à savoir si elle lui a tout dit.

— Que fait-on maintenant ? Je ne vais pas pouvoir continuer cette surveillance très longtemps. Ça va devenir suspect.

Stéphanie tourne en rond dans le bureau. Elle boit son café à petites gorgées.

— Tant pis, décide-t-elle soudain. Je vais la rappeler. Donne-moi son téléphone.

— C'est drôlement risqué. Elle sait que tu n'as pas son numéro. Elle va se poser des questions. On risque de la perdre définitivement.

— Tu as une autre solution ? Au pire je vais la paniquer un peu plus.

Mélanie lui tend le Post-It avec un numéro. Stéphanie prend son portable.

Le téléphone sonne.

Stéphanie se tend.

Mélanie branche ses systèmes de repérage.

Quelqu'un décroche sans un mot.

Stéphanie entend un souffle rauque. Elle se lève d'un bond. Sa voix reste calme, mais son cœur s'emballe :

— Draymond, dit-elle, c'est toi Draymond ?

Elle parle alors très vite. Dans sa tête, elle le voit en train d'appuyer sur le bouton rouge.

— Draymond, ne raccroche pas ! Je sais qui tu es ! Tu sais qui je suis ! Nous sommes de la même trempe. Draymond ! Je veux ces armes !

Mélanie jubile. Plus les secondes passent, plus son relevé sera précis. Stéphanie se déplace lentement dans son bureau pour calmer ses ardeurs. À l'autre bout de la ligne, pas de réponse.

Mais il n'a pas raccroché. Il réfléchit. Elle le sent. Il hésite. C'est qu'elle est dans le vrai ! Elle a réussi !

Il sait où se trouvent les armes !

C'est Mat'guen qui va être content. Mélanie l'encourage à continuer d'un geste de la main. Le repérage progresse.

Stéphanie tente alors un coup de poker.

— 12 000 par unité si tu as des cartouches, lâche-t-elle.

Le prix est exorbitant. Mais pas déraisonnable. Plus cher, le bluff ne prendrait pas.

Draymond n'a pas raccroché. Elle le devine, immobile, le téléphone sur l'oreille, cloué au sol par l'appât du gain. Elle laisse courir le silence au risque de le perdre. Elle jette un œil vers son amie.

Mélanie jubile en serrant les poings. Elle trépigne en silence. Elle arrondit ses lèvres : « Je l'ai ! »

— Alors ? 12 000 ? T'es vendeur ?

La réponse est à la hauteur de ses attentes. La voix est sans timbre, désincarnée :

— Va te faire foutre !

Draymond raccroche.

Stéphanie éclate de joie.

— On l'a, confirme Mélanie. (Elle enregistre la position, active le moniteur du GPS.) C'est un corps de ferme isolé dans la campagne, Hameau du Grand Tôt. Sept kilomètres au nord d'Yvetot.

— Appelle Djamel tout de suite ! Dis-lui que tu les as repérés. Qu'il fonce !

— Et nous ?

— Pas d'intervention. Mat'guen est formel. Trop dangereux.

— On a vu pire.

— Je sais. Tant pis. Toi, tu préviens la police. Je vais voir Mat'guen.

Elle compose un dernier numéro. Elle a du mal à contenir sa joie.

— Fabienne ! On tient Draymond.

— Va te faire foutre.

Il raccroche.

Ses traits se tendent sous l'effet d'une intense concentration. Cette histoire est pour le moins délirante, mais vraisemblable. Et cette voix au téléphone, sensuelle, enivrante ! Une pro. Qui se cache derrière cette inconnue ? L'armée ? Un groupuscule ? Un trafiquant d'armes ? Il sourit.

La partie le tente. Il doit le reconnaître. Il ne s'inquiète pas pour son interlocutrice. Si elle est vraiment intéressée, elle rappellera. Juste le temps de faire monter les enchères avant d'entamer sérieusement les négociations. En connaisseur, il apprécie la tactique d'approche. Du beau travail.

Sauf pour un point qu'il n'arrive pas à élucider.

Morgane s'est recroquevillée sur la chaise. Il l'ignore et la plante au milieu du foin. Elle devine qui vient d'appeler. La jalousie déforme son visage. Il a été conquis par sa voix. Il va chercher à la rencontrer. Ce genre de défi délirant lui plaît.

Émile s'approche de Draymond.

— Un problème ?

— Non, juste une histoire complètement folle. Imagine-toi qu'un dingue veut m'acheter mes Schmeisser 12 000 l'unité.

— 12 000 ! Et combien t'en as ?

— Plus de trois cents, je crois.

— Pas mal, siffle Émile, admirateur. Et qu'est-ce qui te chagrine ?

— Y'a un truc qui ne colle pas.

— Qu'est-ce qu'on fait ?

— On déménage comme prévu. Procédure d'évacuation B. Départ dans une heure chacun de son côté. Rendez-vous à Berlin dans huit jours. J'ai un acheteur pour la camelote de la bijouterie, un russe, un ultra-riche qui veut faire plaisir à ses femmes. Il adore les bijoux français. Mais il faut faire vite.

Émile et ses acolytes ouvrent les portes de la grange, se précipitent dans les communs d'où ils ressortent avec des grosses fourgonnettes de déménagement. Sans un mot, ils entassent le matériel.

Au bout de trois quarts d'heure, le truc qui ne colle pas jaillit dans le cerveau de Draymond. Bien sûr, quel imbécile ! Le téléphone !

Il se précipite vers Morgane qui n'a pas bougé. En le voyant se diriger vers elle, elle voit le diable en personne venir la chercher.

— Dis-moi, ma chérie. Juste une question. Comment cette garce peut-elle connaître ton numéro de téléphone ?

Morgane devient livide.

L'hélicoptère qui vole au ras des toits ne détourne pas Draymond. Fou de rage, il dégaine son revolver et lui tire une balle dans le cœur.

Morgane s'effondre. Elle meurt sans savoir que la police arrive.

— C'est un piège ! hurle Draymond. On dégage !

Il jette le portable sur le corps recroquevillé de sa compagne.

33

La nouvelle 406 gonflée à bloc traverse le village d'Autretot comme un boulet de canon. Les deux autocars du GIPN lui collent au train. Djamel conduit comme un forcené, la main gauche crispée sur le volant, la droite sur son walkie-talkie :

— Faites attention, ils sont lourdement armés.

— Nous aussi, rétorque le capitaine Legrand, commandant de la section d'intervention. L'heure n'est pas à la négociation. On entre dans la cour, on arrose, et on investit directement les bâtiments. On va les surprendre.

— Vous êtes sûr que c'est la bonne tactique ? glisse Fabienne, vissée sur son fauteuil, visiblement sceptique.

— Est-ce que l'hélicoptère confirme l'implantation des bâtiments ?

— Affirmatif, commissaire, répond le pilote. Un grand bâtiment en tôles, des communs de chaque côté, un corps d'habitation en briques. Il y a des traces au sol. Une camionnette en face du hangar. Un homme vient de sortir des communs, il se rend sans se presser dans le hangar. Pas d'autre activité.

— Très bon, fait le capitaine Legrand. Et autour, pour l'approche ?

— Peu de choix. La route est étroite, bordée de hêtres. On ne voit rien. Derrière l'exploitation agricole, ce sont des champs à perte de vue. Pour la discrétion, c'est raté.

— Parfait. On fonce dans le tas. On va les cueillir au saut du lit. Commissaire Khalen, à vous l'honneur de sonner la charge.

À la sortie du village, Djamel tourne à droite sur une

petite route typique du pays, où deux véhicules se croisent à peine. En face de lui, une Citroën paisible s'écarte dans les champs pour laisser passer le convoi. Au-dessus d'eux, l'hélicoptère les guide.

— Prochaine à gauche.

Heureusement qu'il est là, pense Djamel en virant très sec. Avec le talus de hêtres, il l'aurait raté. Il n'y a aucun panneau indicateur. Au troisième carrefour et au deuxième virage, il se serait perdu. Ces murailles naturelles sont impressionnantes. Elles empêchent tout repérage. Il ralentit brutalement à l'entrée d'un virage que rien ne signalait. Le pilote hurle soudain :

— À droite toute, dans vingt mètres ! Au bout du talus !

Djamel écrase le frein et braque à fond. Les deux corps de ferme se dessinent devant lui. Il arrive dans une immense basse-cour aussi large qu'un terrain de football, face à l'énorme hangar en acier. Des poules et des canards s'égayent à son arrivée. Il stoppe en plein milieu. Les deux autocars s'arrêtent à sa droite et à sa gauche, comme à la parade. Les policiers du GIPN, casqués bottés, portant gilet pare-balles, casques et lunettes bondissent des portières.

En un clin d'œil, Djamel repère les camionnettes de déménagement, l'imposante moissonneuse batteuse, les tracteurs. Il n'a pas le temps de se dire qu'il ferait une cible parfaite, planté comme un con au beau milieu de la cour.

Les policiers n'ont pas fait deux mètres lorsque retentissent les premières salves de mitraillettes.

Djamel se couche sur son fauteuil, ouvre la portière et effectue un magistral roulé-boulé dans la boue. Sa vie vaut bien un costume. Il trouve refuge avec une poule derrière le puits en briques au moment où les balles de l'ennemi pulvérisent son pare-brise, déchiquètent les pneus et transpercent la carrosserie. Une balle atteint le réservoir.

La belle 406 toute neuve au moteur gonflé explose.

Il se cache le visage en pestant. Heureusement Fabienne s'est éjectée à temps. Elle est à l'abri derrière la carcasse d'un vieux tracteur.

Les policiers se sont éparpillés en un éclair, surpris par le feu nourri de l'ennemi. Ils ripostent au hasard. Ils tentent de se regrouper, les ordres fusent. Les tirs se concentrent aussitôt sur le grand hangar.

L'énorme moissonneuse batteuse et son rouleau de douze mètres de large bondit vers l'avant, telle un monstre surgissant de l'enfer avec le feu aux fesses. Les tirs redoublent en direction de la cabine vide.

Le char d'assaut version agricole dégage la Peugeot en flammes d'une simple pichenette et vient embrocher les deux autocars. Ses pneus gigantesques patinent contre la carrosserie et les grillages de protection.

Le feu de la 406 gagne la machine infernale. Les poussières de blé s'embrasent, virevoltent et gagnent le réservoir. Une explosion impressionnante détruit l'avant de la moissonneuse et les deux autocars qui se transforment rapidement en brasier. Une charge de forte puissance, analyse Djamel en se recroquevillant sur lui-même, les yeux en pleurs, les oreilles bourdonnantes.

La cour entière est la proie des flammes. Les policiers du GIPN sont assommés, leurs vêtements en feu. La riposte est faible. Les rafales sont aveugles et fantaisistes.

Le désordre le plus complet. Le chaos. Comme sur les boulevards de Rouen.

Puis viennent les premières grenades, lancées de nulle part. Elles explosent un peu partout. Un véritable bouquet mortel.

Djamel se bouche les oreilles.

Les trois camionnettes de déménagement surgissent du hangar, protégées jusque là des regards par l'énorme carcasse calcinée. Ils déboulent à vive allure, suivis d'une BMW blanche. Le convoi franchit le rideau de flammes. Pris au dépourvu par cette fuite imprévisible, les gars du GIPN, hébétés et gênés par l'incendie réagissent avec un temps de retard. Les premières salves retentissent trop tard. Les quatre véhicules ont atteint la route et se sont séparés. Djamel empoigne son talkie à le broyer, pris d'une rage folle :

— L'hélico ! Tu suis la BMW et tu alertes les véhicules de soutien qui nous suivent !

— Bien reçu commissaire. Avons-nous l'autorisation de faire feu ?

— Négatif pour le moment ! Je les veux vivants !

Le visage décomposé, il regarde la cour de ferme transformée en Verdun. Ses hommes se relèvent, dépités, hagards. Il compte neufs blessés dont deux graves. Quelques contusions et une sérieuse migraine pour les plus chanceux. Le capitaine Legrand fait partie des moins chanceux. Un éclat de grenade lui a déchiré la cuisse. Fabienne rejoint Djamel, indemne mais momentanément sourde.

— Bravo ! hurle Djamel en désignant le champ de bataille. On fonce dans le tas ! On les cueille au saut du lit ! Bordel, heureusement qu'ils dormaient !

— J'ai sous-estimé leur puissance de feu, reconnaît le capitaine. Ils nous attendaient de pied ferme. On s'est fait avoir. Cette ferme est aussi isolée qu'un fort dans le désert. Il n'y a que des champs. Ils nous ont vus arriver de loin. Ce Draymond est très malin. Établir sa planque en rase campagne. Une idée lumineuse.

— Ces gars sont des pros, je vous l'avais dit !

Djamel hausse les épaules, reprend son émetteur radio :

— Hélicoptère ? Où sont-ils ?

— Les quatre véhicules se sont séparés. La BMW se dirige vers Yvetot. Droit dans les bras des renforts. On va vous la cueillir !

— J'ai déjà entendu de tels propos, raille Djamel, tourné vers le capitaine. On va les cueillir ! C'est la saison des fraises ou quoi ?

Le pilote se met à hurler avant de comprendre sa mauvaise astuce :

— Commissaire ! La BMW tourne à droite vers l'aéroport. Ils sont fichus. Non, ils empruntent la voie technique. Ils enfoncent la porte ! Merde, ils sont sur l'A29 !

Djamel se pince les yeux et soupire, exaspéré par l'avalanche de déconvenues. Ce Draymond est en train de le ridiculiser.

— Que les véhicules de soutien la prennent en chasse ! J'appelle le central et la gendarmerie pour qu'ils installent des barrages sur l'autoroute. On va bien finir par les coincer !

Le choc contre la barrière repousse Draymond au fond de son fauteuil. Il braque à droite, et enfonce l'accélérateur. Les 250 chevaux de la BMW frémissent d'allégresse. Les pneus de 16 pouces épousent l'asphalte de l'autoroute. Il bondit sur la file de gauche sous le nez d'un routier qui l'injurie d'un coup de trompe. Draymond n'en a cure. La voiture approche rapidement des 220 kilomètres à l'heure et paraît ne pas vouloir s'essouffler de sitôt.

Émile pose son Uzi sur les genoux et se tord le cou à la recherche de l'hélicoptère.

— Quel pied ! On les a bernés comme des bleus !

— Le grand spectacle du chaos, ricane Draymond.

— Quel feu d'artifice ! Mieux qu'à Rouen avec la bijouterie, tu ne trouves pas ?

— C'était grandiose.

— Tiens, le voilà ! Qu'est-ce que je fais ? Il nous colle au cul pire qu'un morpion, cet hélico !

— On va lui réserver une petite surprise. Le Cayenne est toujours à l'endroit prévu ?

— Bien sûr. Il n'a pas bougé depuis qu'on l'a piqué à Berlin, il y a trois mois.

— Impeccable ! On y sera dans une dizaine de minutes.

Draymond négocie l'embranchement d'Yvetot avec dextérité et repositionne la voiture aux alentours des 250 kilomètres à l'heure. L'autoroute A29 est récente. La BMW file comme un vaisseau de l'espace. Elle est peu fréquentée à cette heure. Il double les camions comme s'il croisait des astéroïdes. Le paysage défile autour d'eux. Seul l'hélicoptère qui vole à la même vitesse reste d'une taille constante.

— Il est toujours là ?

— Oui. Il n'attaque pas. C'est bon signe. C'est qu'ils

nous veulent vivants. On a donc des véhicules qui doivent nous coller au train.

— T'as embarqué le feu d'artifice ?

— Bien sûr. On va encore leur en mettre plein la vue ?

— En beauté mon ami. Ils nous attendent bien sagement au prochain péage. On va leur réserver une petite surprise.

— C'est juste après le pont, tu te souviens ?

— C'est parti ! En place pour le bouquet final ! Le commissaire Khalen ne va pas s'en remettre !

— J'adore !

Émile vérifie son Uzi, puis tend le bras :

— C'est là. Vas-y, freine !

Draymond écrase brutalement la pédale de frein. Le système ABS réagit avec vigueur. La BMW tangue sans bouger de sa trajectoire. Elle s'immobilise juste au-dessus d'un viaduc qui surplombe une voie de chemin de fer. Draymond abandonne son véhicule sur la première voie. Ils bondissent de concert, et sautent la rambarde en même temps.

Surpris, le pilote de l'hélicoptère réagit pourtant au quart de tour, mais il dépasse la voiture. Il tire à fond sur le palonnier et amorce un virage serré en réduisant sa vitesse pour garder les fuyards en visuel.

— Commissaire ! Ils se sont arrêtés ! Deux hommes, je répète, deux hommes viennent de jaillir du véhicule ! Mais… Oh merde !

Émile dévale en boulant deux mètres de pente, le temps de se mettre à l'abri du pont. Après un rétablissement spectaculaire, il se retourne. Comme il l'espérait, le pilote a réduit sa vitesse pour rester dans la course. Il attend qu'il sorte de son virage. C'est là qu'il est le plus vulnérable. Il lâche son chargeur entier sur la verrière.

— Commissaire ! Il nous tire dessus ! Mayday ! On est touché ! Je répète, on est touché !

Djamel devient livide. Cette traque est un vrai fiasco. Il écrase son talkie :

— Tirez ! Feu à volonté !

Les deux policiers assis à l'arrière réagissent difficilement. Le premier gémit, une balle dans l'épaule. L'autre est du mauvais côté. Il pousse son collègue, ouvre la porte latérale et tire en direction des deux ombres qui filent en bas de la pente, à l'abri. Les balles crépitent sur le bitume, se perdent dans l'herbe. Il recharge et tire de nouveau.

Draymond et Émile arrivent en bas de la route, sous le viaduc. Ils traversent la voie ferrée qu'ils longent ensuite sur la droite à toute vitesse pendant que le pilote se débat tant bien que mal avec son appareil. L'hélicoptère blessé refuse d'obéir. Il doit se résigner à rompre le combat et regagne sa base en crachant de la fumée.

Les fuyards quittent le ballast en criant victoire. Ils atteignent le hameau de Hormesnil, qui comprend trois fermes et une douzaine de maisons. Ils se dirigent sans hésiter vers une vieille grange en bois à l'écart du village, perdue au milieu d'un champ en friche. Émile fait sauter le verrou. À l'intérieur, le Porsche Cayenne, monstre d'acier et de vitesse les attend, prêt à bondir.

— Je prends le volant si tu veux bien, exulte Émile.

Mais Pascal Draymond ne répond pas. Il se tient contre la carrosserie, soudain très pâle.

— Qu'est-ce que tu as ?

Draymond se tient le bas ventre. Une auréole sombre s'étend sur sa chemise. Il grimace sous la douleur, le souffle court. Sa main est pleine de sang.

— Je te parie que ce con ne sait même pas qu'il m'a touché.

Émile se précipite pour soutenir son vieil ami.

— Merde. Pas de bol. Monte, je te conduis.

— Pas le temps. Faut se planquer d'abord. Si on file en Allemagne, je suis mort avant d'arriver. Tu connais un médecin discret dans le coin ?

— Malheureusement non.

— Tant pis. Passe-moi le détonateur.

— Bordel ! Où sont les voitures de soutien ?

Le lieutenant Malhomme de la criminelle, venu en renfort, répond aussitôt :

— On arrive commissaire. Je vois la BMW.

Les deux Laguna fumantes se garent sur la bande d'arrêt d'urgence, contre la voiture blanche. Les huit hommes bondissent, armes au poing. Avec prudence, la moitié approche de la berline pendant que les autres sautent par-dessus la rambarde.

— Elle est vide, rapporte Malhomme en braquant les fenêtres vides. Il n'y a plus qu'une grosse valise sur la banquette arrière.

À ce moment un camion passe en trombe, klaxon à fond.

Djamel s'étrangle. Le sang quitte son visage. Un coup classique. Il a peur d'avoir compris.

— Une quoi ? Répétez Malhomme !

— Une valise en tissu brun.

Malhomme se penche pour ouvrir la porte quand soudain Djamel hurle :

— C'est une bombe ! Malhomme ! Dégage ! Ça va péter !

— On change nos plans, dit Pascal Draymond en levant sa main ensanglantée.

— D'accord, c'est toi le chef.

— Plus ça explose, mieux c'est, n'est-ce pas ?

— Dépêche-toi quand même, ils arrivent, dit Émile en lorgnant vers le viaduc.

— Tu vas m'emmener là où personne ne pourra me retrouver. Tu vois ce que je veux dire.

— Je crois que oui.

Draymond tend la main vers l'autoroute.

— File-moi ton portable. À tous les coups le mien est grillé. Tu me poses, tu fais disparaître le Cayenne, tu dégotes un toubib et tu attends mes instructions.

— C'est parti !

Draymond appuie sur le bouton rouge du boîtier.

Malhomme et ses acolytes ne doivent leur vie qu'au réflexe insensé qui les a poussés à sauter par-dessus la rambarde plutôt que de se cacher derrière leurs véhicules.

La charge explosive souffle littéralement la BMW. Les deux Laguna sont balayées comme des fétus de paille et s'embrasent immédiatement, happées par l'énorme boule de feu. La déflagration ébranle l'édifice en béton, et le viaduc se fendille sur toute la largeur de l'autoroute. Sur la première voie, un cratère est apparu dans l'asphalte. La rambarde métallique est tordue comme une nouille trop cuite. Des pans entiers du pilier de soutien tombent à côté des policiers hagards mais indemnes.

Une vision d'apocalypse. Le chaos. Les automobilistes choqués s'arrêtent loin de l'attentat. En moins de cinq minutes, l'autoroute est complètement bloquée.

Le Cayenne déboule sur la départementale au moment où la boule de feu s'élève dans le ciel. Les policiers n'ont pas le temps de réagir. Le 4x4 disparaît au premier carrefour.

Djamel en mangerait son talkie-walkie. Il a parié sur la BMW, avec l'intuition que Draymond s'y trouvait. Bien mal lui en a pris.

Il ouvre les bras en signe d'impuissance.

Draymond a une fois de plus disparu dans la nature.

34

Stéphanie arrive au domaine vers midi, au moment où Marianna sort de la maison. Elles entrent ensemble dans le grand salon billard. Alexis est toujours attablé devant son ordinateur, les yeux rouges. Il scrute indéfiniment les pages du cd-rom. Il tient distraitement une tasse de café dans la main. Sur la table basse près des divans, Marianna a posé un plateau tôt ce matin. Il se redresse à leur approche.

— Merci pour le café, dit Alexis à Marianna. Il est très bon, comme d'habitude. Les croissants aussi.

Marianna sourit.

— Tu dormais quand je suis entré dans le salon, affalé sur le divan. Je n'ai pas osé te réveiller. Tu paraissais avoir besoin de dormir.

— Je n'ai rien entendu.

— Slovan m'a dit qu'à trois heures du matin, tu y étais encore. Il t'a envoyé dormir. Tu n'en as fait qu'à ta tête, comme d'habitude.

Stéphanie, qui porte ce matin une jupe droite et un chemisier classique blanc, se jette sur le divan après avoir posé son sac de sport. Alexis manque de renverser sa tasse. Elle l'embrasse sur les deux joues, caresse sa barbe naissante.

— Tu as une mine affreuse, dit-elle sans ambages.

— Je te remercie, réplique Alexis en secouant la tête d'un air exaspéré, tu ne vas pas t'y mettre aussi.

— C'est toi le cerveau, ricane Stéphanie en s'étirant. Tu te dois de montrer l'exemple. Je suis sûre que dans ton état, je te flanque une raclée au karaté.

— Ne parie pas, tu sais très bien que j'ai horreur de perdre…

Stéphanie hausse les épaules, indifférente. Elle tend la main vers le thermos de café.

— Je peux ?

— Je t'en prie.

— Marianna, tu en veux aussi ?

— Avec plaisir.

Stéphanie remplit les tasses.

— Je vois que tu avais prévu le coup. Il y a quatre tasses. On attend quelqu'un ?

— Slovan descend dans cinq minutes. Il récupère, lui...

Alexis hausse les épaules.

— Fabienne vient d'appeler, reprend Marianna en jetant un regard inquiet vers Stéphanie qui bondit de son divan.

— Comment va-t-elle ?

— Elle est à moitié sourde, mais tout va bien.

— Tant mieux. Elle a eu de la chance.

— Que s'est-il passé ? demande Alexis. Pourquoi est-elle sourde ? J'ai l'impression d'avoir raté un épisode.

— Bon, je vous laisse, glisse Marianna en récupérant le plateau, trop heureuse de s'éclipser.

— J'ai retrouvé Draymond, jubile Stéphanie en exhibant une clé USB de son sac.

— Tu aurais dû me prévenir tout de suite !

— Sûrement pas. Tu as besoin de calme et de repos pour trouver la solution de l'énigme.

— C'est bon Stéphanie, n'en rajoute pas. Raconte.

Elle lui tend la clé USB où elle a copié les photos prises ce matin avant de donner l'appareil à Fabienne. Il la glisse dans son ordinateur. Elle lui relate sa promenade matinale en quelques mots. Elle passe rapidement sur son extraordinaire coup de téléphone avec Draymond qui a permis à Mélanie de repérer la planque de Draymond. Quand les images apparaissent, Alexis exulte.

— C'est bien lui ! Je reconnais son visage. C'est le dingue qui rameutait sa troupe devant la bijouterie. La fille qui est avec lui, c'est Morgane ?

— Exact. Ce type est un fou dangereux. Un maniaque de l'explosif.

— Rien que ça.

— Pire, c'est une ordure. Sa copine Morgane, il l'a froidement abattue.

Alexis frémit pendant que Stéphanie lui relate l'assaut raté de la police, la poursuite infernale, l'attentat de l'autoroute et la fuite de Draymond.

— Djamel n'est pas à la fête. Pas de chance. Bravo en tous cas pour tes photos. Ton intuition était bonne.

— Oui, mais on a perdu notre témoin. À part ces clichés, on n'a plus de piste. Draymond s'est évanoui dans la nature. Un vrai fiasco.

— On sait qui a les Schmeisser maintenant. On sait qui a commis l'attentat de la bijouterie. Djamel avance. Il tient son coupable. Avec toutes les forces de l'ordre à ses trousses, Draymond va devoir se planquer. Ce n'est plus qu'une question de temps.

— Mais il est toujours dans la nature… Et Dana est toujours à l'hôpital…

— Laissons la police faire son travail, l'interrompt Alexis.

— On ne va rien faire de plus ? demande Stéphanie, déçue et mécontente d'avoir à abandonner la traque.

— Je n'ai pas dit cela. Mais je ne veux pas envenimer nos rapports avec Djamel. Ce n'est pas facile pour lui. Est-ce qu'il sait jusqu'où tu es impliquée ?

— On n'en parle jamais. Mais ça viendra bien un jour. Je l'ai quitté en douce ce matin à cinq heures, et Fabienne m'a dit qu'il n'avait pas apprécié notre intervention d'hier soir. Je sais que cela le tracasse. Il a beaucoup à perdre. Le choix sera difficile pour lui.

— Pas pour toi ?

Elle hausse les épaules.

— Je n'ai pas besoin de faire un choix, moi. C'est tout vu.

Sa réponse est suffisamment éloquente.

— Bon et toi, tu as du nouveau ? Où en es-tu dans tes recherches ?

Alexis pose son ordinateur et détend ses muscles.

— Pour te résumer la situation, plus j'avance, plus j'ai le sentiment que le colonel Heinrich Von Griedenburg ne ressemble pas tout à fait à l'image que l'on m'a donnée de lui.

— Explique-toi.

— J'ai noté plusieurs faits étonnants. Un, pourquoi un militaire de sa qualité n'a-t-il jamais été général ? Deux, pourquoi a-t-il pris ce poste à l'état-major alors qu'il détestait Hitler ? Et trois, pourquoi ne parle-t-on jamais de lui dans les rapports secrets du Reich ?

— Comment cela ?

Alexis pianote sur son clavier et tourne son portable vers Stéphanie qui pose sa tasse de café.

— Regarde un peu les documents qui vont suivre. Ce sont les rapports secrets de l'état-major allemand entre 1943 et 1944. Tu connais la bureaucratie tatillonne des nazis. Ils écrivaient tout, scrupuleusement. Examine-les pendant que je vais prendre une douche. Aucun ne porte sa signature.

— Un conseiller particulier du Führer qui ne signe pas de rapports. Où est le problème ?

— Regarde la liste des présents. Ainsi que celle des destinataires. Von Rundstedt y est souvent mentionné, comme Rommel, Himmler. Ainsi que les principaux dignitaires du régime. Mais Von Griedenburg pratiquement jamais.

— Je ne vois pas où tu veux en venir.

— Réfléchis. C'est à l'institutrice que je m'adresse.

Au retour de sa douche, rasé de près, à l'aise dans un Lacoste bleu clair, il paraît plus alerte.

— Alors, tu as trouvé ?

— Non, concède Stéphanie. Vraiment je ne vois pas.

Il va vers le billard, en tire un ouvrage cartonné : La seconde guerre mondiale en mille photos. Il l'ouvre, le parcourt rapidement. Quand il trouve la bonne page, il lui tend le livre :

— Regarde cette photo. Elle date du 6 avril 1944. Que vois-tu ?

— Hitler, Von Rundstedt et Rommel, en week-end à

Berchtesgaden. À cette époque, le Führer fait renforcer le mur de l'Atlantique par crainte d'un débarquement. Rommel en est le grand patron. Il a fait établir son quartier général au château de la Roche-Guyon. Et Von Rundstedt est le général en chef des armées de l'ouest. Quel rapport avec Von Griedenburg ?

— Tu ne trouves pas étrange que notre homme soit absent justement ce jour là, le 6 avril ? Si sa mission consistait à vérifier la probabilité d'un débarquement dans le Nord de la France, il aurait logiquement dû être avec Rommel ou Von Rundstedt, les deux principaux acteurs nazis sur le front de l'ouest. Or, ce jour là, le 6 avril 1944, il est à Rouen en train de récupérer un mystérieux camion de munitions. Pour quoi faire, s'il était censé se rendre à Saint-Omer ? Ensuite, il disparaît sans laisser de traces. Tu ne trouves pas cela étrange ?

— Sauf si Hitler voulait faire un « audit secret » de ses troupes sur place.

— Peut-être. Sauf qu'il n'aurait jamais confié une telle mission à la Wehrmacht. Il aurait choisi un officier SS, beaucoup plus fiable politiquement.

— Qu'est-ce que tu vas imaginer ?

— Le colonel Von Griedenburg est officier d'état-major depuis deux ans. Il est discret, effacé, au point de se faire oublier dans les rapports. Pourtant, il est au courant de beaucoup de choses. Son poste lui permet de connaître tous les secrets du Reich.

— Tu as toujours affirmé que c'était un grand patriote. Il devait avoir la confiance d'Hitler pour être officier d'état-major ?

— Sauf si…

— Sauf si quoi ?

— C'est difficile à imaginer, mais suppose, juste une minute…

Lorsqu'il termine sa phrase, il regarde Stéphanie d'un air supérieur. C'est bien la première fois qu'il arrive à la faire suffoquer.

35

Depuis l'hôtel miteux de la Wiener Strasse, dans le vieux quartier est-allemand de Berlin en pleine rénovation, Hans Gautier a passé trois coups de téléphone.

Il attend maintenant la venue de son premier contact. La foule court dans la rue, non loin de la porte de Brandebourg. Il est tard. Le soleil a déserté la ville. Il regarde à droite et à gauche, près du feu, au carrefour de la Wiener Strasse et du boulevard Léopold.

Il a rendez-vous dans cinq minutes. La première réponse depuis quatre jours. Quatre jours passés enfermés dans cet hôtel de troisième zone sans boire une seule goutte d'alcool. De quoi devenir fou ! Heureusement que le souvenir de Flora reste entier. Elle seule lui permet de tenir dans cette épreuve.

Il tremble de partout, autant de peur que par manque d'alcool. Mais il s'est fait une promesse.

Quand la Golf grise arrive à son niveau, il serre le lourd sac dans ses bras. L'homme qui ouvre la porte est pire que Draymond. Il est énorme, le crâne complètement rasé et orné d'un tatouage gros comme son poing. Il porte de petites lunettes ovales comme seul Goebbels savait les porter.

Pantalon treillis et tee-shirt blanc à l'effigie de Hitler. De quoi faire des cauchemars. Gunther Riethman s'extirpe de la voiture avec une étonnante agilité pour son gabarit. Il s'empare du sac, s'installe à la place du mort.

— Monte, crie-t-il avec un accent gothique affreux. Schnell !

Hans hésite. L'impression de sentir son cœur se serrer dans un étau lui coupe le souffle.

— Allez, schnell ! Tu prends le volant.

Hans prend la place du conducteur.

— Où va-t-on ?

— Tu conduis pour l'instant. D'abord, je regarde si cela en vaut la peine. Sinon, t'es mort. T'es sacrément gonflé de te faire passer pour Ulrich. Tu sais qu'il est recherché par la police allemande depuis plus de cinq ans. Et d'abord, comment tu le connais, mon pote Ulrich Müller ?

— Je suis un de ses amis. Nous l'avons caché en France pendant toutes ces années.

— Tu peux le prouver ?

— C'est lui qui m'a donné ton numéro de téléphone.

Le néo-nazi paraît sceptique. D'un geste autoritaire, il ordonne sans prévenir à Hans de tourner à gauche, puis à droite. Il se retourne fréquemment pour voir s'ils sont suivis.

— Qu'est-ce qui se passe ?

— Tais-toi, prends encore à gauche.

— Le feu est orange !

— Tourne à gauche !

Hans obtempère.

Une nuée de klaxons sanctionne sa conduite. Ils quittent bientôt le centre-ville. L'homme lui indique encore deux manœuvres de diversion pour semer un éventuel ennemi.

— Qu'est-ce qui se passe ? insiste Hans.

Son contact ne répond pas. Il se retourne deux fois encore. Puis il dévisage Hans comme s'il débarquait d'une autre planète. Sa voix est méprisante, hargneuse, féroce.

— T'es un blaireau ou quoi ?

Hans retient un frisson. La partie devient plus compliquée qu'il ne croyait. Il pensait bien naïvement qu'on allait lui dérouler le tapis rouge, que les négociations seraient sereines. Il n'a besoin que de cinq cents mille d'euros. Si cet imbécile ne se montre pas plus conciliant, il préfère arrêter tout de suite. Il ralentit.

— Je ne te permets pas de m'insulter !

— Ruhe ! Calme-toi et continue ! T'es sacrément gonflé de débarquer à Berlin, et de rameuter la population en criant : « Bonjour, je m'appelle Ulrich Müller, et j'ai des Schmeisser à vendre » ! T'aurais pu être discret. Même les flics sont au courant de ta venue. Ou bien tu n'es qu'un sombre crétin sans cervelle. T'as déclenché un véritable cyclone. Je crois que tu ne te rends pas compte. Je prends un risque énorme.

Hans ne comprend pas les allusions de l'homme. Il est loin de s'imaginer le vent de folie qui parcourt le monde. Il ignore que ses coups de téléphone ont fait l'effet d'une bombe. Il a appelé des amis d'Ulrich Müller, le nazi réfugié clandestinement chez Serge Paradin.

Les soirs de beuverie chez Serge, dans son pavillon décoré de baleines assassinées, Ulrich leur parlait de ses idéaux, de sa vision du monde. Il leur a donné trois contacts, trois anciens camarades de lutte. Au cas où ils iraient faire un tour en Allemagne.

Hans s'en est souvenu. Mais l'accueil est plutôt froid.

— Pourquoi ? Je viens juste te proposer un marché.

— T'es vraiment stupide, alors. Ça fait des jours que le monde entier a les yeux tournés vers nous à cause de ces armes. J'ai des propositions de collectionneurs qui habitent en Amérique du Sud ! Le marché était vachement à la hausse. Et toi, tu débarques en annonçant à tout le monde que tu brades le lot complet pour des queues de cerises. T'es inconscient ! C'est la guerre que tu veux ?

— J'ignorais.

Gunther hausse les épaules, plisse les lèvres de désapprobation. Il ouvre le sac. Le Schmeisser lui saute au visage. Il siffle d'admiration, en connaisseur. Pas besoin d'être un expert. Ils est authentique. Rien à voir avec les pâles copies asiatiques qui circulent sous le manteau. Il caresse l'acier, manœuvre la culasse avec un plaisir non dissimulé.

— Mein Gott !

Il sort un chargeur, admire les cartouches, puis l'enfonce religieusement dans son emplacement. Il a du mal à y croire. Il reste encore la limaille sur les numéros de série.

— Combien t'en as ?

— Plus de trois cents, je crois…

— Scheisse, la rumeur est donc exacte. Eh, regarde ta route !

Hans donne un coup de volant sur sa droite. Il déviait fortement, accaparé par les gestes du nazi.

— Où je vais ?

— Tu prends la prochaine sortie. Trois cents ! Dans cet état ?

— Bien sûr, ils sont encore dans les caisses d'origines, qui elles-mêmes sont scellées. J'ai un lot complet. Avec les cartouches. Alors, ça vous intéresse ?

— Et comment ! Le seul problème, c'est de savoir si on va te croire.

Hans se met involontairement à trembler :

— Comment ça ?

— T'es un minable. Un ver de terre. Une loque ! Je l'ai vu tout de suite. T'es incapable de braquer la moindre banque. Je ne crois pas que tu connaissais bien Ulrich. Surtout qu'il est mort, écrasé contre un pont !

Hans ne sait pas quoi répondre. La mort de Müller est donc arrivée jusqu'ici. Ainsi que l'histoire des braquages.

— Tu serais bien incapable de mener une négociation sérieuse. Tu ne sais pas à qui tu as affaire ! Quel con ! Tu déboules à Berlin et tu m'appelles !

— Ça ne t'intéresse pas alors ?

— Ne me fais pas dire ce que je n'ai pas dit. Je prends un risque énorme en acceptant de te rencontrer. Les autres, ils vont vouloir me flinguer maintenant !

— Mais pourquoi ?

— Parce que j'ai trouvé les Schmeisser avant eux ! Parce que la police de Berlin me colle au train ! Je ne peux pas faire un geste sans avoir trois cars de flics sur le dos ! Depuis que ces armes sont apparues en Normandie, c'est l'enfer ici.

Il arme le Schmeisser d'un geste sûr. Hans se liquéfie sur place. Une sueur glaciale coule le long de sa colonne vertébrale. Il bredouille, essaie de garder bonne contenance.

— Je n'ai pas que des Schmeisser. Je peux offrir plus, si tu as de l'argent.

— Ben voyons, c'est quoi la surprise ? Tiens, tu tournes à droite dans la zone industrielle.

Hans obéit. Il se sent dépassé par les événements.

La voiture échoue dans la cour d'une usine abandonnée. Les murs gigantesques sont ébréchés, les vitres déchiquetées. Le parvis croule sous les débris et les ronces grimpantes. Le lieu est silencieux, sinistre.

Cela ne lui convient pas du tout. L'impression de tomber dans un piège grossier le rend fou de rage.

Il appuie sur l'accélérateur et entame un demi-tour violent. Gunther lui colle le canon du Schmeisser contre la tempe :

— Arrête la voiture et descends ! Schnell !

— Qu'est-ce que tu vas faire ?

— Descends, morveux !

— Vous n'allez pas me tuer quand même ! Vous ne feriez pas ça ? Si vous me tuez, vous n'aurez jamais les armes ! Ni le camion !

— Le camion ? demande Gunther, interloqué. Quel camion ?

— Les armes sont dedans, dans les caisses d'origine. Il y en a aussi qu'on n'a pas encore ouvertes. Elles portent des insignes étranges. Ça vaut de l'or ! Moi, je n'en veux que cinq cent mille euros ! Cinq cents mille et je disparais !

— Sors de ma bagnole !

Les mains sur la tête, Hans extirpe sa silhouette longiligne de la Golf. Il est désespéré, anéanti. Il pensait pourtant y arriver. Quelle misère ! Finir sur le parking désaffecté d'une vieille usine. Dans un glissement de larmes, il pense à Flora, à son corps sublime. Il se retourne pour braver l'ennemi, pour défendre ce qui lui reste de dignité.

Gunther Riethman ne lui laisse pas le temps de dire sa prière. Il vide le chargeur entier sur le pauvre Hans. Les dernières balles lui arrachent la moitié du visage. Il s'écroule dans une mare de sang.

— Je ne travaille jamais avec des caves…

Il ferme la portière, reprend sa place au volant.

La Golf se perd rapidement dans le trafic. Il ne s'inquiète pas. Au contraire. Le véritable propriétaire comprendra le message. S'il veut vendre, il faudra traiter en direct.

Avec ce coup d'éclat, Gunther veut s'imposer sur le marché et brouiller les cartes. Tant pis pour ce pauvre imbécile qui n'a rien compris. Son patron l'a sacrifié pour sonder le marché.

Il a répondu à l'offre.

Bientôt, il sera suffisamment riche pour rejoindre les derniers survivants du Troisième Reich en Amérique du Sud, loin de cette Allemagne dégénérée. Là-bas, on attend les braves comme lui, qui sont prêts à reconstruire le grand rêve du Führer.

36

Le préfet n'est pas franchement ravi de l'escapade du commissaire Djamel Khalen dans le *bush* cauchois. Après avoir été raccompagné en ambulance, Djamel s'est rendu tout droit à la préfecture pour confirmer ses ordres. Le compte-rendu de l'hécatombe n'a pas échappé à la presse.

Le remue-ménage causé par l'échappée sanglante de Pascal Draymond est tel que le représentant de l'État a dû minimiser les faits devant une foule de journalistes aux abois. Il a fallu près de cinquante pompiers pour venir à bout des différents incendies. L'autoroute A 29 est totalement fermée à la circulation pour plusieurs jours.

Il se tient dans le bureau du préfet, en chemise. Il n'a pas eu le temps de se changer. Le préfet éteint la télévision, à la fin des actualités régionales.

— Décidément, vous avez la main lourde, commissaire. Un commando du GIPN à l'hôpital, une ferme ravagée par un incendie, un pont d'autoroute détruit, trois voitures de police et deux cars de CRS en miettes ! Dont la vôtre, qui était toute neuve ! Sans compter une turbine d'hélicoptère et une verrière à remplacer ! Vos sorties coûtent cher au contribuable français.

— Le capitaine Legrand a agi sous mes ordres. L'information était sûre, nous n'avions que très peu de temps. Nous étions loin d'imaginer une telle résistance. J'avoue que nous avons sous-estimé notre adversaire.

— Ce type est un fou dangereux. J'ai demandé un mandat d'arrêt international. Interpol a confirmé. Les aéroports sont sous surveillance, les contrôles sont renforcés aux frontières, surtout avec l'Allemagne, comme vous l'avez demandé. Aucun Porsche Cayenne ne pourra quitter le territoire.

— À mon avis, ils vont se débarrasser du véhicule. Trop voyant.

— Vous avez quand même fait du bon travail.

— J'aurais préféré qu'il soit sous les verrous.

— Vous avez réussi à démanteler la filière française de son trafic de drogue. On a retrouvé un laboratoire clandestin dans les sous-sols. Vous avez aussi démantelé le premier réseau de contrebande et de contrefaçon de la région. Dans la grange, ils ont compté pour plusieurs dizaines de milliers d'euros de marchandises volées ou copiées. Ils n'ont pas pu tout emporter. Dans la précipitation, Draymond a oublié son ordinateur portable. Nos spécialistes sont en train de le décortiquer. Il fourmille sûrement de renseignements importants.

— On a aussi retrouvé le corps de sa petite amie, Morgane, parmi des caisses de C4 oubliées.

— C'est lui qui l'a tué ?

— Fabienne en est persuadée. Il a pensé qu'elle l'avait trahi.

— Ses photos de Draymond sont excellentes. Je viens de les visionner. Vous féliciterez le lieutenant Martin de ma part. Elle a bien travaillé. Vous avez une partenaire efficace.

Plus que vous ne pensez, soupire Djamel en son for intérieur. Elle est secondée par des amis pleins de ressources.

Quant à l'auteur des photos, son cœur se serre. Il n'a pas de doute. Stéphanie a vraiment bien travaillé. Il l'a compris quand Mélanie l'a appelé. Puis quand Fabienne est arrivée avec les preuves. Il a reconnu l'appareil photo. Il l'a parfaitement sentie se glisser hors du lit à cinq heures du matin, après avoir entendu son portable vibrer en mode silence. Mais en fin de compte, il est plutôt fier. C'est une fille fantastique, et il se demande bien qui il est pour vouloir l'empêcher de vivre sa vie comme elle l'entend, surtout s'il l'aime.

— À quoi pensez-vous, commissaire ?

— Fabienne est vraiment une fille bien. Je me ferai un plaisir de lui transmettre vos félicitations.

— Que comptez-vous faire maintenant ?

— Il nous manque Draymond et plusieurs de ses acolytes. Mais ce n'est qu'une question de temps. Il est grillé. Plus personne ne va vouloir travailler avec lui. Avec un mandat d'arrêt international à ses trousses, il a intérêt à se planquer au fond d'un trou. Nous avons toutes les preuves requises pour le mettre derrière les barreaux. Il n'y a qu'à choisir : trafic de stupéfiants, vol, trafic de contrefaçons, braquages à main armée, meurtres. Ce Draymond, c'est le prince du chaos. On dirait que cela l'amuse de tout faire sauter.

— Et ses complices ?

— On a retrouvé une des camionnettes abandonnée dans la région de Reims. À mon avis, ils ont filé en Allemagne. À Berlin. C'est son fief. On a l'adresse d'une société d'import-export, la Importsmittel Gmbh. Je suis persuadé que la police allemande va nous apporter sa meilleure collaboration. Ils n'ont aucune envie de voir les ponts exploser chez eux.

— Parfait. Concentrez vos efforts sur l'Allemagne, conclut le préfet en se levant.

Il lui serre la main. Du menton, il désigne sa veste déchirée.

— Rentrez chez vous, commissaire. Vous l'avez bien mérité. Je préviens le procureur que vous le rencontrerez dans deux jours.

— Merci monsieur le Préfet.

— Quand même, allez-y mollo dorénavant. Maintenant que Draymond est en cavale à l'étranger, vous allez pouvoir respirer. Faites-moi un rapport complet de vos aventures rocambolesques, que je puisse justifier de vous racheter autre chose qu'un vélo et un sifflet !

Il sort par la porte de derrière, sa veste boueuse sur l'épaule. Le temps est chaud, orageux. Quand il arrive à l'appartement, ses idées fixées sur les mots qu'il lui tarde de dire à Stéphanie, elle le surprend encore. Elle est assise dans un fauteuil en paille sur le balcon étroit. Elle bronze tranquillement, vêtue uniquement d'un string en soie. Elle lit un livre d'histoire sur la seconde guerre mondiale qu'elle a tiré de son inséparable sac de sport.

Il en reste pantois, transi d'envie. Elle est si belle, si ensorcelante. Son indépendance farouche ne la rend que plus attirante.

La sueur perle sur son front, sur sa gorge, ses seins. Elle ne bouge pas à son arrivée, mais elle a tressailli, ses muscles se sont instinctivement contractés, en alerte.

Il brûle d'envie de la prendre dans ses bras, de lui faire l'amour. Au point d'en perdre la parole. Quand elle tourne lentement ses yeux si bleus sur lui, il en perd sa veste qui tombe sur la moquette. Elle est rayonnante. Et lui, bête comme un manche à balai, planté au beau milieu de l'appartement.

— Comment va mon cow-boy ? murmure-t-elle en riant. J'ai appris que tu avais fait des prouesses ce matin ?

— J'en suis quitte pour racheter une veste. Celle-là est morte. À part ça, rien de grave. Juste quelques tôles froissées.

— J'ai parlé avec Fabienne. Elle est indemne. Elle aura juste des bourdonnements dans les oreilles pendant trois jours.

— Elle t'a tout raconté alors ?

— Bien sûr. Il ne fallait pas ?

Sa phrase le prend au dépourvu. Décidément, elle a un sens des choses qui le dépasse.

Il s'approche, se penche vers elle. Elle est si désirable dans le soleil. Il l'embrasse, vaincu d'avance. Il ne pourra jamais lui résister, ni lui imposer sa loi. Sa peau est brûlante, parfumée, irrésistible.

Il s'accroupit à ses pieds, caresse ses cuisses. Elle ne dit rien et se contente de le regarder. Il soupire et se lance :

— Écoute ma chérie, si Fabienne t'a tout raconté, alors tu sais ce que je pense et ce qui me tracasse.

Elle acquiesce d'un mouvement de tête sans se départir de son sourire enjôleur.

— Je vais être direct. Je t'aime et c'est tout ce qui m'importe. J'ai compris où tu étais allée ce matin à cinq heures quand Fabienne m'a apporté l'appareil photo. J'ai compris que si je devais t'interdire ou t'imposer quoi que se soit sous prétexte de t'aimer, j'en souffrirai le premier. Je n'ai pas envie. (Il appuie alors bien ses mots pour qu'elle comprenne). Je ne te demanderai donc jamais de te justifier, ni de savoir où tu étais, même si c'est avec tes amis les Ours. Je veux simplement avoir ta parole que tu ne dépasseras jamais la frontière entre ce qui est bien et le reste.

— Tu as ma parole, murmure-t-elle.

— Parce que cela, je ne pourrais pas l'accepter. Je ne pourrais pas te couvrir, je ne pourrais pas vous couvrir si vous devenez des êtres comme Draymond. C'est impossible. Tu ne peux pas me demander cela. Tu me comprends ?

— Oui. Je comprends. À ce propos, Mat'guen voudrait justement t'en parler.

— Pour l'instant, il s'agit de nous. Mat'guen peut attendre.

Elle laisse échapper une larme, mais peut-être est-ce uniquement à cause du soleil. Elle se lève, le prend par la main et l'entraîne vers la chambre.

— Je suis d'accord. Il attendra pour une fois…

37

L'heure de la vengeance a enfin sonné.

L'horloge de l'église ne l'effraie plus. C'est fini. Il peut la regarder bien en face sans se crisper. La haine qu'il ressent pour ce maudit village a atteint le point de non-retour. Il se retourne une dernière fois vers la fenêtre qui a hanté ses cauchemars. Elle a vieilli, comme lui.

Le soleil est haut dans le ciel dégagé. Comme un jour de juin 1944. Le souvenir de ses parents assassinés s'estompe dans les dernières larmes de haine. Il sait maintenant ce qu'il lui reste à faire pour venger définitivement ses parents. Pour qu'ils puissent enfin reposer en paix.

Pour que lui aussi puisse vivre en paix avec ses souvenirs et sa chienne de vie. Il paie sa chambre d'hôtel, monte dans sa voiture. C'est fini. Il ne remettra plus jamais les pieds dans ce village.

Le voyage du retour se passe sans histoire. Il n'a pas beaucoup de kilomètres à faire pour rentrer chez lui, à Yvetot, mais le trajet lui paraît durer une éternité. Il traverse la ville et retrouve son cher aérodrome. Il se gare sur le parking, lève par réflexe les yeux au ciel pour voir évoluer les petits avions de voltige. Étonné de n'en voir aucun, il pousse la barrière. Les habitués sont pourtant là. La journée est belle, sans vent. Que se passe-t-il ? Pourquoi les avions sont-ils cloués au sol ?

Les pilotes l'alpaguent au moment où il entre dans le club-house en lambris. Sur les murs, les vieilles photos d'aviateurs côtoient les coupes et les médailles. Il a restauré ce bar en pensant au film *L'étoffe des héros*. Il n'y a personne pour les accueillir.

Il demande où est Hans, son mécanicien, gardien, barman, homme à tout faire. Les pilotes râlent de plus belle. On ne voit personne depuis une semaine maintenant. L'atelier est fermé à clé, impossible de prendre les outils. Le courrier est resté dans la boîte aux lettres.

Hans Gautier a disparu.

Élie Martin fulmine. Ce petit morveux lui fait faux bon. Après tout ce qu'il a fait pour lui ! Il enrage. Le quitter alors qu'il est en congés ! Abandonner la clientèle, si difficile à fidéliser pour un petit aérodrome privé ! Il a toujours compté sur les fans de voltige pour soutenir son fonds de commerce. Les décevoir pendant un week-end radieux équivaut à une rupture de contrat.

Il se dépêche d'ouvrir le grand hangar et l'atelier. Il aide à sortir les planeurs, les *Pipper*, les *Cessna*. Il aide à la pompe pour remplir les réservoirs. Il met les mains dans la graisse pour accélérer les réparations et permettre au plus grand nombre d'assouvir leur passion de la voltige. Dès qu'il a un instant, il agrippe le téléphone. La sonnerie résonne dans le vide.

Hans Gautier n'est pas chez lui. Il appelle l'association Futur Libre. On lui répond que Hans n'a pas assisté aux ateliers depuis cinq jours. Son amie Flora est là. Il raccroche, furieux. Il n'a aucun envie de discuter avec elle.

Il passe l'après-midi à choyer ses clients. Il leur offre un verre pour se faire pardonner. Il appuie généreusement sur le whisky. Les voltigeurs repartent ivres et heureux. Les réprimandes sont oubliées. La journée a été belle, sans vent. Ils repasseront demain.

Une fois au calme, Élie ne range rien. Il est temps de rejoindre ses parents. Il passe dans l'arrière-boutique, récupère deux cartons de nourriture, du cognac, des cigarettes, du jambon, plus un assortiment d'excellentes victuailles. Ce soir est un grand soir. Il va dîner en famille. Ses yeux crachent aussitôt leur flot de larmes.

Des larmes de joie. Il y a longtemps qu'il n'a pas été aussi heureux. Son plan est mûrement réfléchi. Avec l'argent accumulé, il va enfin pouvoir s'exprimer. Les collabos d'Hénouville vont bientôt payer très cher leur forfait.

La voiture connaît maintenant bien le chemin tortueux qui mène à la grotte.

Au moment de s'engager dans le chemin invisible, Élie remarque des traces de pneus inconnues. Sa colère enfle. Ce petit con de Hans est encore venu fureter dans le coin. Il n'aurait jamais dû lui faire confiance. Dans un accès de fureur subite, il rêve de le voir mort.

Mais ce n'est pas Hans qui apparaît soudain en haut du monticule de gravats qui barre l'entrée de la grotte. Élie manque de lâcher ses colis. Le choc est terrible.

Grand, beau, majestueux, il se dresse dans son bel uniforme noir de la Waffen SS, si fier, si mystérieux. Son cœur bondit dans sa poitrine fatiguée. Après toutes ses années de misères, il est enfin venu le retrouver. Élie se redresse, les yeux embués de larmes. Il doit être digne.

Il est là, il l'attend, aussi beau que dans ses rêves d'enfant :

— Papa… ?

38

Fabienne sursaute en apercevant Stéphanie dans la voiture. Son amie n'est pas offusquée. Elle fronce même le nez pour ne pas rigoler.

Elle prend place à l'arrière de la Laguna.

— Que fais-tu là Stéph' ?

— Mat'guen veut nous voir, répond-elle.

— Tous les quatre ensemble ?

— Non, ça, c'est une idée à moi, l'interrompt Djamel en démarrant.

Pour une fois, il peut être fier de son coup. Les deux amies le dévisagent, interloquées. Fabienne ne sait pas trop sur quel pied danser. Mat'guen lui a bien recommandé d'éviter au maximum les interactions entre son travail et les Ours. Il semblerait que le moment de la confrontation soit enfin arrivé.

Stéphanie la rassure d'un signe de la tête. Elle est radieuse. Fabienne connaît bien Stéphanie. Il s'est passé quelque chose d'important entre elle et Djamel. Cela se voit. Et, a priori, c'est plutôt positif. Alors, pourquoi aller voir Mat'guen ?

— Je veux mettre les choses au point, répond Djamel comme s'il lisait dans les pensées de Fabienne. Vous avez beaucoup profité de la situation toutes les deux. Vous vous êtes bien amusées derrière mon dos.

Stéphanie hausse les épaules comme si ce n'était qu'une plaisanterie.

Une fois arrivé au domaine, Slovan empoche le revolver de Fabienne et de Djamel, qui lui remet toujours le sien de mauvaise grâce.

Pourtant Djamel se sent moins oppressé que la fois précédente. Comme si le fait d'avoir résolu son dilemme avec Stéphanie le libérait d'un poids important.

Alexis les attend dans le salon.

Il serre Fabienne et Stéphanie dans ses bras. Pendant qu'ils se parlent tout bas, Djamel inspecte le salon. Des dizaines de livres sont entassés pêle-mêle sur le billard autour de l'ordinateur. Un plateau à café et des restes d'un repas traînent sur la table basse. Des piles de dossiers cartonnés jonchent le tapis. Un vrai bordel. Djamel hoche la tête, étonné.

Alexis s'approche et lui serre la main. Il est plus détendu que la dernière fois, plus fatigué aussi. Ses yeux sont cernés, il ne s'est pas rasé, ce qui est très rare.

— Je t'ai connu plus en forme, constate Djamel sans humour.

— J'ai eu pas mal de travail ces derniers jours.

Stéphanie l'interrompt gentiment.

— Quand une idée le turlupine, il peut passer des jours sans dormir. Un peu comme un ours dans sa tanière.

— N'exagérons rien…

— Ben voyons…

Djamel a un pincement au cœur quand il voit Stéphanie parler avec Alexis. Il y a entre eux une complicité, plus forte encore qu'avec les autres membres du clan. Il va falloir qu'il s'en accommode. Décidément, aimer une fille comme Stéphanie ne requiert pas seulement des ressources physiques.

Il se secoue et parle le premier :

— Stéphanie m'a dit que tu désirais me parler ?

— C'est exact, dit Alexis. Et puisque tu as eu la bonne idée de venir avec Fabienne, cela va être plus facile.

— Que veux-tu dire ?

— Nos deux comparses ici présentes se sont pas mal impliquées dans l'affaire Draymond. Stéphanie l'a fait parce qu'elle voulait t'aider. J'aimerais donc…

— Tu te mets à travailler à ma place ? grogne Djamel.

— C'est vrai, insiste Stéphanie dans le creux de son oreille. Ne le blâme pas. Je voulais vraiment t'aider.

— Même si c'est vrai, continue Djamel, tu as aussi profité de leurs informations. J'accepte à la limite que tu sois au courant, mais je t'avais demandé de tenir ton clan à l'écart. La rixe du stand de paint-ball et les photos de Draymond sont éloquentes. Tu ne m'as pas écouté.

— Nous n'avons rien fait qui te porte préjudice. Ces petits cons l'ont bien mérité.

— Tu avoues que c'est toi et ton clan ?

— Je n'ai rien dit de tel, sourit Alexis, et là n'est pas le débat. Je voudrais revenir à Draymond et aux Schmeisser.

— Alexis, l'interrompt Djamel, c'est une affaire qui concerne la police. Tu n'as aucun droit. Je suis persuadé que tu es intervenu dans ce stand. Bizarrement, les skins l'ont joué profil bas. Tu as de la chance. Je peux te couvrir sur ce genre d'affaire, parce que, effectivement, ils l'ont bien mérité. Mais n'allez pas plus loin.

Il se tourne vers Stéphanie, puis défie de nouveau Alexis.

— J'ai fait le serment à Stéphanie de ne pas chercher à savoir ce qu'elle fait avec vous. En contrepartie, la réciproque est impérative. Je dois pouvoir vous faire confiance.

— Je comprends ce que tu veux, dit Alexis. Nous n'agissons que pour faire le bien. Tu peux avoir confiance en nous.

— Vous ne pouvez pas impunément appliquer vos règles personnelles. Même pour faire le bien. Il y a une justice en France pour cela. L'affaire Draymond ne vous concerne pas. D'ailleurs elle est en passe d'être réglée. Interpol est à ses trousses. Ils vont bientôt mettre la main dessus. Alors, je peux compter sur vous pour rester tranquilles ?

— Tu peux compter sur nous, le rassure Alexis. Seules les armes m'intéressent.

Il fixe Fabienne et Stéphanie. Elles ne disent rien.

Les deux hommes se détendent un peu. Pourtant, Alexis insiste :

— Draymond est vraiment en Allemagne ?

— Cette affaire ne te regarde plus.

— Tu oublies Dana ? Il a failli la tuer.

Djamel s'énerve.

— Non, je n'oublie pas Dana ! J'y pense même tous les jours. Alors n'en rajoute pas s'il te plaît ! Tu n'es pas le seul à en souffrir ! Mais laisse la justice faire son travail !

— C'est d'accord, rétorque sereinement Alexis pour calmer le jeu. Je voulais te voir pour deux choses : un, j'aimerais que tu permettes à Stéphanie de continuer à accompagner Fabienne, deux …

— Pourquoi ferais-je cela ?

Alexis hausse les épaules.

— Autant que tu sois au courant, non ?

La remarque est sévère. Djamel encaisse. Le clan continuera à obéir à Mat'guen, qu'il soit d'accord ou non.

— Ne va pas trop loin, Alexis !

— C'est une menace ?

— Imbécile.

— Deux, je voudrais que tu perquisitionnes officiellement chez Dupont et Associés, le cabinet d'expertise comptable administrateur de l'association Futur Libre.

— Le procureur a abandonné cette information à la mort de Serge Paradin. Ils sont sur d'autres pistes plus prometteuses. L'ordinateur de Draymond contient surtout les adresses de ses filières à l'étranger. L'adresse de ce cabinet ne figure pas dans les fichiers.

— D'accord, concède Alexis, tu as réussi à démanteler sa filière dans la région. Vous avez fouillé la ferme dans ses moindres recoins. Mais on n'a retrouvé aucun Schmeisser.

— Ils sont sûrement en Allemagne.

— Non, j'ai l'intuition qu'ils sont toujours dans la région, et que Serge Paradin et le petit monde qui gravitent autour de l'association restent liés d'une manière ou d'une autre à cette affaire d'armes anciennes.

— J'espère que tu ne me caches rien ?

— Si peu que pas, ricane Alexis.

— Tu penses encore aux éco-guerriers ?

Alexis hoche la tête. Djamel se tourne vers Stéphanie et Fabienne. Elles guettent toutes les deux sa réponse. Qu'a donc déniché Alexis pour lui faire une telle requête ? Que lui cache-t-il ?

— Tu es sûr de ne pas faire obstruction à la justice ? demande-t-il, méfiant.

— Tu peux me faire confiance. Si j'avais voulu, je serais allé faire un tour moi-même dans ce cabinet, mais tu n'aurais pas apprécié, je pense…

— Pas vraiment. C'est en rapport avec tous ces bouquins sur la guerre qui traînent sur ton billard ?

— En quelque sorte.

Djamel reste silencieux plusieurs secondes. Il scrute les visages de ses amis, celui d'Alexis, celui de Stéphanie. Malgré leurs divergences, il comprend qu'ils attendent un geste de sa part.

Pour la première fois, le commando des Ours requiert son accord. Pour la première fois, il se sent admis dans le cercle secret de leurs décisions.

Sa confiance en Stéphanie l'emporte.

— D'accord, dit-il, je te fais confiance. Je m'occupe de ce cabinet comptable. Et pendant que j'y suis, est-ce que tu pourrais me rencarder sur l'affaire Desjardins ? J'aimerais rendre une petite visite de courtoisie à ce président de pacotille…

Fabienne exulte.

Djamel Khalen commence à parler comme Mat'guen. C'est bon signe.

39

— Non, tu n'es pas Papa…

Le constat est amer.

Élie reste un long moment dans le brouillard, incapable de prononcer un mot ou de faire un geste. Le choc a été violent, mais il en a vu d'autres. Il se secoue.

Le visage narquois qui le fixe ne lui est pas inconnu. Il fouille dans sa mémoire. Puis l'homme lui fait signe de venir. Élie ramasse ses cartons. L'inconnu l'attend. Il l'aide à porter les cartons de nourriture. Pas de doute, il connaît la grotte.

Élie n'en revient pas. L'homme qui a endossé l'habit de son père est visiblement ici depuis plusieurs jours. Il a rangé la caverne, aligné les sacs, installé des lampes à gaz. Il fait bon dans l'antre de la terre. Il a descendu des caisses de Schmeisser du camion et confectionné un coin repas.

— Pose tes paquets, le vieux, dit gentiment l'homme. Tu l'as bien mérité.

Élie pose ses affaires, totalement estomaqué. Que fait ce gars dans sa grotte ? Pourquoi se comporte-t-il comme s'il était chez lui ? Pourquoi ne le craint-il pas ? Pourquoi l'a-t-il appelé le vieux avec un certain respect ?

La casquette des Waffen SS lui va très bien. Élie est impressionné. On dirait que l'homme a toujours porté l'uniforme nazi.

L'uniforme nazi.

Ça y est. Il se souvient.

Son nom a été cité dans tous les journaux, sur toutes les télévisions. Il éclate de rire. Il a enfin trouvé un véritable compatriote.

— Qu'est-ce qui te fait rire, le vieux ?

— Je sais qui tu es ! Tu t'appelles Draymond, Pascal Draymond.

— Tant mieux. Les présentations vont être rapides. Et toi ? J'en ai marre de t'appeler le vieux.

— Élie Martin. On va fêter notre rencontre.

— Comment tu me connais ?

— La télévision, les journaux. Tes exploits sont sur tous les médias. C'est incroyable. Le coup de la bijouterie, la bombe sur l'autoroute, c'est toi ?

— Tout juste, Élie.

— Super. Attends, j'ai ce qu'il faut.

Élie sort une bouteille de cognac. La meilleure. Ses yeux tremblent de bonheur. Les effets secondaires du choc. Voir cet homme se promener en grand uniforme dans la grotte, si près du cadavre d'un autre héros le plonge dans un état second. Il débouche la bouteille et en boit une longue gorgée au goulot avant de la lui tendre. Il attrape un paquet de cigarettes, en allume une.

— Tiens, prends une cigarette. La grotte est bien ventilée. Il est bien ce cognac, hein ? C'est du bon. Pendant l'Occupation, les SS se damnaient pour en avoir.

Draymond fait plus qu'étancher sa soif. Quand il repose la bouteille, elle a descendu d'un tiers. La gorge brûlante, il allume la cigarette offerte. L'alcool lui dégoupille les entrailles. Il soupire de bien-être, réajuste le col de sa veste, donne une pichenette à la casquette où trône la tête de mort.

— C'est vrai qu'il est bon. Alors, je suis grillé dehors ?

— Oui. Tes exploits sont dans tous les journaux. T'as foutu un sacré bordel. Le procureur et le flic, un certain Djamel Khalen, sont fous de rage. T'es devenu l'ennemi public numéro un.

— Tant mieux. Qu'ils crèvent tous ! Et toi, reprend Draymond après avoir soufflé une longue bouffée de sa cigarette, pourquoi t'es ici ? C'est à toi, toutes ces fringues, tout cet argent ?

— Tu es dans ma maison. Tout ceci est à moi.

— Le pognon, il vient des braquages de Pont-Audemer. Ce n'est pas une question.

— Oui. Tu vois, on est des fuyards tous les deux. Mais je n'ai pas ton style. Quel talent ! J'aurais dû faire appel à toi plus tôt. Ce con de Gautier est une vraie lavette.

— Gautier ? Le grand escogriffe blond ? T'as pas fait une affaire en l'embauchant.

— Tu le connais ? Bien sûr, je comprends tout. C'est lui qui t'a montré l'entrée de la grotte ?

— Oui. Après la mort de ses acolytes, il a eu besoin de mes services. La grotte faisait partie du contrat. Rassure-toi, je suis le seul à connaître ce lieu superbe.

Draymond se sert une nouvelle rasade. Élie l'accompagne. En une heure d'un rituel stupide, la bouteille est vide. Il ouvre la seconde avant d'être complètement ivre. Ses larmes redoublent d'intensité, mais il les ignore. Draymond est affalé sur une des caisses, le regard vitreux. D'un geste lent, il désigne les caisses :

— C'est pourquoi cette bouffe ?

— Un pèlerinage posthume. Pour mes parents. Ils se sont sacrifiés pour me sauver. Il faut bien que je leur apporte un peu de réconfort.

— Dans cette grotte ?

Draymond écarquille les yeux. Élie est dérangé mentalement, ce n'est pas possible. Venir apporter de la nourriture dans une grotte où il n'y a qu'un cadavre vieux de soixante ans…

— C'est ton père dans le camion ? C'est cela ?

— Non, pas du tout.

— Ah bon…

Plus de doute, ce type est timbré. Malgré l'ivresse qui lui tourne la tête, Draymond garde encore les idées claires. Du moins le pense-t-il.

— Pourquoi tu pleures ?

— C'est de joie. Dès que je pense à mes parents, je pleure. Depuis l'âge de trois ans, depuis que la cloche s'est mise à sonner.

— La cloche…?

— Mon docteur dit que c'est une maladie rare : une conjonctivite lacrymale. Moi, je sais que c'est pour mes parents.

— Raconte un peu.

Élie lui narre dans les détails l'effroyable sentiment d'abandon quand sa mère s'est fait traîner sur la place d'Hénouville, les cheveux rasés, avant d'être lapidée par la foule sauvage. Son père a été exécuté peu après dans la prison de Rouen. Pendant qu'il était dans son lit, seul, à les attendre, pendant que sonnaient les cloches de la Libération. Il a pleuré toute la nuit. Il n'a jamais compris avant longtemps que ses parents ne reviendraient pas. Des partisans l'ont découvert le lendemain seulement, attirés par ses hurlements, les yeux rouges de larmes. Ils l'ont placé à l'orphelinat, où il est devenu le sale boche. Depuis, quand il songe à ses parents, il a les larmes aux yeux.

Draymond dodeline de la tête, indifférent. La peine des autres est une émotion qu'il ignore. Il se retient toutefois d'éclater de rire.

— Tu comprends le choc que j'ai ressenti quand je t'ai vu dans l'uniforme de mon père. T'avais pas le droit de le porter.

— J'aime les nazis, rétorque fièrement Draymond. Ce sont les maîtres du chaos.

— C'est faux. Mon père était un homme doux et attentionné.

— Mon cul…

— Tu ne peux pas comprendre…

Draymond éclate de rire. Il tapote le brassard rouge vif orné de la croix gammée.

— Je suis bien d'accord avec toi. Je ne peux pas comprendre. Je n'ai jamais eu de père. Ma mère était une pute. C'était comme toi une enfant de la guerre, née en 1944 de parents inconnus. J'imagine que mon grand-père aussi était allemand, ma mère parlait parfaitement cette langue, comme moi. En 1969, son proxénète l'a trucidée parce qu'elle était enceinte pour la seconde fois. J'ai tout vu.

— Qu'est-ce que t'as fait ?

— Je lui ai fait la peau à cet enfoiré !

— T'avais quel âge ?

— Dix ans, je crois…

— Merde alors…

Élie se plonge dans la contemplation de la bouteille pour ne pas croiser le regard illuminé de Draymond. Il avale maladroitement une gorgée, s'étouffe. Draymond prend la bouteille, en siffle une longue rasade. Une minute passe. La grotte est silencieuse comme un tombeau.

— Pourquoi t'es venu ici ? demande finalement Élie. La police te recherche partout.

— Ils doivent penser que je me planque en Allemagne. Ils n'auront jamais l'idée de fouiller aussi près de chez eux. C'est une planque merveilleuse.

Une autre minute passe. L'alcool rend leur élocution un peu plus lente.

— L'autre, dans le camion, tu sais qui c'est ?

— Aucune idée. Par contre, ce qu'il transportait, c'est un vrai trésor. Viens, je vais te montrer.

Emporté par son enthousiasme et par l'ivresse, Élie ne se rend plus compte de ce qu'il fait. Il se dirige d'un pas haché vers le camion, soulève la bâche. Il désigne les caisses mystérieuses frappées d'un sceau particulier. Il a perdu toute notion de prudence. Il a enfin trouvé un ami de sa race. Draymond le suit tant bien que mal.

— Tu sais ce que c'est ?

— Des caisses de Schmeisser.

— Non, c'est autre chose. Un truc incroyable. J'ai dû ouvrir plusieurs caisses avant de comprendre.

— Qu'est-ce que c'est ?

Élie pouffe de rire et lui dit.

Draymond en tombe assis par terre dans la poussière, les bras ballants.

— C'est une blague, t'es bourré, le vieux.

— Non, je suis sérieux. Jette un coup d'œil.

Draymond titube jusqu'au camion. Les caisses sont plus grandes, de meilleure fabrication, dissimulées sous les caisses de munitions. Il n'a pas particulièrement fait attention depuis qu'il se cache ici. Fièrement dressé, Élie exhibe un morceau d'acier.

— Elles sont bien planquées sous les autres. Il fallait le savoir pour les trouver.

Il n'y a pas de doute. C'est tout simplement fantastique.

Draymond retourne s'asseoir, le cœur battant la chamade. Cela vaut plus que tout ce qu'il avait imaginé. Malgré l'alcool, son cerveau tourne à cent à l'heure. C'est un signe du destin.

— Que comptais-tu en faire ?

— Me venger des villageois qui ont abattu mes parents. Tu ne trouves pas que c'est une belle vengeance ? J'aimerais bien raser ce village de merde. C'est une super idée, non ?

Draymond pense que non, ce n'est pas une bonne idée. Le vieux est un médiocre, un petit joueur…

— Les braquages, c'était pour ça ?

— Pour me procurer de l'argent, pour la restaurer.

— Imbécile… Tous les billets neufs qui sont dans les banques sont répertoriés. Si tu te pointes à un guichet ou dans un magasin, t'es mort.

— Ah bon ? T'es sûr ? Comment on fait alors ?

Draymond reste silencieux, plongé dans ses pensées qui ont du mal à émerger.

— Il faut le blanchir, le disperser, l'atomiser dans le monde entier, dit-il enfin.

— Tu m'as l'air d'en connaître un rayon ?

— C'est ma spécialité. Avec de l'argent sale, je paie la came en liquide. Cet argent, les fabricants de drogue le distribuent à leurs fournisseurs, à leurs distributeurs, à leurs clients. Les billets vont circuler sous le manteau plusieurs mois avant d'atterrir dans une banque. Il en viendra de partout.

— Ça doit prendre du temps ?

— Oui. Mais quand ça déboule, faut se tirer… Aujourd'hui, j'ai une autre combine. Je fais dans le vol et la contrefaçon d'électronique. Je vais dans les pays de l'ex-URSS, et j'achète des magnétos, des DVD, des ordinateurs avec tes euros numérotés. Ce fric repasse par la drogue ou le trafic d'émigrés.

— Est-ce que tu pourrais m'aider ?

Draymond ricane. Il est temps de se décider. Une telle occasion ne se représentera jamais. Accomplir son destin, réaliser le plus fou de ses rêves. Quelle jouissance !

— Bien sûr, avec plaisir, dit-il enfin. D'ailleurs, j'ai un cadeau pour toi.

Il sort son pistolet et lui tire une balle dans le cœur. Élie recule sous le choc et s'effondre sur les robes de sa mère.

Draymond exulte.

Il sort avec frénésie, respire un grand coup. La tête lui tourne. Il a de la chance. Le téléphone capte le réseau, s'il se met à l'entrée du chemin.

— Émile ?

— Comment tu vas ? Tu as une drôle de voix…

— Ça pourrait être pire.

— T'as besoin de quelque chose ?

— Non, c'est parfait. Dis, tu te souviens du pacte qu'on a fait un jour ?

— Bien sûr ! Le pacte des Apôtres !

— Oui. Celui-là…

— Le chaos originel ! Ouais, mais on était douze crétins d'idéalistes à l'époque. Pourquoi ?

— J'ai trouvé…

— T'as trouvé de quoi foutre le bordel ?

— Mieux que cela, Émile. Le chaos ! Le vrai !

— Ouah ! Raconte !

— Rameute les Apôtres ! Le grand jour est arrivé…

40

L'immeuble du 15e arrondissement, au 33, rue de Vaugirard est d'une triste banalité. Rien ne le distingue d'un autre pâté de maison.

La plaque sur le mur de l'entrée est en cuivre. Dupont et Associés, cabinet d'expert comptable. Troisième étage gauche.

Djamel Khalen sonne.

Rien. Aucune réponse. Pourtant, il est onze heures du matin, un jour de semaine. Le cabinet ne peut pas être fermé, même si cela confirme ses craintes. La veille, il a tenté vingt fois d'obtenir une personne au téléphone. Rien non plus. Un simple répondeur anonyme demandant de laisser un message.

Par acquiT de conscience, il a demandé au service des communications de vérifier si la ligne n'était pas déroutée sur un serveur vocal. Le répondeur pourrait se trouver n'importe où. La réponse était claire. La ligne n'est pas déroutée. Le numéro correspond à l'adresse indiquée. Seul fait étrange, aucun appel n'a été enregistré depuis six mois. En utilisant une fois de plus les miracles de l'informatique, Djamel a cherché à savoir si la société avait fait faillite.

C'est tout comme. Il n'a rien trouvé. La société n'existe que sur le papier.

Il a donc décidé de se rendre sur place avec Fabienne.

Heureusement, une dame sort de l'immeuble sans qu'ils aient besoin d'insister. Sans brassard de police ni armes à la main, ils ressemblent à un couple sans histoire.

Au troisième étage, une autre plaque en cuivre indique les heures de rendez-vous. Djamel frappe.

— Ça sonne creux, dit Fabienne, l'oreille collée contre le bois. Aucun son, pas de voix, ni de téléphone.

Fabienne extirpe un couteau suisse particulier de sa poche et commence sans complexe à crocheter la serrure.

— Que faites-vous ?

— J'ouvre la porte, ça ne se voit pas ?

— C'est une effraction pure et simple. Comment savez-vous faire ?

— J'ai un ami qui nous a donné des cours particuliers dans un certain nombre de domaines. Et arrêtez de sourire bêtement. Je vous évite de le faire vous-même.

Djamel éclate de rire.

— Je vais appeler la police.

La serrure saute au bout de trente secondes. Fabienne ouvre la porte et s'efface pour laisser passer Djamel.

L'appartement, un cinq pièces de bureaux, est entièrement vide. Les rideaux tirés ne laissent passer qu'une faible lumière. Les parquets sont poussiéreux.

Au centre du bureau principal, une table sur des tréteaux avec un téléphone répondeur relié à un petit boîtier noir. Pas de mobilier, pas d'ordinateurs, d'armoires ou de dossiers. Rien.

L'électricité fonctionne correctement. Mais il n'y a pas d'eau dans les toilettes. L'appartement sent la poussière et le renfermé.

— Un cabinet bidon. C'est bien notre veine, constate Djamel.

— Qu'est-ce que cela vous inspire ?

— C'est une société écran. Un prête-nom pour faire transiter de l'argent. Le seul intérêt de ce cabinet, c'est son existence légale qui permet d'avoir des ouvertures de compte multiples.

— À votre avis, qui est derrière tout cela ?

— Draymond. À tous les coups. Cette combine est fréquente pour blanchir l'argent de la drogue. Je suis sûr qu'on va finir par retrouver cette adresse dans son ordinateur.

— Comment fait-il pour les comptes, pour valider les bilans de l'association Futur Libre, par exemple ?

— Il suffit d'un complice dans la place, et d'un bon ordinateur et d'une liaison internet. Je suis sûr que Paradin était son contact. Partons, nous n'avons plus rien à faire ici.

— Qui sont les actionnaires de ce cabinet ? insiste Fabienne. Il doit bien y avoir un moyen de les piéger !

— On n'a pas assez de temps. Je vais relancer les gars de la B.F.I. Avec un peu de chance, ils vont remonter jusqu'aux fondateurs du cabinet, mais je vous parie que c'est une autre société bidon.

— Paradin, c'était le dingue avec les affiches sanglantes collées sur les murs ?

— Oui. Je me demande quel lien peut exister entre Paradin, Draymond et les armes.

— C'est ce que Mat'guen aimerait découvrir.

— J'espère qu'il ne fait pas fausse route…

Le téléphone se met à sonner.

Djamel et Fabienne sursautent.

— Quel con, ce téléphone, il m'a fait peur, enrage Fabienne.

Djamel se précipite vers le répondeur. L'occasion est inespérée. Sur l'écran s'inscrit un numéro de portable.

Il sort son stylo et le note sur sa main. Puis il attend le signal du répondeur.

Mais il ne se déclenche pas. Une série de déclics électroniques résonnent dans l'appartement, puis l'appareil se tait. Le petit boîtier noir se met à clignoter un instant, puis tout rentre dans l'ordre.

Djamel enrage.

— Les petits malins… Ce cabinet sert de relais. Un truc bien connu pour brouiller les pistes. Avec ce système, impossible de repérer le destinataire.

— Au moins, on a la preuve que Draymond n'est pas mort et qu'il est bien derrière tout cela.

— Qu'est ce qui vous rend si affirmative ?

— Le numéro dans votre main, dit Fabienne. C'est celui de Draymond, le 06.12.27.11.33, celui de la Food Import Sarl.

41

Ils sont tous là.

Ils ont tout abandonné pour le suivre.

Ou presque. Deux sont morts l'année dernière sur un bateau. Serge Paradin s'est écrasé contre un pont. Le plus jeune a décroché. Il ne viendra pas.

Ils sont huit.

Ils se connaissent depuis longtemps. Ils ont eu le même idéal. Ils sont les meilleurs. On les a appelés les éco-guerriers. On les a encensés, détestés, puis renvoyés comme des malpropres.

Jamais ils n'ont rompu le contact. Ils avaient conclu un pacte.

Ils étaient douze.

Le Pacte des douze Apôtres. L'idée la plus grandiose pour des éco-guerriers : le Chaos originel ! Le retour aux sources ! Mettre fin à cette civilisation de dégénérés et d'hypocrites ! Par tous les moyens.

Draymond trône parmi eux, dans son grand habit noir. Ils sont tout ouïe. Quand il leur dévoile son projet, leurs yeux s'illuminent.

Draymond est fou, mais de cette folie qui fait les grands hommes. En une nuit, autour du feu, il dresse leur plan de bataille. Tout est minuté. Il faudra faire vite. Très vite.

À l'aube, les éco-guerriers s'éclipsent de la grotte en silence.

Le compte à rebours a commencé.

42

La petite maison sur le lac est toujours aussi belle, toujours aussi discrète, perdue dans les saules et les joncs qui bordent le lac.

Gérard a garé l'Audi de location dans le parking bondé réservé aux touristes. Alexis sort de la voiture, satisfait. Avec sa tenue décontractée, il passe complètement inaperçu.

Il franchit la passerelle et frappe à la porte.

Pas de réponse.

Il entre. La maison est vide. A priori seulement. En inspectant les lieux, il découvre un sac de plage, des lunettes de soleil d'un grand couturier sur la table, à côté d'un sac de toile. La cuisine vient d'être astiquée. Les chiffons sont humides. Et surtout, deux verres reposent sur un plateau avec une bouteille de vin rouge allemand. Il acquiesce de la tête. La veuve Griedenburg a bon goût. Un très bon cru.

La porte du fond est ouverte. Deux fauteuils en osier se partagent la terrasse, face au panorama splendide. Sur l'un d'eux, une serviette de bain.

Alexis prend le plateau, débouche la bouteille, porte le tout sur la terrasse et attend. Elle revient en nageant, grimpe sur le ponton. Sa gorge se serre. Cette jeune femme est très séduisante dans son maillot de bain bleu clair. Sa peau blanche efface les gouttes d'eau qui coulent sur son corps. Il détourne les yeux et lui tend sa serviette, d'un geste très théâtral.

— Quel galant homme, sourit-elle.

— C'est un plaisir de vous revoir, madame. Vous êtes absolument ravissante. Cette tenue vous va à ravir.

Le rire clair de Hanna s'élève dans les montagnes. À voir ses joues rosies par le grand air et l'éclat triste de ses yeux assortis à son maillot, elle ne doit pas rire souvent. Ce mouvement de bonne humeur lui sied à ravir.

— Je vous remercie, reprend-elle.

— De quoi ?

— De me faire rire. Il y a bien trop longtemps que le chagrin accapare mes pensées.

Elle se frotte les bras, les jambes et s'allonge sur le fauteuil, prend le verre qu'il lui tend.

— J'espère que vous appréciez le charme de l'endroit. Je vous ai donné rendez-vous ici, car je voulais vous voir seule. Mon beau-père n'apprécie pas que vous vous chargiez de retrouver mon grand-père.

— A-t-il peur de découvrir un autre Griedenburg ? Moins conforme à cette image de héros qui a bercé sa jeunesse ?

Hanna se dresse sur un coude.

— Vous n'êtes pas tendre avec lui, monsieur de Fontvieille. C'est un vieil homme que la vie a beaucoup éprouvé.

— Pouvons-nous laisser tomber le monsieur et madame, suggère Alexis. Je ne suis pas aussi vieux que cela ?

— Un reste d'éducation prussienne, plaisante-t-elle. Cela me convient. Moi, c'est Hanna. Et vous, Alexis.

— Vous savez, Hanna, je ne serai tendre avec personne. Pas même avec vous. J'ai beaucoup réfléchi avant de vous contacter.

— Je comprends. Ce que vous m'avez dit est surprenant. Cela m'a perturbée, je l'avoue.

— Avez-vous amené les documents que je vous ai demandés ?

— Ils sont dans le sac de toile sur la table.

— Les avez-vous lus ? Je veux dire…

— Oui. Je les ai relus. Votre question était vraiment troublante. La réponse ne vous surprendra donc pas. Effectivement, c'est mon beau-père qui a réalisé ce cd-rom, qui a apporté ses propres conclusions. Je n'ai pas interprété les témoignages. J'ai recopié ses notes. Mais où cela vous conduit-il ?

— Vous promettez de m'écouter jusqu'au bout ? Je n'ai rien contre votre famille, et j'espère que ma franchise ne vous choquera pas.

Elle ne baisse pas les yeux. Ses mains ne tremblent pas.

— Si vous saviez ce que j'ai enduré pendant toutes ces années. Vous n'imaginez pas ce que c'est de vivre dans une famille obnubilée par la mort d'un héros. C'est devenu invivable. Mon grand-père était un vrai dieu. Au point que le château est encore dans l'état où il était en 1944. Mon père n'a touché à rien et Maman n'a plus le courage de faire des travaux. C'est aussi pourquoi je préfère vous recevoir ici. L'air du château est irrespirable.

— Je comprends mieux. Vos paroles me confortent dans mon idée. Pour moi, les conclusions de votre beau-père sont déformées par sa vénération.

— Expliquez-vous ?

— Un simple exemple : sa promotion à l'état-major. Votre beau-père considère que c'est une superbe promotion, l'aboutissement de sa carrière d'officier.

— Pas vous ?

— Franchement ? Non. Car il aurait dû intégrer l'état-major avec le grade de général. Comment se fait-il qu'un officier de cette valeur soit resté simple Oberst ? Pourquoi a-t-il demandé ce poste risqué alors qu'il détestait Hitler ? Pourquoi n'a-t-il pas eu la moindre nomination au grade de général entre 1942 et 1944 ?

Hanna se penche dans la contemplation des montagnes pour cacher son trouble. Les remarques d'Alexis sont sans réponse.

— En quoi est-ce important, selon vous ?

— Il avait une raison particulière d'être à ce poste, mais ce n'était pas pour servir le Grand Reich.

— Quoi ?

— Votre grand-père était un idéaliste. Il avait de la guerre et de l'homme des idées très arrêtées. Il refusait de se mêler aux SS, de faire de la politique. Hitler s'est toujours méfié de lui, au point de l'ignorer pendant deux ans. Les rapports sont formels. Il n'apparaît pratiquement jamais. J'ai vérifié aux archives. Le colonel Von Griedenburg s'est forgé une image de bon soldat bien propre, obéissant, effacé. Il n'a pas fait la carrière qu'on lui prédisait parce qu'il n'a pas admis le sens que prenait le cours de l'histoire. Cela allait contre ses valeurs. Il était très lucide sur son rôle d'officier, et à mon avis sans concessions dans son métier. L'honneur, la bravoure, l'honnêteté étaient des valeurs qui comptaient chez lui.

— À l'inverse de la mentalité de brigands et d'assassins des Waffen SS ?

— Exactement. Votre grand-père était très attaché à son pays. Si vous avez relu les lettres de votre grand-mère, vous comprendrez. À partir de 1942, il est de plus en plus préoccupé par l'avenir de sa famille et de son pays. Quand il dit, un jour qu'il parle avec le Führer : « J'aimerais que cette guerre s'arrête enfin. Nous allons trop loin », Hitler répond qu'il est d'accord, et qu'une fois la Russie vaincue, il négociera la paix de mille ans.

— Je me souviens de cette phrase.

— Hitler n'a jamais pu répondre cela à votre grand-père…

— Pourquoi ?

— Parce que ce jour, Hitler se trouvait à plus de mille kilomètres de là. À la date que mentionne votre grand-père, le Führer se trouvait à Paris, avec Von Choltitz.

— C'est incroyable.

— Plus encore, le 6 avril 1944, votre grand-père est à Rouen, nous en avons la preuve. Il dit devoir rejoindre Saint-Omer prendre le commandement de la 15e armée.

— Je suis d'accord.

— Or ce même jour, Von Rundstedt, son supposé supérieur direct, et le Maréchal Rommel, grand prêtre de la ligne de défense de l'ouest sont à Berchtesgaden, avec Hitler, pour justement mettre une touche définitive au dispositif de défense du Mur de l'Atlantique.

— Là, je ne vous suis plus.

— Trouvez-vous normal que les deux militaires les plus concernés par le futur débarquement en France, Von Rundstedt et Rommel soient justement absents le jour de son arrivée en Normandie ?

— C'était une mission secrète.

— Ça, c'est la version de votre grand-père. Il aurait dû au moins se présenter au QG de Rommel, à la Roche-Guyon. Or il n'y a aucune trace de son passage. Je suis persuadé que votre grand-père avait intentionnellement choisi cette date. Pour profiter de leur absence justement, tout en brouillant les pistes avec Saint-Omer…

— Allez-vous enfin me dire à quoi vous pensez ? s'impatiente Hanna. Je suis d'accord. Mon beau-père a peut-être un peu enjolivé ses conclusions, mais où vous conduisent les vôtres ?

Alexis fixe Hanna droit dans les yeux, et dit d'une voix grave :

— En Angleterre.

43

Le regard dans le vide, malheureux à en mourir, Francis Bonert erre dans les couloirs de l'hôpital. Les bleus se guérissent vite. Pas les coups au cœur, jamais. Sa figure porte encore les cicatrices de sa rencontre avec ce dingue d'acheteur. Le patron de sa belle Stéphanie.

Il traîne la jambe vers la sortie. Une infirmière lui remet sa feuille de sécurité sociale et le montant des honoraires. Il signe sans regarder, désemparé. Il va devoir rentrer chez lui, retrouver sa femme insignifiante, cette étrangère pas trop encombrante qui squatte sa maison. L'image de Stéphanie s'imprime dans sa tête. Son parfum trouble ses pensées. Tête basse, il rejoint sa moto sur le parking de l'hôpital Charles Nicolle.

Il n'a rien dit. Il n'a pas porté plainte malgré les nombreuses blessures. Avant que les secours n'arrivent, il a passé un coup de téléphone à son ami et chef, Pascal Draymond, de la cabine publique au pied du carrefour qui mène au stand. Il a utilisé la procédure d'urgence.

Draymond l'a félicité. Il s'en tire avec les honneurs. Tant pis pour cette petite conne de Morgane. Il soupire.

Le corps de Stéphanie vient encore le hanter. Il n'admet pas d'avoir perdu cette partie. Elle s'est moquée de lui. Elle l'a rabaissé au rang de simple puceau. Quelle honte !

Il cherche les clés de sa moto dans les poches de son blouson.

Il monte sur sa machine. Il aurait tant aimé la chevaucher avec Stéphanie…

Une main lui touche l'épaule. Il sursaute.

— Eh, Bonert, tu rêvasses ?

Francis se retourne.

— Tiens, salut Émile. Comment vas-tu ?

— C'est à toi qu'il faut le demander. Notre chef est venu prendre de tes nouvelles, tu sais ?

— Je vais bien. Juste quelques ecchymoses et une belle balafre.

— Tant mieux. T'aurais pas une idée sur l'identité du type qui t'as foutu une raclée par hasard ?

— Non, aucune. Ils portaient tous des cagoules. Demande aux autres.

— Je te crois.

— Est-ce que tu as cherché à le recontacter ?

— Je te jure que non.

— Pas de problèmes, je te connais depuis longtemps, tu es quelqu'un de fidèle. Bon, je te laisse. À bientôt. Pascal t'envoie ses condoléances. Parole d'Apôtre.

Émile s'éloigne, laissant Bonert perplexe. Qu'a-t-il voulu dire ? Draymond n'a jamais employé une telle phrase. Il hausse les épaules, met son casque.

Il se retourne une dernière fois. Émile lui fait un signe de la main avant de disparaître derrière le bâtiment administratif.

Il tourne la clé de contact. Le moteur rugit. Une vibration sympathique. Il enclenche la première vitesse. Enfin il retrouve des sensations.

Il accélère, rejoint les quais. Il slalome entre les voitures, déborde sur la gauche et s'enfonce dans le tunnel en faisant rugir son moteur. Le vent s'engouffre dans son casque, il respire, pousse à fond et passe la quatrième. Il grille un feu rouge. Au bout du quai, il y a l'autoroute. Il va pouvoir libérer la hargne de sa machine.

La boule de C4 déchiquette la roue arrière, la transmission et les amortisseurs. À cette vitesse, la moto fait une terrible embardée.

Elle percute le rebord de sécurité en béton. Bonert est violemment projeté en avant par-dessus la rambarde. Il s'écrase sur le capot de la voiture qui roulait en sens inverse. Le conducteur affolé ne peut pas réagir. Le choc est terrible. Le temps qu'il freine, le corps disloqué de Bonert s'affaisse sur la chaussée.

Dans l'autre sens, tel un satyre, résonne le rire d'Émile, le second Apôtre, venu venger la trahison dans le sang.

Et compliquer l'enquête de la police.

Il accélère avant que les curieux ne bloquent la circulation et disparaît sur l'autoroute de Barentin.

44

Le chauffeur russe soupire. Le chargement de son camion, un lot complet de tubes et de raccords d'échafaudages à destination de Moscou s'est terminé plus tard que prévu. Il a perdu trois heures pour trouver la société et son temps de route est épuisé. Il va devoir attendre demain matin pour partir.

Il quitte la société de Oissel, emprunte l'autoroute et s'arrête à la première grande station service pour dîner.

Le parking est bondé. Il se sent en sécurité. Le temps est clair.

Il s'installe à côté de son camion, sort son petit réchaud, son fauteuil en plastique et avale un repas frugal dans son coin, indifférent à la circulation de l'autoroute. C'est un solitaire qui a l'habitude des longs trajets et des parkings étrangers.

Vers onze heures, il ouvre sa porte et monte. Il s'apprête à se retourner quand il sent qu'on le pousse dans le dos. Il s'étale sur les sièges, le nez dans le changement de vitesse.

Un coup terrible sur la nuque le plonge dans l'inconscience.

Son agresseur a agi avec discrétion.

Il fouille le pauvre bougre, lui pique ses clés. Le camion sort de l'aire de repos, puis de l'autoroute. Une voiture le prend en charge.

Ils arrivent à la nuit noire devant la grotte. Aussitôt, tous les éco-guerriers s'activent. Durant cinq heures, ils vont décharger en silence la totalité du chargement.

À quatre heures du matin, l'agresseur repart avec le camion vide. Il retourne sur l'autoroute et se gare au même endroit que la veille. Finalement, il administre un puissant poison au chauffeur.

Il ne s'en tirera pas.

Le tueur tire les rideaux de la cabine et sort.

Une voiture le récupère.

Ils sont tranquilles pendant une dizaine de jours. Le camion n'est pas attendu à destination avant une semaine. Sur l'autoroute, le trafic est tel qu'on ne le remarquera pas de sitôt. Le temps que la police comprenne, les tubes seront montés.

45

Le StaatKommissair Garten hoche la tête, incrédule. Le rapport qui vient de tomber sur son bureau est un véritable concentré de folie. Depuis que la demande d'interpellation du terroriste français Pascal Draymond est arrivée en priorité un d'Interpol, la ville de Berlin est sur des charbons ardents.

Pire, il vient d'être nommé responsable de l'enquête. Ses premiers contacts avec le commissaire français Khalen et le rapport circonstancié qui a suivi la mort d'Ulrich Müller l'ont propulsé sur le devant de la scène.

Son service a identifié le cadavre déchiqueté de l'usine abandonnée. En moins de huit jours. Une véritable performance. Ou un simple coup de chance à la lecture du rapport.

Du délire. Comme si cela ne suffisait pas.

Il décroche son téléphone et contacte le commissaire Khalen sur son portable.

— Commissaire Garten, quel plaisir de vous entendre, répond Djamel. Que puis-je faire pour vous ?

— Mon cher ami, j'ai une bonne et une mauvaise nouvelle pour vous.

— Donnez-moi la meilleure, que j'en profite un peu.

— Depuis votre demande à Interpol de la semaine dernière, je suis officiellement chargé de l'affaire. Ce Draymond va devenir ma bête noire jusqu'à ce qu'on le coince. C'est vous qui avez suggéré qu'il soit à Berlin ?

— Oui. Selon mes renseignements, Berlin était son

quartier général. Bienvenue dans la brigade internationale antiterroriste.

— Merci. J'ai déjà obtenu l'adresse de sa société. Elle est fausse. L'endroit est un terrain vague.

Djamel a un rictus sauvage.

— C'était la bonne nouvelle ? Voyons maintenant la mauvaise.

— On a retrouvé le corps d'un inconnu truffé de balles. Il avait la moitié du visage arraché. Le tueur lui a envoyé un chargeur entier dans le corps. On a retrouvé des étuis sur place. Et devinez quoi ?

— Les Schmeisser ? s'exclame Djamel.

— Ja. Exact. Les douilles numérotées correspondent au lot que nous recherchons ! J'ai vérifié personnellement au Krieg-Archiven Burö.

Djamel brandit le pouce en direction de Fabienne, l'air victorieux.

— Les armes sont donc en Allemagne. Le marché doit exploser.

— Pire que cela. On a déjà quatre morts sur les bras. Des petits vantards qui tentaient de fourguer des imitations grossières.

— Que s'est-il passé ? Qui est l'homme abattu ?

— C'est là que cela devient consternant ! C'est un Français ! Cet homme est arrivé à Berlin en se faisant passer pour Ulrich Müller !

Djamel manque de s'étrangler.

— Pardon ?

— Il a contacté plusieurs réseaux de néo-nazis. Il connaissait leurs noms, leurs numéros de téléphone.

— C'est incroyable. C'était peut-être un acheteur ? Vous insinuez qu'il connaissait Müller ?

— Encore exact. Il est venu à Berlin avec sa voiture. Un geste d'une incroyable bêtise. Plus stupide encore, il s'est mal garé. On a retrouvé sa voiture ce matin à la fourrière, avec tous ses papiers. Il avait laissé son passeport dans un sac. Il faut être complètement inconscient, ou parfaitement naïf pour agir de la sorte. Ce n'est pas tout.

Son sac était rempli de billets de banque neufs, avec leurs bagues d'origine.

— Attendez, commissaire, vous vous moquez de moi ? C'est impossible. Si la vente a démarré à Berlin, il n'avait aucune raison d'agir de la sorte.

— Sauf si cet imbécile a voulu doubler Draymond. Un complice attiré par l'argent.

— Avez-vous retrouvé des Schmeisser ?

— Non, aucun. Ils doivent être cachés dans la ville. Il reste encore des quartiers peu fréquentables à Berlin. C'est un repaire facile pour un terroriste.

— Vous pensez donc aussi que Draymond est à Berlin ? Faites bien attention, ce type est fou. C'est un maniaque de la bombe.

— Je vous remercie pour vos conseils. Ils me seront précieux. Je vous envoie le dossier de ce crétin. Un certain Hans Gautier. Cela vous dit quelque chose ? Il n'est pas fiché en Allemagne. Interpol n'a rien non plus. Ce con d'amateur a pourtant réussi à foutre un sacré bordel.

— Je m'en occupe personnellement.

— Tenez-moi au courant.

Djamel raccroche.

Le commissaire l'a appelé au bon moment. Il est temps de sortir le grand jeu. Desjardins va être le premier. Ils viennent juste de sortir de la voiture, garée en double file par Fabienne, comme à son habitude.

Il entre avec Fabienne dans les bureaux de l'association GreenWorld.

Ils ne prêtent guère attention au décor somptueux, aux photos épiques des grands combats écologiques, aux messages de paix et d'avenir.

Djamel lui relate en quelques mots sa discussion avec Garten. Fabienne écarquille les yeux. C'est à en perdre son latin. Les événements s'emballent depuis la fuite de Draymond en Allemagne. Il doit se sentir traqué. Cela donne sûrement des envies d'indépendance à ses coéquipiers. La fin tragique de ce Hans Gautier va remettre tout le monde dans le droit chemin. Draymond entend bien rester le maître.

Le président Desjardins reçoit Djamel avec une mauvaise volonté flagrante. Il lui serre à peine la main et ignore superbement Fabienne. Elle fait la grimace sans se formaliser. Elle n'entre pas dans le bureau. Elle se colle devant la porte, en bon cerbère, les mains sur les hanches, le holster bien en évidence. Les collaborateurs qui passent devant le bureau s'enfuient, perplexes. Monsieur Desjardins aura à répondre à bien des interrogations après leur visite.

Djamel entre tout de suite dans le vif du sujet.

— Vous savez ce qui m'amène. J'ai besoin de connaître les noms des éco-guerriers qui ont opéré sous couvert de votre association.

— Je vous ai déjà dit que cette légion n'a jamais existé. C'est de l'affabulation !

— Vous mentez, j'en suis persuadé. Serge Paradin était un ancien éco-guerrier. Vous me l'avez dit la dernière fois.

— Erreur, monsieur le commissaire. J'ai simplement reconnu qu'il était violent. Maintenant, si vous êtes venu pour cela, je suis désolé, je ne peux rien faire pour vous. Je vous prie de m'excuser.

Le président de GreenWorld l'entraîne par l'épaule pour le reconduire.

Djamel le repousse violemment. L'homme, surpris, recule.

— Votre conduite est déplacée, monsieur le commissaire. Je vous prierai de sortir avant que je ne porte plainte pour harcèlement.

Djamel l'interrompt d'un geste autoritaire. Sa voix est tranchante :

— Dois-je vous rappeler l'affaire des immeubles de la rue Pavée ?

Desjardins s'affale sur son fauteuil avec un souffle au cœur. L'attaque est directe, brutale.

— Qui vous a raconté ? bredouille-t-il. Comment êtes-vous au courant ?

— Un de mes amis vous a aidé un jour. Vous avez une dette envers lui.

— C'est impossible.

— Aujourd'hui, je viens réclamer cette dette.

Desjardins se lève brutalement.

— Foutez-moi le camp, hurle-t-il violemment. Vous n'avez rien à me demander !

— Il y a trois ans, vous avez acheté un hôtel particulier rue Pavée, pour en faire des immeubles et les louer. L'affaire était rentable. L'investissement initial était élevé, mais vous avez pris le risque… avec l'argent de l'association.

— Vous dites n'importe quoi !

Djamel continue, imperturbable.

— Vous avez signé devant le notaire Maître Bazire, installé rue de la Paix. Seulement voilà, vous êtes tombé sur une énorme arnaque. L'hôtel était insalubre et en passe d'être démoli. Les vendeurs, de mèche avec l'agent immobilier et le notaire, ont falsifié les rapports et les certificats d'insalubrité. Dès que la vente a été faite, ils ont détruit les documents et renvoyé les originaux avec votre signature.

— Taisez-vous…

— Sans preuve, vous ne pouviez pas porter plainte.

— C'est de la calomnie.

— Arrêtez de mentir. Vous étiez ruiné. Pire, vous aviez détourné les fonds de l'association pour réaliser cette affaire.

— Sortez immédiatement ! s'emporte Desjardins.

Il s'écroule sur son fauteuil avant d'avoir mis sa menace à exécution. Djamel l'a mis K.O

— Laissez-moi finir… La faillite personnelle, le déshonneur, la prison. Voilà ce qui vous attendait. Heureusement, par le plus grand des hasards, le notaire est revenu deux jours après vous voir. Il boitait. Il avait peur. Très peur. Il vous a redonné votre chèque sans un mot, puis il est parti sans laisser d'adresse. Deux mois après toute la bande était sous les verrous. Le notaire a tout avoué.

Chaque mot enfonce le corps du président un peu plus dans son fauteuil en cuir.

Le téléphone sonne. Djamel s'en empare. Desjardins ne réagit plus.

— Le président est en conférence, hurle-t-il. Il laisse le combiné décroché. Je continue mon histoire ?

— C'est un tissu de mensonges…

— À d'autres. Le notaire boitait parce qu'il avait reçu un coup de couteau dans la cuisse. En guise d'avertissement.

— Comment êtes-vous au courant ? Rien n'a jamais filtré…

— L'ami dont je vous parlais. Il a eu les mêmes problèmes que vous. Il avait aussi acheté des parts… Il n'a pas aimé ce genre de transactions…Mais il a réagi de façon disons, beaucoup plus radicale… Il a rendu visite au notaire, une nuit. L'homme a vite compris qu'il avait misé sur la mauvaise personne. Vous avez profité de cette rencontre.

— Je n'ai jamais rencontré cet homme ! Je n'ai jamais rien demandé !

— Pourtant il vous a sauvé la vie ce jour-là. Maintenant, vous avez une dette envers lui. Vous le savez très bien. La liste. Je veux cette liste en paiement de votre dette.

— Vous n'avez pas le droit. C'est du chantage ! Sortez !

Le président tente un dernier baroud d'honneur, mais la volonté n'y est pas. Djamel sait qu'il a gagné. Il est en train de craquer nerveusement.

— Vous avez joué avec de l'argent qui ne vous appartenait pas. Vous avez détourné des fonds à des fins d'enrichissement personnel.

— C'est faux, gémit le président, au bord de la syncope. Je voulais faire fructifier cet argent…

— Vous vous moquez de moi ! Il y a d'autres moyens moins risqués. Mais surtout, vous spoliiez les gens honnêtes qui croyaient en vous. L'argent des dons sert à gagner un combat, pas à jouer les apprentis financiers. Vous avez trahi leur engagement, leurs convictions !

— Il n'y a pas de preuves !

Djamel s'attendait à cet argument. Il pose ses deux mains sur le bureau, devient franchement menaçant :

— Je me moque des preuves, monsieur Desjardins. Cette histoire s'est bien terminée pour vous parce que cet ami a pris des risques à votre place. Je veux cette liste ! Vous savez ce que vous risquez si vous manquez à votre parole. Rappelez-vous la jambe du notaire ! Je vais être très direct : ce n'est pas du chantage, c'est un ordre. Vous m'avez bien compris ?

Desjardins devient cadavérique. Il capitule.

— Si je vous donne cette liste, je suis un homme mort.

— Allons, ne dramatisez pas…

— Vous ne les connaissez pas !

— Figurez-vous que je meurs d'envie de faire leur connaissance. La liste !

D'une main tremblante, le président ouvre un des ses tiroirs, en retire une feuille de papier blanc. Djamel lui arrache des mains.

— Ils se faisaient appeler les Apôtres… Ils étaient douze…

— Les douze Apôtres… On dirait plutôt les douze salopards…!

Djamel jubile. À cet instant précis, il comprend ce que peut ressentir Alexis quand, par des moyens radicaux, il arrive à ses fins. Il comprend son engagement, celui de Stéphanie, ainsi que la dévotion des Ours envers leur chef.

Il pourrait profiter de la situation pour lui extorquer de l'argent. Avoir un tel pouvoir confère des perspectives infinies. Mais il ne le fait pas. Il n'est pas un truand et ne le sera jamais.

Il range le document dans sa poche, puis il inspire lentement et proclame la sentence finale :

— Monsieur Desjardins, j'associe une peine au paiement de cette dette. J'exige qu'en plus de cette liste, vous démissionniez de votre poste. Une association comme GreenWorld mérite un président intègre !

— Vous n'avez pas le droit de me demander cela, s'offusque Desjardins, passant du blanc au rouge. C'est du chantage ! Je ne céderai pas !

— C'est votre problème, pas le mien. Vous avez

détourné l'argent de gens volontaires et engagés. C'est une question d'honneur. Vous avez une semaine pour vous décider.

Djamel sort sans attendre la réponse.

À son regard triomphant, Fabienne devine qu'il a réussi. Il extirpe le bout de papier brûlant. La liste de la mystérieuse légion des éco-guerriers, des Apôtres du Chaos. Les noms sont inscrits sur une simple feuille sans entête, à l'aide d'une imprimante basique. Le président pourra toujours nier lui avoir communiqué.

Fabienne le presse.

— Alors ?

— On a enfin trouvé un lien… C'est incroyable. Alexis avait raison.

Il y a douze noms sur la liste. Pas d'adresse. Simplement douze noms. Dont celui de Serge Paradin…

… Et celui de Pascal Draymond.

46

Sur la route du retour, Alexis parcourt rapidement les lettres que Hanna a ramenées. Il n'a fallu que dix pages pour le convaincre. Dès 1943, la femme du colonel note un changement d'attitude important chez son mari, qu'elle attribue au surmenage et à la guerre. Il devient irascible, méfiant, angoissé.

La période est difficile. Les succès du Führer se perdent dans les sables africains et dans le bourbier russe. Il n'y a plus de grandes batailles.

Ce qu'elle remarque le plus, c'est le comportement instable de son mari. Von Glück l'attribue aussi à l'éprouvante obligation d'appartenir à l'état-major. Pour Alexis, c'est beaucoup plus simple.

Il est devenu paranoïaque comme tous les espions du monde.

Von Griedenburg a décidé de travailler pour les Forces Alliées.

Il voulait arrêter ce conflit abominable qui s'étendait au monde entier. Il pressentait que la fin du Troisième Reich approchait.

Il referme l'écran de son portable devant la porte de l'hôpital. Que cherchait-il à prouver ?

À l'accueil, le docteur Gastenay le conduit personnellement devant la chambre de Dana, porteur d'une grande nouvelle.

Elle est sortie du coma ce matin. Ses premiers mots ont été pour lui. Elle a demandé à le voir.

Gérard est aux anges. Alexis se retient de courir dans

les couloirs. La chambre est toujours plongée dans la pénombre. Les stores cachent toujours la vue. C'est impératif pour protéger la patiente des rayons féroces du soleil.

Le docteur Gastenay ouvre la porte et laisse entrer Alexis. Il le suit, quand Gérard l'arrête gentiment mais fermement par le bras. Il hoche la tête d'un air désapprobateur et le fait ressortir de la pièce. Surpris par la poigne de son adversaire, le médecin n'insiste pas.

Gérard referme doucement la porte, laissant Alexis seul avec Dana. En faction, les mains dans le dos, il affiche un regard féroce, un sourire narquois aux coins des lèvres. Cet événement est bon signe. Les Forces du Bien sont en train de reprendre du terrain…

Alexis s'approche lentement. Elle n'a jamais été aussi belle, aussi fragile. Il s'approche. Elle tend la main. Des larmes coulent de ses yeux. Il se penche et l'embrasse, tel un chevalier venu réveiller sa princesse endormie. Puis il s'assied sur le lit, à ses côtés, sans un mot, savourant chaque seconde de ce bonheur intense.

Au bout de trois minutes, le docteur Gastenay revient. Elle est encore très faible. Elle doit se reposer. Gérard frappe discrètement à la porte, sans pour autant le laisser entrer.

Alexis le rejoint une minute plus tard, silencieux. Mais Gérard connaît bien son ami. Mat'guen est heureux comme il ne l'a pas été depuis longtemps. Il le prend par l'épaule et lui montre un SMS que Fabienne a envoyé sur son portable.

— Djamel a trouvé la liste des éco-guerriers. Draymond était leur chef… Ils se faisaient appeler les Douze Apôtres…

— Gérard, dit Mat'guen, il est temps de la terminer, cette putain de guerre !

47

Dès qu'ils sont de retour à Rouen, Djamel lance deux ordres très précis. Un, retrouver la trace des éco-guerriers figurant sur la liste. Deux, trouver qui est ce Hans Gautier.

Pendant ce temps, alors que le commissariat devient une véritable ruche, il imprime la liste des billets de banque retrouvés dans la voiture de Gautier et la donne à Fabienne qui se précipite pour connaître leur provenance.

Le dossier de Hans Gautier est sur son ordinateur trois minutes plus tard. Hans Gautier, un ancien repris de justice, un petit malfrat. Encore un. Et écologiste militant à l'association Futur Libre. Encore un.

Djamel hoche la tête, ébahi. Comment peut-on faire preuve d'un tel amateurisme, surtout quand on a Draymond en face de soi ? Prendre son véhicule personnel et laisser plusieurs milliers d'euros dans un sac de sport sur la banquette arrière ?

Quant à Draymond, il ne peut s'empêcher d'admirer son imagination. Faire du trafic de drogue et de la contrebande tout en se faisant passer pour un néo-nazi, voilà qui n'est pas banal. Le StaatKommissair Garten avait raison. Draymond a bien caché son jeu.

Un terroriste « vert »…

Toutes ses théories sur les terroristes internationaux, sur le financement des réseaux tombent à l'eau. Rien à voir avec tout cela. Il a affaire à un voyou surdoué, qui agit pour son compte personnel ! Ce Draymond est un vrai caméléon qui se cache derrière des théories politiques pour brouiller les pistes ! À se demander quel tour pendable il va encore leur jouer…

La réponse de Fabienne arrive avant qu'il ne finisse le dossier de Gautier. Elle le cloue sur place.

Les billets trouvés dans la voiture de Gautier proviennent des braquages de Pont-Audemer !

Incompréhensible.

Irrationnel. Complètement stupide.

Hans Gautier est un imbécile qui a cru pouvoir doubler Draymond. Il n'y a pas d'autre explication. Draymond est donc à Berlin. Il a tué Hans Gautier pour lui régler son compte. La cote des Schmeisser va encore grimper. Ce genre d'incident excite les acheteurs fanatiques.

Il rédige un mémo rapide pour le procureur et le préfet. Il insiste sur la détermination du tueur pour minimiser sa récente bévue à la ferme et justifier la perte de son véhicule.

Pourtant, quelque chose le tracasse. Pourquoi Hans s'est-il fait passer pour Ulrich Muller ?

Il frappe le poing droit dans sa main gauche, en se traitant d'imbécile. C'est évident !

Gautier connaissait Müller, qui connaissait Paradin, qui connaissait Draymond !

Il rouvre le dossier. Cet ancien repris de justice travaillait comme mécanicien à l'aérodrome privé d'Autretot, près d'Yvetot.

Djamel a soudain l'impression qu'une trappe vient de s'ouvrir sur la région.

C'est à deux pas de la ferme ! C'est par l'aérodrome que Draymond a atteint l'autoroute. Il sort l'adresse de Gautier, un lieu-dit à côté de Fréville.

— Fabienne ! Allez jeter un coup d'œil à cette adresse ! Essayez de trouver des indices sur ce Hans Gautier. Je veux juste des renseignements. Pas d'initiatives déplacées ! Ensuite, vous irez faire un tour à l'aérodrome.

— D'accord. Je peux avoir un double de la liste des Apôtres ?

— Bien sûr. Demandez à Garnier de vous accompagner. Sauf bien sûr si vous préférez faire une balade entre copines… !

Fabienne met la feuille dans sa poche, quand un nom attire son attention…

Draymond serre plus fort le bandage autour de son torse. Il a lavé la plaie, mais elle ne se referme pas. La fièvre le fait transpirer. À moins que ce ne soit l'excitation. Il ne s'est jamais senti aussi proche du bonheur absolu. Enfin, le monde va écouter sa parole ! Le monde entier va connaître son visage, sa mission !

Le pacte des Apôtres !

Le chaos originel, le retour aux sources ! Un monde nouveau, libéré des « intégristes du libéralisme », qui considèrent la terre comme un vulgaire tas d'or qu'ils vident de sa substance pour leur seul profit.

Il s'emporte. Il est devenu un prophète !

Son ami le ramène brutalement à la réalité. Il désigne le corps recroquevillé d'Élie Martin.

— Que fait-on de lui ? Il commence à sentir. On l'enterre ?

— Pas question qu'il souille cette caverne ! Balance-le dans la Seine.

— D'accord. Je m'en occupe cette nuit.

— Et ce traître de Bonert ?

— C'est fait. Je lui ai réglé son compte.

— Très bien. Il n'a eu que ce qu'il méritait !

La cavité de la grotte étouffe ses paroles scandées d'une voix forte. Il parade dans son uniforme noir. Il ajuste sa casquette d'un geste nerveux.

Dehors, le bruit des tubes en acier qu'on assemble sonne doux à ses oreilles. Yves Degrémont trie les pièces extraites des mystérieuses caisses qui jonchent le sol, près de la sortie. Il chantonne.

— Elles sont en parfait état, lance-t-il à Draymond. Une vraie merveille.

— Parfait, parfait ! Quel est l'avis de l'expert ?

— Ça peut marcher. L'appareil tiendra. La seule inconnue, c'est la poussée initiale. Avec le carburant d'aujourd'hui, ça devrait compenser l'absence du piston, mais tout peut exploser.

— Ça va marcher, j'en suis persuadé.

Il se tourne vers Émile, son fidèle compagnon de route.

— Et les autres ? Pourquoi sont-ils absents ?

Émile se racle la gorge, inquiet pour son ami. Il a refusé l'aide d'un médecin. Sa santé décline, sa blessure s'infecte. Il le voit bien. Son teint est pâle, vitreux. Il ne mange pratiquement plus rien. Il tient seulement grâce aux litres de cognac que l'inconnu lui a laissé à titre de cadeau posthume. Pire, il perd les pédales.

Même si son projet est grandiose.

— Jacques Leblond et Francis Ragel sont morts l'année dernière dans un accident de bateau. Tu ne te rappelles pas ?

— Bien sûr, râle Draymond. Où est le dernier, le gamin ?

— Lui… Il a raccroché après notre coup d'éclat en Amazonie…

— Quoi ? Le massacre des bûcherons, ces minables qui détruisaient la forêt originelle à coups de tronçonneuses géantes ! Ils n'ont eu que ce qu'ils méritaient.

— On a besoin de lui… plaide Émile.

Draymond lui tend un bout de papier avec une adresse.

— Ramène-moi cette minette, elle fera parfaitement l'affaire. Quant au gamin, s'il ne veut pas venir nous rejoindre, s'il refuse de respecter sa parole, tue-le ! C'est quoi son nom, déjà…?

— Hervé Caron ?

Fabienne relit ce nom avec stupeur.

Il est le onzième sur la liste. Le seul qu'elle connaisse, à part Pascal Draymond et Serge Paradin.

— Vous savez qui c'est ? demande Djamel devant l'air interloqué de sa collègue.

— Hervé Caron travaille à l'association des Adorateurs du Menhir. Je l'ai rencontré, il y a quelques jours. Un sacré goujat.

Djamel bondit sur ses pieds.

— Je me souviens de votre rapport. L'acteur de films pornos ?

— Exact.

Djamel s'empare de sa veste.

— On en tient un ! On y va tout de suite. Avec un peu de chance, on pourra le cueillir.

— Faites gaffe, ricane Fabienne, c'est la saison des fraises en ce moment…

— Très drôle. Passez-moi les clefs de la Laguna. J'y vais avec Garnier. Prenez la Peugeot. Et ne traînez pas en route. Le shopping entre copines est interdit pendant les heures de service !

48

La Laguna se traîne sur l'autoroute. Djamel frémit de rage chaque fois qu'il aborde une côte. Le moteur ne suit pas, la vitesse chute inexorablement alors qu'il garde le pied collé au plancher. Le lieutenant Garnier se plonge dans la contemplation de son arme de service pour que la frustration de Djamel ne retombe pas sur lui. Une fois passé le péage, il s'engouffre sur la nationale et suit à la lettre les instructions que Fabienne lui a communiquées.

Il débouche sur le parking au ralenti. Il a pris soin de rentrer la sirène pour ne pas attirer l'attention. Avec Garnier, ils sortent de la voiture et se dirigent vers la lourde porte de chêne, en se demandant comment ils vont pouvoir pénétrer à l'intérieur.

Curieusement, une grosse cylindrée allemande immatriculée dans le Calvados est garée devant le portail, prête à partir. Intrigué, Djamel s'approche. L'intérieur de la berline est rutilant, mais vide.

Un détail le choque. Les clefs sont sur le contact. Il tâte le capot. Il est chaud. La voiture vient d'arriver. Il interroge Garnier du regard. Il hoche la tête.

Ils sortent leurs armes d'un même geste. Ils se collent à la porte, prêts à faire feu. Ils ignorent s'il y a du danger, mais les derniers événements les ont méchamment échaudés. Djamel ne prend plus de risque.

Elle est entrouverte.

Il prend soin de se mettre à couvert et pousse le battant du bout du pied. La rafale de mitraillette ne vient pas. Il s'agenouille et braque le couloir désert. L'énorme phallus qui trône au centre de la barbacane les interpelle un instant, ainsi que le long couloir bucolique.

Seul point incongru : les caméras de surveillance sont détruites. Quelqu'un a tiré dessus à coups de pistolet.

Ils entendent des voix.

Ils avancent prudemment, l'arme pointée. Les voix s'amplifient, le ton monte. Au bout du couloir, des hommes sont en train de discuter fermement. Djamel s'avance. Il reconnaît aussitôt Hervé Caron à la description que lui a faite Fabienne. Deux inconnus armés lui font face, en leur tournant le dos. L'un d'eux est grand, les cheveux blonds comme un viking, vêtu d'un manteau long qui rappelle les méchants de Sergio Leone. Caron secoue la tête, énervé, ses répliques sont virulentes et négatives. Il envoie paître ses interlocuteurs.

De la tête, Djamel ordonne à Garnier de se plaquer contre le mur et de le couvrir. Il avance lentement.

L'homme doit avoir un sixième sens ou des yeux derrière la tête. Avant que Djamel l'ajuste et l'interpelle, il se retourne avec une stupéfiante rapidité.

Djamel comprend pourquoi il portait un aussi long manteau malgré la chaleur. Le fusil calibre 12 jaillit. Djamel n'a que le temps de plonger vers l'arrière. Les plombs de chevrotine explosent les parois de verre dans un vacarme assourdissant.

Le deuxième inconnu sort la même arme et braque Caron qui réagit aussi au quart de tour. Il détourne l'arme d'un coup de pied et plonge derrière le comptoir de la réception. Émile Jacobin aligne cinq cartouches contre les intrus qui se sont repliés derrière le phallus. La verrière éventrée laisse tomber des dizaines de bouts coupants qui tombent sur leur tête.

Djamel entend des cris. Un dernier coup de feu, puis une cavalcade.

Il se rue en avant avec Garnier, écrase les morceaux de verre. Arrivés à la réception, il n'y a plus personne. Garnier braque les autres couloirs pendant que Djamel fait le tour du comptoir.

Caron est allongé sur le sol. Blessé, mais vivant.

— Bouge pas, hurle Djamel. Où sont tes complices ?

Caron ne répond pas tout de suite. Il savoure d'être en vie, et vexé que ce soit grâce à l'intervention fortuite de la police.

— Commissaire Khalen, dit-il avec soulagement. Je dois avouer pour mon malheur que je suis heureux de faire votre connaissance.

Il lève les bras en signe de reddition. Djamel l'interpelle une nouvelle fois :

— Ne bouge pas ! Où sont passés les deux autres ?

— Dans le couloir de gauche. La deuxième porte à droite. Il y a une sortie latérale. Elle est prévue pour les invités qui veulent rester discrets.

— Garnier, va voir s'il te plaît.

— D'accord.

L'officier se dirige lentement vers l'endroit indiqué. Toute la zone est étrangement déserte.

— Qui sont-ils ? insiste Djamel. Des amis à toi ?

— Si on veut, avoue Caron, mal à l'aise, plutôt de vieilles connaissances…

— Te bile pas, ricane Djamel. J'ai la liste des douze Apôtres...

— Alors là, bravo ! reconnaît l'ancien Apôtre, estomaqué. Comment avez-vous réussi ce tour de force ? Desjardins ne l'aurait jamais balancé à un flic, quitte à en crever. Il a trop la trouille de Draymond.

— Draymond s'est envolé vers l'Allemagne. C'est un homme mort.

Djamel inspecte les couloirs, les allées, les habitations. Personne ne vient à leur rencontre malgré la fin des coups de feu. Caron s'exprime comme s'il comprenait la surprise du commissaire :

— Vous ne risquez pas de voir grand-monde. Ils tiennent trop à leur anonymat. La peur du scandale. Il y a des gens connus dans ce club. Si vous n'étiez pas intervenu, je serais mort sur place.

— Tu n'imagines pas comme cela me touche. Je suis venu parce que je veux l'adresse de Draymond en Allemagne.

Hervé Caron éclate de rire. Un rire qui se termine en grimace sous la douleur.

— Vous vous trompez, commissaire. Draymond est resté dans le coin…

— C'est pour ça qu'il est venu te chercher ? Hein ? Réponds !

— Oui, halète Caron, enfin… pas vraiment…

— Qu'est-ce qui se passe ?

Djamel s'agenouille près de l'athlète qui ne bronche pas, un sourire crispé aux lèvres. Il inspecte ses blessures, toujours sur ses gardes. Ses yeux font l'aller-retour entre le comptoir et Caron. Le bois est déchiqueté par les plombs. L'épaisseur du meuble lui a probablement sauvé la vie autant que leur intervention.

— Dis donc, ce n'est pas une balle perdue ça ? Éclaire-moi un peu. Tu ne t'entends plus avec tes anciens amis ? Ils ont voulu te tuer ?

— Arrêtez vos sarcasmes, grimace Caron en baissant la tête. C'est assez difficile comme ça de se faire flinguer par ses potes.

— Comment s'appellent-ils ?

— Les deux, là ? Émile Jacobin et Pierre Dufour. Les deuxième et quatrième Apôtres. Toujours aussi dingues. Surtout Émile.

Il n'a pas besoin de s'étendre sur le sujet. Deux coups de fusil résonnent, suivis par une riposte faible. Puis un crissement de pneus.

Suivi d'une explosion.

Garnier revient en courant, indemne mais très agité.

— Que s'est-il passé ? demande Djamel, soudain très inquiet.

— C'est la Laguna, commissaire…

— Oh non… Encore une voiture… Merde !

— Il a balancé une grenade dedans avant de fuir. Je n'ai rien pu faire.

L'odeur de la fumée arrive par le couloir. Caron exulte. Djamel soupire.

Le préfet ne voudra jamais le croire.

49

Alexis attend Dana devant la grande porte. Elle effectue sa première sortie aujourd'hui. Le docteur Gastenay l'a autorisée.

Elle est pâle, amaigrie. Mais son sourire est entier. Ses cheveux volent dans la brise. Le soleil réveille ses sens. Alexis pousse son fauteuil roulant vers le jardin de l'hôpital. Gérard reste sur le perron, pour veiller sur eux.

Dana est aux anges. Elle tient la main d'Alexis. Des larmes de bonheur coulent sur ses joues. Il est plus embêté. Elle n'a aucun souvenir des quinze minutes qui ont précédé l'accident. Elle se souvient d'être entrée dans le restaurant en sa compagnie, pour parler sérieusement de leur avenir. Elle revoit très bien son visage en face d'elle. Il a commencé à lui parler. Après, c'est le trou noir.

Alexis lui raconte son histoire pour la deuxième fois, en y mettant un peu plus les formes. Elle l'a exigé. Il se soumet, embarrassé.

Mais elle est beaucoup plus calme, beaucoup plus sereine. Elle l'écoute sans broncher, sa main dans la sienne. Dans ses yeux brille une intense envie de vivre. Après cette terrible épreuve, elle n'a pas envie de perdre du temps.

Il a l'impression d'expier ses fautes, de se débarrasser pour toujours de ce maléfice qui l'empêche d'être heureux avec elle. Il n'a plus besoin de lui mentir et remet sa vie entre ses mains, comme elle l'a fait pour lui.

Ils restent deux heures l'un face à l'autre.

Quand le docteur vient rechercher Dana, Gérard voit que le miracle continue d'opérer. Son ami Alexis a retrouvé cette vigueur, cette force qui fait de lui le Mat'guen. Son regard est devenu bleu acier, dur et puissant. C'est lui qui donne une claque dans le dos de Gérard.

— Je te confie le Conihout. J'ai un dernier voyage à faire…

— J'ai compris, tu vas passer en Angleterre…

50

Garnier n'en revient pas. Djamel a réquisitionné la voiture de Caron pour rentrer à Rouen avec son prisonnier. Ils se sont serrés à trois dans le minuscule Roadster Z3. Garnier conduit avec fougue. Il a rarement l'occasion de s'amuser avec ce genre de jouet. À l'arrière, Caron est secoué comme un prunier, mais ne dit rien.

Il n'a pas opposé de résistance. Au contraire. Il suit le commissaire avec soulagement. Ses blessures sont peu profondes.

Il a retiré les plombs incrustés dans sa chair avec une pince à épiler et a pansé ses plaies rapidement sans que personne ne vienne l'aider, puis il a lancé les clefs de sa voiture à Garnier. Il s'est levé.

— Bon, on y va ? a-t-il dit, pressé de quitter les lieux.

Djamel a vu juste.

Les Apôtres ont voulu éliminer uns des leurs. Cela ne laisse rien présager de bon. Caron n'est plus dans la course. Il ne lui reste plus qu'à vivre. Pour lui faire comprendre à quel point ils peuvent se tirer mutuellement d'affaire, il ne lui a pas passé les menottes.

— Vas-y, je t'écoute, dit Djamel après un instant.

— Draymond est un fou. Pour lui, il n'existe que le chaos originel. La nature est sauvage, indomptable. Elle fait ce qu'elle veut. Sa seule règle c'est tuer ou être tué. Les plus forts survivent. Et chaque parcelle de la terre participe à ce grand chaos.

— C'est de la philosophie de bordel, ton truc.

— Peut-être. Mais il y croit dur comme fer. Les intégristes du capitalisme, comme il les appelle, ont soumis la nature à leur seul profit. Le monde actuel est rongé par la corruption et la pollution. Ils sont en train de détruire la terre pour l'argent. Il doit arrêter tout cela.

— C'est du discours d'écolo branché ! Quel rapport avec les néo-nazis ?

— Absolument aucun. C'est un énorme canular. Il utilise les néo-nazis pour brouiller les pistes. Pendant que vous perdez du temps à les surveiller, il agit en toute tranquillité. Ils sont fiables et muets. Il les paie cher pour faire diversion. C'est tout.

— Il n'empêche que c'est par leur indiscrétion qu'on a mis la main sur lui. Continue.

— Draymond se croit investi d'une mission importante. Il veut devenir le tueur suprême, être l'égal de la nature ! Devenir le maître du chaos !

— En faisant exploser des bombes, raille Djamel.

— Draymond est un fanatique doué d'un très bon sens des affaires, reprend Caron sans se formaliser. Il n'a surtout aucun sens moral et il exècre l'être humain. Il abhorre le peuple soumis qui suit comme un mouton ses dirigeants peu scrupuleux.

— Il est fou ?

— Oui, et sans pitié.

— À d'autres. Et toi ?

— J'ai raccroché. J'ai laissé tomber après la tuerie de l'Amazonie.

— Je me rappelle. Des dizaines de bûcherons assassinés. On a cru à une attaque de la guérilla.

— C'était nous. Il fallait les arrêter. Ils détruisaient la forêt originelle.

— Votre action était inutile. Le pillage continue.

— Je sais. C'est pour cela que j'ai raccroché. J'étais jeune, le plus jeune de la bande, avec Serge Paradin. On était les meilleurs, on y croyait tous. Pascal était notre Dieu. Mais on se trompait de cible. Les véritables méchants sont dans les tours en verre, derrière leurs bureaux en acajou, bien à l'abri en train de compter leurs milliards.

— C'était au temps des éco-guerriers ?

— Oui. Desjardins nous a virés juste après ce massacre.
— Il était au courant ?
— Bien sûr. Certains ordres venaient directement de lui. Cela servait ses ambitions politiques. Jusqu'à ce qu'il atteigne la tête de l'organisation. Après, il n'a plus eu besoin de nous.
— C'est vraiment un pourri…

51

Le quartier de Vauxhall à Londres le laisse indifférent. L'immeuble du MI6 est pourtant impressionnant avec ses immenses carrés de béton et de verre.

Son ami général a déployé des trésors de diplomatie pour qu'il puisse arriver jusque-là. Dans l'un des immeubles les plus secrets. Le cœur du contre-espionnage anglais.

Et surtout la mémoire des années de guerre. Le SOE (spécial operations executive) a été crée par Winston Churchill en juillet 1940, après la défaite de la France. Son but : coordonner toutes les actions secrètes possibles (sabotages, résistance, guérilla, réseaux, infiltrations) pour miner la capacité de guerre nazie dans toute l'Europe. Le siège du SOE se trouvait au 64, Baker Street. Jusqu'en 1946, où il a été dissous et intégré dans le MI6. Ses archives ont suivi.

Elles sont enfouies sous cet immeuble. Gardées au secret le plus absolu pour cent ans. Interdites à toute personne étrangère.

Le major Peter Collins est tout à fait de cet avis. Il n'apprécie visiblement pas cette intrusion française dans ces locaux.

Guindé comme seuls les officiers britanniques peuvent l'être, méprisant l'intrus, hautain et visiblement chagriné par l'ordre du Premier ministre qui accorde un droit exceptionnel à cet inconnu, le major Collins reste impassible dans le hall.

— Vous êtes en retard, monsieur, dit-il sans diplomatie, furieux à la simple idée de devoir lui adresser la parole.

Alexis n'en a cure. Cet officier en rajoute un peu trop. À la limite de la caricature. C'est pourtant un bel homme, grand, musclé, fier de sa prestance et de sa classe. Un des plus jeunes majors de sa promotion, promu à un brillant avenir dans l'armée britannique. Qui parle de surcroît un excellent français, ce qui est rare pour un Anglais.

— J'attends une lady, Major, répond Alexis.

— Sorry, mais je n'ai qu'un laissez-passer nominatif. Il n'est aucunement question de laisser entrer quelqu'un d'autre.

— Je le sais. Elle voulait juste être présente.

— Je vous conduis. Suivez-moi.

Il donne un ordre strict aux grenadiers qui montent la garde. La lady devra patienter dans le hall réservé aux personnels en visite.

Ils descendent d'interminables couloirs, franchissent des portes blindées, soumis régulièrement à un contrôle d'identité poussé, suivis par des dizaines de caméras. Ils arrivent à une porte en titane d'un bleu argenté.

Le major pose sa main sur le détecteur de reconnaissance digital. La porte s'ouvre sans un bruit.

À l'intérieur, des rayonnages à perte de vue, des milliers de dossiers maintenus dans une atmosphère contrôlée au degré près pour assurer leur conservation. Les lieux sont faiblement éclairés. Sur sa gauche, une salle aux parois de verre permet d'effectuer des recherches sans perturber la climatisation.

— Veuillez m'attendre dans cette salle, Monsieur.

Alexis n'attend pas longtemps. Le major revient avec une pochette brune d'une minceur étonnante.

— Vous n'avez pas le droit de faire de photocopies, ni de photos. Vous vous engagez à laisser l'intégralité du dossier en place, et à ne jamais révéler au public ce que vous allez découvrir.

— J'accepte, Major.

Le Major lui tend le dossier avec une réticence plus que visible.

Alexis ne s'en offusque pas. Il sait que le simple fait d'être dans cette salle est un privilège extrêmement rare.

— Je vais rester à côté de vous pour veiller à l'application stricte de ces règles, insiste le Major, très droit.

— Comme vous voudrez !

Alexis reporte toute son attention sur le dossier. Sa minceur le chagrine. L'homme n'a pas fait long feu au SOE.

Les mentions portées sur la couverture le font frémir. Il est estampillé FPMO, en plus du fameux TOP SECRET : *For Prime Minister Only.*

Un dossier si brûlant qu'il était lu uniquement par le Premier ministre. Une procédure rare. Mais suivi par un énorme tampon : NC en travers. *Non Crédible*.

Alexis n'en croit pas ses yeux. Le dossier a été classé comme non crédible. En d'autres termes, Winston Churchill n'y a pas accordé de valeur. C'est une sanction sans appel. Un dossier qui sent le piège, l'infiltration, la désinformation.

La troisième marque lui arrache un soupir. Le dossier a été classé le 7 avril 1944. Le lendemain de la disparition de Griedenburg.

Il jette un coup d'œil interrogatif au Major, qui reste de marbre. Il ne servira à rien de lui poser une question. Il ne lui répondra pas.

Il ouvre le dossier.

Il n'est composé que d'une dizaine de feuillets dont trois lettres écrites de la main de Griedenburg. Il reconnaît l'écriture.

L'officier en charge du dossier, un certain lieutenant Romuald Mac Morlan, du Scottish Royal Bataillon a dressé une biographie succincte de son contact. Il la parcourt. Elle est extrêmement bien documentée.

Heinrich Von Griedenburg l'a contacté personnellement par lettre, qui est parvenue en Angleterre via l'ambassade de Suède, en septembre 1942.

Un message codé. Dans les propos anodins écrits, Mac Morlan a entouré en rouge un certain nombre de lettres. Au fur et à mesure qu'il les décrypte, le cœur d'Alexis s'emballe. C'est incroyable. Le code révèle quatre noms terribles : Mauthausen, Dachau, Buchenwald, Ravensbrück.

Alexis lève des yeux incrédules vers le Major qui fait semblant de ne pas lire par-dessus son épaule. Il jurerait l'avoir vu blêmir.

Ainsi donc dès 1942, les Forces Alliées connaissaient l'existence des camps de concentration nazis !

Une seconde lettre datant de 1943 révèle d'autres noms : Auschwitz, Treblinka, Chelmno. Les camps de la mort ! Construits pour l'application de la solution finale. Pas étonnant, songe Alexis avec recul, qu'il ait autant haï Hitler et choisi de trahir les nazis. Un prisonnier doit être traité dans les règles. Pas de barbarie inutile. Encore moins d'extermination !

La réponse de Churchill est laconique. Elle reflète son scepticisme. Ces informations corroborent les rapports secrets de la résistance polonaise. Il demande des vérifications sur la personne d'Heinrich Von Griedenburg. Sans réponse.

À cette époque, Churchill est déjà lancé dans l'opération Overlord.

La troisième et dernière lettre, datée de janvier 1944 est parvenue au SOE en mars. Von Griedenburg demande de confirmer un contact les 4, 5 et 6 avril en Normandie. Sans rien préciser. La réponse est sans appel : NC. Pas crédible. À classer.

Ainsi s'achève la vie d'espion d'Heinrich Von Griedenburg. Sur un refus de Churchill qui flairait un piège des nazis. Quelle ironie ! Quelle guigne ! Fin de l'histoire. Il faisait fausse route.

Alexis referme le dossier, la gorge serrée. Le Major lui retire aussitôt des mains, sans un mot.

Ensemble, ils retournent à l'air libre.

À moins que… Von Griedenburg a-t-il réellement tenté de se rendre au point de rendez-vous ce fameux 6 avril 1944 ? Et pourquoi attachait-il autant d'importance à ce camion ?

La Gestapo aura eu vent de sa tentative. Von Griedenburg n'a jamais rejoint l'Angleterre. Très vraisemblablement arrêté, torturé, tué et jeté dans une fosse commune. Sans tambour ni trompettes. Une fin triste et sans gloire.

Arrivé dans le hall, il aperçoit Hanna qui l'attend avec impatience. Il doit faire une tête d'enterrement, car elle écarte les lèvres en un long cri de dépit. Puis elle écarquille les yeux.

Le Major Collins s'est redressé, comme à la parade. Il fixe Hanna Von Glück avec une insistance toute british. Il laisse tomber son flegme et s'avance vers elle. Il lui baise la main, se présente.

Alexis en reste coi. Hanna ne quitte pas le major des yeux. Elle rougit comme une collégienne et garde sa main dans la sienne. Elle se présente. À l'énoncé de son nom, le major se retourne et foudroie Alexis. Comment ce malotru de français a-t-il pu oublier les bonnes manières en ne lui précisant pas qu'il avait invité la petite-fille de l'espion disparu ? Il aurait fait une entorse à la règle. Pour elle.

Il ne s'attendait pas à un tel embrasement. Elle en oublie de lui demander des détails. Chose qui devient inutile, car le major Collins se fait fort d'accaparer ses pensées.

Alexis sourit. Hanna est sans contexte sous le charme. Malgré ses réticences. Sa vieille éducation prussienne a ressurgi. Le prestige de l'uniforme a encore frappé sous les traits d'un beau lord anglais.

Le major la prend par le bras et s'approche d'Alexis. Il n'a rien perdu de sa superbe, mais le ton de sa voix est moins arrogant.

— M'autorisez-vous à garder cette charmante personne à déjeuner ? demande-t-il avec un brin d'ironie.

— Demandez-lui directement, répond Alexis sur le même ton. Vous pourrez lui raconter ce qu'il y avait dans le dossier.

Le major comprend qu'Alexis n'est pas un prétendant. Il se détend et formule sa demande à Hanna qui rougit encore plus. Dans le hall du MI6, cette demande n'est pas vraiment banale.

— Alexis ? Qu'avez-vous trouvé ? demande Hanna pour dissimuler son trouble.

— Il n'y a rien dans le dossier, Hanna. Votre père n'est jamais arrivé en Angleterre. Je suis désolé.

Le major sourit à Hanna pour la consoler. Il se retourne ensuite vers Alexis, le toise, puis lui adresse un franc sourire vainqueur, comme pour accentuer son emprise sur la jeune femme :

— Peut-être pas…

— Que voulez-vous dire ?

— Château de Karvoch, dans les Highlands. Je peux appeler Sir Romuald Mac Morlan. Je suis persuadé qu'il serait heureux de nous recevoir.

52

La route se perd dans la campagne. Par deux fois, Fabienne pile au milieu de la chaussée pour récupérer l'embranchement raté.

Stéphanie reste impassible, et plus son amie s'énerve comme un mec au volant, plus elle se moque.

Elles arrivent en trombe dans le petit village. La maison, une longère sans cachet, invisible de la route, est blottie derrière un rideau de hêtres.

— La dernière fois que j'ai emprunté ce genre de route, grimace Fabienne, j'ai été accueillie à coups de mitraillette.

Stéphanie ne répond pas. Elle sort cependant son Mysneger du sac et vérifie pour la énième fois le chargeur. Elle le glisse dans son dos dès que la voiture s'arrête. Le grand jardin est partiellement entretenu. La petite maison est tout au fond.

Une jeune femme sort avant qu'elles ne fassent trois pas.

Fabienne sursaute. Elle se tourne vers Stéphanie :

— C'est pas vrai. Pince-moi !

La jeune femme s'approche. Elles se reconnaissent mutuellement et s'embrassent.

— Flora !

— Fabienne !

Stéphanie l'embrasse à son tour. Elle remarque tout de suite que la jeune femme ne va pas vraiment bien. Elle a les yeux rouges, les traits tirés, empreints d'une profonde tristesse. Pire, elle est moins étonnée de leur présence que

Fabienne. Comme si elle attendait et redoutait en même temps leur venue.

En un éclair, Stéphanie a tout compris.

Elle sait qui est Hans Gautier.

— Comment ça va ? demande Fabienne qui n'a pas encore compris.

— Bien, ment Flora. Vous voulez entrer ? J'étais en train de faire du thé.

— Où est Hans ? demande Stéphanie sans préambule.

Fabienne et Flora sursautent. Fabienne de surprise. Flora de peur. Avant de fondre en larmes.

— Stéphanie ?

— Tu n'as pas compris ? Le grand blond, à l'association. C'était Hans Gautier.

— C'était... ?

Flora lève des yeux éplorés.

— Il est arrivé un malheur. C'est cela ? Où est-il ?

— Il ne t'a rien dit ?

— Non, il est parti, il y a plus de dix jours, sans me dire où il allait. Il déprimait. Depuis, je n'ai plus aucune nouvelle.

— Où travaillait-il ? insiste Stéphanie sans faire de sentiment.

Les réponses lui importent beaucoup. Elle profite sans vergogne de la faiblesse de la jeune fille. Elle aura tout le temps de pleurer après.

— Il travaille comme mécanicien à l'aérodrome d'Yvetot. Pour le compte de Monsieur Élie Martin, le propriétaire.

Fabienne note le nom rapidement. Il ne lui dit rien.

— Pourquoi était-il déprimé ?

— Il avait peur. Il s'est levé plusieurs fois à l'aube pour aller à de mystérieux rendez-vous. Il pensait que je ne le voyais pas. Il mentait aussi. Il disait que tout allait bien, que dans quelques jours, on pourrait partir tous les deux au soleil pour longtemps.

— Ben voyons, ricane Stéphanie. Quel con !

— Stéphanie !

— As-tu au moins une idée de ce qu'il faisait ? continue Stéphanie.

Flora essuie ses larmes, la gorge serrée.

— Il avait raison, dit-elle, vous êtes de la police. N'est-ce pas ? Il m'avait mis en garde contre vous…

— Tu n'as rien à craindre. On peut te protéger.

— Que se passe-t-il ? Qu'est-ce qu'il a fait ? Il m'avait promis...

Elle pleure de plus belle. Fabienne la prend dans ses bras et la console.

— Qu'est-ce qu'il t'avait promis ?

— Qu'il ne ferait pas de bêtises… Pourtant, depuis la mort de Serge, il avait peur…

Stéphanie dresse aussitôt l'oreille.

— Serge…? Serge Paradin ?

— Oui… Vous savez qui c'était ?

— Un ancien éco-guerrier, admet Fabienne. On a retrouvé des posters de baleines éventrées sur les murs de sa maison. Tu étais au courant ?

— Hans me l'avait avoué…

— Il n'était pas de la partie ?

— Oh non, Hans est un homme doux, tendre, non-violent. Un idéaliste.

Stéphanie fait la moue, sidérée par l'aveuglement de la jeune fille. Un crétin d'amateur plutôt. Qui s'amuse à braquer des banques et à vouloir doubler un truand. Fabienne sort alors la liste des douze Apôtres et la montre à Flora :

— À part Serge Paradin, connaîtrais-tu un de ces types-là ?

Elle lit les noms un par un avec concentration.

— Non. Aucun. Jamais entendu parler.

— Tu en es sûre ?

— Certaine. C'est comme les numéros de téléphone. Je n'oublie jamais un nom ni un numéro. Fabienne, vas-tu enfin me dire où est Hans ?

Elle le lui dit. Flora s'évanouit.

53

La police fluviale du Havre a mis du temps à repérer le corps de l'inconnu malgré les informations des pêcheurs qui fréquentent le marais. Finalement, ils l'ont repêché non loin du pont de Normandie. Son identification est très difficile. L'inconnu n'a pas de papiers sur lui.

Mort d'une balle en plein cœur. L'autopsie est formelle. Le corps était déjà froid quand on l'a jeté dans la Seine. Ses poumons étaient vides. Les autorités ont pensé à un règlement compte après une beuverie, son taux d'alcoolémie étant de deux grammes cinquante.

Les ordinateurs de l'Identité Judiciaire n'ont rien donné. Visage inconnu. Pas d'empreintes au fichier des délinquants. L'homme, d'une soixantaine d'années est un mystère pour les autorités. Un inconnu de plus.

Le commissaire du Havre contacte le procureur qui ouvre une enquête pour homicide. Puis il envoie son dossier à Rouen, pour analyse complémentaire.

Le dossier arrive sur un bureau de la Criminelle et est classé non prioritaire en raison de l'effervescence du moment.

54

Une fois arrivés à Rouen, Djamel emmène directement Hervé Caron à l'hôpital. Le docteur Gastenay est dans le hall avec Dana. Djamel se précipite vers elle et la serre dans ses bras. Le docteur Gastenay le repousse sans ménagement. Il ordonne à l'infirmière présente de raccompagner Dana dans sa chambre. Elle agite la main au moment de disparaître dans le couloir.

— Elle est encore très faible. Ne la bousculez pas.

Puis il aperçoit le blessé que Garnier accompagne. Il se tourne vers Djamel d'un air exaspéré :

— Encore un ! Mais vous êtes un véritable danger pour la population ! Chaque fois que vous mettez le nez dehors, il y a du sang et des blessés !

— Pas seulement, s'esclaffe Djamel. J'ai encore bousillé une voiture ! Vous pouvez jeter un coup d'œil sur ce monsieur ?

Le docteur marmonne ce qui ne doit pas être un compliment et fait signe à Caron d'approcher.

— C'est un témoin ou une victime ? Juste pour savoir si je dois l'achever tout de suite ! Comment vous appelez-vous, jeune homme ?

— Hervé Caron, acteur de films pornos ! clame l'éco-guerrier avec un sourire goguenard, se piquant au jeu du commissaire.

Gastenay fronce les sourcils. Il n'y a franchement rien de drôle. Il lui ôte sa chemise, inspecte les plaies, les yeux ronds.

— Dites-moi mon garçon, vous avez eu un accident de chasse en plein été ? Ce n'est pourtant pas la saison ?

— Non, mais j'ai des amis qui ont la détente facile.

— Ne vous moquez pas ! Cela n'a rien d'amusant. À voir les autres cicatrices que vous portez, vous n'êtes pas non plus un enfant de chœur.

Djamel intervient.

— Rien de grave ?

— Rien, concède Gastenay de plus en plus irrité. Il s'en tirera avec quelques cicatrices. Les plombs ont été retirés des chairs. Très impressionnant, jeune homme, vous avez fait cela vous-même ?

— Très bien. Merci docteur. Allez Caron, on y va. J'ai encore quelques questions.

— Eh ! s'affole Gastenay. Cet homme doit rester en observation ! Il faut que je lui désinfecte les plaies !

Caron est le premier à prendre la poudre d'escampette. Dans la BMW Z3, Djamel éclate de rire.

— Tu n'as pas l'air d'aimer les hôpitaux ?

— C'est le premier endroit que Draymond fera visiter pour me retrouver. Je vous avoue que je préfère être en prison tant que vous n'avez pas mis la main sur lui.

— À ce point-là ? demande Djamel en se retournant.

— On voit que vous ne le connaissez pas. Ce type n'a aucun d'état d'âme. La vie d'un homme ne l'importe pas plus que celle d'un moucheron. L'individu n'existe pas dans la nature. Nous formons un tout. Et le tout prime sur l'individu. Seule compte la fin et le début, le chaos.

— On nage en plein délire psy. Tu ne pourrais pas être plus clair ?

— Draymond se fiche complètement de tuer. Pour lui, seul compte le résultat.

— Ah oui, intervient Garnier d'un ton narquois. Lequel ?

— Je vous l'ai dit. Devenir le maître du chaos.

— N'importe quoi.

Caron se tortille sur son siège. Il hésite. Une fois qu'il aura prononcé les mots qui le démangent, il sera impossible de faire marche arrière. Draymond devra être mort avant lui. Sinon, sa vie n'a aucun avenir.

— Allez, crache ce que tu as sur le cœur !

— Pascal Draymond n'est pas en Allemagne…

— Comment peux-tu en être sûr ?

— Émile est venu me chercher alors qu'il savait que j'avais raccroché. Il m'a dit qu'ils avaient besoin de moi, que j'étais le seul des Apôtres à m'y connaître en informatique.

— Je ne vois pas le rapport.

— Moi non plus. Mais ce qui m'inquiète, c'est qu'il a parlé du pacte.

Garnier freine brutalement. La Z3 s'immobilise dans le bas-côté. Les mots résonnent comme une sentence.

— C'est quoi ce délire ?

— Le pacte des Apôtres. Le chaos originel, le retour aux sources ! Méfiez-vous, commissaire. Pascal a sonné le rassemblement des Apôtres afin de réaliser le pacte ! C'est qu'il prépare un coup énorme !

55

Les douze Apôtres :

1. Draymond Pascal.
2. Émile Jacobin.
3. Jacques Leblond. (x)
4. Pierre Dufour.
5. Yves Degrémont.
6. Stéphane Pujmar'ch.
7. Serge Paradin. (x)
8. Michael Jedweiler.
9. Sylvain Auteuil.
10. Paul Séverin.
11. Hervé Caron. (x)
12. Francis Ragel. (x)

La liste des éco-guerriers que l'association Greenworld a banni pour accéder à la notoriété. Des voyous. Des malfaiteurs reconnus comme Draymond, des repris de justice. Trois anciens militaires virés pour violence ou trafic de drogue. Un ramassis de dingues obnubilés par l'action guerrière.

Le Pacte des Apôtres.

Djamel frémit. Les rapports arrivent sur son bureau, alarmants : Draymond est en cavale. Trois sont morts : Paradin, Leblond et Ragel. Caron est sous bonne garde, à l'hôtel de police.

Il en reste huit, dont Jacobin et Dufour qui sont déjà à l'œuvre.

Tous les personnages de la liste ont des dossiers aussi épais qu'une encyclopédie. Tout ce que la racaille peut inventer comme délits, ils les ont expérimentés. Du viol au trafic d'armes, braquage, proxénétisme, stupéfiants, contrebande d'alcool, de cigarettes, meurtres, vols de voitures, cambriolages, trafic de contrefaçons. Tous sont connus des services de police, fichés. Tous ont fréquenté la prison. Plus d'un demi-siècle au cumul.

Et pourtant, pas un ordinateur n'a fait le rapprochement. Aucun lien concret n'a réuni ces sinistres individus. Personne n'a jamais prêté attention à cette bande de guerriers… Jusqu'à ce jour.

Et tous ont disparu dans la nature. Évanouis, évaporés.

Les rapports sont accablants. Ces hommes ont soudainement disparu de la surface de la terre. Toutes leurs planques connues ont été désertées. Les policiers de six départements français sont aux abois. Pris séparément, ces individus sont déjà des dangers publics. Réunis, le pire est à craindre.

Djamel frémit. La meute s'est rassemblée pour honorer le pacte. Ils sont prêts à tuer ceux qui ne viennent pas. Caron l'a échappé belle. Ils sont venus le chercher alors qu'il avait raccroché. Pourquoi ?

Et surtout, où sont-ils cachés ? Que préparent-ils ?

Suite à la déposition de Caron, Djamel a envoyé son rapport directement au ministre de l'Intérieur, place Beauvau, pour le prévenir du danger potentiel que représente cette bande de dingues en liberté. Il demande entre autres la mise en alerte maximale du plan vigipirate pour la région Haute-Normandie ainsi que la protection immédiate des sites nucléaires français.

56

Le docteur Gastenay réceptionne le corps de Bonert avec un dégoût évident, encore irrité par le comportement irresponsable du commissaire. Le cadavre déchiqueté n'est pas beau à voir.

Encore un accident de moto. Une mort idiote.

Quand il relève l'identité de Francis Bonert, son sang ne fait qu'un tour. Il a soigné ce type hier pour une blessure par balle et pour de multiples contusions. Il a reconnu la signature du projectile sur son front. Même si cet imbécile n'a pas desserré les dents.

Il se penche sur le cadavre. Les points de suture sont encore en place. Il frissonne de peur. La coïncidence est troublante.

Il appelle la gendarmerie qui a établi le constat. Pas de doute, c'est un accident. L'homme roulait à fond sur le boulevard. Il a perdu le contrôle de son véhicule et s'est écrasé sur une voiture venant en sens inverse. Il est mort tout seul.

Gastenay est désemparé. D'un geste las, il balance la fiche sur le sac en plastique et signe l'autorisation de mise à la morgue.

Il fera part plus tard de ses soupçons au commissaire Khalen.

57

Stéphanie se sert une tasse de thé vert après avoir effectué une fouille rapide de la maison. En vain. Il n'y a rien. Pas de papiers, pas d'argent, pas de Schmeisser. Flora sèche ses larmes. Elle vient de leur raconter sa vie, ses idées, sa rencontre avec Hans lors d'une manifestation anti-nucléaire. Depuis, elle vivait une incroyable histoire d'amour. Elle était heureuse.

Sauf lorsqu'il buvait comme un trou.

— Quand est-il devenu nerveux ?

— Ça a commencé un peu avant les premiers cambriolages. La mort de Serge l'a profondément bouleversé. Après l'attentat de la bijouterie, il est devenu incontrôlable. Il avait déjà eu plusieurs rendez-vous mystérieux dont il revenait désemparé.

— Tu te rends compte de ce que tu dis ? insiste Fabienne.

— Oui. Je ne voulais pas comprendre, mais c'est évident. Sa mort en Allemagne ne fait que confirmer mes doutes. Il est complice dans toute cette affaire. J'ignore jusqu'à quel point…

Stéphanie se lève.

— Et si on allait faire un tour sur son lieu de travail ? Ce n'est pas loin. On pourra interroger son patron. Comment s'appelle-t-il déjà ?

— Martin. Élie Martin. Hans ne l'aimait pas beaucoup.

Le parking de l'aérodrome est rempli de voitures. Étonnée par l'affluence, Stéphanie apprécie la présence de l'arme dans son dos. Les pilotes de voltige sont rassemblés devant le bar. Ils sont furieux. Ils parlent fort et s'énervent mutuellement.

— Que se passe-t-il ? intervient Fabienne d'une voix autoritaire, en sortant sa carte de police.

Un des pilotes prend la parole.

— C'est une honte ! Ça fait trois fois qu'ils nous font le coup ! L'aérodrome est fermé. Il n'y a personne. Pourtant Élie nous avait promis qu'il serait là.

— Pourquoi ?

— Son mécano s'est fait la malle il y a une quinzaine de jours, pendant qu'il était en congés. Élie Martin est revenu le week-end dernier. Depuis, plus rien. Pas un mot d'explication !

Les autres acquiescent, furibonds. Fabienne fronce les sourcils. Ça fait beaucoup de disparitions inexpliquées en même temps. Surtout dans la région.

— J'attends qu'il revienne pour changer de club. C'est une honte. Tous les autres sont d'accord.

— Très bien, rentrez chez vous. Je vais m'occuper de cette affaire. Je vais prendre vos noms. En cas de besoin, je pourrais faire appel à votre mémoire.

— Pourquoi ? Que se passe-t-il ? demandent les pilotes, soudain inquiets pour leur tranquillité.

— On a retrouvé le corps du mécano en Allemagne, lâche Fabienne. Il était criblé de balles.

Aussitôt, les voix s'éteignent pour laisser place à la consternation. Flora fond en larmes. Gênés, les pilotes donnent leur numéro de téléphone en murmurant presque, puis ils montent dans leur voiture et s'éloignent rapidement. La mort, qu'ils côtoient régulièrement, vient de leur faire un sacré pied de nez.

Le parking se vide.

Stéphanie franchit le grillage par l'arrière, silencieuse. Fabienne inspecte la porte, la main sur son arme. Flora n'a pas bougé.

— Reste-là. On va faire un tour à l'intérieur. S'il y a un problème, tu klaxonnes. D'accord ?

Flora gémit mais obéit. Elle serre les bras pour se protéger, jette des regards inquiets autour d'elle. Le parking lui paraît soudain immense. Les camions sur l'autoroute toute proche la font frissonner.

Stéphanie a disparu derrière le bâtiment. Fabienne crochète rapidement la serrure, ouvre le portillon. Le club-house est fermé. Aucune trace de Martin. Elle franchit le périmètre de sécurité et arrive sur l'esplanade en béton qui jouxte le grand hangar blanc et rouge. Les portes sont closes de l'intérieur. Elle retourne au local d'entrée.

Stéphanie apparaît par une porte dérobée. Elle ouvre une fenêtre.

— J'ai réussi à pénétrer dans le hangar. Il n'y a pas de corps. Juste les avions. Une douzaine.

— Pas d'autre trace d'effraction.

— Non. Tout est propre. Il a juste oublié de sortir les poubelles. Trois bouteilles de scotch. À part cela, rien de spécial.

— Ok. On rentre.

— Je refais le tour en passant par la réserve.

Elle referme la fenêtre et disparaît.

Fabienne inspecte la grande piste en herbe, pour le principe. À ce moment, le klaxon se met à couiner.

Dans la réserve, Stéphanie ne trouve rien de particulier, excepté les cigarettes d'importation et du cognac. Elle n'a pas repéré l'autorisation préfectorale. Martin doit faire un peu de contrebande.

À ce moment, elle entend le klaxon et un coup de feu. Suivi d'un grand cri :

— Fabienne ! Au secours ! À l'aide !

Stéphanie bondit et contourne le bâtiment vers le parking.

Une grosse berline est garée dans le sens du départ, moteur allumé. Un inconnu patibulaire assomme Flora complètement paniquée d'une manchette et la jette sur la banquette arrière. Pendant ce temps, son comparse arrose copieusement la 307 derrière laquelle Fabienne a trouvé refuge. Elle riposte en aveugle.

Le sang de Stéphanie se glace. Le grand blond brandit

une grenade à main de la seconde guerre et s'apprête à la balancer sur la voiture. Elle surgit, prenant les malfrats par surprise.

— Fabienne, attention !

Pierre Dufour réagit instantanément. Son arme se détourne vers l'apparition. Mais Stéphanie est la plus rapide. Elle tire trois fois sans sourciller et plonge derrière le bâtiment. Dufour s'effondre. Le chauffeur ouvre sa portière et arrose au jugé avec son Schmeisser. Les balles s'enfoncent dans la tôle avec un bruit mat.

Fabienne réplique. La vitre arrière explose.

L'inconnu patibulaire balance son engin explosif avec une rage terrifiante. La grenade passe par la fenêtre ouverte et tombe sur le fauteuil de la 307. Fabienne l'a aperçu à temps. D'un bond, elle franchit le grillage, protégée encore un bref instant par sa voiture, et court se mettre à l'abri.

Stéphanie tire une dernière fois dans les vitres, mais arrête dès que la voiture démarre. Elle ne veut pas risquer de blesser Flora. Elle s'allonge sur le sol.

La Peugeot explose. Sous la déflagration, le toit s'ouvre comme un fruit trop mûr. L'intérieur s'enflamme aussitôt. Le réservoir percé explose et achève de disperser les restes calcinés de la voiture dans les airs.

Stéphanie s'élance vers le corps inanimé dès que la berline disparaît au coin de la rue. Elle le tire à l'écart de l'incendie.

Il est mort. Elle juge son tir avec satisfaction. Impeccable. Les trois impacts au niveau du cœur, dans un cercle pas plus grand qu'une pièce de deux euros.

Pendant que Fabienne peste comme le diable devant les débris de la 307, histoire d'évacuer le trop plein d'adrénaline qui la fait encore trembler, Stéphanie fouille le corps.

Un point pour elle. L'inconnu répond au nom de Pierre Dufour, le quatrième Apôtre. Puis elle tire une feuille pliée en quatre de sa poche revolver.

Elle découvre avec étonnement une facture servant de garantie pour du matériel provenant d'un magasin parisien. Elle la parcourt rapidement. Elle s'élève à quatre mille cinq cents euros pour deux appareils. Payé en liquide. Pas de nom.

Elle se relève. Fabienne est au téléphone. Elle tente d'expliquer à Djamel sans éclater de rire qu'il n'est plus le seul à collectionner les voitures explosées.

Stéphanie lui fait signe que tout va bien.

Elle raccroche.

— Qui est-ce ?

— On a mis dans le mille. C'est le quatrième de la liste.

— Bordel ! Pourquoi ont-ils enlevé Flora ? C'est complètement dingue. Comment savaient-ils qu'on était là ?

— Ils doivent nous suivre depuis le début. Ils attendaient une opportunité.

Elle tend la main.

— Qu'as-tu trouvé ?

— Une facture de garantie.

— Une facture ?

— Oui. Les Apôtres viennent de faire l'acquisition de deux Garmin GPSMAP.

— Qu'est-ce que c'est ? insiste Fabienne, décontenancée.

— La toute dernière innovation GPS des professionnels de l'avionique… C'est ce que dit la pub.

58

L'avion de la Royal Air Force dépose Alexis, Hanna et le major Collins sur l'aéroport d'Edinburgh, loin du trafic passager. Une voiture d'état-major avec un chauffeur les attend à la sortie.

Le château de Karvoch se situe en plein cœur des landes écossaises, connues pour leur beauté rustique. L'édifice est énorme, pas loin de soixante pièces, des centaines de fenêtres étroites, de mâchicoulis, de tours carrées. Centré sur un parc de cinquante hectares face au lac et aux collines escarpées. Un lieu dont la beauté et la rigueur feraient chavirer le cœur d'une carte postale. Tant qu'on n'y habite pas. Le lieu est propice à la magie, aux contes de fées, aux dragons et aux princesses d'un autre monde.

La voiture s'arrête devant l'énorme fronton d'entrée, haut comme un immeuble de trois étages.

Le major Collins ouvre la porte à Hanna, lui propose son bras. Elle accepte. Pendant le trajet, l'officier anglais est devenu un homme charmant et cultivé, plein d'humour, et ravi d'être en si bonne compagnie.

Lord Romuald Mac Morlan a quatre-vingt-douze ans. S'il a toujours été un homme de petite taille, son port altier et la vigueur de ses traits le grandissent.

Il est dans un fauteuil roulant.

Ses cheveux blancs traduisent une force robuste acquise par des années de lutte dans ces landes merveilleuses et austères. Son visage ridé laisse encore parler ses yeux qui n'ont rien perdu de leur vivacité.

— Lord Mac Morlan, je suis le major John Collins,

du MI6. J'ai l'honneur de vous présenter la baronne Von Glück et monsieur Alexis de Fontvieille.

— Enchanté, répond courtoisement Mac Morlan. Je vous présente mon épouse, Lady Mac Morlan.

Sa femme est d'une blondeur que la vieillesse n'a pas altérée. Les rides semblent l'avoir ignorée. Elle porte ses années avec une vitalité extraordinaire. Elle paraît faire vingt ans de moins que son mari.

Elle pousse le fauteuil dans le grand salon lambrissé rempli de tableaux de chasse. Un feu brûle dans la cheminée ou Alexis pourrait tenir debout. Mac Morlan les invite à s'asseoir. Il leur offre un verre de pur malt écossais et prend place près du feu. Il replace le plaid sur ses jambes. Sa femme lui serre affectueusement l'épaule.

Il s'adresse à ses hôtes, le visage braqué sur Hanna.

— Votre visite nous honore, madame. Quand le major Collins m'a contacté, je n'y croyais pas. Savez-vous que vous ressemblez beaucoup à votre grand-père ?

— Que savez-vous de lui ?

— Vous étiez son officier traitant, n'est-ce pas ? demande Alexis.

Le vieil officier du SOE se tourne vers Alexis.

— Vous devez être un homme exceptionnel, monsieur. Peu d'étrangers peuvent s'enorgueillir d'avoir accédé aux archives du SOE, et encore moins d'avoir pu lire des dossiers FPMO.

Alexis apprécie le compliment d'un geste de la tête.

— Je vous en prie, insiste Hanna.

— Je risque fort de vous décevoir, madame. Cette histoire est banale. Cela remonte à si loin maintenant.

— C'était en avril 1944, reprend Lady Mac Morlan, comme pour l'encourager à raconter son histoire.

— Tu as raison, ma chérie. C'est vrai, c'était en avril. Il n'est jamais venu au rendez-vous…

Sa voix se perd dans les brumes de sa mémoire. Le temps s'évapore. Le passé remonte comme une vague.

— Je connaissais bien votre grand-père. Un très grand chasseur. Il était un peu plus âgé que moi. Nous avons eu le rare privilège de chasser dans les plus belles forêts du monde. En Écosse, en Bavière, en France, en Pologne, et même en Afrique. La guerre nous a séparés en 1939. Votre grand-père était un officier d'une très grande valeur, un homme très cultivé et d'une grande lucidité.

— Il a travaillé pour les Alliés ? Il a trahi son pays ?

— Je ne dirais pas cela, madame. Votre grand-père était loyal, patriote. Quand je l'ai revu un soir, à l'ambassade de Suède en 1939, juste avant la guerre, il détestait déjà Hitler et sa bande de sauvages, les Waffen SS. Quand j'ai reçu sa première lettre en 1942, cela ne m'a pas étonné.

— Son contenu était terrifiant, dit Alexis. Le monde ignore que les Alliés savaient…

— Ce n'était pas une découverte, même si les preuves manquaient. Les rumeurs étaient persistantes. La résistance polonaise mentionnait déjà l'existence de ces camps. Mais c'était la première fois qu'un officier ennemi en parlait ouvertement.

— Que s'est-il passé ensuite ? Qu'avez-vous fait après sa troisième lettre, celle de mars 1944 ? Pourquoi le dossier a-t-il été classé NC ?

Romuald Mac Morlan se sert un autre pur malt pour s'encourager. Visiblement, même soixante ans plus tard, certains secrets font encore mal. Il en boit une longue gorgée avant de reprendre :

— Churchill a pensé que c'était un piège, une ruse des nazis. N'oubliez pas qu'à cette époque, nous étions à deux mois de la plus grosse opération militaire de tous les temps. Overlord ! Le débarquement en Normandie. Or, allez savoir pourquoi, Heinrich demandait à être récupéré sur le plateau normand. Churchill avait dépensé beaucoup d'énergie pour faire croire aux nazis que le véritable débarquement se ferait à Calais. La dernière chose qu'il désirait, c'était d'attirer l'attention de l'ennemi sur cette région. Il pensait que les nazis se doutaient de quelque chose.

— C'est pour cela qu'il a classé le dossier ? demande Alexis, troublé par ces révélations d'un autre temps.

— Oui. Quelle triste fin pour un homme intègre... Heinrich n'avait qu'une idée. Pour lui, le monde avait dépassé les limites de la barbarie. Je le répète, Heinrich n'a jamais trahi son pays. Au contraire, il voulait que la guerre s'arrête avant que les nazis ne mettent le monde entier à feu et à sang.

— Quelle ironie, murmure John Collins, affligé de voir des larmes couler sur le visage de Hanna. Un officier d'état-major honnête pris pour un vulgaire agent double.

— Que s'est-il passé alors ?

— Je connaissais bien Heinrich. J'étais persuadé qu'il viendrait. J'ai donc décidé de mon propre chef d'aller le chercher. J'étais un pilote émérite, j'avais déjà effectué des dizaines de missions pour la Résistance française. Je connaissais bien la région.

— Vous avez risqué votre vie pour lui ? s'exclame Hanna, la voix pleine d'émotion.

— Bien sûr. Il aurait fait de même pour moi, madame.

— Et… ?

Le vieux Lord Mac Morlan ouvre les bras en signe de résignation, le visage grave.

— Il n'est jamais venu. J'y suis allé les trois jours, ou plutôt les trois nuits. J'ai tourné en rond jusqu'à épuisement des réservoirs, avec juste de quoi rentrer en Angleterre. Il n'y a jamais eu de signal.

Un profond silence s'étend dans le salon. Hanna sèche ses larmes, se lève pour embrasser le vieil homme, toute émue.

— Je vous remercie, Lord Mac Morlan. Vos paroles honorent une dernière fois mon grand-père.

Alexis se lève, dépité et déçu. Cette visite ne lui apprend rien de plus. Elle ne fait que confirmer ses craintes. La piste anglaise est un cul-de-sac. Il va falloir repartir à zéro.

Il a appris au moins une chose.

Heinrich Von Griedenburg n'était pas en Normandie par hasard, et il ne se rendait pas du tout dans le Nord de la France. Il voulait aller à ce rendez-vous.

Quelque chose, ou quelqu'un l'en a empêché. Reste à savoir qui ou quoi …

Ils prennent congé rapidement.

Alors que la voiture s'éloigne dans l'allée, Romuald Mac Morlan serre la main de sa femme posée sur son épaule. Il est bouleversé, les larmes coulent sur son visage ridé.

— Dis-moi, mon chéri, dit-elle après un moment, la gorge nouée. N'avons-nous pas fait une erreur ? Nous aurions pu leur dire la vérité…

— Pourquoi ressortir cette vieille histoire ? Nous avions juré de ne plus en parler.

— Les circonstances ont changé, tu ne crois pas ? Regarde cette jeune femme. Elle n'est pas comme le reste de sa famille…

— Non, tu as raison, elle est comme son grand-père, fière et honnête, tu sais…

Sa voix n'est plus qu'un murmure :

— Oh oui, mon chéri, comme je le sais…

59

Après l'altercation de Fabienne avec les collaborateurs de Draymond, Djamel est devenu fou. Il s'est rendu directement sur place avec une nouvelle voiture, une Scenic blanche avec des rayures bleu et rouge aux armes de la Police Nationale. Avec un peu de chance, il espère la rapporter entière.

L'identité judiciaire est sur place avant lui. Il serre les filles dans ses bras, tout particulièrement Stéphanie. Il exige ensuite un portrait de Dufour.

L'officier de l'IJ entraîne Djamel à part avant qu'il ne rentre à Rouen. Les pompiers ont éteint l'incendie. L'air sent les cendres froides. Une odeur qui lui colle un peu trop à la peau en ce moment.

— Que voulez-vous ? demande Djamel.

— Ce type. Il a été refroidi comme à la parade. J'ignorais que Fabienne était aussi bonne au tir.

— Pourquoi dites-vous cela ?

— Il est mort de trois balles en plein cœur. Trois balles dans une pièce de deux euros. Je connais peu de tireurs aussi bons dans la région. Vous devriez dire à votre collègue de suivre le stage des tireurs d'élite. Je peux la recommander.

Djamel acquiesce, mi-figue, mi-raisin. Il sait qui a tiré. Mais il ne peut pas le dire. Stéphanie est une tueuse professionnelle, il va falloir faire avec…

— Je vais suivre votre conseil, dit-il. Mais faites-moi rapidement parvenir le portrait de cet homme. Je veux que son visage soit dans tous les commissariats de la région ce soir ! Je veux que sa tête passe aux informations régionales de 19 heures. Contactez FR3, faites intervenir le procureur s'il le faut. On va leur coller au train à ces terroristes verts, c'est moi qui vous le dis !

Les appels fusent de partout.

Les trois quarts sont filtrés, analysés, considérés comme non crédibles. Le premier témoignage important est celui d'un magasin d'informatique, à Caen. Le propriétaire a parfaitement reconnu l'homme. Djamel, encore au bureau, décroche directement sur le conseil de sa cellule d'écoute.

— Il m'a acheté deux ordinateurs portables dernier modèle, en titane. Hier matin, pour être précis.

— Pourquoi vous rappelez-vous de lui ? demande Djamel.

— Il a payé en liquide. Des billets tout neufs qu'il a sorti d'une liasse. Comme au cinéma ! Je les ai encore. Vous voulez les numéros ?

En quelques secondes, Djamel est convaincu. Dufour a payé ses ordinateurs avec les billets volés.

Le deuxième témoignage rend Djamel complètement fou. Il émane de la brigade de gendarmerie mobile de l'autoroute. L'homme en question s'est fait flasher il y deux jours sur l'A13 en direction de la province. A 218 kilomètres/heure. Il était au volant d'un Porsche Cayenne immatriculé en Allemagne. Un véhicule volé. On reconnaît parfaitement son visage sur la photo du contrôle radar.

Le fameux Porsche Cayenne qui a permis à Draymond de s'évaporer dans la nature. Le bolide a été retrouvé le lendemain sur un parking du centre-ville de Caen. À cent mètres du magasin d'informatique. Les clés sont encore dessus. Djamel enrage. Dufour a pu se trouver une planque n'importe où.

Alors pourquoi est-il revenu enlever la copine d'un crétin tué en Allemagne ? Décidément, les événements se succèdent sans se ressembler.

Stéphanie a laissé la facture à Djamel comme pièce à conviction. Un policier s'est aussitôt rendu sur place. Le vendeur se souvient très bien de l'individu. C'est effectivement celui de la photo. Il est venu, il y a trois jours pour lui acheter deux GPS. Il a pris le dernier modèle, avec écran couleur, prise 12 volts et prise informatique USB. Ces modèles sont destinés à la navigation aérienne. Ils équipent les avions de tourisme des particuliers. Avec eux, la précision des vols atteint le mètre. À n'importe quel moment, grâce aux recoupements de douze satellites, le pilote peut savoir où il se trouve. Fait important, si on branche le GPS sur un ordinateur, il peut diriger l'avion vers sa destination enregistrée, grâce à un programme spécial intégré dans la machine.

Le vendeur se souvient aussi que l'homme l'a payé en liquide. Mais il n'a pas relevé les numéros. Il a déposé rapidement les billets à sa banque après avoir vérifié qu'ils étaient valables.

60

— Mais où sont-ils ?

De retour à six heures du matin au bureau, Djamel piaffe d'impatience.

À quinze heures, il n'a aucune nouvelle. Pourtant il a mis le paquet : il a envoyé un rapport express directement sur le bureau du ministre, comme au temps du SCRB. La ligne directe avec Dieu.

Le Premier ministre a accepté de relever d'un cran le plan vigipirate. L'armée est mise à contribution dans les lieux publics, les gares, les aéroports, les centres villes, les grands magasins. Les patrouilles routières sont intensifiées.

Les sites sensibles, notamment nucléaires, sont surveillés de près. Les couloirs aériens sont réduits. Les vols privés sont soumis à autorisation. Tout contrevenant est aussitôt rappelé à l'ordre par la défense aérienne.

Djamel a demandé une surveillance spéciale de la région. Des barrages filtrants ont été placés aux carrefours stratégiques. Les ordres ont été donnés : retrouvez-les !

Il a aussi obtenu du ministre que le site de la Hague soit protégé avec des missiles sol-air Crotale.

Au cas où…

Malheureusement, rien. Sans indices, sans un coup de main du hasard, il peut toujours rêver.

Il fulmine. Fabienne fait des allers-retours incessants au standard, pour recueillir les informations de toutes les patrouilles. Mais la zone à couvrir est vaste. Ils peuvent être n'importe où.

Pourtant, il s'obstine dans son intuition. Les Apôtres

sont dans la région. Il ne saurait dire exactement pourquoi, mais trop d'indices concordent. Draymond s'était installé dans le coin, les attentats ont eu lieu dans la région. Il n'y en a pas eu ailleurs. Son dépôt était dans le coin. L'association qui couvrait ses blanchiments d'argent était dans le coin, Gautier était dans le coin, le Cayenne était dans le coin. Dufour s'est fait buter dans le coin, la voiture de Jacobin était immatriculée dans le coin, l'enlèvement inexpliqué de Flora s'est passé dans le coin. Si ça, ce n'est pas un faisceau de preuves, il est prêt à renoncer à sa voiture de sport !

Draymond rayonne :

— Elle doit démarrer de l'intérieur de la grotte. Ainsi, nous serons à l'abri pour la mise à feu. La rampe doit faire quarante mètres, avec un angle de quinze degrés. Yves a dit que cela suffirait pour que la puissance du moteur l'arrache à l'attraction terrestre. Vous en ferez une de soixante mètres. Mettez les tubes en quinconce. Ancrez-les bien dans la terre. La rampe ne servira qu'une fois de toute façon. Donc elle doit fonctionner du premier coup. N'oubliez pas de bien fixer les rails. Le berceau sur roulettes doit glisser sans accros. Yves va s'occuper du montage ! Au travail les gars ! Pour le Pacte !

Six mains se lèvent et applaudissent. Leur rêve est en train de se réaliser !

Quand le téléphone sonne vers seize heures, il broie le combiné :

— Allô !

— Bonjour commissaire. Lieutenant Malhomme de la Criminelle.

— Oui, je me souviens. Vous avez eu un excellent réflexe sur la A29.

— Sans vous je serais mort, reconnaît Malhomme. Je ne crois pas vous avoir remercié personnellement.

— N'en faites rien. J'ai agi par habitude. Ces dingues sont parfois prévisibles.

— Puissiez-vous avoir longtemps ce genre de manie, commissaire. Le souffle de la bombe me hante encore toutes les nuits vous savez. Je ne pensais pas que cela me ferait aussi mal.

— Ne vous y habituez jamais, lieutenant. C'est ça qui vous gardera en vie. Pourquoi désiriez-vous me parler ?

— J'ai un problème sur les bras. Ou plutôt un cadavre. Tué par balle.

— Pour un gars de la Criminelle, je ne vois rien d'extraordinaire. Qui est-ce ?

— Nous l'ignorons encore. Il y a cependant un détail important.

— Lequel ?

— Vous avez eu un homicide il y a quelques jours. Une jeune femme tuée par balle. J'ai jeté un coup d'œil ce matin. Vous confirmez la mort de cette femme à Hautot d'une seule balle en plein cœur ?

Djamel dresse aussitôt l'oreille.

— Exact. Abattue à bout portant. Aucun espoir. Continuez.

— J'ai sur mon bureau un dossier transmis par mes collègues du Havre. Un cas identique, quoique a priori sans aucun rapport. Un homme âgé, environ soixante ans. Tué à bout portant aussi. Dans le cœur. Aucun espoir. Retrouvé dans les marais près du pont de Normandie.

— C'est tout ?

— Non. Je me suis permis d'effectuer une comparaison. Et là, tenez-vous bien, bingo ! Les projectiles proviennent de la même arme !

Djamel bondit. Il en hurlerait presque.

Draymond vient de faire sa première connerie. Celle que Djamel attendait.

— Fantastique ! Ce n'est pas une blague ?

— Je ne me permettrais pas.

Djamel se précipite. À la Crim', on le voit débouler comme une furie.

Le lieutenant Malhomme, l'accueille et lui présente

le dossier. Il le parcourt rapidement et relève aussitôt un détail incongru.

— Cet homme porte des traces de kérosène sous les ongles ?

— Qu'est-ce que cela veut dire ?

Une voix leur fait tourner la tête :

— C'est le carburant que l'on utilise pour les avions de tourisme.

Fabienne, qui vient d'arriver, lève le doigt, très excitée.

— Et alors, s'énerve Djamel.

— Des pilotes m'ont dit que le propriétaire de l'aérodrome d'Yvetot avait disparu depuis plusieurs jours sans donner de nouvelles. Ils étaient furieux contre lui.

— Ou est le rapport ?

— C'était le patron de Hans Gautier...

— À ce stade, on frôle l'hystérie, glapit Djamel. Comment s'appelle ce type ?

— Martin. Comme moi. Élie Martin.

— Alors bougez-vous ! Le dossier devrait déjà être sur mon bureau !

Il décroche son portable dans la foulée, compose un numéro. Le bureau entier retient son souffle quand il se met à parler. Certains pensent qu'il n'aurait jamais osé. D'autres se souviennent que c'est un ancien du SCRB.

— Monsieur le Ministre, bonjour, je suis Djamel Khalen. Comment allez-vous ? Je constate que ce numéro fonctionne toujours. C'est bien le numéro d'urgence… ? Oui, monsieur le Ministre, je sais ce que j'encours si c'est une plaisanterie…. Mais vous avez dû recevoir une copie de mon rapport. J'aurais une requête à vous faire. Serait-il possible d'effectuer un balayage aérien dans un rayon de cinquante kilomètres autour de la ville d'Yvetot, en Seine-Maritime ?… Oui, c'est très sérieux… Oui, c'est en rapport avec l'attentat de l'autoroute A29... Oui, je pense qu'un nouvel attentat est en préparation… Oui… Le site de la Hague me paraît tout désigné pour ces éco-guerriers. Très bien, je vous remercie, monsieur le Ministre. Vous serez le premier informé.

Djamel raccroche. Il serre le poing de victoire. Malhomme et les autres officiers de la Criminelle le regardent, admiratifs, comme s'il débarquait de la planète Mars.

— Eh bien, qu'est-ce que vous avez ? Vous n'avez jamais appelé le ministre sur sa ligne privée ? Ce n'est qu'un homme.

Même s'il a raison, aucun lieutenant ne risquerait sa carrière à le contredire. Obtenir un balayage aérien, rien que cela !

Le Mirage F1 CR de reconnaissance décolle de la base d'Évreux moins de quinze minutes après la demande officielle de Djamel. Équipé d'une batterie de caméras numériques à haute définition, il parcourt la zone requise en effectuant de grands allers-retours, à moyenne altitude. Les caméras enregistrent plusieurs centaines de clichés à la minute sur l'ordinateur de bord. Un quadrillage systématique plus précis que les satellites.

Une fois la zone couverte, l'avion retourne à sa base. Les données sont transférées dans l'ordinateur principal du CDAOA de Taverny, dans le Val d'Oise. Cinq heures plus tard, un sous-officier apporte en personne le cd rom au commissaire Djamel Khalen.

Draymond sort de la grotte, le souffle court. Sa blessure l'affaiblit de plus en plus. Il est devenu cadavérique. Aucun de ses compagnons ne lui fait la remarque. Il n'en aurait cure.

À califourchon sur la rampe, Sylvain Auteuil lui montre un point dans le ciel. La cuvette devant la grotte est suffisamment importante pour être détectée. Surtout depuis la construction de la rampe. Les éco-guerriers ont élagué une partie des arbres et déplacé des rochers. Ça doit faire une belle tâche claire au milieu de la forêt. L'avion ne pourra pas la manquer. Pascal Draymond se protège les yeux avec la main.

— C'est quoi ? demande Émile en s'approchant.

— Un avion de reconnaissance. N'oublie pas que j'ai

passé plus d'années dans l'armée que derrière les barreaux.

— Alors, à ton avis ? demande Draymond.

— À sa façon de tourner, il effectue un balayage large, répond Sylvain. Ils ne savent pas vraiment où nous sommes.

— Sauf qu'ils ont deviné qu'on était dans le coin ! Ça peut être une coïncidence ?

Le bruit des réacteurs du Mirage F1 CR ressemble à un murmure orageux. Il disparaît derrière la colline.

— Impossible. Le F1 CR ne sort que pour des missions à l'étranger. C'est un avion de guerre.

— Cela veut dire qu'ils sont en guerre contre nous ?

— Ça t'étonne ? ricane Sylvain en attrapant un tube que lui tend Paul Séverin.

— Non. Accélère la construction.

Il se tourne vers Émile.

— On va leur réserver une surprise à ma façon. Commence par couvrir la bête d'une bâche. Je veux que Degrémont finisse le montage directement sur le berceau pour gagner du temps. Que Jedweiler lui file un coup de main. Ensuite, tu me colles du grillage sur toute la façade de la grotte. En cas d'intervention, leurs grenades ne pourront pas entrer.

— C'est le bouquet final, alors ?

— Pas encore, plaisante Draymond. Viens, j'ai encore d'autres idées pour les retarder…

Le dossier d'Élie Martin est, pour une fois, par rapport aux autres, plat comme une limande. Une enfance triste et banale à l'orphelinat. Un enfant de la guerre, note Djamel. Pas de délits importants. Connu par les services de renseignements uniquement parce que son club de voltige à Yvetot, qu'il a fondé en 1972, se trouve proche des couloirs aériens réservés aux sites nucléaires français. Lors de l'implantation des centrales, il a fait l'objet d'une enquête de routine. Rien de particulier.

Licence de pilote obtenue en 1964 à l'armée. A échappé

à la guerre d'Algérie. Bref, un homme sans histoire qui vit paisiblement en donnant des cours de pilotage. Sauf qu'un homme sans histoire a très peu de chances de mourir d'une balle en plein cœur.

Sauf qu'un homme sans histoire n'est pas sensé avoir comme mécano un Hans Gautier suffisamment bête pour se faire descendre à Berlin.

Sauf qu'un homme ordinaire n'a pas un aérodrome où les jeunes filles se font enlever et où les voitures explosent.

Fabienne est complètement désorientée. Djamel grogne :

— Franchement bizarre. Nous n'avons rien sur ce type, et pourtant tout tourne autour de lui. Gautier, Draymond, Flora, la ferme, Dufour.

— Draymond l'a tué. C'est le seul fait avéré. Même arme que pour Morgane. Sa mort correspond à peu près à la disparition de Draymond. Peut-être s'est-il simplement trouvé sur son chemin ? demande Fabienne.

Djamel secoue la tête, jette le dossier sur son bureau.

— Non, ce serait trop simple. Je ne vois qu'une seule explication.

— Laquelle ?

— Cet inconnu est au cœur de l'affaire. Je parierais qu'il est le véritable propriétaire des armes que nous recherchons. Filez donc me trouver son adresse. Il n'y en a pas dans le dossier, à part celle de l'aérodrome. Et tâchez de savoir où il se trouvait ces derniers jours.

— Pas la peine de courir, répond fièrement Fabienne. Il a passé ses vacances dans un hôtel, à Hénouville, près de Rouen. C'est noté en gros sur son relevé de carte de crédit. J'ai appelé le restaurateur. Le vieil homme passait sa journée assis sur la place de l'église à pleurer.

— Un dingue ? On tourne en rond…

— Pas forcément…

— Qu'avez-vous trouvé encore ? s'insurge Djamel devant la moue moqueuse de sa collègue. Ne me faites pas languir !

— Ah, vous voyez comme c'est désagréable ! Surtout quand on a faim !

— Fabienne !

— Ce monsieur, cet Élie Martin, s'est porté acquéreur il y a peu d'un bout de terrain dans la région d'Yvetot, à Touffreville la Corbeline ! Au lieu-dit de la Roche Sèche.

— Charmant comme nom.

— C'est un bout de forêt sans valeur. J'ai contacté le notaire chargé de la vente. Il m'envoie une photocopie du cadastre.

Djamel trépigne. L'étau se resserre.

— Prariot !

— Commissaire.

— Allez jeter un coup d'œil dans le coin. Avec discrétion. Je ne voudrais pas alerter notre homme s'il est sur place.

— Bien, commissaire.

— Le lieu-dit de la Roche Sèche, murmure Djamel. Très poétique. Voyons voir un peu ce que donnent les images du cd rom.

Draymond est le premier à l'apercevoir.

Par chance. Il était debout, sur le monticule, face à l'esplanade imposante. Une fois les arbres tronçonnés, l'entrée de la grotte est plus grande que ce qu'il croyait. Une bonne centaine de mètres. Un boyau pas très large, des falaises taillées étroites.

Une longue rampe provisoire en tubes. Deux rails parallèles. Le tout d'une longueur de soixante mètres. Un stratagème de plus. Lorsque les forces de l'ordre vont intervenir, elles vont chercher à la mettre hors d'usage. Elles commenceront par le bout.

Il n'a besoin que de quarante mètres. Yves est formel. Avec le kérosène d'aujourd'hui, si tout n'explose pas, la poussée sera suffisante. Le reste, c'est du flan, pour amuser la galerie. Et pour faire passer la rampe pour un chemin de fer vu du ciel.

L'homme est sûrement passé en voiture. Mais il n'a pas pu s'arrêter. Trop voyant. L'entrée est toujours dissimulée, mais les dernières allées et venues ont élargi le chemin. Il est maintenant de l'autre côté de la valleuse, à la lisière des arbres. Le soleil a joué un bref instant avec ses jumelles. Draymond l'aperçoit une seconde fois à travers le bouquet d'arbres qui protège l'entrée sur les hauteurs.

Il sourit. La police, c'est comme les morpions, ça reste caché pendant longtemps dans les broussailles.

Quand Émile le rejoint, il pointe la lisière du doigt.

— Il y a un flic là-bas. De l'autre côté.

— Qu'est-ce qu'on fait ?

— On passe la vitesse supérieure. Il faut que tout soit prêt demain.

— Yves et Michael n'en peuvent plus. Ils n'ont pratiquement pas dormi.

— Remplace-les.

— C'est impossible, les autres ne sont pas techniciens.

— Je croyais que c'était un engin enfantin, conçu pour être le plus simple et le moins coûteux.

— Oui, mais il fait quand même huit mètres de long et six mètres d'envergure. Ils ont posé le fuselage, installé l'explosif. Yves a vérifié le propulseur, il va fonctionner. Michael est en train d'installer les commandes à partir de l'ordinateur. On est en pleine improvisation.

— Le Pacte, mon ami. Le Pacte. On est en train de faire quelque chose de grandiose.

— Si jamais ils découvrent ce que nous faisons, ils vont nous bombarder, non ?

— Pas tant que nous détenons un otage. Ensuite, ce que l'on fait est impensable. Ils ne s'y risqueront jamais. Depuis la guerre, la France n'a jamais utilisé de bombes sur son propre territoire.

— Et pour l'entrée, pour la rampe ? Il faudrait la protéger un peu.

— Tu as raison. Prends un peu d'argent et va à Yvetot acheter une toupie pleine de béton. Tu coules le tout à l'entrée et tu mets le camion dans le béton. Ça les emmerdera un bon bout de temps.

— Tu sais, mon ami, il y a des fois où tu me surprends. C'est une idée géniale !

Draymond ne répond pas, mais il rectifie sa démarche. La douleur ne diminue pas sa fierté.

Il aime que ses hommes l'idolâtrent. Il retourne dans la grotte. La bête prend forme sur la rampe. Dans ses entrailles ouvertes, derrière l'explosif de 850 kilos, Michael installe des tringles métalliques près du GPS et de l'ordinateur portable qu'il a vissé à l'intérieur de la carlingue. Les ailes sont positionnées de chaque côté, prêtes à être montées. Les bidons de kérosène piqués à l'aérodrome sont à l'écart, pour éviter les accidents.

Il encourage Yves et Michael, prend un Schmeisser, trois chargeurs et ressort.

Il traverse la cuvette le long de la rampe, et s'approche du boyau d'entrée. Il arme le Schmeisser et tire en riant dans la direction du policier. Il n'a aucune chance de l'atteindre, mais il va lui foutre une sacrée frousse !

Il vide le premier chargeur, recharge et tire encore. Ses compagnons le rejoignent.

Le pauvre Prariot s'enfuit en courant, vert de peur. Pour la discrétion, il repassera. Il disparaît dans les sous-bois sous les rafales, sans entendre les quolibets moqueurs des éco-guerriers qui applaudissent leur chef.

Draymond jette le pistolet mitrailleur par terre.

— Bon, la récréation est finie, les gars. On reprend le boulot. La cavalerie ne va pas tarder.

61

Hanna franchit les portes du château avec réticence. Elle vient de passer trois jours à se ressourcer dans sa petite maison au bord du lac. John Collins est venue la retrouver pour la journée. Ils ont passé des moments merveilleux, à se baigner, à paresser sur la terrasse. Il y avait longtemps qu'elle n'avait autant apprécié le paysage. Plus incroyable, après l'avoir invitée à dîner, il lui a confié que pour elle, il avait demandé sa mutation en Allemagne. Pour être près d'elle. Un lord anglais. Sa mère va être ravie…

Elle hésite. Recommencer sa vie, oublier, vivre. Quoi de plus naturel ? Son premier mari ne reviendra pas.

Avec un sourire, elle remercie Alexis de Fontvieille, cet homme mystérieux animé d'une volonté de vaincre incroyable, cet homme qui cache un cœur d'or sous une armure en acier trempé. Cet ami qui lui a redonné le goût de vivre. À chacune de ses visites, elle a senti cette vibration, cette force brutale, cet incroyable appétit. Elle ignore ce qu'il a enduré pour apprécier autant la vie, mais elle aimerait qu'il puisse rester à jamais son ami.

— Comment vas-tu Hanna ?

— Aussi bien que possible. Les épreuves ne manquent pas.

La mère d'Hanna remarque son œil brillant, sa démarche volontaire. Elle a relevé la tête et s'est affirmée en parlant.

— Comment s'est passé ton voyage à Londres ?

— Très instructif, vraiment.

— Tant mieux.

Sa mère se détourne et part dans le salon, au grand

étonnement de Hanna. En règle générale, elle doit faire un rapport circonstancié de ses absences.

— Maman, tout va bien ?

Sa mère ne répond pas.

Dans le salon d'apparat, plein de boiseries, de dorures, de tableaux, de meubles flamboyants, Otto Von Glück fume un cigare, l'air triste.

Hanna se braque. Que fait son beau-père ici ?

Elle se tourne vers sa mère interrogative.

— Avec qui étais-tu dans la maison du lac ?

— Maman, s'offusque Hanna, pourquoi devrais-je répondre ? Je suis assez grande pour prendre ma vie en main.

— Ce n'est pas avec ce malotru d'Alexis de Fontvieille, j'espère, s'exclame Otto.

Hanna rougit.

— Vati ! Je vous en prie ! Alexis est un homme charmant, d'une grande intégrité et sa femme est dans le coma.

— Cet homme est cynique, désabusé. Ce n'est pas un grand militaire.

— Vous exagérez, s'enflamme Hanna. Alexis est un homme lucide. Comme l'était mon grand-père ! Je vous interdis d'insulter mes amis.

— Votre ami ? Vous avez de drôle de fréquentations. Ses idées sont malveillantes !

— Vous n'appréciez pas qu'il découvre la véritable personnalité de mon grand-père. C'est cela ? Vous ne voulez pas croire qu'il ait voulu passer en Angleterre, qu'il ait pris contact avec Mac Morlan, du SOE !

— C'est impossible, s'insurge le vieil officier. Ce Mac Morlan est un traître.

— Vous le connaissez donc ? Pourquoi ne m'en avez-vous jamais parlé ?

— Je refuse d'évoquer les actions de ce coquin ! Et je t'interdis de le revoir !

— Il a épousé une ouvrière, explique sa mère, comme à regret. Un lord écossais ne peut épouser une ouvrière française. Cet homme est indigne de son rang !

— C'est absurde, dit Hanna. On est au vingt-et-unième siècle quand même ! Une Française dis-tu ? Depuis quand ?

— Ils se sont rencontrés en 1944 en France. Comble de déshonneur, elle avait seize ans !

— C'est pour cela que vous lui en voulez autant ? Où est-ce parce qu'il était en contact avec mon grand-père ?

— Justement ! C'est une infamie intolérable !

Hanna ne peut contenir sa colère et sa douleur :

— C'est faux ! Grand-père n'a pas trahi son pays. Il était contre les nazis. Ce n'est pas la même chose. Il pensait au peuple allemand, lui. Il pensait aux conséquences désastreuses pour son pays d'avoir à justifier de telles horreurs. Il n'a pas supporté l'existence des camps de concentration.

— Tais-toi !

La mère d'Hanna regarde fixement Otto Von Glück, qui pour la première fois depuis toujours, baisse la tête comme un chien battu.

— Otto, avec tout le respect que je te dois, je t'interdis de parler ainsi à ma fille.

Elle prend un mouchoir pour dissimuler son trouble, puis elle se tourne vers sa fille, ébahie du coup d'éclat de sa mère.

Elle a alors une phrase terrible et la fixe droit dans les yeux :

— Je te l'avais bien dit, mon cher Otto. Elle a le même caractère, la même fougue que son grand-père. Le même idéal aussi. On n'y peut rien.

— C'est à cause de cet officier, cet Alexis de Fontvieille !

— Il n'est pour rien dans cette affaire, s'insurge Hanna. J'ai été en Écosse, voir Mac Morlan. Le major Collins m'a expliqué ce qui s'est passé.

Otto bondit sur ses pieds.

— Tu n'as pas osé ? Ce n'est qu'un tissu de mensonges !

— Pourquoi ? Qu'y a-t-il de mal ? Il connaissait bien mon grand-père ! Au point qu'il a été le seul en contact avec lui au SOE. Il n'a pas travaillé pour les alliés. Il s'est confié à un ami qui n'avait que le tort d'être écossais et chasseur.

La veuve de Haymar Von Griedenburg pousse un profond soupir, et se retourne vers Otto.

— Mon vieil ami, je crois qu'il est temps. Donne-lui la lettre que je t'ai demandée d'apporter.

— Jamais ! s'insurge Otto en évitant son regard.

Hanna les regarde avec effarement, très pâle.

— De quelle lettre parlez-vous ? finit-elle par demander.

— C'est un faux, s'insurge Otto, sur la défensive. Il n'aurait jamais fait cela. C'est ce traître de Mac Morlan qui a tout manigancé !

— Mais enfin, de quoi parlez-vous ? hurle Hanna. Mac Morlan n'est pas un traître ! Que me cachez-vous ? Maman, je t'en prie !

— Otto. Arrête d'être de mauvaise foi. Donne-lui cette lettre. En souvenir d'Heinrich. C'est la vérité et tu le sais. Regarde-là, Otto, c'est sa petite-fille. Elle a tout compris.

Très digne dans la défaite, le vieil officier s'incline, la mort dans l'âme. Il sort de sa poche une enveloppe brunie par les âges et les pliures du temps. Il la tend en tremblant.

— Ma petite, je te demande pardon.

— Vati, qu'est-ce que c'est ? pleure Hanna. Je t'en prie…

— C'est la dernière lettre que ton grand-père a écrite à sa femme avant de disparaître. Elle est si déshonorante que je n'y ai jamais accordé crédit.

Hanna s'empare de la lettre en tremblant.

— Alexis avait raison, murmure-t-elle. Ta vénération pour mon grand-père a faussé ton jugement. Tu savais ce qu'il projetait, n'est-ce pas ? Tu savais qu'il avait décidé de passer en Angleterre. Et tu ne m'as rien dit.

Elle serre néanmoins son beau-père dans ses bras, incapable de lui en vouloir.

Hanna ouvre la lettre religieusement. Elle commence sa lecture dans le plus profond silence. Sa mère remue les lèvres en même temps qu'elle. Elle a tellement lu cette lettre qu'elle peut la parcourir les yeux fermés. Sa gorge se noue. Elle devine l'état de sa fille, pour l'avoir caché au fond d'elle-même pendant toutes ces années.

L'épreuve ultime, nécessaire pour faire définitivement le deuil d'un Dieu par trop humain.

Au fur et à mesure de la lecture, Hanna devient de plus en plus pâle. Des larmes coulent sur ses joues. Elle ne pense pas à les essuyer. Ce qu'elle découvre est complètement incroyable.

Et complètement dérisoire aussi. Que le destin s'acharne à ce point sur son grand-père relève de la malédiction !

Soudain, elle pousse un cri, les yeux écarquillés. Elle se mord les doigts.

— Oh, mon Dieu…

Elle laisse tomber la lettre.

Elle se précipite sur le téléphone, compose fébrilement un numéro. Sa mère et son beau-père n'ont pas fait un geste.

— Alexis, hurle-t-elle dans le combiné. Je sais maintenant ce que mon grand-père avait dans son camion !

62

Mars 1944,

Ma femme adorée,

Quand tu liras cette lettre, j'aurai réussi ou je serai mort.

J'espère que vous me pardonnerez de vous abandonner, toi et notre fils Haymar. Les deux personnes qui me sont les plus précieuses dans ce monde ravagé.

Je reviens de Peenemünde. Un lieu maudit.

Nous sommes allés trop loin. Le monde court à sa perte. Si cela continue, l'Amérique croulera sous des bombes volantes tirées par des sous-marins. Il suffit que l'Europe et l'Afrique soient déjà à feu et à sang.

Pour rien. Cette guerre n'apporte aucune gloire au peuple allemand.

Elle est absurde et destructrice.

Je ne peux pas continuer à vivre en l'ignorant. Ce serait renier notre patrie. Il est de mon devoir d'arrêter cette barbarie. Le monde entier nous jugera bientôt. Il suffira de prononcer les mots terribles comme Treblinka ou Auschwitz.

Il y a deux ans, le Führer avait décidé de faire la paix, de créer la grande Europe, pour asseoir son règne de mille ans.

Il n'a rien fait. Il veut asservir le monde.

Aujourd'hui, les Forces Alliées se sont liguées contre nous. La fin est proche. Il n'y a que les SS pour ne pas s'en rendre compte.

J'ai décidé d'aider les Forces Alliées à accélérer les choses.

« Elle » va permettre au monde de mieux comprendre qu'il faut que cela cesse. « Elle » est incroyable. Inimaginable. Le pire des cauchemars.

Sa production industrielle vient de démarrer.

J'ai réussi à subtiliser l'un des premiers exemplaires sortis des usines secrètes de Mauthausen. En tant que membre de l'état-major, je vais où je veux.

Je l'emmène avec moi.

J'ai pris contact avec notre ami de Karvoch. Il doit venir me chercher. Si tout va bien, je serai de retour dans un mois ou deux. Ne pleure pas si les nazis me croient mort. Je dois les berner pour y arriver.

Je te prie de me pardonner.

Que Dieu vous bénisse !

Qu'il nous bénisse tous ! Qu'il nous vienne en aide dans ces périodes troubles où je me demande si son libre arbitre ne s'est pas retourné contre nous.

Je t'aime.

PS : Détruis cette lettre après l'avoir lu. Les SS ne doivent jamais la lire.

Il y va de ta vie.

63

L'hôtel de police est en effervescence.

Prariot vient de confirmer la planque des éco-guerriers. Il est revenu à toute vitesse après avoir appelé pour dire qu'il était encore en vie.

Il est dans le bureau de Djamel, tout excité. Fabienne écoute en essayant vainement d'être calme. Derrière la porte en verre, une foule compacte s'est agglutinée pour écouter le récit de Prariot.

— Raconte un peu, rugit Djamel.

— Ils sont réfugiés dans une ancienne carrière de craie. Exactement à l'endroit que vous avez indiqué. Impossible de s'y rendre sans être vu. L'entrée est étroite, la cuvette est profonde, pas très large. Un vrai coupe-gorge. Pas une habitation aux alentours. C'est vraiment en lisière de forêt.

— Quoi d'autre ?

— Ils sont tous là. Avant d'être repéré, j'ai compté sept personnes. Mais ce n'est pas évident, les arbres sont vraiment gênants. On a du mal à voir au fond de la gorge.

— On les tient ! Ce sont les derniers Apôtres ! Si on fonce rapidement, on peut encore les cueillir.

— Ben voyons, ricane Fabienne, il me semble que ce n'est pourtant pas la saison des fraises…

— Vous gardez vos remarques stupides pour vous, enrage Djamel.

— Ils ont installé un grand rail sur toute la longueur de la cuvette. Elle démarre à l'entrée de la grotte.

— À votre avis, c'est quoi ?

— Une sorte de rampe de déchargement. Ils veulent peut-être cacher leurs trésors dans cette grotte.

— Mouais… Pas très discret. C'est tout ?

— Non. Il y a une bâche en plastique juste avant l'entrée. Impossible de savoir ce qu'il y a dessous.

— Ils sont armés ?

— Tous. Ils se baladent avec des Schmeisser. Je pense que les armes que vous recherchez sont dans cette grotte. Elles doivent y être depuis la guerre. L'entrée est vraiment bien planquée. Faut savoir où l'on va. De plus, il y a une fille avec eux.

— Flora ? s'écrie Fabienne.

— Je sais. Un otage. Ces terroristes ont tout prévu.

— On fonce toujours dans le tas…?

— Fabienne, si vous continuez, je vous mute aux Archives !

Même Prariot sourit devant le manque de conviction.

— Non, reprend Djamel plus sérieusement. À moins de savoir exactement ce qu'ils préparent, je ne peux risquer la vie du moindre otage. On va y aller scientifiquement. On va leur montrer qu'on est là. On va les enfermer dans ce trou à rats. On fait le siège.

Djamel reprend les photos aériennes données par l'armée. La rampe apparaît clairement au milieu de la cuvette, entourée d'un vert impressionnant.

— Prariot, tu crois qu'on peut investir la cuvette par les côtés ?

— Difficilement. Ils ont coupé les arbres au centre de la cuvette, mais pas sur les côtés. La descente en rappel ne sera pas facile. En plus, vous avez vu comment c'est orienté. Si on descend, on se fait flinguer comme des lapins. De la grotte, on voit tous les abords. Un vrai blockhaus.

— Pas évident, effectivement. La forêt autour me paraît bien dense et accidentée. Bon, on va envoyer des équipes par l'extérieur. Fabienne, vous réunissez tout le monde dans la grande salle.

— Et le GIPN ?

— Je vais appeler le ministre pour qu'il nous envoie une équipe supplémentaire. En cas d'urgence, je veux pouvoir investir la grotte dans les quarante-huit heures. Pour l'instant, la priorité est à la prudence. On va les assiéger.

Cette grotte sera leur prison.

Djamel donne les ordres à ses différentes équipes. Il a obtenu du ministre une compagnie de gendarmerie pour couvrir les principales voies d'accès qui bordent le plateau de Touffreville. Ce n'est pas beaucoup, mais il compte juste les empêcher de s'enfuir. La surveillance va se faire sans relâche. Il va leur faire comprendre que le premier imbécile qui sort du repaire sera immédiatement arrêté.

Les autorités sont unanimes. C'est un excellent plan. Avec de la chance, dans une quinzaine de jours, ils sortiront les mains en l'air, affamés et assoiffés. Les Apôtres ont commis une grossière erreur en s'enfermant dans cette grotte au fond de la cuvette. Ils deviennent inopérants, inoffensifs. Coincés, ils ne pourront pas commettre d'attentats.

La première équipe est en place vers la fin de l'après-midi. Prariot a exigé d'en faire partie. Les barrages routiers sont installés dans l'heure qui suit.

Djamel décide de rester une nuit à Rouen avant d'établir son QG de campagne non loin de la grotte. Pour l'instant, il reste collé à son bureau avec la radio, en contact permanent. L'engin grésille.

— Commissaire Khalen ?

— Affirmatif.

— Commissaire, on vient d'arriver sur les lieux, confirme Prariot. Tout est calme. Il y a juste un nouveau détail.

— Lequel ?

— Ils ont planté un énorme camion toupie à l'entrée de la carrière. Ils sont en train de couler le béton par terre au milieu des arbres.

— Quoi ?

— Je répète, ils coulent le béton au sol. Ça forme une vraie muraille au pied de la rampe. Regardez, ils nous font des signes ! Ils se moquent de nous, commissaire. Et… attendez, ils enfoncent le camion dans le béton.

Djamel en reste coi. Puis il comprend la manœuvre.

— Ils bouchent l'entrée pour éviter une invasion en force. Ils n'ont donc pas l'intention de se rendre sans tirer. Tant mieux. Laissons les mijoter. Autre chose ?

— Rien pour l'instant. On ne voit pas grand chose avec les arbres. Et encore moins ce qu'il y a sous la bâche. Même avec le soleil dans le dos. J'ai l'impression qu'ils ont monté des barricades de chaque côté, à l'entrée de la grotte. Que fait-on ?

— Vous continuez les observations.

— Et s'ils tentent une sortie ?

— On avisera. Tenez-moi au courant.

— Bien reçu.

Djamel repose le combiné, perplexe. Ce camion de béton l'étonne. Il n'ose envisager le pire. Ce serait très mauvais pour lui.

Fabienne entre en courant dans son bureau, toute essoufflée.

— Je viens d'entendre le rapport de Prariot. Qu'en pensez-vous ? Ils ne vont quand même pas s'enterrer vivants !

— Je ne pense pas. Mais je vous avoue que cela m'inquiète. J'espère qu'ils sont assez lucides pour ne pas nous faire le coup du suicide collectif !

— À ce propos, j'ai un visiteur pour vous.

Elle s'efface sans lui demander son avis. Djamel bondit sur son fauteuil, en renverse les photos aériennes de l'armée, surpris.

— Alexis ? Qu'est-ce que tu viens faire ici ? Je croyais pourtant…

— Ne t'énerve pas. J'ai quelque chose de très important à te dire. Comprends-tu l'allemand ?

— Tu te moques de moi ! Pourquoi diable as-tu besoin de savoir ça ?

Alexis lui tend la photocopie d'une lettre manuscrite écrite à la plume. Djamel écarquille les yeux, méfiant.

— C'est quoi ce truc ? Tu as vu la date ! Pas besoin de parler allemand. Mars 1944.

— Djamel. Je sais ce que préparent les Apôtres.

— Comment ? Tu as découvert ça dans cette lettre ?

— Je sais ce qu'il y a sous la bâche. Le plan Vigipirate est-il renforcé ?

— Attends un peu ! Qu'est-ce que tu racontes ? Quel rapport avec… ?

— VergeltungsWaffe N° 1...

— Mais encore… ?

— L'arme de la vengeance ! Un V1. Il y a un V1 en parfait état dans cette grotte !

Djamel saute par-dessus son bureau, ouvre la porte, déchaîné :

— Prévenez le GIPN ! hurle-t-il. Alerte rouge ! On n'assiège plus ! On investit !

64

Draymond a somnolé une partie de la journée. Sa blessure s'infecte d'heure en heure. Il transpire de plus en plus, en proie à de brusques bouffées de délire.

Avant de sortir de la grotte, il invective ses amis. Sous la bâche, les ailes sont en place. Il reste à remplir les réservoirs. Le plus délicat, c'est la mise en place des systèmes de direction qui n'existent pas sur l'original. En 1944, les rampes étaient construites en béton dans la direction approximative de Londres ou du port d'Anvers. Le V1 filait tout droit. Il n'avait qu'une boussole et une hélice à l'avant qui comptait les tours avant de tomber dans un rayon de 12 kilomètres autour de l'objectif.

Le V1, l'ancêtre d'une arme moderne terrible : le missile de croisière.

La nuit tombe.

Émile vient soutenir son ami.

— Quelles sont les dernières nouvelles ? Ils sont toujours là ?

— Oui. Ils sont revenus en équipe. Ils ont fermé le plateau. J'ai eu à peine le temps de passer avec la toupie. Il y a une heure, ils ont levé le camp en courant. On avait l'impression qu'ils avaient le feu aux fesses.

— Ils sont partis, dis-tu ? Sont-ils revenus ?

— Non, pas pour l'instant.

Draymond fait la moue, réfléchit un instant. Ses compagnons ont fini d'installer les pièges dans les arbres abattus et rentrent, fourbus. L'espace entre le défilé et l'entrée de la grotte est devenu un vrai champ de mines.

Il leur tend sa bouteille de cognac qu'il n'a pas eu le temps d'ouvrir.

— Tenez, mes amis. Régalez-vous. Vous l'avez bien mérité. Émile, va me chercher la gamine.

Pendant que le géant blond s'exécute, Draymond s'approche de Michael.

— Quand sera-t-il prêt à partir ?

— Avec de la chance, demain à l'aube, si on travaille toute la nuit. Les commandes de direction n'étaient pas prévues. Il faut que je travaille les ailes et le gouvernail de queue pour qu'ils réagissent. Ils étaient directement soudés.

— Fais de ton mieux, mon ami.

— Compte sur moi.

Émile revient du fond de la grotte, tirant Flora par le bras. Elle est blanche de terreur et tremble de tous ses membres. Des meurtrissures aux poignets témoignent d'une captivité forcée. Il l'oblige à s'agenouiller dans la poussière, face au somptueux V1 qu'elle regarde avec horreur.

— Magne-toi de reprogrammer la destination de ce petit joujou, ordonne Draymond, au grand étonnement de tous.

— Qu'est-ce que tu fais ? s'inquiète Émile. Tu ne l'envoies plus sur La Hague, comme prévu ?

— Non, tu viens de me dire qu'ils avaient levé la surveillance de façon inhabituelle.

— Oui, mais je ne vois pas le rapport ?

Draymond élève ce qu'il lui reste de voix et s'adresse à tous ses fidèles Apôtres.

— Ça veut dire qu'ils vont intervenir. Ils vont nous déloger demain matin à l'aube. Ce qui signifie qu'ils ont reçu l'autorisation du Premier ministre. Le plan Vigipirate a donc été renforcé. À cette heure, les Crotales doivent déjà être déployés autour du site de retraitement des déchets.

Il se tourne vers Flora.

— Entre les coordonnées de Paluel. La centrale nucléaire !

65

Une fois envolé l'instant de panique, Djamel prend Fabienne par l'épaule. Il la reconduit dehors d'un geste sans appel. Puis il ferme brutalement la porte sans tenir compte de ses protestations et se tourne vers Alexis.

— Bon. Maintenant que nous sommes tous les deux, tu veux bien m'expliquer ce délire ? Avant d'appeler le ministre pour déclencher une guerre, j'aimerais bien savoir de quoi il retourne. Comme cela, si je me retrouve à régler les problèmes de circulation aux Kerguelen, je saurais pourquoi…

Alexis sourit.

— La dernière fois que tu es venu au Conihout, je t'avais dit que j'avais une idée.

— C'est en rapport avec les livres sur la seconde guerre ?

— Exactement. Quand je me suis battu avec Draymond lors de l'attentat de la bijouterie, je l'ai dépossédé de son arme.

— Qu'est-ce qui t'a pris de faire un truc pareil ? C'était dingue ! Tu aurais pu te faire tuer !

Alexis hausse les épaules pour minimiser l'événement.

— Dana était en face de moi, dans le coma. Je suis devenu fou.

Djamel acquiesce en silence. Il se souvient d'un des traits marquants du caractère de son ami : quand il devient violent, il est pire qu'un fauve en liberté. Il est brutal, impitoyable, primaire comme un ours.

— Continue.

Alexis sort le Mauser 1912 à crosse d'ivoire et le pose

religieusement sur la table. Djamel émet un sifflement d'admiration.

— Comment as-tu fait pour entrer ici avec une arme pareille ?

— Fabienne m'a aidé à franchir le portillon magnétique…

— Je vois, grimace Djamel. Pour les procédures de sécurité, elle repassera.

— Draymond avait cette arme de collection dans la main, le jour de l'attentat. Je l'ai récupérée par hasard.

— Je te remercie d'avoir fourni une importante pièce à conviction à la police…

Alexis ne riposte pas. Il se contente de hausser fièrement les épaules.

— J'ai donc effectué des recherches pour en connaître le véritable propriétaire. Il s'agit d'un brillant colonel de la Wehrmacht, Heinrich Von Griedenburg, officier d'état-major du Reich pendant la seconde guerre. Il a été porté disparu en avril 1944 dans la région de Rouen.

— Porté disparu ?

— Oui. Plus une trace. J'ai rencontré ses descendants, ou plutôt sa descendante, une ravissante veuve. Son beau-père connaissait cet officier. Ce colonel était officiellement en mission secrète. Mais il s'avère que c'était un agent double au service du SOE britannique. Et tiens-toi bien, il projetait de livrer un V1 aux Forces Alliées ! Seulement voilà, il n'est jamais arrivé à son rendez-vous. Il a disparu mystérieusement entre Rouen et l'Angleterre.

— Incroyable. Tu n'inventes pas, j'espère ?

— Pas le moins du monde. Écoute la suite. Pour voyager, il a caché le V1 dans un camion d'armes et de munitions. Ce camion a traversé toute l'Europe jusqu'ici sans encombre !

Djamel l'interrompt avec un bel effet de manche.

— Stop, stop ! Si je suis ton raisonnement, on a les Schmeisser, on a les munitions, donc on a retrouvé Griedenburg. Et comme c'était un espion britannique, on a retrouvé le V1 ! C'est cela ?

— Oui, répond Alexis sans se démonter. Grâce à ce pistolet. C'est la clé de l'énigme. Je te l'accorde, au départ, rien ne prouve que le chargement de Schmeisser est bien celui que transportait Griedenburg. Mais comment expliquer que Draymond puisse avoir l'un et pas l'autre ?

— Et le propriétaire de la grotte, Élie Martin ?

— C'est bien Draymond qui l'a tué, non ? Martin a découvert ce lieu le premier. Et Draymond l'a abattu pour s'en emparer. Donc si les Schmeisser se trouvent dans cette grotte, le V1 y est aussi.

— Et cette lettre ? insiste Djamel, pas convaincu. En quoi est-elle importante ?

— Elle est signée de la main même de Griedenburg. Il annonce à sa femme qu'il part pour l'Angleterre. Il affirme clairement ses intentions. Il haïssait Hitler et les SS. Quand il a découvert le projet V1 et V2, il a compris que Hitler voulait asservir le monde. Il connaissait l'existence des camps de la mort. Il explique même et c'est assez étonnant qu'un jour, les bombes tomberont sur les États-Unis, lancées à partir de sous-marins. C'est écrit noir sur blanc dans sa lettre.

— C'est fascinant. En 1944, il avait déjà pressenti ce que serait la guerre du futur et ses sous-marins lance-missiles…

— N'oublie pas que les premiers missiles V2 sont l'œuvre de Von Braun, un Allemand passé aux États-Unis. Bref, pour conclure, nous avons les armes et ce pistolet dans les mains du même homme, Draymond. Et nous avons la preuve qu'un V1 a disparu dans la région. Il est donc forcément dans cette grotte !

— Tu me fais frémir. Tu penses au pacte ?

— Exactement. Le pacte des Apôtres ! Ça correspond tout à fait au style de ce malade mental, tu ne crois pas ?

— Tu crois que tes sources sont exactes ?

— J'espère sincèrement me tromper.

— Donc pour toi, la présence de ce Mauser dans les mains de Draymond suffit à justifier l'existence d'une bombe V1 ?

— Oui.

Djamel éclate de rire, mais le cœur n'y est pas.

— Et tu crois que le ministre va gober une histoire pareille ?

— Ça, mon ami, c'est ton problème…

66

Les Apôtres rescapés, un instant surpris par le revirement de Draymond, applaudissent avec joie. Leur chef vient encore d'avoir une idée géniale. Bombarder la centrale nucléaire mythique de Paluel ! Quel impact médiatique !

— Vous êtes fou ! s'écrie Flora. Si un réacteur est touché, il va y avoir des millions de morts !

— Et alors, comment veux-tu faire autrement ? En mettant des banderoles sur les cheminées ? Petite conne idéaliste. Ce n'est pas comme cela que vous gagnerez votre combat ! Ce genre de manifestations est devenu inutile. Ça fait beaucoup rire les intégristes, là-haut dans leurs tours à milliards. Mais grâce à moi, la France va connaître un terrible accident nucléaire. Un accident de type sept ! Paluel, l'une des centrales les plus sûres va exploser. Le chaos total !

Draymond est au bord de la syncope. Émile le remplace, tout aussi virulent :

— En plus, les autorités françaises ne pourront rien dire. Ils ne s'attendent pas à ce qu'un vieux V1 leur pète à la gueule de l'intérieur du territoire. Vous imaginez un peu la tête de notre ministre en train d'avouer son incompétence à la télévision : faire croire au monde que la centrale a explosé à cause d'une bombe de la seconde guerre. Il va se couvrir de ridicule.

— Allez Flora, magne-toi, termine Draymond. Émile, tu remets à l'ombre notre spécialiste en informatique dès qu'elle a fini. Et surveille bien ce qu'elle fait !

Les larmes aux yeux, Flora dévisse la plaque d'acier

qui protège le GPS programmable et l'ordinateur. L'écran de veille brille dans la pénombre du corps de la bête. Elle vérifie les nouvelles coordonnées, celle de Paluel, les intègre dans l'ordinateur. Elle pianote plusieurs minutes pour installer le nouveau plan de vol, pour calculer l'angle d'attaque, la durée du parcours, la poussée du réacteur. Avec le carburant, elle estime le temps de vol à moins de trois minutes.

Impossible à contrer. Ils auront à peine le temps de le détecter au radar et de prévenir la chasse aérienne que le missile aura déjà atteint sa cible. Même les Crotale auront pas le temps d'ajuster la cible. Ils sont faits pour descendre des avions de guerre, pas des bombes volantes vieilles de soixante ans volant en rase campagne.

Elle programme le V1 avec une précision diabolique, le cœur serré, impuissante. Ses mains tremblent à l'idée d'être associée à ce massacre inutile.

Émile ne la quitte pas des yeux. Au moment de la confirmation définitive, il lui bloque le bras d'un air mauvais. Avec le second GPS qu'il tient dans sa main, il vérifie les coordonnées de Paluel et les compare à celles que Flora vient d'entrer. Deux précautions valent mieux qu'une.

Il la repousse en arrière. Elle s'écroule dans la poussière. Émile confirme alors les données, referme l'ordinateur et la plaque de protection.

Puis il lui rattache solidement les mains avec un collier de serrage en plastique et la ramène au fond de la grotte. Il suit un long boyau sombre, et tourne à droite dans une petite salle. Il lui serre les chevilles avec un autre collier.

Il la pousse sans pitié dans l'obscurité.

Pendant ce temps, Draymond donne ses ordres, distribue les munitions. Les Apôtres se terrent dans les trous spécialement creusés pour la défense de la grotte. De leur position, ils tueront sans effort tout malheureux qui décidera de descendre dans la cuvette en rappel. Le dernier carré. Le baroud d'honneur.

Leur blockhaus est imprenable. Les forces de l'ordre vont y laisser des plumes.

Djamel et Alexis sont seuls dans le bureau. Fabienne est partie chercher des sandwichs au bistrot d'à côté. La nuit est tombée. Les éléments de police et de gendarmerie se mettent en place à la faveur de la nuit. Djamel doit les rejoindre avant l'aube. Malgré sa blessure, le capitaine Legrand a exigé d'être de la partie. Il n'a pas encore digéré son cuisant échec de la ferme.

— Monsieur le Premier Ministre, il faut bombarder cette carrière ! Ils ont un missile d'une tonne prêt à bousiller La Hague ! Mais... Oui, Monsieur le Ministre, c'est vrai, cette lettre a près de soixante ans, oui, elle n'est pas confirmée comme exacte, mais je connais la source... Mais vous avez vu la rampe sur les photos ! C'est une rampe de lancement ! Quoi... ? Comment cela vos experts ne sont pas formels... Mais... D'accord... Bien, Monsieur le ministre. Je vous tiens au courant.

Djamel raccroche, d'une humeur de crabe.

— Le Premier Ministre n'y croit pas, Alexis, dit-il, dépité. Pas de preuves concrètes, des otages, risque politique important. Tu te rends compte ?

— Tu sais que j'aimerais beaucoup m'être trompé... En conclusion ?

— Attaque conventionnelle à cinq heures demain matin. Pas d'artillerie lourde. On se débrouillera sur place. J'espère qu'ils n'auront pas fini le montage avant.

— Le site de La Hague est protégé par le plan Vigipirate. Tu ne prends aucun risque. Le ministre le sait aussi.

— La Hague, oui. Mais je pense aux centrales nucléaires de Penly et de Paluel, en bord de mer. Avec une bombe d'une tonne, deux GPS Garmin et un portable dernier modèle, tu sais ce que l'on arrive à faire toi, non ? Pas moi. Et je n'ai pas envie de le savoir !

— Je peux jeter un coup d'œil sur les photos, je me trompe peut-être...

— C'est confidentiel défense, répond Djamel en louchant vers la porte. Tu as trois minutes.

— Merci.

— Je compte sur toi pour ne pas venir à la grotte, n'est-ce pas ?

— Je n'ai qu'une parole.

Alexis examine les photos. Il essaie d'imaginer la réalité, mais il lui manque encore des éléments. Après le coup de fil affolé de Hanna et sa télécopie, il a passé dix minutes à rassembler les morceaux. La vérité, folle, délirante, a jailli d'un seul bloc.

En avril 1944, le colonel Heinrich Von Griedenburg a dérobé un V1 au nez et à la barbe des nazis. Il avait rendez-vous avec son ami Mac Morlan pour emmener la bête en Angleterre, mais il n'est jamais arrivé à destination.

Donc, si les Schmeisser et le V1 font bien partie d'un convoi unique, si ce convoi est bien au fond de la grotte, et si Draymond en est le propriétaire, le pire est à craindre.

67

La nuit est tombée sur la grotte, chaude, calme, tranquille. Les Apôtres se parlent peu. Ils boivent les dernières réserves de cognac en se lançant quelques blagues éculées à mi-voix. Ils n'évoquent pas leur fin. Ils la sentent proche. L'issue leur importe peu finalement. Le plaisir d'être ensemble dans cette forteresse d'un autre monde, en position de combat, prêts à braver le monde entier, prêts à faire ce que personne n'a osé faire depuis septembre 2001, les plonge dans une certaine extase. Ils vivent cette nuit avec un détachement serein.

Ils ont déjà accepté leur sort.

Michael termine ses préparatifs. Épuisé, il rejoint ses compagnons qui le félicitent. Il rejoint son poste derrière un gros bloc de pierre. Il dirige son arme face à l'ennemi, pose ses munitions et s'allonge. Il allume une cigarette, lance la fumée au plafond strié de coups de pioche. Très vite, ils parlent à voix basse du temps passé, de leurs exploits. Ils se lancent le paquet de cigarettes, rient d'une bonne blague. L'atmosphère est étrangement calme, comme à la veille d'un combat décisif.

Flora ne partage pas du tout leur notion du sacrifice.

Au moment d'être jetée au sol, pieds et poings liés dans l'obscurité, son regard a accroché un éclat sur le sol, balayé un bref instant par la lampe d'Émile. Une fois sûre d'être seule, elle ne s'est pas abandonnée à pleurer comme les dernières fois. Un courage nouveau a jailli dans ses veines. Elle ne peut pas les laisser faire !

Perdue dans le noir, elle a roulé sur elle-même pendant des heures pour chercher à tâtons cet instrument tranchant.

Elle a mordu la poussière. Elle s'est arrachée la peau des mains, des genoux, sur les silex qui dépassaient du sol.

Elle a enfin mis la main sur l'objet. Avec précaution, en se fiant uniquement à ses sens, elle a réussi à le coincer entre ses poignets. Le collier a cédé après un long et pénible effort.

La peau des mains en sang, elle peut enfin se libérer. Dans l'obscurité la plus totale, elle marche lentement, les bras en avant, jusqu'à toucher la paroi. Elle la parcourt au toucher.

Quand ses mains rencontrent le vide, elle pousse un petit cri de triomphe. Elle longe ensuite la paroi sur sa gauche et retrouve le long boyau. Au bout, une faible lueur. Un feu dans la nuit. Sur sa droite, une autre ouverture avec de la lumière. Elle s'approche. Devant elle, rassemblés en cercles autour du V1 sous la bâche, les Apôtres dorment paisiblement, soigneusement retranchés. Émile monte la garde, près du feu. Il boit un café serré copieusement aromatisé au cognac, son Schmeisser sur les genoux.

Flora frémit. Les armes sont pointées vers la gorge. Des remparts de pierres protègent les défenseurs de ce blockhaus aux allures de fin du monde. Une atmosphère surréaliste, démente et poignante a envahi l'espace confiné de la grotte.

Impossible de fuir par devant. Elle ne pourra jamais faire un pas en dehors. Inutile de songer à s'évader. Et encore plus d'approcher le V1. Elle jure de dépit et avance sans bruit vers l'autre ouverture éclairée.

Sidérée, elle découvre le camion, les munitions étalées, les débris des caisses qui ont abrité le V1, les sacs de toile éventrés. Les billets de banque et les vêtements jonchent le sol en un bordel indescriptible.

Au milieu de ces coussins improvisés, Pascal Draymond agonise.

Il ne réagit pas lorsqu'elle s'approche du camion, fascinée par la découverte. Elle comprend d'où vient le V1 et pourquoi il est en si bon état. Draymond gémit mais est incapable de bouger. Ses membres sont raides.

Il est en train de mourir, constate Flora sans aucune compassion. Elle se penche vers lui. Ses yeux sont révulsés.

Le cadran de sa montre indique quatre heures quarante-cinq du matin.

Elle aperçoit alors son téléphone dans la poche revolver. Elle réprime un cri de joie et s'empare du portable.

Pas de réseau.

Alexis joue les prolongations. Il scrute les photos avec attention. Djamel finit par lui retirer des mains.

— On ne doit pas te voir avec, dit-il. Je perdrais ma place.

Alexis se dirige vers la fenêtre, regarde dans la rue, tourne en rond, observe les rares gravures sur les murs, pas franchement pressé de partir. Djamel fronce les sourcils.

— Tu as un problème ?

— Non, pourquoi ?

— À toutes fins utiles, je te rappelle que tu es dans mon bureau. Nous sommes à la veille d'une importance opération de police. Aussi te demanderais-je de bien vouloir rentrer chez toi.

— J'y vais, j'y vais…

— Alexis, je te prierais de sortir, s'il te plaît. Tu ne peux pas rester dans mon bureau. Qu'espères-tu ?

Le téléphone se met à sonner.

— Ça, répond Alexis, sérieusement. Vas-y, décroche.

— Qu'est-ce que tu as encore fait ? Je te préviens…

— Réponds bordel, ne fais pas l'imbécile !

Djamel décroche, furieux.

— Allô ! Ah… Monsieur le Ministre, oui…

La voix du Premier Ministre de la République est beaucoup plus sèche que la fois précédente. Il paraît offusqué, irrité.

— Commissaire, vous êtes un homme apprécié en haut lieu. Je dois vous transmettre les amitiés du général de Saint-Villefranc et celles du Président de la République en personne.

— Je ne comprends pas monsieur le Ministre, répond Djamel en levant des yeux furibonds vers Alexis.

— Le Président, qui est aussi le chef des armées vient de me passer un coup de fil. Il est d'accord avec votre théorie absurde.

Djamel commence à comprendre.

— À sa demande, je vous fais envoyer une couverture aérienne. Deux Rafale de la base de Creil. Ils décolleront avant cinq heures.

Djamel n'en croit pas ses oreilles. Il exulte.

— Merci, monsieur le Ministre…

— Mais attention. C'est un vol de routine. Les ordres de mission sont classés Secret Défense. Je ne veux pas être ridiculisé si ça foire. En cas d'échec, il y aura des mises à la retraite anticipée, croyez-moi !

— Il n'y aura pas…

— Vous serez le premier responsable s'il y a un problème, commissaire Khalen. J'ai transmis les ordres au CDAOA, le commandement de défense aérienne et des opérations aériennes à Taverny. Ils sont en alerte rouge avec le plan Vigipirate. Dans une heure, vous recevrez le canal radio qui vous mettra en contact direct avec le Rafale. Bonne chasse, commissaire. Et tâchez cette fois de ne pas recommencer le même cirque que sur l'autoroute ! Je ne veux pas de feu d'artifice !

— Vous pouvez compter sur moi, assure Djamel.

Mais le ministre a déjà raccroché. Il repose le combiné, et se tourne vers Alexis, furieux et ravi à la fois :

— Espèce de…! Tu as osé faire intervenir ton ami le général de Saint-Villefranc !

Alexis a disparu de son bureau.

68

Cinq heures du matin.

L'aube est timide et fraîche dans le vallon. Les camions d'intervention suivent la Scenic blanche rayée de bleue et de rouge. Djamel se gare à moins de trois cents mètres de l'entrée. Les camions du GIPN s'arrêtent encore plus près. Casqués, bottés, le visage couvert, les policiers du GIPN, un brassard rouge fluo sur la manche, s'extirpent des véhicules comme s'ils sautaient d'un Transal. Ils ferment d'un coup sec leurs gilets pare-balles et accrochent des grenades fumigènes à leurs ceinturons. Le capitaine Legrand surgit près de Djamel, Fabienne, Malhomme et Prariot, l'arme au poing.

— On se déploie de part et d'autre du camion. On fait sauter la rampe et on investit la place avant qu'ils lancent leur engin meurtrier. Cela vous convient ?

— Avec de la chance, il n'y aura pas de moissonneuse-batteuse, lance Fabienne.

— Encore une connerie de ce genre et je vous renvoie à la circulation, siffle Djamel, plus vexé qu'il n'y paraît.

Il n'a pas digéré sa dernière défaite sur l'autoroute. Il joue gros sur cette intervention. En cas d'échec, le Premier ministre ne lui fera pas de cadeau. Fabienne se rembrunit, piquée au vif. L'affaire ne se présente pas comme une partie de plaisir.

— Faites monter quatre hommes sur le plateau, ordonne Djamel. Surtout qu'ils ne descendent pas en rappel. Ils nous couvriront quand nous entrerons. Vous avez des tireurs d'élite ?

— Affirmatif. Ils sont déjà en poste, de l'autre côté de

la vallée. Mais ils ne peuvent pas faire grand chose. Les arbres les empêchent de voir correctement.

— Qu'ils reviennent et qu'ils prennent position sur les hauteurs, juste à l'entrée du défilé. Je veux qu'ils tirent sur le premier terroriste qui sort.

— Ils seront trop près. Ils vont se faire canarder.

— Alors, qu'ils restent légèrement en retrait. Mais je les veux là-haut. Pas de l'autre côté, dans mon dos. Compris ?

— À vos ordres.

— Très bien, faites venir vos artificiers et faites-moi sauter ce camion ! Je veux que la rampe soit hors d'usage avant l'assaut. Même si c'est le bout. L'engin, si engin il y a, ne doit pas décoller. Vous avez compris. C'est l'objectif principal.

— Bien reçu. Je peux poser une question ?

— Allez-y.

— Pourquoi n'envoie-t-on pas quelques roquettes dans la grotte ? Cela résoudrait nos problèmes.

— Capitaine Legrand, je vous rappelle qu'il y a un otage dans cette grotte, s'offusque Djamel.

Le capitaine hausse les épaules et part donner ses ordres en marmonnant. Ce genre de « détail » lui fait rater un beau feu d'artifice. Il positionne son casque et s'éloigne vers l'entrée de la grotte, suivis de ses hommes.

— On dirait qu'il n'aime pas les fraises, balance Fabienne, très sérieuse.

— En avant, gronde Djamel.

La première rafale de Schmeisser accueille les artificiers au moment où ils débouchent à plat ventre en vue de la cuvette. Les balles font « ploc » dans le camion benne. Djamel hurle :

— Fumigènes !

Émile est le premier à les apercevoir. D'un murmure, il réveille ses compagnons, leur distribue du café.

Sa montre affiche cinq heures cinq. Il soulève légèrement la bâche qui protège le missile. Des ombres se glissent vers le camion. Il lâche une rafale au jugé, histoire de les stresser. Puis il repère d'autres ombres en haut de la paroi. L'excitation s'empare des terroristes du Pacte. La bataille vient de commencer. Ils tirent dans tous les sens, arrosent les crêtes, le camion en poussant des hurlements de joie. Ils vivent le plus incroyable moment de leur existence.

Émile rejoint Michael et Yves.

— C'est le moment. Lancez-moi cette merveille !

Les deux techniciens s'activent quand retentit la première explosion. Une boule de feu et d'étincelles illumine l'entrée de la cuvette.

— Ils ont fait exploser le camion. Ainsi que la rampe !

— Sur quelle longueur ?

— Une quinzaine de mètres.

— Super. Continuez le feu. Ne les laissez pas entrer dans la cuvette !

Il se tourne vers Yves.

— Ça ira quand même ?

— Aucun problème. Il faudra juste ne pas rester derrière l'engin quand il va décoller. C'est un vrai lance-flammes. Et attention aux oreilles.

— On s'en fout. Écartez-vous les gars. C'est parti. Vive le Pacte !

— Non !

Émile se retourne.

D'un bond, Flora se jette sur Yves pour détruire le système de mise à feu. Elle cache le téléphone de Draymond dans sa main.

Émile l'arrête au moment où elle passe tout près du missile. Il la plaque au sol sans difficulté. Elle hurle, se débat, et dans un mouvement incontrôlé, lance le téléphone portable de toutes ses forces. Il atterrit dans les branches d'un arbre coupé. Émile lui balance une énorme gifle et lui braque son Schmeisser sur le front. Il n'a aucun problème pour immobiliser ce petit gabarit déchaîné.

Ses compagnons éclatent de rire devant cette évasion rocambolesque. Ils reprennent leurs tirs sporadiques comme s'ils étaient à la foire, bien protégés derrière leurs abris de pierres.

— Encore une tentative stupide, et je te tue, t'as compris ? éructe le géant blond.

Flora fond en larmes, se cache le visage dans les mains, la joue en feu, et se recroqueville, penaude.

— C'est promis, gémit-elle, je ne recommencerai plus.

— T'espérais quoi avec ce téléphone ? glousse Émile devant la naïveté de sa prisonnière. Pourquoi l'as-tu balancé dans la nature ? C'est con et inutile.

Il se couche soudain. Une rafale ennemie vient s'encastrer dans la pierre, faisant virevolter des paquets de poussière.

— Yves, tu lances la bombe. Et toi, petite imbécile, tu viens avec moi.

Elle résiste, crie, mais le géant n'en a que faire. Il s'écarte, tout en la tenant fermement dans ses bras comme un paquet de linge sale. Michael prend un long bout de bois et relève la bâche pour laisser passer l'engin. Avec Yves, ils éprouvent la fluidité du chariot sur la rampe. Le V1 frémit.

Ils le poussent vers l'avant, insensible aux tirs ennemis. L'engin roule doucement.

Yves appuie sur le système de mise à feu.

La rampe est détruite sur une quinzaine de mètres. Le capitaine Legrand jubile mais Djamel est sceptique. Il en reste encore un sacré bout. Impossible de progresser. Dès qu'ils arrivent en vue de la grotte, et malgré la relative protection des arbres, ils se font tirer comme des lapins. Des rafales ininterrompues, tirées au jugé. Trois gars du GIPN ont réussi à s'infiltrer derrière le camion et progressent vers la grotte en rampant parmi les rochers et les arbres abattus. Il demande aux autres de suivre leurs camarades lorsque le capitaine lève le bras et les oblige à reculer. Djamel enrage.

— Que faites-vous ?

— Mes gars viennent de m'avertir. Le terrain est complètement miné.

— Comment cela ?

— Ils ont dissimulé des centaines de grenades à main

entre les branches des arbres abattus. Au moindre mouvement, elles tombent et explosent.

— Et merde ! Décidément, ce Draymond a toujours une longueur d'avance sur nous.

— Ce n'est pas tout, regardez, insiste Legrand.

Il lui tend une paire de jumelles et désigne le fond de la carrière. Derrière la bâche, les ombres sont floues. Il distingue à peine les ombres dissimulées derrière des protections en pierre. La luminosité est faible, et les arbres disséminés un peu partout rendent la tâche encore plus difficile. Le seul chemin d'accès qui menait à la grotte est inaccessible à cause de la rampe.

— Regardez bien. Ils ont tendu un grillage double devant les postes de tir. Impossible de balancer des grenades. Elles vont exploser à l'extérieur.

Djamel se recroqueville derrière son abri. Des éclats de pierre jaillissent d'un peu partout sous les rafales aveugles des Schmeisser. Le capitaine fulmine et rabat la visière en plexiglas de son casque. Sur son épaule, le micro crache sans cesse.

— Ces enfoirés tirent comme à la foire. Ils doivent avoir un paquet de cartouches pour se permettre de les gaspiller. Qu'est-ce qu'on fait ? Vous ne voulez toujours pas utiliser des roquettes ? Ce serait beaucoup plus simple.

— Je vous ai déjà dit non ! Demandez à vos gars qui sont sur la crête d'envoyer leurs grenades sur la rampe. Qu'ils balancent tout ce qu'ils ont ! Et qu'ils visent soigneusement pour ouvrir un chemin. S'il y a autant de grenades piégées que vous le dites, on va avoir droit à un beau feu d'artifice. Faites reculer les autres !

Le capitaine n'a pas le temps d'acquiescer. Un bruit terrible fait trembler la carrière et taire les tirs sporadiques.

Avec effroi, Djamel, Fabienne, Malhomme, Legrand et les policiers du GIPN voient surgir le monstre d'acier dans une gerbe de flammes.

Le V1, toutes ailes déployées, tel un monstre antique, quitte la grotte par la rampe dans un sifflement de tonnerre, puis accélère à une vitesse folle.

Le bruit est effrayant. Une fumée âpre envahit la cuvette. Cloués de stupeur, ils assistent impuissants au décollage de l'engin qui quitte son berceau bien avant les cinquante mètres. L'engin passe au-dessus de leurs têtes en rugissant et disparaît avant qu'ils ne réagissent. Le berceau continue sa course folle et vient s'écraser contre le camion. Au fond de la grotte, ils entendent des clameurs de joie.

Le V1 disparaît à l'horizon en laissant derrière lui une traînée de fumée. On aperçoit encore la flamme de la tuyère alors que l'engin n'est plus qu'un point sur l'horizon. Fabienne et Malhomme sont décomposés. Les policiers du GIPN sont figés sur place.

Un missile terroriste a été lancé contre une centrale nucléaire !

Les réflexes jouent enfin. Ils lèvent leurs armes et tirent sur le missile. En vain.

Un instant désemparé par cette vision d'apocalypse, le cœur en surmultipliée, Djamel finit par se secouer.

Il ne dispose que de deux minutes avant le chaos.

Émile pousse Flora sans ménagement. Il s'éloigne du pas de tir pour ne pas griller comme une oie. Il tourne dans la grotte où se trouvent le camion et Pascal Draymond. Il tire Flora par le bras, puis il l'assomme d'un coup sec. Elle s'affaisse. Inerte, elle est encore plus légère. Il la pose sans délicatesse dans la cabine à côté du squelette inconnu. Il lui jette un dernier regard dubitatif avant de refermer la porte.

Puis il s'approche de Draymond.

— Mon ami, tu es encore avec nous ? murmure-t-il.

Draymond ne répond qu'avec un vague mouvement de ses yeux exorbités. Ses membres sont raides, son visage livide, ses lèvres bleues. Hémorragie interne, pense Émile avec un pincement au cœur. Son vieux compagnon de route est en train de crever. Il lui soulève la tête, glisse une dernière lampée de cognac dans sa gorge qui n'émet plus qu'un vague gargouillis. L'habit noir des SS est couvert de poussière. Une fin pitoyable.

— Pascal, écoute, on va réussir. Reste une minute avec nous.

À ce moment, le sifflement déchire la grotte, suivi d'un grondement énorme. Les parois tremblent. Des blocs de pierre tombent. Une fumée puissante envahit la salle comme une tempête de sable dans le désert. Les lampes à gaz sont soufflées. Émile pousse un hurlement de dément dans l'obscurité. Draymond s'accroche au bras de son ami.

— Écoute, mon frère, les portes de l'enfer viennent de s'ouvrir ! On a gagné ! Tu m'entends, on a gagné !

La main de Draymond est restée crispée. Quand la poussière se dissipe un peu, Émile rallume les lampes en toussant.

Draymond le fixe, les yeux grands ouverts.

Il est mort.

Émile le regarde sans comprendre. Finalement, il pose délicatement sa tête contre un sac, ferme une dernière fois ses yeux. Il n'a jamais pleuré de sa vie, pourtant, il verse une larme pour son ami, ému.

Puis il se ressaisit. Les tirs ont repris de plus belle. Le missile est parti. Dans trois minutes, la centrale de Paluel va exploser. Les cheminées vont voler en éclats.

Mais il n'y aura pas de nuage radioactif. Émile le sait bien. Les réacteurs résisteront à l'impact. Ils ont été conçus pour cela. Mais l'impact médiatique, lui, sera énorme. Il doit s'en sortir pour divulguer la bonne parole.

Il hésite. Sa tête dodeline, indécise, entre le cadavre de son ami et les sacs remplis de billets neufs. Il interroge Draymond, comme pour se conforter dans son idée.

— Le combat doit continuer, non ? Tu es d'accord ? Le règne nouveau va s'ouvrir. (Il secoue le cadavre de son ami). Merde ! Qu'est-ce que je fais moi, maintenant que tu t'es barré ?

Djamel n'a pas besoin d'allumer sa radio spéciale.

Les Rafale passent en rugissant au-dessus de la grotte à près de 2 000 kilomètres/heures, leurs moteurs de 15 tonnes de poussée au maximum. Ils étaient à l'affût depuis dix minutes, prêts à fondre sur leur proie. En les entendant, Djamel se sent libéré d'un sacré poids. Sans l'intervention d'Alexis, le V1 avait de fortes chances d'atteindre sa cible. Il tremble rien qu'à l'idée des conséquences dramatiques. La voix du pilote est un vrai bonheur.

— Kerguelen Leader à Mutant. Vous me recevez ?

Djamel a un rictus sauvage. Il soupçonne le ministre de n'avoir pas choisi ces indicatifs par hasard. Il s'empare du micro.

— Ici Mutant. Kerguelen Leader. La bête est partie ! Dieu merci, vous êtes là !

— Bien reçu, Mutant. Nous l'avons en visuel. Pas de problème. On a la situation en main. J'ai deux missiles Air-Air R550 Magic2 verrouillés. On attend juste qu'elle passe au-dessus des champs.

— Roger, Kerguelen Leader. Ça fait rudement plaisir de vous entendre.

— Vous aviez raison, Mutant. Pour une mission de routine, c'est grandiose. Poursuivre un V1 avec un Rafale ! C'est le pied, Mutant ! Pas vrai Kerguelen Un ?

— Affirmatif Kerguelen Leader, répond le pilote du second Rafale.

— Vous avez l'autorisation d'engager, Kerguelen Leader !

— Bien reçu. Finissez le boulot en bas, on s'occupe de la bête !

Djamel raccroche avec un grand soupir. Savoir que la France ne risque pas de danger majeur lui rend du baume au cœur. Il bénit la détermination farouche de son ami à qui il doit une fière chandelle. À qui la France doit une fière chandelle !

— Capitaine Legrand ! Tir nourri ! Balancez les grenades. Rajoutez des lacrymogènes dans la grotte. Visez l'entrée de la rampe ! On va aller déloger cette vermine !

Les grenades pleuvent dans la cuvette. Elles atteignent la rampe, désormais inutile. Les tubes volent en éclats. Les grenades à manches dissimulées dans les branches tombent à leur tour et explosent. La cuvette se transforme en un gigantesque geyser de flammes, de branches et de terre calcaire. Les forces de l'ordre se sont recroquevillées derrière le camion toupie qui ressemble à une raquette de tennis, aplati par les déflagrations et les multiples impacts. L'enfer se déchaîne. Des projectiles de pierre arrosent les contours de l'enceinte, tombent sur les policiers qui se protègent tant bien que mal.

Pris de panique pendant un instant, les terroristes se reprennent. Ils se sont recroquevillés au fond de leur trou quand l'enfer des explosions a commencé. Puis ils reprennent leurs tirs au hasard à travers le rideau de poussières et de cendres.

Yves Degrémont ne tire plus. Un éclat vagabond lui a tranché la gorge. Dans l'euphorie des combats, personne ne l'a remarqué. Ils tirent sans relâche sur les crêtes pour tenter de déloger les policiers, mais la position avantage le GIPN. Comme à Dien Bien Phû en 1954, les assiégés au fond de la cuvette plient avant les autres sous le poids de l'artillerie. Les grenades se rapprochent, buttent contre le grillage. Un fumigène passe juste au-dessus de la rampe. D'un geste vif, Sylvain Auteuil s'en saisit et le renvoie à l'extérieur.

Au fond de la grotte, Émile a entendu la reprise des combats. Le chapelet de grenades sonne le glas de son action. Maintenant que le V1 est parti, les forces de l'ordre n'ont plus qu'un seul but : les mettre hors d'état de nuire. Ses compagnons sont en première ligne, prêts à mourir pour défendre leur cause.

Pas lui.

Mort, leur combat n'aura plus d'intérêt. Il doit survivre pour faire connaître le pacte des Apôtres au monde entier.

Sa décision est prise.

Il s'empare d'un sac de billets qu'il jette sur son dos. Puis, sans un bruit pour ne pas attirer l'attention de ses amis, il sort de la grotte. Il les voit, une dernière fois, en train de recharger leur Schmeisser et de tirer, heureux comme des enfants fatigués. Le Pacte des Apôtres a vécu.

Dans vingt minutes, le GIPN va investir ce blockhaus. Il n'y aura pas beaucoup de prisonniers.

Il profite d'un regain de tir pour filer carrément à l'opposé de ses compagnons. Il se dirige un instant dans l'obscurité, et s'enfonce dans les profondeurs de la carrière. Il dépasse la salle où il maintenait Flora prisonnière et continue sa progression dans l'étroit couloir. Bientôt, le sac râpe les parois.

Un faible courant d'air frais se fait bientôt sentir.

Au-dessus de lui, très faible, se dessine la lueur du jour, à travers une étroite cheminée d'aération.

— Kerguelen Leader à Mutant !

— Ici Mutant, s'écrie Djamel, ratatiné derrière un bloc de pierre.

De son bras libre, il tente d'éviter les mottes de terre et les cailloux qui pleuvent de partout. Les grenades explosent les une après les autres. Au moins, il n'aura pas raté son feu d'artifice. C'est Legrand qui doit être content. La carrière tremble à chaque coup de boutoir.

— On vient de dépasser la ville d'Yvetot. Dans vingt secondes nous serons au-dessus des champs. On va shooter le V1 à cet endroit. Waouh ! Quel pied ! Rien qu'à voir cette antiquité voler, j'en salive.

— Vous êtes sûr de votre coup, Kerguelen Leader, ose Djamel, effaré par le sang-froid du pilote.

— Affirmatif, Mutant. Les Matra Air-Air 550 Magic2 sont spécialement conçus pour le combat aérien rapproché. Une fois verrouillé sur la cible, il engage de façon autonome, guidé à plus de trois mille kilomètres heures par un autodirecteur infrarouge passif. Je suis derrière la bête à moins de mille mètres. Le Rafale est un des meilleurs avions de chasse du monde, Mutant !

— Qu'il nous fasse grâce des détails ! s'exclame Fabienne. Et qu'il détruise cet engin de malheur ! Bordel, il fonce droit sur une centrale nucléaire !

Et comme pour manifester sa mauvaise humeur, elle vide son chargeur en direction de la grotte.

— Mutant à Leader. Engagez immédiatement !

— Ne paniquez pas. On a la situation bien en main. Kerguelen deux est aussi verrouillé sur l'engin.

À ce moment, au beau milieu de la mitraille et des explosions, un téléphone portable se met à sonner.

Interdits, Fabienne, Djamel et Malhomme se regardent.

Fabienne pousse un juron.

— Bordel de merde ! Qui peut bien m'appeler à une heure pareille ?

Furieuse, elle pose son arme et se bat contre son gilet pare-balles pour atteindre son téléphone.

— Dépêchez-vous ! hurle Djamel. On dirait que vous voulez attirer l'attention des tireurs vers vous !

— Je fais ce que je peux !

Elle réussit à extraire l'engin et s'apprête à l'éteindre quand elle se fige, le visage soudain très pâle.

Djamel s'approche aussitôt, inquiet.

— Qui est-ce ?

Elle lui tend l'appareil.

— C'est un texto, bredouille-t-elle, sous le choc.

— Un quoi ?

— Un message SMS !

— Et alors ?

— Regardez le numéro !

Djamel s'approche. 06.12.27.11.33.

Il met un temps à comprendre.

Fabienne tient son portable du bout des doigts comme s'il menaçait de la brûler, les yeux agrandis par l'horreur.

— C'est le numéro du portable de Pascal Draymond !

Elle n'oublie jamais un numéro de téléphone. Ni un nom.

Flora n'a pas tenté de s'évader. Elle voulait juste faire diversion. Pour pouvoir jeter le portable dehors. Hors de portée.

Il n'y a pas de connexion réseau à l'intérieur de la grotte. Dehors, oui. Elle a donc eu l'idée de frapper un texto à l'attention de Fabienne, qu'elle devinait être avec les forces de l'ordre. Puis elle a entré la fonction : appel différé. Elle espérait juste que le portable ne se casse pas au moment du choc. Allumé, le portable a capté le réseau.

Au bout d'une minute, l'appareil a composé tout seul le numéro programmé.

— C'est une blague, hurle Djamel. Qu'attendez-vous pour l'ouvrir ?

— Je ne peux pas, crie Fabienne, tétanisée.

— C'est peut-être une demande de rémission, propose Malhomme.

Ils s'allongent tous les trois au sol. Une rafale vient de ricocher sur la paroi rocheuse. Les balles sifflent dans tous les sens. L'air est saturé par les explosions de grenades.

— Kerguelen Leader à Mutant ! Urgent !

Djamel broie sa radio. Il craint le pire. Les événements lui glissent entre les doigts. Il a l'impression de n'être plus maître de rien.

— Ici Mutant. Que se passe-t-il ?

— Le V1 amorce un virage à 360 degrés. Je répète. Un virage à 360 degrés !

— Qu'est-ce que cela veut dire ?

— Le V1 fait demi-tour ! confirme Kerguelen Un.

— Engagez ! Engagez !

Une main se pose sur l'épaule de Djamel. Fabienne est à côté de lui, pâle comme une morte. Sans un mot, elle lui montre l'écran de son téléphone portable. Le message s'affiche. Les yeux écarquillés, Djamel déchiffre : « Fafa, c Flora. V1 piraté ! KC vous ! Il revient à son • de départ ! KC vous ! »

L'étrange orthographe met plusieurs secondes à percer son esprit. Djamel bondit comme un diable.

— Legrand ! Repli général ! Repli général ! Balancez des fumigènes pour couvrir notre retraite ! Vite !!!!!!!!

La cheminée d'aération est étroite.

Elle est dissimulée derrière un renfoncement de la roche, et servait à évacuer le trop plein de poussière dégagé par l'exploitation de la craie. Abandonnée depuis longtemps, Émile et Draymond l'avaient découverte par hasard alors qu'ils furetaient au fond de la grotte en buvant un coup.

Aujourd'hui, c'est sa seule planche de salut.

Les ouvriers chargés de la creuser ne se sont pas fatigués. Pour éviter qu'elle ne s'engorge sous les broussailles et pour pouvoir plus rapidement la nettoyer, ils ont creusé de profonds sillons dans la cheminée. Un homme un tant soit peu sportif peut sans problème l'escalader.

Il débouche dans les bois, à une centaine de mètres de la cuvette. Il se plaque au sol. Les policiers du GIPN sont à portée de voix. Il s'éloigne vers la forêt, attentif à leurs gestes. Ils ne le voient pas, trop occupés à jeter leurs grenades et à éviter les tirs de Schmeisser. Émile fulmine. Ils les tueraient volontiers ! Mais la raison l'emporte.

À ce moment, ils les voient soudain répondre à la radio, faire de grands gestes. Il se colle au sol, pensant qu'ils ont découvert sa fuite.

Il constate alors avec surprise qu'ils plient bagage à toute vitesse. Il ne comprend pas leur réaction. La police bat en retraite ! C'est trop beau pour être vrai.

Au même moment, le vrombissement des deux Rafale déchire l'air.

L'accalmie soudaine prend les quatre survivants de la grotte au dépourvu. Le cliquetis des armes fait place à un relatif silence que brisent les foyers d'incendie épars. Ils ont tiré tellement de cartouches que la grotte est saturée par la poudre. Les yeux pleurent. Les étuis de cuivre tapissent le sol.

Sylvain Auteuil remarque tout de suite l'absence d'Émile et de Draymond.

— Que se passe-t-il ? demande Michael. Pourquoi est-ce qu'ils ne tirent plus ?

— Regardez ! jubile Stéphane. Ils lèvent le camp ! On a gagné ! Ils s'en vont !

— Ne quittez pas vos positions, ordonne Sylvain, sceptique. C'est une ruse. Je vais prévenir Émile.

Sylvain se lève, court dans la grotte à l'arrière, celle du camion. Avec consternation, il distingue le corps sans vie de Pascal Draymond au milieu des sacs, pathétique dans son habit de SS. La recharge de la lampe à gaz est pratiquement vide. La grotte se referme dans l'obscurité comme une tombe sur un cercueil.

Sylvain frémit. Aucune trace d'Émile. Dépité et profondément meurtri, il retourne vers ses compagnons leur exposer le problème lorsque les moteurs des Rafale percent l'épaisseur de la pierre. Il soulève la bâche et lève les yeux vers les avions de chasse.

Ce qu'il voit alors le laisse sans voix.

— J'engage ! tonne Kerguelen Leader. Cible verrouillée et confirmée. Mise à feu dans cinq, quatre, trois, deux, un…

Un bip sonore retentit dans l'habitacle.

— Merde ! Plus de tracé thermique ! Le R550 Magic2 a perdu le signal !

— Kerguelen Un à Leader. Le moteur du V1 s'est arrêté ! Il plonge ! On attaque au canon de 30 mm ?

— Négatif, Kerguelen Un, plafond trop bas. Trop dangereux ! Quelle poisse ! Mutant ?

— Ici Mutant ! C'est quoi cette histoire ?

— Le V1 rentre à la maison, Mutant ! Le moteur vient de s'arrêter. Il plonge tout droit dans la carrière. Tirez-vous !

Les deux Rafale effectuent un virage majestueux juste au-dessus de la cuvette, comme à la parade. Ils ne veulent rien perdre du spectacle.

Fabienne et Djamel courent derrière les policiers. Ils sortent en trombe du défilé et plongent dans le fossé de l'autre côté de la route, chacun cherchant un abri de fortune. Fabienne se colle derrière un chêne et lève les yeux au ciel. Les deux Rafale passent au-dessus de leur tête, juste derrière le V1 qui file silencieusement vers la carrière. Elle songe un instant à Flora, qui s'est sacrifiée volontairement.

L'engin plane maladroitement sur ses ailes ridicules et plates, le nez plongé vers son objectif. Elle imagine alors l'effroi des habitants pendant la guerre, quand ils voyaient surgir de nulle part cet oiseau diabolique.

Pendant un court instant, le silence s'impose comme un coup de vent.

L'explosion est d'une incroyable puissance.

La terre se met à trembler. La cuvette est littéralement soufflée. Des pans entiers de calcaire sont désintégrés. Une boule de feu monte vers le ciel. Fabienne se cache derrière son arbre. Des débris volent dans tous les sens. La fumée envahit la forêt. Après soixante ans d'oubli, le V1 est revenu mourir à l'endroit où il s'était endormi.

Le passage des Rafale tétanise Émile. Draymond n'avait pas prévu que l'armée de l'air interviendrait. Il avait affirmé qu'ils ne connaissaient pas l'existence du V1 avant d'entrer dans cette grotte.

La présence des avions militaires le chagrine.

Leur plan n'était pas aussi bien cloisonné que prévu. Quelque chose a foiré. Le pacte ne se réalisera pas. Le misérable V1, avec ses huit cents kilomètres/heure, ne fait pas le poids face au mach 2.2 des Rafale. Comment diable ont-ils pu être au courant ?

Les Rafale étaient sur place, en attente. Les forces de l'ordre connaissaient donc l'existence du V1.

Cette amère constatation le plonge dans une rage folle. L'ordre nouveau devra donc attendre encore. La démocratie a gagné cette partie.

Il cajole le sac rempli de billets. Il est finalement plutôt satisfait. Cet argent va lui permettre de passer une retraite heureuse. Fini les combats perdus d'avance.

L'explosion du V1 le plaque au sol. La terre tremble. Les arbres frémissent.

Il se relève rapidement. Le pacte des Apôtres vient d'être immolé sur place. Sans un regret pour ses compagnons d'infortune, il se remet à courir. Il doit sauver sa peau.

Il court à perdre haleine dans un but précis.

S'échapper avant que les policiers n'investissent la grotte et ne découvrent son évasion. Il traverse le bois, longe une lisière, loin de la route où il aperçoit le barrage léger de la gendarmerie. Il bifurque à droite, longe un grillage établi contre le gibier, replonge un instant dans les sous-bois avant de ressortir dans un champ de maïs. Les épis gorgés de soleil atteignent les deux mètres et le protègent.

Il a étudié plusieurs fois le parcours. Le sac sur son dos est aussi léger que sa bonne humeur. Il va s'en sortir une nouvelle fois.

Le hangar désaffecté lui procure un frisson de joie.

Personne.

Il se glisse jusqu'à la porte, extirpe une clé de sa poche et ouvre le gros cadenas. Il abandonne la grosse chaîne en acier et se glisse à l'intérieur.

Il ouvre grand les portes.

Le Porsche Cayenne noir foncé volé à Paris l'attend sagement, comme le précédent. Sa voiture fétiche. Il pousse un hurlement de triomphe.

Il passe la main sous l'aile avant. Les clés sont cachées là, maintenues par du ruban adhésif. Ils ne sont que deux à connaître cette planque. Lui et Pascal Draymond.

Maintenant que son seul ami est mort, il va devoir continuer le combat seul. Il lance le sac sur le siège arrière et s'installe au volant, un large sourire au coin des lèvres.

Le coup est si violent qu'il s'écroule sur le volant sans comprendre. Une voix dure s'élève dans son subconscient :

— Gérard, tu me dois dix mille euros. J'ai gagné.

69

Gérard Anquetil sort une paire de menottes de sa poche et attache les mains d'Émile Jacobin au volant et à la poignée de porte. Le prisonnier n'a aucune chance de sortir.

Stéphanie se penche dans la voiture et récupère le sac plein de billets neufs. Elle est aux anges. Elle le pose sur le sol meuble et installe un pain de C4 sur la lunette avant, sous les yeux du tueur. Elle enclenche le mécanisme.

— Il lui reste deux heures à vivre, annonce-t-elle froidement.

Mat'guen apparaît devant la voiture, aussi féroce qu'un ours devant sa proie.

Il a su tirer profit des attentats de l'autoroute A29. Dans le bureau de Djamel, il a soigneusement observé les clichés de la surveillance aérienne.

Un homme aussi prévoyant que Draymond a toujours su se ménager une sortie de secours. Comme sur l'autoroute.

Il a repéré plusieurs hangars déserts dans un périmètre étroit autour de la carrière. Durant la nuit, il est venu les contrôler les uns après les autres, avec Gérard et Stéphanie. À l'aube, peu avant l'attaque, ils ont découvert cette grange, avec le Porsche Cayenne.

Ils n'ont eu qu'à attendre le bon moment.

Ils ont entendu le missile exploser, la terre trembler. Peu après, Émile Jacobin est apparu. Ne s'attendant pas à être repéré, il ne s'est pas méfié.

Tant pis pour lui.

Ils ont vérifié ses arrières. Il était bien seul. Il est

maintenant évanoui, prisonnier dans sa voiture, avec une bombe sous le nez.

— Que fait-on maintenant ? demande Stéphanie.

Gérard sort une liasse de cinq cents euros du sac et le donne à son ami.

— Tiens Mat'guen. Tes dix mille euros. Tu as eu une sacrée intuition.

— Ces gars-là sont coriaces. Il faut savoir les prendre à leur propre jeu.

— Viens, on s'en va.

— La bombe va exploser dans deux heures, confirme Stéphanie. Tu vas le laisser crever comme un rat ?

— Je me fiche complètement de savoir s'il va mourir. Ce type est un fou dangereux.

Ils s'éloignent tranquillement. Gérard porte le sac de billets comme un trophée. Ils entendent alors un hurlement de terreur. Émile Jacobin vient de se réveiller, un pain de C4 sous les yeux, les deux mains prisonnières de ce cercueil roulant. Il se débat et hurle comme un beau diable, complètement épouvanté.

Mat'guen hausse les épaules sans s'arrêter. La vie de Jacobin est le dernier de ses soucis. Il va payer pour ce qu'ils ont fait à Dana.

— Qu'il crève, conclut-il.

Mais Stéphanie et Gérard se sont arrêtés parmi les arbres. Alexis se retourne, contrarié.

— Vous venez ? Qu'est-ce qui vous arrive ?

Gérard et Stéphanie ont le même sourire de connivence. Ils posent chacun une main sur l'épaule de leur ami.

— Quoi ?

— Alexis, dit alors doucement Gérard. La guerre est finie.

Alexis éclate de rire, prend ses amis dans ses bras. Puis il hoche la tête, et sort son téléphone portable.

70

La fumée met plus d'une heure à se dissiper.

Les policiers du GIPN progressent avec précaution au milieu du champ de ruines. Le V1 a creusé un cratère de plusieurs mètres dans la cuvette. Une partie des parois s'est effondrée.

Djamel craignait que l'entrée de la grotte ne soit devenue inaccessible. La rampe en acier ressemble à une mante religieuse, les tubes tordus dans tous les sens.

Les quatre terroristes qui montaient la garde sont morts.

Ils découvrent les derniers témoins du pacte des Apôtres recroquevillés dans leurs abris, les tympans déchirés, la cage thoracique défoncée par le souffle. Deux d'entre eux ont reçu d'énormes blocs sur la tête.

Djamel escalade les rochers à la recherche de son otage. Il manque encore trois personnes à l'appel.

Le plafond de la grotte est en partie effondré, mais les policiers arrivent à se glisser à l'intérieur. Avec stupeur, ils découvrent une autre salle, qui a plutôt bien résisté à l'explosion.

Le corps de Draymond est couvert de poussière.

Les lumières intenses placées sur les fusils d'assaut éclairent son visage blafard et son costume de Waffen SS.

Les sacs de billets sont rapidement récupérés, comptabilisés. Djamel jubile. Cet assaut se solde par une brillante victoire. Les ennemis sont morts, le butin est retrouvé. La France vient d'échapper à un terrible attentat terroriste.

Quand ils ouvrent les sacs de vêtements, ils restent sans voix, les bras ballants, stupéfaits et interloqués. Djamel hausse les épaules. L'enquête déterminera leur rôle dans cette étrange affaire. La poussière tournoie toujours un peu dans la salle, et transforme l'éclat des Mag-lite en une myriade de faisceaux troubles.

Ils se tournent tous vers le camion nazi, et s'approchent avec une lenteur troublante. Cette découverte est de loin la plus impressionnante. Djamel est admiratif. Elle confirme l'hypothèse incroyable de son ami. Les caisses de Schmeisser et de munitions gisent sur le sol, éventrées parmi les caisses qui ont servi à dissimuler le V1.

Mais plus stupéfiant encore, il voit la porte du camion s'ouvrir.

Flora s'extirpe péniblement du camion sous les feux croisés des lampes du GIPN. Deux bras vigoureux la soutiennent. Elle se frotte le crâne, encore abasourdie et presque effrayée d'être en vie devant le commando fantomatique qui se dresse devant elle. Fabienne se précipite au devant d'elle. Flora reconnaît alors son amie. Des larmes jaillissent de ses yeux. Elle a réussi.

Elle se jette dans ses bras. Dans sa colère, Jacobin l'a abandonnée dans le seul endroit de la grotte où il fallait être pour survivre.

Djamel pousse les filles vers la lumière et s'approche du chauffeur. Le squelette les fixe avec un sourire étrange. Son uniforme poussiéreux est trop grand au col.

Djamel se retourne et dit d'une voix tremblante d'émotion :

— Messieurs, je vous présente le colonel Heinrich Von Griedenburg.

71

6 avril 1944

La jeune fille court sous la pluie battante.

Encore effrayée, traumatisée, elle fuit pour mettre un maximum de distance entre elle et la Feldgendarmerie. Elle serre le manteau de son sauveur contre elle et n'a qu'une idée en tête. Fuir. Fuir et survivre.

La vareuse est épaisse, chaude, confortable. Elle repousse aisément la pluie. Malgré l'humidité, elle dégage un léger parfum.

Une pointe de côté la plie en deux. Elle s'appuie contre le mur d'une maison, à l'abri de la pluie, pour tenter de retrouver son souffle. Ses blessures la brûlent. Elle réprime ses larmes de désolation. Le sang a un goût amer dans sa bouche.

Elle pleure et tremble de la tête aux pieds, au bord de la crise de nerfs. Les beaux discours de la Résistance ne l'avaient pas préparée à une telle épreuve. Rien ne peut vous y préparer.

Elle serre le manteau contre elle en songeant à sa maman.

Une accalmie.

Elle remonte le col lorsque sa main sent un document dans la poche intérieure.

C'est l'ausweis de l'officier allemand. Ce document lui permet de se déplacer partout. Sans lui, il va se faire bloquer au prochain contrôle de Caudebec.

À moins que…

Les étranges paroles de l'officier lui reviennent en mémoire :

— Vous alliez à la base secrète que vos compatriotes sont en train de construire ? a-t-elle demandé.

— Pas vraiment, a-t-il reconnu.

Pourquoi a-t-il prononcé ces mots étranges ?

Une idée traverse alors son esprit embué de douleur.

Elle fait partie de la Résistance française, avec le maquis d'Yvetot, en tant qu'agent de liaison. Elle transmet surtout des messages aux résistants cachés dans les différents villages de la région. Elle profite de son vélo, que son père, postier, lui a confié. Elle sillonne la région depuis le début de l'été. Elle y croise l'ennemi avec l'innocence de sa jeunesse. Il y a surtout des pauvres gars de la Wehrmacht dans le coin. Ils sont humains, plutôt courtois, toujours contents de la voir. Certains sont à peine plus âgés qu'elle.

Tous, sauf ces ordures de Feldgendarmes !

Ils l'ont arrêtée arbitrairement en rentrant de Saint-Wandrille. Elle avait déjà entendu parler de cette section de Feldgendarmes stationnée au Trait.

Des brutes sanguinaires. Ils l'ont coincée sur le bord de la route et l'ont embarquée de force avec son vélo. Heureusement, elle rentrait chez elle et n'avait aucun document compromettant. Les quatre hommes étaient déjà ivres morts. Ils revenaient d'une razzia dans une ferme voisine. Ils n'avaient pas hésité à tuer le vieux fermier sans défense pour mieux piller ses réserves.

Elle se savait prise au piège. Ils l'avaient embarquée pour s'amuser. Pour le plaisir de la torturer, de la violer, avant de la tuer. Tout simplement. Ils n'ont pas pris le temps de l'interroger. Ils étaient trop bourrés pour cela.

Elle doit sa vie à leur ébriété. En arrivant à la Feldgendarmerie, ils l'ont attachée au lit, puis ils se sont affalés sur le sol pour cuver. Pendant trois heures, elle a vainement tenté de se libérer pendant qu'ils dormaient autour d'elle en puant la vinasse.

Ils ont fini par émerger de leur léthargie, ils ont recommencé à boire quand Gabel, leur pote de beuverie à Rouen les a appelés à propos d'un mystérieux camion et d'un colonel au comportement étrange. S'il arrivait devant la Feldgendarmerie, c'est qu'il avait menti. Il voulait savoir pourquoi.

Elle doit la vie à ce coup de téléphone. Ils ont retardé son interrogatoire pour attendre l'officier de la Wehrmacht.

Il est finalement arrivé, pour leur malheur.

Il les a tous tués.

Or, depuis une semaine, le maquis est en pleine effervescence. Un avion de Londres est déjà passé deux fois. Il doit revenir cette nuit pour une ultime tentative. L'affaire est importante. Le chef de leur réseau au SOE se déplace en personne. Il attend un colis d'une extrême importance, qui pourrait changer le cours de la guerre.

Et si cet officier apportait le fameux colis ?

Elle rebrousse chemin. L'affaire est trop étonnante. Elle prend un risque considérable, mais ces six heures d'enfer dans l'arrière salle de la gendarmerie la rendent folle de rage. Elle doit se venger.

Elle se faufile jusqu'au mur qui jouxte la gendarmerie, juste à temps pour voir le camion de son mystérieux sauveur disparaître dans la forêt. N'écoutant que son courage, elle remonte dans le camion des Feldgendarmes pour récupérer son vélo. Le village dort toujours sous la pluie battante. Les rafales de vent ont étouffé les coups de feu. Elle n'aperçoit aucun blindé venu en renfort.

Elle s'empare de sa bicyclette. Au moment de descendre, elle repère un Schmeisser et une besace de chargeurs. Elle dérobe le tout et, bravant la pluie glacée, elle pédale à toutes forces vers la forêt, protégée par l'épais manteau.

Pourvu qu'elle ne se soit pas trompée. Avec un peu de chance, elle pourra arriver à l'heure. L'avion anglais est prévu vers minuit. Le mauvais temps cachera sa descente. La pluie se calme un peu. Elle grimpe comme une forcenée la côte de Louvetot, manque par deux fois de tomber dans le fossé qui borde la route. Quand elle arrive enfin sur le plateau, la lune ne diffuse qu'un misérable rayon pâle sous les nuages déchaînés. Ça l'arrange. Elle n'aura pas besoin de lumière pour se repérer.

Elle sait où se trouve le terrain d'atterrissage. Dans le champ du père Roger, derrière Louvetot.

Elle scrute l'obscurité. Elle n'aperçoit pas les phares du camion. Il devrait être arrivé depuis plusieurs minutes.

Au carrefour de la route de Caudebec, elle entend soudain une fusillade. Son cœur s'emballe. Elle fonce vers le terrain.

Ses parents font partie des résistants chargés de baliser le terrain pour l'aviateur anglais. La bataille fait rage pendant un temps infini. Elle accélère malgré la fatigue et les jambes molles, folle d'inquiétude pour ses parents. Ils savaient qu'une troisième tentative était risquée.

Elle arrive dans le chemin étroit devant le champ, non loin de la forêt. Elle jette son vélo dans le fossé, arme le Schmeisser dérobé et court, les yeux pleins de larmes. La fusillade a cessé.

Elle bondit vers le point de ralliement.

La Citroën est abandonnée dans un coin, couverte d'impacts. À ses pieds, trois corps. Au loin dans le champ, elle distingue une voiture allemande.

Les torches sont allumées.

Trois SS sont en train de refermer le piège sur l'aviateur anglais. Elle s'approche de la voiture pendant qu'ils positionnent les lumières pour attirer l'avion. Un pistolet sur la nuque, le quatrième résistant égrène sa position au pilote.

Elle étouffe un sanglot. Ses nerfs l'abandonnent pendant plusieurs minutes. Les corps mutilés de ses parents gisent, l'un à côté de l'autre. Même dans la mort, ils ont réussi à rester ensemble.

Elle se retrouve orpheline.

En tremblant, elle frôle une dernière fois leur visage, ferme leurs yeux incrédules. La main de sa mère est encore chaude. Elle la met dans celle de son père. Elle les embrasse une dernière fois en pleurant leur nom, puis adresse une prière au Père Tout Puissant.

Ensuite, elle reprend son Schmeisser et se lance à la poursuite des tueurs, au moment où le moteur de l'avion perce les nuages.

Elle n'a pas beaucoup d'alternative. Ils doivent se rassembler pour accueillir l'Anglais. Elle ne remarque même pas que le dernier résistant à la radio, devenu inutile, vient d'être étranglé. Il s'affale dans l'herbe.

L'avion passe au-dessus d'elle et se pose sur la piste improvisée. Elle le voit disparaître au bout du champ, vers l'ennemi. Impossible de le prévenir sans risquer de le tuer. Elle court comme une folle, son arme tendue vers l'avant.

Elle ne se cache plus. La rage, la souffrance et la haine ont eu raison de sa prudence. Elle s'en moque de toute façon. Elle n'a plus rien sur cette terre. Elle trébuche, se relève avec une volonté farouche. Ils vont payer. Elle ne peut pas laisser cet aviateur tomber entre leurs mains. Elle court pour venger ses parents.

Arrivée à une cinquantaine de mètres, elle voit le pilote venir à la hauteur de ce qu'il croit être la Résistance. Il ouvre la porte. La lumière fugace de sa lampe éclaire les trois nazis. Il pousse un juron et referme sa porte, relance les gaz.

Le premier SS fait feu sur lui.

Sans réfléchir, elle lève les bras et tire une longue rafale dans la direction de l'ennemi. Elle en fauche deux. Le troisième se tourne pour riposter. Dans la nuit, elle le voit hésiter.

Il a entrevu un officier allemand ! Qui court tête nue !

Il hésite une seconde de trop. Elle lâche son tir et le fauche. Il s'écroule alors que le percuteur se bloque, faute de cartouches. Elle plonge sa main dans le sac, et monte un nouveau chargeur. Elle agit par réflexe, animée par la haine.

Elle se précipite vers le cockpit. Dans sa hargne, elle a atteint plusieurs fois le moteur et la vitre. L'essence suinte. Son odeur couvre bientôt celle du sang.

Telle une furie, elle ouvre la portière. L'Anglais est blessé aux deux jambes. Il la braque avec son revolver en criant, paralysé d'effroi devant une telle apparition.

— Ami ! hurle-t-elle dans un sursaut de lucidité. Ami !

Elle lève les bras en signe d'apaisement. L'aviateur pousse un soupir de soulagement avant de s'évanouir.

Désemparée, elle lâche son Schmeisser. Le temps joue contre elle. Une autre patrouille ne va pas tarder. Elle entend les cris d'alarme de la radio abandonnée dans le camion nazi. Elle se précipite sur l'aviateur.

Elle le réveille en le frappant vigoureusement. Ce n'est pas le moment de faire du sentiment. Il se braque, mais accepte les bras tendus.

Elle l'extirpe de l'avion avec peine, malgré sa hargne. Il l'aide comme il peut. Elle le traîne en dehors du champ, puis elle revient vers l'avion et y met le feu.

L'avion anglais se disloque dans un déluge de flammes. Elle profite de la lumière pour tirer une grenade du camion, pour la dégoupiller. Les débris du véhicule à la croix gammée rejoignent ceux de l'avion.

Dans la nuit auréolée de sang et de mort, elle glisse un dernier regard vers ses parents et se coule dans la nuit avec son passager.

Elle ne se retourne pas.

Pour le jeune lord Romuald Mac Morlan, cette incroyable nuit est restée gravée dans son esprit.

Jamais il n'a oublié ce visage tuméfié rempli de haine et de larmes, portant un manteau d'officier allemand et un Schmeisser fumant. Sous la pluie, ses cheveux blonds tombaient en mèches rebelles.

Jamais il n'a oublié la vigueur de cette femme si jeune et si jolie qui lui est apparue comme un ange au milieu de l'enfer.

Pendant une semaine, elle l'a caché dans une vieille grange au fond des bois. Elle a pansé ses blessures. Ils sont restés des heures entières, allongés dans la paille, à regarder les arbres, à craindre l'arrivée des nazis. Il lui a raconté sa vie, son château en Écosse, son engagement au SOE, suite à la mort de ses parents lors d'un bombardement à Londres.

Elle n'a jamais dit un mot. Elle s'est contentée de pleurer en l'écoutant, le regard perdu dans son enfance si vite écourtée.

Il s'est égaré dans ses yeux si bleus et si tristes.

Elle est sortie une nuit pour prendre contact avec la Résistance. Trois jours après, un camion est venu les chercher à une heure du matin. Contournant les barrages, il les a déposés sur une petite plage de galets. Une barque les a ramenés en Angleterre.

Il a été démobilisé à cause de sa blessure.

Ils étaient orphelins tous les deux.

Elle avait seize ans quand elle a poussé pour la première fois la lourde porte du château de Karvoch, en Écosse.

Elle s'appelait Irène Magloire.

Et elle n'a plus jamais remis les pieds sur le sol français.

Épilogue

Le temps est maussade sur le petit cimetière.

Il ne pleut pas encore, mais les premières feuilles s'échappent dans le vent du Nord, annonciateur de l'automne. Les rayons du soleil sont déjà perdus dans les montagnes bavaroises.

Heinrich Von Griedenburg repose enfin en paix auprès de sa femme. Après soixante années d'errance macabre, soumis à un destin tragique proche de la malédiction, il rentre finalement chez lui, près de sa famille. Sans tambour ni trompettes.

Personne n'a voulu d'enterrement médiatique.

L'affaire est trop sulfureuse. À l'heure de la réconciliation européenne, l'histoire de ce héros maudit, épris de liberté et de justice, laisse un arrière goût de gâchis.

Personne ne veut lever le voile. Ni l'Angleterre, ni l'Allemagne.

Heinrich Von Griedenburg va reposer dans le cimetière familial sans qu'aucun photographe ne vienne troubler son dernier sommeil, sans qu'aucun livre d'histoire ne vienne relater son épopée tragique.

L'Histoire est parfois ironique. Elle fait un pied de nez à la bonne volonté de ces idéalistes qui n'arrivent pas à changer la face du monde.

Ils sont une vingtaine en tout et pour tout.

Hanna et sa mère sont devant. Otto Von Glück se tient légèrement en retrait. Le major Peter Collins est présent aussi, d'une discrétion sans faille. Des membres de la famille, des cousins éloignés. Aucune personnalité politique.

Alexis est là, avec Dana, Stéphanie, Djamel, Fabienne, Gérard et Mélanie.

Ils sont un peu à l'écart, héros silencieux d'une histoire où les vainqueurs ne connaissent aucune gloire.

Le ministre de l'Intérieur a refusé de faire un commentaire sur l'incroyable dénouement de cette affaire. Les deux pilotes de Rafale ont été astreints au secret le plus absolu. Les bandes d'enregistrement de leur vol mémorable ont été classées secret défense. Les rapports officiels du CADAO font uniquement état d'une anomalie radar qui a nécessité une simple intervention de routine de l'aviation.

Aucune mention du V1.

Il n'a jamais existé. Tout comme la rampe, les éco-guerriers, le pacte des Apôtres. Tous les policiers présents sur le site lors de l'explosion ont reçu le même avertissement de la classe politique : « Vous n'avez rien vu, rien entendu. Sinon, vous êtes affectés aux Iles Kerguelen ! »

Alexis s'en moque éperdument. Dana est saine et sauve. Elle est encore fragile, mais elle est sortie de l'hôpital. Il n'a pas voulu qu'elle retourne dans son appartement. Elle est venue s'installer au Conihout, où il peut prendre soin d'elle. Marianna et Slovan sont ses meilleurs anges gardiens.

Djamel est particulièrement ravi que cette histoire se termine. Le Premier ministre l'a personnellement appelé au téléphone pour le féliciter. Il lui a aussi clairement signifié que tout cela devait rester strictement confidentiel. En contre partie de son silence, il avait la priorité absolue dans le choix de sa nouvelle affectation.

Après mûre réflexion, il n'a rien demandé de spécial. Il lui importait plus de rester à Rouen avec Stéphanie.

L'éloge funèbre est d'une affligeante banalité.

La mise en terre est sobre, rapide. Les rares parents s'en vont rapidement. Le temps tourne à la pluie. Le major

Colins est resté, pour Hanna. Alexis s'approche d'elle. Dana lui tient le bras.

Hanna serre Alexis dans ses bras.

— Mon ami, dit-elle, merci pour tout ce que vous avez fait. Sans votre indéfectible volonté, je n'y serais jamais arrivée. Que Dieu vous protège.

Elle embrasse aussi Dana.

— Vous êtes la femme la plus chanceuse que je connaisse. Votre compagnon est un homme remarquable.

— Je le sais, murmure Dana en se serrant contre lui. J'ai eu suffisamment de mal à le connaître.

Gérard s'approche, tend une mallette en merisier à Alexis. Il s'en empare, et l'offre à Hanna.

— Tenez Hanna. Je vous rends le pistolet de votre grand-père. Le Mauser 1912 à crosse de nacre. Il vous revient de droit. En France, il n'y aura pas d'enquête officielle. Cette arme n'est donc plus une pièce à conviction.

Elle se saisit religieusement du cadeau, l'ouvre. Le pistolet est étendu sur un coussin de velours rouge.

— Merci Alexis. C'est le plus beau cadeau que vous puissiez me faire.

Elle se tourne vers son beau-père, Otto Von Glück et dit d'une voix acerbe :

— Tu as vu, Vati ? Est-ce qu'il est aussi beau que dans tes rêves ?

Le vieux général détourne la tête, furieux et confus.

Hanna ne lui laisse pas le temps de répondre. Elle se précipite vers les employés du cimetière.

— Attendez !

— Non ! hurle Otto. Hanna, tu ne peux pas faire cela !

Elle se retourne, le feu aux joues. Sa voix est froide, autoritaire :

— Tu m'as toujours dit que mon grand-père ne se séparait jamais de son pistolet fétiche, n'est-ce pas ? Je respecte donc la règle !

Elle s'adresse aux ouvriers qui s'apprêtaient à sceller la dalle de béton au-dessus du cercueil :

— Mettez cette mallette sur le cercueil. Cette arme restera avec lui pour l'éternité ! Ainsi l'aurait-il voulu !

Furibond, le vieux général hausse les épaules, pousse un juron. La mère d'Hanna prend sa fille par les épaules :

— Tu as eu raison ma fille, il est vraiment temps de tourner la page.

Une voix lui fait alors écho.

— Êtes-vous vraiment prêts à le faire ?

La mère et la fille se retournent d'un bloc.

Sur un fauteuil roulant, le vieux Lord Romuald Mac Morlan et sa femme Irène arrivent dans le petit cimetière. Alexis et ses compagnons n'ont pas bougé. Ils sont les derniers.

— Bonjour Constance, dit Romuald avec émotion à la mère d'Hanna.

— Romuald ? C'est vous ?

— Oui, ma chère, les années ne nous épargnés ni l'un ni l'autre. Cela fait combien ? Pas loin de quarante ans que nous nous sommes vus pour la dernière fois. Tu connais ma femme, Irène, n'est-ce pas ? Même si tu as toujours refusé de la voir…Et toi, mon jeune Otto… As-tu as fini par accepter que Heinrich était un homme extraordinaire ?

Hanna se précipite dans les bras du vieil Écossais, puis elle tend les bras à Irène. Sa mère hésite, tiraillée par des années de certitude.

Puis, elle tend à son tour les bras, des larmes pleins les yeux.

— Vous avez raison, il est vraiment temps de tourner la page. La nouvelle génération est là pour nous y inciter. Pourrez-vous me pardonner pour le mal que je vous ai fait ? Que nous vous avons fait ?

— Il n'y a rien à pardonner, Constance. Avec Irène, j'ai vécu les plus belles années de ma vie.

Otto Von Glück s'avance, fier et digne, mais la voix tremblante :

— Lord Mac Morlan, je regrette les paroles blessantes

que j'ai pu avoir à votre égard depuis toutes ces années. Je ne peux m'en remettre qu'à Dieu pour me pardonner.

Il serre la main de Mac Morlan et quitte le cimetière sans un regard.

Constance le regarde partir. Elle espère qu'il s'en remettra. Accepter de s'être trompé pendant tant d'années restera pour lui un bien lourd fardeau.

— Je croyais que vous ne quittiez jamais vos Highlands ? dit-elle.

— Je devais bien cela à mon vieil ami Heinrich. Alexis m'a appelé pour m'expliquer toute l'histoire.

— Vous étiez vraiment au courant ? Pour la dernière lettre ?

— Bien sûr. J'étais chargé de l'embarquer pour l'Angleterre.

— Que s'est-il passé ? Pourquoi a-t-il échoué dans cette grotte ?

Irène s'avance, fixe Constance et Hanna de ses yeux bleus. Elle leur tend un paquet bizarre de couleur kaki. Sa voix est remplie d'émotion :

— J'ai mis des années avant de pouvoir en parler. Je n'en ai jamais la force jusqu'à ce qu'Alexis nous raconte l'histoire.

Elle tend le manteau du colonel :

— Ceci appartient à votre grand-père.

Hanna prend le manteau, incrédule, les mains tremblantes :

— Je ne comprends pas…

Irène leur raconte alors cette folle nuit du 6 avril 1944, sa capture par les Feldgendarmes, l'apparition du Colonel, sa blessure, ses derniers mots, le combat sur le plateau, l'avion, la mort de ses parents, leur fuite en Angleterre.

— Ce jour là, malgré l'importance de sa mission, il a sacrifié sa vie pour sauver la mienne. Il était blessé. Il a raté la route qui menait vers le plateau. Et il s'est perdu dans les carrières de craie, pensant prendre un chemin. Il est mort avant de comprendre qu'il était tombé dans une carrière. Son camion a heurté la paroi de la grotte, et une partie s'est effondrée derrière lui. Votre grand-père était un homme bon. Je n'ai jamais oublié la tendresse avec laquelle il m'a tendu ce manteau.

— Comment savez-vous qu'il est à lui ?

— Je n'ai plus jamais reparlé de cette horrible nuit depuis mon arrivée au château de Karvoch. Nous n'en avons plus jamais discuté avec Romuald. C'était un accord entre nous. Quand vous êtes venus nous voir, j'ai commencé à faire le rapprochement. J'ai ressorti le manteau que j'avais toujours gardé précieusement. J'ai retrouvé le document qui se trouvait dans sa poche.

Il s'agit d'un ausweis au nom de l'Oberst Heinrich von Griedenburg, signé par l'Übersturmführer Sigmund Gabel, le 6 avril 1944.

Hanna accepte le cadeau, le cœur battant. Elle retourne une dernière fois vers les ouvriers qui hochent la tête :

— Mettez aussi ce manteau sur le cercueil. Mon grand-père ne doit plus jamais être séparé de ses affaires.

— Ce sera tout, madame ?

— Oui. Qu'il repose enfin en paix.

Gérard et Mélanie s'approchent à leur tour. Hanna les remercie chaleureusement. Elle sourit :

— La prochaine fois que vous passez à Immenstadt, prévenez-moi, je vous accueillerai avec joie.

— J'essaierai de ne pas vous faire peur, promet Gérard. La région est superbe.

— Ce sera avec grand plaisir.

Stéphanie et Djamel arrivent ensuite et se présentent.

— Commissaire, j'ai admiré votre courage. Dommage que personne ne connaisse la vérité.

— Pensez-vous vraiment qu'elle soit nécessaire ? Les terroristes sont en prison, votre grand-père repose en paix. Le reste n'est que futilité.

— Votre modestie est exemplaire. N'êtes-vous pas frustré ?

— Pas le moins du monde. Ma principale récompense,

c'est la démission du président Desjardins de l'association GreenWorld. Il y a des victoires secrètes qui se savourent.

— Et votre regret ?

— Mon regret, dit-il en éclatant de rire, c'est d'avoir perdu un sac entier de billets de banque. On a retrouvé un des terroristes enchaîné à sa voiture. Il a affirmé s'être fait dévaliser par des truands. On n'a jamais retrouvé l'argent.

— Vous avez sûrement des soupçons ?

— Il y a trois jours, la Croix-Rouge a annoncé qu'un donateur anonyme lui avait fait don d'une somme énorme. À dix mille euros près, cela correspond au sac qui a disparu.

— C'est une pure coïncidence, rétorquent d'une seule voix Fabienne et Stéphanie.

— On pourrait demander à Alexis ce qu'il en pense, ricane Djamel. Alexis ?

Djamel se tourne vers son ami qui a disparu. Il s'éloigne vers sa voiture en soutenant Dana. Depuis qu'elle est arrivée au Conihout, il a échangé sa Jaguar contre une Peugeot 807, plus spacieuse et plus pratique pour elle.

— Alexis ?

Irène Mac Morlan pose alors sa main sur l'épaule de Djamel et dit d'une voix douce, pleine de sagesse :

— Ils ont déjà perdu beaucoup trop de temps. Laissez-les. Il faut qu'ils s'habituent maintenant à faire route ensemble.

Du même auteur

Pas de trace (Les Nouveaux Auteurs, 2009)

Dans la collection Cappucinos

Michel Bussi

Code Lupin, 2006

Mourir sur Seine, 2008

Dominique Delahaye

Droit dans le mur, 2003

Gabriella Coffano

Un hiver à Fécamp, 2008

Jean-Paul Halnaut

GI's Blues, 2012

Les anges de la cité, 2014

Philippe Huet

L'enfer du décor, 2003

Achevé d'imprimer en février 2015
chez Corlet Imprimeurs à Condé-sur-Noireau (14)
ISBN de la présente édition 978-2-84811-234-3 - Dépôt légal février 2015
ISBN de la première édition 978-2-84811-140-7 - Dépôt légal avril 2011